De Cobra

Van dezelfde auteur

De dag van de Jakhals
Geheim dossier Odessa
De honden van de oorlog
Het alternatief van de duivel
Het Vierde Protocol
De verrader
Er zijn geen slangen in Ierland
De onderhandelaar
De vuist van God
Icoon
Het spook van Manhattan
De veteraan
De wreker
Kwade praktijken
De Afghaan

Bezoek onze internetsite www.awbruna.nl
voor informatie over al onze boeken en dvd's.

Frederick Forsyth

De Cobra

A.W. Bruna Uitgevers B.V., Utrecht

Oorspronkelijke titel
The Cobra
© Frederick Forsyth 2010
Vertaling
Jacques Meerman
Omslagbeeld en -ontwerp
Studio Jan de Boer
© 2010 A.W. Bruna Uitgevers B.V., Utrecht

ISBN 978 90 229 9872 4
NUR 332

Dit boek is gedrukt op papier dat het keurmerk van de Forest Stewardship Council (FSC) mag dragen. Bij dit papier is het zeker dat de productie niet tot bosvernietiging heeft geleid. Een flink deel van de grondstof is afkomstig uit bossen en plantages die worden beheerd volgens de regels van FSC. Van het andere deel van de grondstof is vastgesteld dat hiervoor geen houtkap in de laatste resten waardevol bos heeft plaatsgevonden. Daarom mag dit papier het FSC Mixed Sources label dragen. Voor dit boek is het FSC-gecertificeerde Munkenprint gebruikt. Dit papier is 100% chloor- en zwavelvrij gebleekt en wordt geleverd door Arctic Paper Munkedals AB, Zweden.

Behoudens de in of krachtens de Auteurswet van 1912 gestelde uitzonderingen mag niets uit deze uitgave worden verveelvoudigd, opgeslagen in een geautomatiseerd gegevensbestand, of openbaar gemaakt, in enige vorm of op enige wijze, hetzij elektronisch, mechanisch, door fotokopieën, opnamen of enige andere manier, zonder voorafgaande schriftelijke toestemming van de uitgever. Voor zover het maken van reprografische verveelvoudigingen uit deze uitgave is toegestaan op grond van artikel 16 h Auteurswet 1912 dient men de daarvoor wettelijk verschuldigde vergoedingen te voldoen aan Stichting Reprorecht (Postbus 3060, 2130 KB Hoofddorp, www.reprorecht.nl). Voor het overnemen van gedeelte(n) uit deze uitgave in bloemlezingen, readers en andere compilatiewerken (artikel 16 Auteurswet 1912) kan men zich wenden tot de Stichting PRO (Stichting Publicatie- en Reproductierechten Organisatie, Postbus 3060, 2130 KB Hoofddorp, www.cedar.nl/pro).

Voor Justin en alle jonge Britse en Amerikaanse agenten die ondanks grote risico's in het grootste geheim actief zijn in de strijd tegen de drugs.

Deel I	Kronkelen		9
Deel II	Sissen		49
Deel III	Toeslaan		163
Deel IV	Bijten		249
Lijst van personages			283
Lijst van gebruikte afkortingen			285

Deel I

Kronkelen

1

De tiener lag alleen dood te gaan. Niemand wist het en maar één iemand zou het iets hebben kunnen schelen. Hij lag – broodmager na een leven vol drugs – op een stinkende strozak in de hoek van een smerige kamer in een verlaten huizenblok. Dit krot was een van de wooncomplexen die in Anacostia een 'project' heten, en Anacostia is een wijk waarop de stad Washington niet trots is. Toeristen komen er nooit.

Als de jongen geweten had dat met zijn dood een oorlog zou beginnen, had hij dat niet begrepen. Hij zou er ook geen belangstelling voor hebben gehad. Dat is namelijk wat drugs doen met de geest van een jongere. Die vernietigen.

Het was het eind van de zomer, en gemeten naar de normen van de presidentiële gastvrijheid was het een intiem diner. Niet meer dan twintig gasten in de vorm van tien echtparen gingen na hun drankje in een voorvertrek zitten, en achttien gasten waren diep onder de indruk.

Negen van hen waren belangrijke vrijwilligers bij de Veterans' Administration, een nationaal instituut dat zich bezighoudt met het welzijn van mensen die het uniform van een krijgsmachtonderdeel hebben gedragen.

In de negen jaar voorafgaand aan 2010 waren heel veel mannen en een aantal vrouwen gewond of getraumatiseerd uit Irak of Afghanistan teruggekeerd. De president uitte als opperbevelhebber zijn dank voor wat de negen gasten van de VA voor elkaar hadden gekregen. Zij en hun echtgenoten waren dan ook uitgenodigd voor een diner op de plaats waar ook Abraham Lincoln gegeten had. Onder leiding van de *first lady* zelf hadden ze een kleine rondleiding door de privévertrekken gekregen, en daarna namen ze onder de aandachtige blikken van de majordomus plaats om hun soep af te wachten. Het was dus enigszins gênant toen de serveerster van middelbare leeftijd begon te huilen.

Ze deed het geluidloos, maar de terrine in haar handen trilde. De tafel was rond, en de first lady zat aan de andere kant. Ze maakte haar blik los van de gasten die de soep kregen opgediend, en zag tranen over de wangen van de serveerster lopen.

De majordomus die alles opmerkte wat de president in verlegenheid kon brengen, volgde haar blik en liep geruisloos maar snel rond de tafel. Hij knikte met aandrang naar een ober in de buurt, die de terrine moest overnemen voordat een ramp plaatsvond, en leidde de vrouw weg van de tafel naar de klapdeur, de pantry en de keuken. Toen het tweetal uit het zicht verdween, depte de first lady haar mond. Na een gemompelde verontschuldiging naar de generaal buiten dienst links van haar stond ze op om hen te volgen.

De serveerster zat nu in de pantry op een stoel en mompelde met bevende schouders: 'Het spijt me zo, het spijt me zo.' Maar het hoofd van de majordomus stond niet naar vergeving. Men stort eenvoudig niet in als de president in de buurt is. De presidentsvrouw gebaarde dat hij moest doorgaan met uitserveren. Toen boog ze zich over de huilende vrouw, die met de punt van haar schort haar ogen afveegde en nog steeds excuses aanbood.

Als reactie op een paar vriendelijke vragen vertelde serveerster Maybelle waarom ze zo vreselijk van haar stuk was. De politie had het lijk van haar enige kleinzoon gevonden. Ze had de jongen opgevoed sinds zijn vader negen jaar eerder in het puin van het Trade Center was omgekomen. Het kind was toen zes.

Aan de hand van de doktersverklaring had de politie haar de doodsoorzaak uitgelegd, en toen verteld dat het lijk in het stedelijke mortuarium lag, in afwachting van het transport.

En zo troostten de first lady van de VS en een serveerster van middelbare leeftijd, allebei nakomelingen van slaven, elkaar in de hoek van de pantry, terwijl bobo's van de VA een paar meter verderop hoogdravende gesprekken voerden bij de soep met croutons.

Tijdens het diner werd verder niets gezegd, en pas toen de president twee uur later in de slaapkamer zijn smoking uittrok, stelde hij de voor de hand liggende vraag.

Weer vijf uur later en ondanks de bijna volledige duisternis van de kamer – van Washingtons permanente gloed kwam maar een klein streepje licht achter het kogelvrije glas en het gordijn terecht – begreep de presidentsvrouw dat haar man niet lag te slapen.

De president was grotendeels door zijn grootmoeder opgevoed. Hij kende de relatie tussen een jongen en zijn oma niet alleen, maar hechtte er ook veel waarde aan. Hij stond altijd vroeg op en dwong zich tot een streng fitnessprogramma om in vorm te blijven, maar kon desondanks niet slapen en lag in het donker na te denken.

Hij had al besloten dat die vijftienjarige – wie het ook was – geen zwerversgraf mocht krijgen maar netjes op een echt kerkhof begraven moest worden. Maar hij bleef geïntrigeerd door de doodsoorzaak van zo'n jonge jongen, die uit een arm maar uitgesproken fatsoenlijk nest kwam.

Even na drieën zwaaide hij zijn lange, magere benen uit bed en tastte naar een ochtendjas. Naast hem vroeg een slaperige stem: 'Wat ga je doen?' Hij antwoordde: 'Ik ben zo terug,' waarna hij de ceintuur dichtbond en naar de kleedkamer liep.

Toen hij de hoorn van de haak nam, had hij in twee tellen antwoord. De telefoniste van dienst was op dat uur van de nacht misschien moe, want de menselijke geest is dan op zijn traagst, maar ze liet niets merken en vroeg even gretig als opgewekt: 'Ja, meneer de president?'

Haar verlichte schermpje gaf nauwkeurig aan wie ze aan de lijn had. De man uit Chicago moest er ook na twee jaar in dit opmerkelijke gebouw nog steeds aan wennen dat hij werkelijk alles op elk moment van de dag of de nacht kon krijgen, door het gewoon te vragen.

'Wilt u de directeur van de DEA even wekken? Thuis of waar dan ook?' vroeg hij. De telefoniste reageerde niet verrast. Als je 'De Man' bent, wordt alles voor je geregeld, ook als je met de president van Mongolië over koetjes en kalfjes wilt praten.

'Ik doe het meteen,' zei de jonge vrouw diep onder hem in het communicatiecentrum. Ze roffelde snel op haar toetsenbord. Minuscule circuits deden hun werk, en toen verscheen een naam. Na het verzoek om een privénummer kwamen tien cijfers op het scherm te staan. Dat was het nummer van een fraaie woning in Georgetown. Ze bracht de verbinding tot stand en wachtte. Na tien keer rinkelen nam iemand slaperig op.

'Ik heb de president voor u aan de lijn, meneer,' zei ze. De stem van deze ambtenaar van middelbare leeftijd was ineens niet slaperig meer. De telefoniste verbond het hoofd van de instelling die officieel de Drug Enforcement Administration heette, door met de man boven haar. Ze luisterde niet mee. Een lampje verklikte wanneer de mannen klaar waren, en dan zou ze de verbinding verbreken.

'Het spijt me dat ik u op dit nachtelijke uur stoor,' zei de president, die direct de verzekering kreeg dat van storen geen sprake was. 'Ik heb een inlichting en misschien wat advies nodig. Kunnen we elkaar vanochtend even spreken? Om negen uur in de Westvleugel bijvoorbeeld?'

De vragende vorm was alleen een kwestie van beleefdheid. Presidenten geven bevelen, en de directeur van de DEA verzekerde dat hij de volgende ochtend om negen uur in het Oval Office zou zijn. De president hing op en ging weer naar bed. Eindelijk kon hij slapen.

In een elegant huis van rode baksteen in Georgetown was het slaapkamerlicht aan en vroeg de directeur aan een verwarde dame met krulspelden in wat er in jezusnaam gaande was. Hoge ambtenaren die om drie uur 's nachts door hun allerhoogste baas persoonlijk gewekt worden, denken onwillekeurig dat er iets mis is. Misschien wel gruwelijk mis. De directeur ging niet meer slapen maar liep naar de keuken beneden voor een glas sap, een kop koffie en een portie ernstige zorgen.

Aan de andere kant van de Atlantische Oceaan werd het licht. Op een sombere, grijze en verregende zee buiten de Noord-Duitse havenstad Cuxhaven nam het ms *San Cristóbal* de loods aan boord. De schipper, kapitein José María Vargas, stond aan het roer en de loods naast hem mompelde instructies. Ze spraken Engels, de gemeenschappelijke taal van de zee en de lucht. De *San Cristóbal* wendde de steven en voer het estuarium van de Elbe in. Zestig mijl verderop werd het schip Hamburg in geleid, Europa's grootste rivierhaven.

De *San Cristóbal* was met zijn 30.000 ton een *general cargo*-schip onder Panamese vlag. De twee mannen op de donkere brug zochten de boeien die de vaargeul markeerden, en zagen verderop de ene rij zeecontainers na de andere.

Benedendeks stonden de containers: acht lagen diep met daarboven nog eens vier lagen. In de lengte pasten er tussen de boeg en de brug veertien rijen, en het schip was breed genoeg voor acht containers per rij.

De scheepspapieren vermeldden terecht dat de reis in de Venezolaanse stad Maracaibo begonnen was. Het schip was naar het oosten gevaren en had in Paramaribo, hoofd- en enige havenstad van Suriname, zijn laatste vracht ingenomen in de vorm van tachtig containers met bananen. De papieren vermeldden niet dat een van die laatste containers bijzonder was omdat die niet alleen bananen maar ook andere spullen bevatte.

Die tweede lading was ingevlogen door een oud, vermoeid Transall-vrachtvliegtuig. Het toestel was uiterst tweedehands in Zuid-Afrika gekocht, was zijn reis op een afgelegen landgoed in de Colombiaanse binnenlanden begonnen en was over Venezuela en Guyana gevlogen om op een al even afgelegen bananenplantage in Suriname te landen.

Wat het oude vrachttoestel had meegebracht, was aan de achterkant van een stalen zeecontainer blok voor blok opgestapeld. De stapel reikte van wand tot wand en van de vloer tot het plafond. Na zeven van die lagen was een valse achterwand op zijn plaats gelast, die daarna samen met de rest van het interieur werd gezandstraald en geschilderd. Pas toen werden de harde, groene, onrijpe bananen aan de rekken gehangen, en daar bleven ze, gekoeld maar niet bevroren, de hele reis naar Europa.

Diepladers hadden grommend en snuivend door het oerwoud gereden om de exportvracht naar de kust te rijden, en daar had de *San Cristóbal* de laatste containers als deklading aan boord genomen. Toen het schip vol was, voer het uit en zette het koers naar Europa.

Kapitein Vargas, een doodeerlijke zeeman die niet wist welke extra lading hij vervoerde, was al eens eerder in Hamburg geweest en verbaasde zich altijd over de omvang en efficiency van de haven. Deze oude Hanzestad bestaat eigenlijk uit twee steden: de woonstad rond de Binnen- en de Buiten-Alster, en de uitgestrekte havenstad met de grootste containerinstallaties van het werelddeel.

De haven wordt aangedaan door 13.000 schepen per jaar, en die halen en brengen 140 miljoen ton aan 320 ligplaatsen. De containerhaven alleen al heeft vier terminals, en de *San Cristóbal* kreeg die van Altenwerder toegewezen.

Terwijl het vrachtschip met vijf knopen per uur de langzaam ontwakende stad op de westelijke oever passeerde, kregen de twee mannen op de brug een kop sterke Colombiaanse koffie. De Duitser snoof de geur waarderend op. Het regende niet meer, de zon deed moeite om tussen de wolken door te komen en de bemanning verheugde zich op hun verlof aan wal.

Het middaguur naderde al toen de *San Cristóbal* op de aangewezen plaats afmeerde. Een van de vijftien portaalkranen van Altenwerder kwam vrijwel meteen in actie om de containers uit het schip te tillen en op de kade te zetten.

Kapitein Vargas nam afscheid van de loods, wiens dienst erop zat en die nu naar zijn huis in Altona ging. De motoren waren afgezet, de stand-bystroomvoorziening was genoeg voor de onmisbare apparatuur, de bemanningsleden gingen met hun paspoort in de hand op zoek naar de cafés van de Reeperbahn en op de *San Cristóbal* heerste rust. Voor kapitein Vargas was de *San Cristóbal* zijn werk en zijn huis, en zo hield hij het meest van zijn schip.

Hij kon niet weten dat er vier containers van de brug verwijderd, in de derde laag van boven en op de vierde rij van stuurboord, één container stond met een klein, ongewoon logo op de zijkant. Je moest goed kijken om het te zien, want zeecontainers vertonen altijd tal van krassen, verflagen, ID-codes en namen van eigenaars. In dit geval bestond het logo uit twee concentrische cirkels, en in de kleinste stond een Maltees kruis. Dat was de geheime ID-code van de Hermandad (of 'broederschap'), de bende achter negentig procent van alle Colombiaanse cocaïne. En op de kade stond één paar ogen dat het logo herkende.

De kraan hees de containers van het dek naar een rijdend leger van onbemande voertuigen die *automatic guided vehicles* of AGV's genoemd worden. Ze werden vanuit een toren hoog boven de kade bestuurd en transporteerden de stalen kisten van de kade naar een pakhuis. In die fase viel het oog van een functionaris, die onopvallend tussen de containers door liep, op het logo met de twee cirkels. Hij gebruikte zijn mobiele telefoon voor één gesprek en haastte zich toen weer naar zijn kantoor. Kilometers verderop ging een dieplader op weg naar Hamburg.

De DEA-directeur was inmiddels naar het Oval Office gebracht. Hij was er vaak geweest, maar het enorme bureau, de Amerikaanse vlaggen en het wapenschild van de Republiek maakten nog steeds veel indruk op hem. Hij was gevoelig voor macht, en deze ruimte straalde pure macht uit.

De president was in een prettige stemming. Hij had zijn oefeningen gedaan, gedoucht, ontbeten en vrijetijdskleding aangetrokken. Hij vroeg zijn gast om op een van de sofa's plaats te nemen en ging zelf op de andere zitten.

'Cocaïne,' zei hij. 'Ik wil iets over cocaïne weten. U hebt daar veel materiaal over.'

'Een magazijn vol, meneer de president. Dossiers van op elkaar wel een meter dik.'

'Dat is te veel,' zei de president. 'Ik wil iets van tienduizend woorden. Niet de ene bladzijde na de andere vol cijfers. Alleen de feiten. Een samenvatting. Wat het is, waar het vandaan komt, alsof ik dat niet weet, wie het maakt, wie het transporteert, wie het koopt, wie het gebruikt, wat het kost, waar de winst naartoe gaat, wie eraan verdient, wie verliest en wat we ertegen doen.'

'Alleen cocaïne, meneer de president? De rest niet? Geen heroïne, PCP, angel dust, extasy of de alomtegenwoordige cannabis?'

'Alleen cocaïne. Alleen voor mij. Voor niemand anders. Ik moet de basisfeiten kennen.'

'Ik laat een nieuw rapport maken, meneer. Tienduizend woorden. Simpele taal. Topgeheim. Over zes dagen, meneer de president?'

De opperbevelhebber stond glimlachend op en stak zijn hand uit. Het gesprek was afgelopen. De deur ging al open.

'Ik wist dat ik op u kon rekenen, directeur. Drie dagen.'

De Crown Victoria van de directeur stond op het parkeerterrein te wachten. Op het desbetreffende bevel reed de chauffeur de auto met een grote zwaai naar de ingang van de Westvleugel. Veertig minuten later was de directeur weer in Arlington, aan de andere kant van de Potomac, veilig genesteld in een suite op de bovenverdieping van Army Navy Drive 700.

Hij gaf de opdracht aan Bob Berrigan, het hoofd Operaties. Deze jongere man, die zijn sporen niet achter een bureau maar in het veld had verdiend, knikte somber en mompelde: 'Drie dagen?'

De directeur knikte. 'Eet niet, slaap niet, leef van koffie. En Bob, hou je niet in. Maak het zo erg als het is. Er kan best ergens geld los te peuteren zijn.'

De ex-agent liep de gang door en gaf zijn assistent de opdracht om alle vergaderingen, interviews en afspraken drie dagen lang af te zeggen. Pennenlikkers, dacht hij. Ze delegeren, vragen het onmogelijke, gaan zelf uit eten en wachten tot het geldschip binnenkomt.

Bij zonsondergang stond de vracht van de *San Cristóbal* weliswaar aan wal maar nog wel binnen de grenzen van het haventerrein. Diepladers verstopten de drie bruggen die ze moesten oversteken om hun import op te halen. Op de Niedernfelder Brücke stond een truck uit Darmstadt in de file. Achter het stuur zat een man met een donkere huidskleur. Uit zijn papieren bleek dat hij een Duitse staatsburger van Turkse afkomst was en dus tot een van de grootste Duitse minderheden behoorde. Er bleek echter niet uit dat hij lid was van de Turkse maffia.

Op het haventerrein zou er van files geen sprake meer zijn. De douane zou één bepaalde stalen container uit Suriname probleemloos doorlaten.

Via Hamburg komt zoveel vracht Europa binnen dat een strenge controle van elke container onmogelijk is. De Duitse douane van het ZKA doet wat men kan. Zo'n vijf procent van alle binnenkomende vracht wordt goed onderzocht. Een klein deel van die inspecties is willekeurig, maar de meeste vinden plaats op basis van tips, eigenaardigheden in de omschrijvingen (er komen geen bananen uit Mauritanië) of slecht ingevulde paperassen.

De controles omvatten bijvoorbeeld de opening van een container door de zegels te verbreken, het meten van containers om dubbele bodems op te sporen, chemische proeven in het laboratorium ter plaatse, gesnuffel door afgerichte honden of doorlichting van de ontvangende truck met röntgenstraling. Maar één container met bananen kon nooit problemen geven.

Deze container was niet naar de koelhuizen van de Hamburger Hafen und Logistik AG gebracht omdat de vracht volgens de papieren zo snel weg moest dat het niet de moeite waard was. De inklaring in Hamburg vindt voornamelijk plaats op grond van het digitale ATLAS-systeem. Nog voordat de *San Cristóbal* de laatste bocht van de Elbe had gerond, had iemand het eenentwintigcijferige registratienummer van de vracht in de ZKA-computer ingevoerd en de vracht zelf vrijgegeven.

Toen de Turkse chauffeur eindelijk aan de kop van de rij bij de haveningang stond, was de stalen container al ingeklaard. Hij liet zijn papieren zien en de douanebeambte in zijn hokje bij de poort voerde ze in op zijn computer. De man zag dat een kleine lading bananen was ingeklaard voor een bescheiden fruitonderneming in Darmstadt en beduidde dat de truck mocht doorrijden. Dertig minuten later reed de Turkse chauffeur weer over de brug die aansloot op het uitgebreide netwerk van Duitse snelwegen.

Achter hem lag één ton zuivere Colombiaanse cocaïne. Voordat het spul aan de eindgebruikers verkocht werd, zou het worden versneden met vijf- tot zesmaal zoveel andere chemicaliën zoals benzocaïne, creatine, efedrine en zelfs ketamine, een anesthesiemiddel voor paarden. Al die stoffen overtuigen de gebruiker ervan dat hij een grotere kick krijgt dan mogelijk is bij alleen de hoeveelheid cocaïne die feitelijk in zijn neus verdwijnt. De uiteindelijke hoeveelheid valt ook te vergroten met simpele en onschadelijke witte poeders zoals bakpoeder en poedersuiker.

Als elke duizend gram wordt opgeblazen tot zeven kilo en de eindafnemer tot 10 dollar per gram betaalt, dan heeft 1 kilo *puro* een straatwaarde van 70.000 dollar. De chauffeur had duizend van die kilo's achter zijn rug, een straatwaarde van 70 miljoen dollar. Aangezien de *pasta* voor 1.000 dollar per kilo bij de Colombiaanse oerwoudboeren was ingekocht, bleef er genoeg over om de kosten te dekken: het vrachtvliegtuig naar Suriname, een bedrag voor de bananenplantage, de lage vrachtprijs op de *San Cristóbal* en de 50.000 dollar die op Grand Cayman naar de rekening werd gesluisd van een corrupte ambtenaar uit Hamburg.

De Europese bendes namen de verdere kosten voor hun rekening: de harde 'bakstenen' werden tot een heel fijn poeder vermalen, de cocaïne werd versneden om de hoeveelheid te vergroten en het geheel werd aan de eindgebruikers verkocht. Maar ook als de totale overhead tussen het oerwoud en de Hamburgse haven 5 procent bedroeg en het Europese kostenplaatje eveneens 5 procent was, dan bleef er een winst van 90 procent over, te verdelen tussen het kartel, de maffia's en de bendes in Europa en de VS.

De Amerikaanse president las dat allemaal in Berrigans rapport dat, zoals beloofd, drie dagen later op zijn bureau lag.

Terwijl hij het rapport na het eten doorlas, werden nog eens twee ton zuivere Colombiaanse cocaïne in de buurt van het plaatsje Nuevo Laredo de Texaanse grens over gesmokkeld om in het Amerikaanse binnenland te verdwijnen.

```
Geachte meneer de president,

Ik heb hierbij de eer om u, zoals door u verzocht,
een rapport over het verdovende middel cocaïne te
presenteren.

HERKOMST: Cocaïne is uitsluitend afkomstig van de coca-
plant, een onopvallende soort onkruid die al sinds on-
heuglijke tijden verbouwd wordt in de heuvels en oer-
wouden van de noordwestelijke boog van Zuid-Amerika.
In de loop van diezelfde periode is de plant gekauwd
door de inheemsen, die ontdekten dat hun permanente
honger erdoor gestild werd en dat hun stemming er-
door verbeterde. De plant krijgt maar zelden bloe-
men of vruchten; de stam en twijgen zijn houtig en
dienen tot niets; alleen de bladeren bevatten de
verdovende stof.
Maar die stof vormt ook maar 1 procent van het to-
tale gewicht van het blad. Er zijn 375 kilo geoogste
bladeren nodig - genoeg om een pick-uptruck te vul-
len - om 2½ kilo pasta (de tussenvorm) te produce-
ren. Deze hoeveelheid pasta levert 1 kilo zuivere
cocaïne op in de vorm van het bekende witte poeder.
```

GEOGRAFIE: Van de wereldwijde aanvoer komt tegenwoordig ca. 10 procent uit Bolivia, 29 procent uit Peru en 61 procent uit Colombia. De Colombiaanse bendes ontnemen twee kleinere productielanden de productie echter in de pastafase en raffineren en vermarkten bijna 100 procent van de drug.

CHEMIE: Er zijn maar twee chemische processen nodig om het geoogste blad te verwerken tot het eindproduct, en die zijn allebei bijzonder goedkoop. Dat is de reden, gezien de diepe armoede van de oerwoudboeren die iets verbouwen wat een heel taai en gehard gewas is, waarom uitroeiing tot dusver onmogelijk is gebleken.
De rauwe bladeren worden in een oud olievat geweekt in een zuur - goedkoop accuzuur is geschikt - waardoor de cocaïne eraan onttrokken wordt. De geweekte bladeren worden eruit geschept en weggegooid, waarna een soort bruine soep overblijft. Deze wordt krachtig gemengd met alcohol of zelfs benzine, waardoor de alkaloïden worden uitgeloogd.
Deze worden eraf geschept en behandeld met een sterk alkalische stof zoals zuiveringszout. Het mengsel geeft een schuimige, roomwitte smurrie die de basispasta ofwel 'pasta' is. Dat is het standaardproduct van de cocaïnehandel in Zuid-Amerika en dat is wat de bendes van de boeren kopen. Uit ca. 150 kilo bladeren ontstaat 1 kg pasta. De chemicaliën zijn makkelijk te verkrijgen en het product wordt makkelijk van het oerwoud naar de raffinaderij vervoerd.

AFWERKING: In geheime raffinaderijen, die meestal onder het bladerdak van het oerwoud verborgen zijn, wordt de pasta omgezet tot het sneeuwwitte cocaïnepoeder (cocaïnehydrochloride, om de volledige naam te gebruiken) door toevoeging van chemicaliën zoals waterstofchloride, kaliumpermanganaat, aceton, ether, ammonia, calciumcarbonaat, natriumcarbonaat, zwavelzuur en opnieuw benzine. Dit mengsel wordt dan ingekookt, en het resultaat wordt gedroogd. Het poeder blijft dan over. Alle gebruikte chemicaliën zijn goedkoop, en omdat ze in veel legitieme industrieën toepassing vinden, makkelijk te verkrijgen.

KOSTEN: Een cocaboer of *cocalero* kan zich het hele jaar afbeulen en oogst dan op zijn lapje oerwoudgrond zesmaal. Elke oogst levert netto 125 kilo cocablad op. Hij verwerkt zijn totale productie van 750 kilo bladeren tot 5 kilo pasta. Na aftrek van zijn eigen kosten verdient hij net 5.000 dollar per jaar. Na de raffinage tot het poeder hangt aan 1 kilo een prijskaartje van 4.000 dollar.

WINST: Geen ander product ter wereld levert zulke hoge winsten op. De 4.000 dollar voor 1 kilo Colombiaanse *puro* stijgt tot 60.000 of 70.000 dollar door van de Colombiaanse kust 3.000 mijl naar de VS of 5.000 mijl naar Europa te reizen. Maar dat is niet het eind. Die ene kilo wordt voor de eindgebruiker 'versneden' (vervalst) tot zes- of zevenmaal het gewicht en volume zonder dat de prijs per gram daalt. De gebruikers betalen de laatste dealer in de keten uiteindelijk ca. 70.000 dollar voor de kilo (ter grootte van een pak suiker) die voor een waarde van net 4.000 dollar uit Colombia vertrokken is.

GEVOLGEN: Bij deze winstmarges kunnen de grote spelers zich de beste technologie, uitrusting, wapens en expertise veroorloven. Ze kunnen superintelligente mensen aantrekken, functionarissen omkopen - in sommige gevallen tot het niveau van de president van een land - en generen zich bijna voor het grote aantal vrijwilligers dat maar al te graag helpt bij het transporteren en het vermarkten van hun product in ruil voor een aandeel. Het doet er niet toe hoeveel kleine smokkelaartjes gepakt worden en achter de tralies komen; er zijn altijd duizenden wanhopige en/of stompzinnige anderen die bereid zijn de risico's te nemen.

STRUCTUREN: Na de dood van Pablo Escobar van het Medellín-kartel en de terugtrekking van de gebroeders Ochoa uit Cali hebben de Colombiaanse bendes zich opgesplitst in wel honderd minikartels. De laatste drie jaar is echter een nieuw, gigantisch kartel ontstaan dat alle andere onder zijn heerschappij heeft verenigd.
Twee onafhankelijken die zich staande probeerden te houden, zijn na spectaculaire martelingen heel erg dood aangetroffen. Daarna is het verzet tegen de nieuwe eenheid ingestort. Het megakartel noemt zich de 'Hermandad' of 'broederschap' en opereert als een groot industriebedrijf, gesteund door een privéleger om zijn bezittingen te bewaken en een psychotische strafbrigade om de discipline af te dwingen.
De Hermandad produceert zelf geen cocaïne maar koopt de hele productie van elk minikartel, bestaand uit het witte poeder van het eindproduct. Het biedt een 'eerlijke' maar niet onderhandelbare prijs, en wie deze afwijst moet dat met de dood bekopen. Daarna verkoopt de Hermandad de productie aan de wereld.

HOEVEELHEDEN: De totale productie bedraagt ca. 600 ton per jaar waarvan steeds de helft bestemd is voor twee grote afnemers: deVS en Europa, bijna de enige werelddelen die de drug gebruiken. Gezien de genoemde winstmarges lopen de totale winsten niet in de honderden miljoenen dollars, maar in de tientallen miljarden.

PROBLEMEN: Vanwege de enorme winsten kunnen er wel twintig schijven tussen het kartel en de eindgebruiker liggen. Het gaat daarbij om transporteurs, groothandelaars en straatverkopers. Daarom is het voor de ordehandhavers in elk land zo buitengewoon moeilijk om de grote spelers aan te pakken. Ze worden ongelooflijk goed beschermd, gebruiken extreem geweld als afschrikwekkend middel en raken het product zelf nooit aan. Het voetvolk wordt constant opgepakt, berecht en gevangengezet, maar zij slaan maar zelden door en worden direct vervangen.

ONDERSCHEPPINGEN: De Amerikaanse en Europese wetshandhavers zijn in een permanente staat van oorlog met de cocaï-ne-industrie, en het komt regelmatig voor dat vrachten onderschept en voorraden in beslag genomen worden. Maar de wetshandhavers van beide werelddelen bereiken maar 10 tot 15 procent van de cocaïnemarkt, en dat is niet genoeg. Om de industrie in moeilijkheden te brengen, moet minstens 80 procent in beslag genomen of onderschept worden. Bij een percentage van 90 zouden de kartels imploderen en zou de cocaïne-indus-trie eindelijk vernietigd zijn.

CONSEQUENTIES: Nog maar dertig jaar geleden gold cocaïne in het algemeen als *'neussnoepje'* voor rijke jongeren, beurshandelaren en het popmuziekcircuit. Tegenwoordig is het gebruik een nationale gesel die een rampzalige maatschappelijke schade veroorzaakt. Ordehandhavers van twee continenten schatten dat rond zeventig procent van de vermogens- en geweldsmisdrijven op straat (autodiefstallen, inbraken, overvallen, enz.) worden gepleegd om een verslaving te kunnen betalen. Als de dader 'high' is vanwege een bijzonder kwaadaardig bijproduct van cocaïne, namelijk crack, dan kunnen de berovingen gepaard gaan met zinloos geweld.
Daarnaast worden de winsten van de cocaïnehandel na witwassen gebruikt om andere vormen van criminaliteit te financieren, met name wapenhandel (eveneens gebruikt voor misdaden en terrorisme) en mensenhandel. In dit laatste geval gaat het met name om illegale immigratie en de ontvoering van meisjes voor de seksslavinnenhandel.

SAMENVATTING: Ons land was diep geschokt door de verwoesting van het World Trade Center en de aanval op het Pentagon in de herfst van 2001. Toen kwamen bijna 3.000 mensen om. Sindsdien is geen Amerikaan op eigen grondgebied omgekomen door terrorisme vanuit het buitenland, maar de oorlog tegen het terrorisme gaat door, en terecht. Het aantal slachtoffers van 11 september was hoog, maar volgens conservatieve schattingen zijn in datzelfde decennium minstens tienmaal zoveel mensen omgekomen door verdovende middelen. De helft van dat aantal werd het slachtoffer van de chemische stof die cocaïne heet.

Verblijvend met de meeste hoogachting,

Robert Berrigan

Plaatsvervangend directeur (Speciale Operaties).
Drug Enforcement Administration

Ongeveer op het moment dat Berrigans rapport door een koerier bij het Witte Huis werd afgeleverd, zat een Britse ex-douanier in een onopvallend kantoor in de Lissabonse haven heel gefrustreerd naar een afbeelding van een gebutste oude trawler te staren.

Tim Manhire was zijn hele volwassen leven accijnsboer geweest. Dat was niet altijd een heel populair beroep, maar hij geloofde in de noodzaak ervan. Hij werd niet enthousiast als hij uit naam van een inhalige regering belasting moest afpersen van een ongelukkige toerist, maar zijn werk in de stoffige achterafstraatjes van de Lissabonse havenwijk gaf wel degelijk voldoening, en dat zou nog meer het geval zijn geweest als die eeuwige vijand er niet geweest was: gebrek aan middelen.

De kleine dienst die hij leidde, was het MAOC-N, het zoveelste letterwoord uit de wereld van de wetshandhaving. Het is de afkorting van Maritiem Analyse- en Operatiecentrum op het gebied van verdovende middelen, en binnen deze dienst opereren deskundigen uit zeven landen. De zes partners van Groot-Brittannië zijn Portugal, Spanje, Ierland, Frankrijk, Italië en Nederland. Portugal is de gastheer en de directeur was een Brit die van de Britse douane was overgeplaatst naar SOCA (Serious and Organised Crime Agency).

Het MAOC probeert de inspanningen van de Europese ordediensten en marine-onderdelen te coördineren en de cocaïnesmokkel vanuit de Caribische Zee over de Atlantische Oceaan naar de kust van zowel West-Europa als West-Afrika tegen te gaan.

Tim Manhire was op die zonnige ochtend zo gefrustreerd omdat de zoveelste vis met een grote en waardevolle lading uit het net dreigde te glippen.

De foto was vanuit de lucht genomen, maar het patrouillevliegtuig had niets anders kunnen doen dan mooie plaatjes schieten. Het had het kiekje gewoon aan het MAOC doorgestuurd, vele mijlen verderop.

De foto toonde een verlopen trawler met de woorden *Esmeralda-G* op de boeg. Het schip was bij het eerste begin van de dageraad bij toeval aangetroffen in het oosten van de Atlantische Oceaan, en het ontbreken van een kielzog betekende dat het net bijdraaide na de hele nacht onzichtbaar te hebben doorgevaren. De foto was voor Manhire scherp genoeg om door het vierkante vergrootglas te kunnen zien dat de bemanning op het punt stond om het schip van voor naar achter met een blauw zeildoek te bedekken. Dat is de standaardpraktijk bij cocaïnesmokkelaars op zee die ontdekking willen voorkomen.

Ze varen 's nachts en liggen de hele dag zachtjes te deinen onder een zeildoek dat niet te onderscheiden is van de omringende zee. Het is dan van bovenaf heel moeilijk waar te nemen. Bij zonsondergang haalt de bemanning het zeildoek weer weg, slaat het op en vaart door. Wie bij dageraad met een zeildoek wordt gesnapt, verraadt zichzelf. Deze boot ving geen vissen. De vracht lag al in het ruim – misschien wel een ton wit poeder dat in vele lagen was ingepakt om schade door water en zout te voorkomen – en daar lag alles al sinds het schip aan een rottende, houten steiger in een Venezolaanse kreek was beladen.

De *Esmeralda-G* was kennelijk op weg naar West-Afrika, vermoedelijk naar de narcostaat Guinee-Bissau. Had het schip maar wat verder naar het noorden gelegen, gromde Manhire, voorbij de Canarische Eilanden of Madeira of de Azoren, die Spaanse en Portugese bezittingen zijn. Een van beide landen had een schip van de kustwacht de zee op kunnen sturen om de drugshandelaar te onderscheppen.

Maar het schip lag diep in het zuiden op zo'n honderd mijl ten noorden van de Kaapverdische Eilanden, die hoe dan ook niet konden helpen bij gebrek aan materiaal daarvoor. En het had geen zin om iets te vragen aan dat rijtje mislukte staten in de bocht tussen Senegal en Liberia. Die waren een onderdeel van het probleem, niet van de oplossing.

Tim Manhire had dus een beroep gedaan op de zes Europese marine-onderdelen en de VS, maar niemand had een fregat of kruiser in de buurt. De *Esmeralda-G*, die het fotograferende vliegtuig gezien had, zou wel begrepen hebben dat het schip gelokaliseerd was, en had de truc met het zeildoek ijlings gestaakt om zo snel mogelijk aan land te komen. Het had nog maar tweehonderd zeemijl te gaan, en zelfs met een slakkengang van tien knopen lag het vóór zonsopgang veilig tussen de mangrovemoerassen voor de kust van Guinee.

Ook een onderschepping verdreef de frustratie niet. Kort daarvoor was er een mazzeltje geweest. Een Frans fregat had op zijn oproep gereageerd en vond, op aanwijzingen van de MAOC, een vrachtschip met coke op vierhonderd mijl voor de kust. Maar de Fransen waren bezeten van juridische haarkloverijen. Hun regels schreven voor dat het veroverde smokkelschip naar de dichtstbijzijnde haven moest worden gesleept. Dat was toevallig een andere mislukte staat: Guinee-Conakry.

Een Franse magistraat was toen uit Parijs naar het veroverde schip gevlogen voor *les formalités*. Iets in verband met de mensenrechten – *les droits de l'homme*.

'*Droits de mon cul*,' mompelde Jean-Louis, Manhires collega in het Franse contingent. Zelfs de Brit herkende dat als: 'Rechten? Me reet.'

Het vrachtschip werd dus in beslag genomen, de bemanning aangeklaagd en de cocaïne geconfisqueerd. Binnen een week was het schip van de kade weggeglipt, bemand door de eigen ploeg, die gemakkelijk op borgtocht was vrijgesteld door een magistraat die zijn stoffige Peugeot ineens had ingeruild voor een nieuwe Mercedes. De opgelegde borgtochten waren min of meer verdampt.

De MAOC-directeur zuchtte dus en stopte de naam en foto van de *Esmeralda-G* in het archief. Als het schip ooit nóg eens gesignaleerd werd...

Maar dat gebeurde natuurlijk niet. Het schip was gewaarschuwd en waagde zich niet meer op de Atlantische Oceaan tot het was omgebouwd tot een tonijnvisser met een nieuwe naam. En zelfs als dat gebeurde, was het nauwelijks voorstelbaar dat een vliegtuig van een bevriende Europese marine net overvloog op het moment dat er een stuk zeildoek in de wind flapperde, toch? Die kans was duizend op één.

Dat was een groot deel van het probleem, bedacht Manhire. Een gebrek aan middelen en straffeloosheid voor de smokkelaars. Zelfs als ze gepakt werden.

Een week later sprak de Amerikaanse president met de directeur van Homeland Security, de overkoepelende dienst die toezicht hield op en de gegevens vergeleek van de dertien grootste inlichtingendiensten in de VS. De man staarde zijn opperbevelhebber verbaasd aan.

'Meent u dat, meneer de president?'

'Ik hoop van wel. Wat adviseert u mij?'

'Als u inderdaad wilt proberen de cocaïne-industrie te vernietigen, dan krijgt u te maken met een paar van de kwaadaardigste, geweld-

dadigste en meest meedogenloze mensen ter wereld.'
'Dan zullen we iemand nodig hebben die nog beter is.'
'U bedoelt vermoedelijk iemand die nog slechter is, meneer.'
'Hebben we zo iemand?'
'Er komt onwillekeurig een naam bij me op, of liever gezegd: een reputatie. Hij is jarenlang hoofd contraspionage van de CIA geweest. Hij heeft geholpen Aldrich Ames in de val te lokken en te vernietigen toen hij daar eindelijk toestemming voor kreeg. Daarna was hij hoofd Operaties bij de Firma. Hij wist Osama bin Laden bijna in de val te lokken en te vermoorden, en dat was nog vóór 11 september. Twee jaar geleden is hij op vrije voeten gesteld.'
'Op vrije voeten gesteld?'
'Ontslagen.
'Waarom?'
'Te meedogenloos.'
'Tegen collega's?'
'Nee, tegen vijanden, geloof ik.'
'Zoiets bestaat niet. Ik wil hem terug. Hoe heet hij?'
'Dat ben ik vergeten, meneer. In Langley kende iedereen alleen zijn bijnaam. Ze noemden hem de Cobra.'

2

De man naar wie de president op zoek was, heette Paul Devereaux, en toen hij eindelijk was opgespoord, was hij aan het bidden. Bidden vond hij van het grootst mogelijke belang.

Devereaux was een telg van een van de oeroude families die in het Gemenebest van Massachusetts sinds 1776 zo'n beetje de aristocratische geslachten zijn. Al sinds het begin van zijn volwassenheid had hij eigen geld gehad, maar in die tijd viel hij vooral op door zijn intellect.

Hij ging naar de Boston College High School, de belangrijkste voedingsbodem voor een van de beste universiteiten van de Amerikaanse jezuïeten. Daar gold hij als een echte hoogvlieger. Hij was even vroom als geleerd en overwoog serieus om priester en jezuïet te worden. In plaats daarvan aanvaardde hij de uitnodiging om lid van een andere exclusieve gemeenschap te worden: de CIA.

Voor de twintigjarige die voor elk examen slaagde dat zijn leraren hem voorzetten en elk jaar een nieuwe vreemde taal leerde, was de strijd tegen het communisme en atheïsme een kwestie van dienstbaarheid aan God en zijn land. Hij koos alleen de wereldlijke, niet de kloosterlijke vorm daarvan.

Bij de Firma maakte hij snel carrière omdat hij niet te stuiten was. Vanwege zijn koele intellectualisme was hij in Langley zeker niet populair, maar dat liet hem koud. Hij kreeg functies in de drie grote afdelingen: Operaties (ops), Inlichtingen (analyse) en Contraspionage (interne veiligheid). Hij maakte het eind van de Koude Oorlog mee toen de USSR in 1991 instortte (een doel waarvoor hij twintig jaar hard gewerkt had), en bleef op zijn post tot 1998, toen Al Qaida de Amerikaanse ambassades in Nairobi en Dar-es-Salaam opblies.

Devereaux was toen al een bekwame arabist en vond de Sovjet-divisie te vol en te voor de hand liggend. Hij beheerste diverse dialecten van het Arabisch en was de juiste man op de juiste plaats toen de Firma binnen Operaties een speciale eenheid stichtte die zich concentreerde op een nieuwe dreiging: het islamitische fundamentalisme en het daaruit voortvloeiende wereldwijde terrorisme.

Zijn pensionering in 2008 was een schoolvoorbeeld van onduidelijkheid: liep hij zelf of werd hij geduwd? Zelf vond hij natuurlijk het laatste. Een welwillende toeschouwer zou gezegd hebben: allebei. Devereaux was iemand uit de oude school. Hij kende de Koran beter dan de meeste islamitische geleerden en had minstens duizend belangrijke commentaren bestudeerd, maar hij werd omgeven door slimme jongeren die een Blackberry aan hun oor hadden geplakt, een apparaat dat hij verfoeide.

Hij had ook een afkeer van politieke correctheid en gaf de voorkeur aan hoffelijkheid. En goede manieren had hij tegenover iedereen, behalve tegenover de klaarblijkelijke vijanden van God en/of de Verenigde Staten van Amerika. Die vernietigde hij zonder scrupules. Zijn uiteindelijke vertrek uit Langley werd onvermijdelijk toen de nieuwe CIA-directeur met grote stelligheid verklaarde dat scrupules in de moderne wereld onmisbaar waren.

Dus nam hij afscheid met een rustige maar onoprechte receptie – alweer een conventie die hij niet kon uitstaan – en trok hij zich terug in zijn elegante woning in de historische stad Alexandria. Daar dook hij onder in zijn enorme bibliotheek en zijn collectie van zeldzame islamitische kunstwerken.

Hij was homo noch getrouwd, en speculaties daarover waren het onderwerp geweest van heel wat geklets rond de waterautomaten in de gangen van het Oude Gebouw – hij had vierkant geweigerd om naar het Nieuwe Gebouw te verhuizen. Uiteindelijk hadden ook de kletskousen moeten toegeven wat allang duidelijk was: de bij de jezuïeten opgeleide, intellectuele asceet uit Boston had gewoon geen belangstelling. In die periode merkte een jonge slimmerik op dat hij de charmes van een cobra had, en die bijnaam was blijven hangen.

Het jonge staflid uit het Witte Huis ging eerst naar Devereaux' woning op de kruising van South Lee Street en Gibbon Street. Maisie, de stralende huishoudster, vertelde de jongen dat haar werkgever in de kerk zat en wees hem de weg. Toen de jongeman naar zijn geparkeerde auto terugliep, keek hij om zich heen en had hij het gevoel dat hij twee eeuwen in de tijd terug was gegaan.

Dat was niet onredelijk gedacht. Alexandria was in 1749 door Engelse kooplieden gesticht. De stad was van 'voor de oorlog', niet van voor de negentiende-eeuwse Burgeroorlog maar van voor de achttiende-eeuwse Onafhankelijkheidsoorlog. Alexandria was ooit een rivierhaven aan de Potomac geweest en bloeide dankzij de handel in suiker en slaven. De suikerschepen, die vanuit de Chesapeake Bay en de wilde Atlantische Oceaan langzaam stroomopwaarts kropen, gebruikten

Engelse bakstenen als ballast, en een van de genoemde kooplieden bouwde daar al die mooie huizen van. Het resultaat leek meer op het oude Europa dan op de Nieuwe Wereld.

De man uit het Witte Huis ging weer naast de chauffeur zitten, vertelde waar South Royal Street was, en zei dat hij moest uitkijken naar de St Mary's Catholic Church. Hij trok de deur open en verwisselde het rumoer van de straat voor de stille rust van de kerk, waar hij om zich heen keek en een enkele figuur bij het altaar zag knielen.

Zijn voeten gleden geluidloos door de kerk en passeerden de acht glas-in-loodramen die de enige verlichting vormden. Als doopsgezinde herkende hij de zwakke geur van wierook en de bijenwas van brandende kaarsen. Zo naderde hij de grijsharige, knielende man die zat te bidden voor een altaar met een witte dwaal en een simpel gouden kruis erop.

Hij dacht geluidloos gelopen te hebben, maar de biddende man hief een hand op die hem maande de stilte niet te verstoren. Toen de knielende man klaar was met zijn gebeden, stond hij met gebogen hoofd op, sloeg een kruis en draaide zich om. De man van Pennsylvania Avenue wilde iets zeggen, maar opnieuw ging een hand omhoog. Samen liepen ze in alle rust door de kerk naar het portaal en de deur naar de straat. Pas toen draaide de oudere man zich glimlachend om. Hij duwde de grote deur open en zag aan de overkant de limousine staan.

'Ik kom van het Witte Huis, meneer,' zei het staflid.

'Veel dingen veranderen, jonge vriend, maar niet het kapsel en het automodel,' zei Devereaux. Als het staflid dacht dat de term 'Witte Huis' die hijzelf zo graag in de mond nam het gebruikelijke effect zou sorteren, had hij het mis.

'En wat heeft het Witte Huis tegen een gepensioneerde oude man te zeggen?'

Het staflid stond paf. In een samenleving die geobsedeerd was door jeugd noemde niemand zichzelf oud, zelfs een zeventigjarige niet. Hij wist niet dat ouderdom in de Arabische wereld vereerd wordt.

'De president van de Verenigde Staten wil u spreken, meneer.'

Devereaux zweeg alsof hij erover nadacht.

'Nu, meneer.'

'Laat ik dan maar een donker kostuum met een stropdas aantrekken, als we even bij mij thuis langs kunnen gaan. Aangezien ik niet kan rijden, heb ik geen auto. Ik neem aan dat u me erheen en weer terug kunt brengen.'

'Jazeker. Natuurlijk, meneer.'

'Laten we dan maar gaan. Uw chauffeur weet waar ik woon. U hebt daar kennelijk met Maisie gepraat.'

De bijeenkomst in de Westvleugel was kort en vond plaats in het kantoor van de stafchef, een bikkelhard parlementslid uit Illinois die al jarenlang met de president samenwerkte.

De president gaf hem een hand en stelde zijn trouwste bondgenoot in heel Washington aan hem voor.

'Ik wil u een voorstel doen, meneer Devereaux,' zei de president. 'In zekere zin is het een verzoek. Nee, in élke zin is het een verzoek. Op dit moment heb ik een vergadering en kan ik mijn snor niet drukken. Maar dat doet er niet toe. Jonathan Silver zal alles uitleggen. Ik zou blij zijn met uw antwoord zodra u dat denkt te kunnen geven.'

Met een glimlach en opnieuw een handdruk verdween hij weer. Maar meneer Silver glimlachte niet. Dat was niet zijn gewoonte, behalve wanneer hij hoorde dat een tegenstander van de president in de problemen zat. Hij pakte een dossier van zijn bureau en gaf het aan zijn gast.

'De president zou u dankbaar zijn als u dit eerst wilt lezen. Hier. Nu.' Hij wees naar een van de leren armstoelen achter in het kantoor. Paul Devereaux pakte het dossier aan, ging zitten, sloeg zijn benen in de elegante broek over elkaar en las Berrigans rapport. Toen hij tien minuten later klaar was, keek hij op.

Jonathan Silver was met papieren in de weer geweest maar ving de blik van de ex-agent op en legde zijn pen neer.

'Wat vindt u?'

'Interessant, maar niet veel nieuws. Wat wilt u van mij?'

'De president wil iets weten, namelijk of het met onze technologie en speciale eenheden mogelijk is om de cocaïne-industrie te vernietigen.'

Devereaux staarde naar het plafond. 'Een antwoord dat ik in vijf tellen kan geven, zou waardeloos zijn. Dat weten we allebei. Ik heb tijd nodig om iets te ondernemen wat de Fransen een *projet d'étude* noemen.'

'Het kan me geen reet schelen hoe de Fransen het noemen,' was het antwoord. Jonathan verliet de VS zelden en ging dan alleen graag naar zijn geliefde Israël. Voor de rest haatte hij elke minuut die hij over de grenzen doorbracht, vooral in Europa en nog specifieker in Frankrijk.

'U hebt dus studeertijd nodig. Hoe lang?'

'Minimaal twee weken. En ik heb een machtiging nodig, een brief die elke gezagsdrager in dit land verplicht mijn vragen open en eerlijk te beantwoorden. Anders blijft het antwoord waardeloos. Ik neem aan dat u noch de president tijd en geld wil verspillen aan een project dat tot mislukken gedoemd is.'

De stafchef staarde hem een paar tellen aan. Toen stond hij op en beende de kamer uit. Vijf minuten later kwam hij met een brief terug. Devereaux wierp er een blik op en knikte traag. Wat hij in zijn hand had, was genoeg om elke bureaucratische barrière in het land te slechten. De stafchef gaf hem ook een kaartje.

'Mijn privénummers thuis, op kantoor en mobiel. Allemaal versleuteld. Honderd procent veilig. Bel me wanneer u wilt, maar alleen met een goede reden. Vanaf dit moment staat de president erbuiten. Wilt u Berrigans rapport houden?'

'Nee,' zei Devereaux mild. 'Ik ken het uit mijn hoofd. Dat geldt ook voor de telefoonnummers.'

Hij gaf het kaartje terug. Diep in zijn hart vond hij de opschepperij over 'honderd procent veilig' bespottelijk. Een paar jaar eerder was een Britse, licht autistische computerfanaat als een heet mes door marshmallows alle firewalls van de NASA en de databanken van het Pentagon binnengedrongen. Dat deed hij met een goedkoop dingetje in zijn slaapkamer in Noord-Londen. De Cobra wist wat echte veiligheid is, namelijk dat drie mensen alleen een geheim kunnen bewaren als twee van hen dood zijn, en dat er maar één truc bestaat: je moet erin en eruit zijn voordat de slechteriken wakker worden.

Een week na Devereaux' gesprek met Silver was de president in Londen. Het was geen staatsbezoek maar een werkbezoek op het niveau vlak daaronder. Toch werden hij en zijn vrouw door de koningin op Windsor Castle ontvangen, en daar werd een al bestaande en oprechte vriendschap hernieuwd.

Afgezien daarvan waren er diverse werkbesprekingen met de nadruk op de lopende problemen in Afghanistan, de economische problematiek, de EU, de wereldwijde opwarming van het klimaat en de handel. Tijdens het weekend zouden de president en zijn vrouw twee ontspannen dagen doorbrengen met de nieuwe Britse premier in het officiële buitenverblijf Chequers, de simpele naam van een schitterend landhuis uit de tudortijd. Op zaterdagavond zaten de twee echtparen na het eten in de Long Gallery koffie te drinken. Omdat het buiten een beetje kil was, joeg een laaiend houtvuur het flakkerende licht van zijn vlammen over de wanden vol antieke boeken die met de hand in marokijnleer gebonden waren.

Het is volstrekt onvoorspelbaar of twee staatshoofden het met elkaar kunnen vinden, laat staan de empathie van echte vriendschap ondervinden. Soms gebeurt dat wel, soms niet. Uit de geschiedenis blijkt dat er tussen Franklin D. Roosevelt en Winston Churchill weliswaar altijd kleine wrijvingen waren, maar dat ze elkaar ook echt mochten. Ronald Reagan en Margaret Thatcher waren dikke vrienden ondanks de kloof tussen de bikkelharde overtuigingen van de Engelse premier en de volkse humor van de Californiër.

Tussen Britten en Europeanen komt het niveau van hun vriendschap zelden of nooit boven dat van formele beleefdheid uit. De Duitse kanselier Helmut Schmidt bracht een keer een zo geduchte vrouw mee dat Harold Wilson, de trap aflopend voor het eten, tegenover het verzamelde personeel een van zijn zeldzame aanvallen van humor kreeg: 'Nou, vandaag maar geen partnerruil.'

Harold Macmillan kon Charles de Gaulle niet uitstaan, wat wederzijds was, maar voelde genegenheid voor de veel jongere John F. Kennedy. Dat had misschien iets (maar niet alles) met hun gemeenschappelijke taal te maken.

Gezien de enorme verschillen in achtergrond van de twee mannen die zich op die avond in de herfst samen aan het houtvuur warmden terwijl de schaduwen steeds donkerder werden en de geheime dienst en de SAS buiten samen patrouilleerden, was het misschien verrassend dat ze gedurende maar drie gesprekken – het ene in Washington, het tweede bij de VN en nu weer op Chequers – een echte, persoonlijke vriendschap ontwikkelden.

De Amerikaan was een kansarm kind geweest. Zijn vader was Keniaan, zijn moeder kwam uit Kansas, hij groeide op op Hawaï en in Indonesië en had al vroeg met kortzichtigheid te maken gehad. De Engelsman daarentegen was de zoon van een beurshandelaar en een plattelandsmagistraat, had een kindermeisje gehad en was naar de duurste en beste lagere en middelbare school gegaan. Met zo'n soort achtergrond kan iemand een soepele charme krijgen die een stalen vuist verbergt. Bij sommigen gebeurt dat, bij anderen niet.

Iets oppervlakkiger gezien hadden de twee mannen veel gemeen. Ze waren allebei nog geen vijftig, hadden een knappe vrouw, waren vader van kinderen die nog enige jaren op school zouden zitten, waren afgestudeerd aan topuniversiteiten en hadden hun leven lang in de politiek gezeten. En allebei waren ze even geobsedeerd door de klimaatsverandering, de armoede in de Derde Wereld, de nationale veiligheid en de (ook binnenlandse) ellende van degenen die Frantz Fanon de 'verworpenen der aarde' noemde.

Terwijl de vrouw van de premier de first lady een van de oudste boeken uit de collectie liet zien, mompelde de president tegen zijn Britse gastheer: 'Heb je tijd gehad om even naar het rapport te kijken dat ik je gegeven heb?'

'Natuurlijk. Indrukwekkend... en angstaanjagend. We hebben een enorm probleem op dat punt. Dit land is de grootste cocaïneconsument van Europa. Twee maanden geleden had ik een briefing met mensen van de SOCA, onze eigen bestrijders van de zware misdaad, over alle criminaliteit die eruit voortvloeit. Vanwaar dat rapport?'

De president staarde in de vlammen en koos zijn woorden met zorg. 'Iemand is in opdracht van mij de mogelijkheden van een idee aan het bekijken. Zou het met al onze technologie en de bekwaamheid van onze speciale eenheden mogelijk zijn om die industrie te vernietigen?'

De premier wist niet wat hij hoorde en staarde de Amerikaan aan. 'Heeft die man al gerapporteerd?'

'Nee. Ik verwacht zijn oordeel elk moment.'

'En... ga je zijn advies opvolgen?'

'Dat denk ik wel.'

'En als hij denkt dat het mogelijk is?'

'Dan is het niet onmogelijk dat wij de handen uit de mouwen gaan steken.'

'We geven allebei enorme bedragen uit aan pogingen om verdovende middelen te bestrijden. Al mijn deskundigen zeggen dat een volledige vernietiging onmogelijk is. We onderscheppen ladingen, vangen de smokkelaars en de bendeleden en sturen ze met lange straffen naar de gevangenis. Daarmee verandert er niets. De drugs blijven komen. De bajesklanten worden door nieuwe vrijwilligers vervangen. Het spul is niet aan te slepen.'

'Maar als mijn deskundige zegt dat het mogelijk is, doet Groot-Brittannië dan mee?'

Geen enkele politicus wordt graag ver onder de broekriem geraakt. Zelfs niet door een vriend. Zelfs niet door de Amerikaanse president. De premier probeerde tijd te winnen.

'Er zou een echt plan moeten zijn. En er zouden fondsen moeten zijn.'

'Als wij het startsein geven, is er een plan. En zijn er fondsen. Maar ik zou jullie speciale eenheden goed kunnen gebruiken. Jullie misdaadbestrijders. Het vakmanschap van jullie geheime diensten.'

'Dat moet ik met mijn mensen overleggen,' zei de premier.

'Doe dat. Ik laat je weten wat mijn deskundige zegt en of we ermee doorgaan.'

Het viertal maakte zich klaar voor de nacht. De volgende ochtend zouden ze de vroegmis bijwonen in de Normandische kerk in de buurt. De wachtposten zouden de hele nacht blijven patrouilleren, observeren, controleren, onderzoeken en opnieuw controleren. Ze zouden gewapend zijn en een kogelvrij vest dragen. Ze zouden zijn uitgerust met nachtkijkers, infraroodscanners, bewegingssensoren en warmtedetectors. Alleen een heel onverstandige vos zou er gaan rondlopen. Zelfs de speciaal geïmporteerde Amerikaanse limousines zouden de hele nacht bewaakt worden zodat niemand in de buurt kon komen.

Zoals bij staatshoofden altijd het geval was, kreeg het Amerikaanse echtpaar de Lee-kamer, genoemd naar de filantroop die Chequers na een volledige restauratie in 1917 aan het land geschonken had. In de kamer stond nog steeds het enorme hemelbed dat – misschien niet erg diplomatiek – nog uit de tijd van de Onafhankelijkheidsoorlog stamde. Tijdens de Tweede Wereldoorlog had de Russische minister van Buitenlandse Zaken Molotov in dat bed geslapen – met een pistool onder zijn kussen. Maar in deze nacht van 2010 was er van zo'n pistool geen sprake.

Twintig mijl ten zuiden van de Colombiaanse havenstad Cartagena ligt de Golf van Urabá. De kust bestaat er uit ondoordringbare mangrovemoerassen met veel malariamuggen. Terwijl de Air Force One zich met het presidentiële echtpaar, dat terugkwam uit Londen, klaarmaakte voor de landing, glipten twee vreemde vaartuigen uit een onzichtbare kreek en zetten koers naar het zuidwesten.

Het waren potloodslanke schepen van aluminium die met hun twintig meter lengte als naalden op het water lagen. Aan het achterschip van beide waren naast elkaar vier Yamaha 200-buitenboordmotoren gemonteerd. In de wereld van de cocaïne heten ze 'snelgangers', en met hun vorm en vermogen zijn ze ontwikkeld om elk ander schip het nakijken te geven.

Hoewel ze lang waren, was er weinig ruimte aan boord vanwege de enorme tanks met extra brandstof. Allebei vervoerden ze 600 kilo cocaïne in tien grote, witte plastic vaten die hermetisch waren afgesloten om schade door zeewater te voorkomen. Om de hantering te vergemakkelijken, was elk vat in een net van blauw polyetheenkoord gewikkeld.

De vier bemanningsleden zaten ongemakkelijk op hun hurken tussen de vaten en de brandstoftanks. Maar ze waren daar niet voor hun rust. Een van hen was de man aan het roer, een uitstekend opgeleid bemanningslid dat de snelganger bij zijn kruissnelheid van (met gemak) veertig knopen in de hand kon houden en de snelheid bij achtervolging tot zestig knopen kon opvoeren, als de zee het toestond. De twee anderen waren er vanwege hun spieren en kregen naar hun eigen maatstaven een fortuin voor tweeënzeventig uur ongerief en gevaar. Hun gezamenlijke beloning was in feite maar een fractie van een procent van de waarde die in de twintig vaten lag opgeslagen.

Eenmaal buiten het ondiepe water verhoogde de kapitein zijn snelheid tot veertig knopen. Daarmee begon een lange tocht over een kalme zee. Hun bestemming was een punt op zeventig zeemijl buiten Colón in de republiek Panama. Daar was op zee een ontmoeting gepland met het vrachtschip *Virgen de Valme*, dat in westelijke richting uit de Caribische Zee kwam en naar het Panamakanaal voer.

De snelgangers hadden een tocht van driehonderd zeemijl voor de boeg, en zelfs met veertig knopen per uur was dat punt niet voor zonsopgang te bereiken. Ze zouden dus de hele volgende dag in de drukkende hitte onder een blauw zeildoek blijven liggen dobberen totdat ze in het donker door konden varen. Om middernacht konden ze hun vracht dan overladen. Dat was hun deadline.

Het vrachtschip lag er al toen de snelgangers naderden. Het schip toonde de juiste volgorde van lichtjes in het juiste patroon, en de identificatie werd bevestigd door afgesproken maar betekenisloze mededelingen die door het donker geroepen werden. De snelgangers kwamen langszij. Bereidwillige handen hesen de twintig vaten naar het dek boven, gevolgd door lege brandstoftanks, die even later weer tjokvol in de snelgangers werden neergelaten. Na een paar afscheidswoorden in het Spaans voer de *Virgen de Valme* verder in de richting van Colón en aanvaardden de snelgangers de terugreis. Na nog een dag onzichtbaar dobberen op de oceaan waren ze dan weer vóór de zonsopgang van de derde dag – zestig uur na hun vertrek – in de mangrovemoerassen terug.

Met de 5.000 dollar die elk bemanningslid kreeg, en de 10.000 voor de kapitein, voelden ze zich koninklijk beloond. Maar hun vracht werd door dealers aan de Amerikaanse consument verkocht en leverde dan rond 84 miljoen dollar op.

Toen de *Virgen de Valme* het Panamakanaal in voer, was het schip niet te onderscheiden van de andere, op hun beurt wachtende schepen, tenzij je afdaalde naar het lenswater onder de vloer van het laagste ruim. Maar dat deed niemand. Je overleefde het daar alleen met zuurstofflessen, en de bemanning zei dat die tot hun blusuitrusting behoorden.

Het schip voer in de Stille Oceaan het kanaal weer uit en zette koers naar het noorden. Het gleed langs Midden-Amerika, Mexico en Californië. Buiten Oregon werden de twintig vaten eindelijk aan dek gebracht, klaargemaakt en onder zeildoek verborgen. De *Virgen de Valme* rondde in een maanloze nacht Kaap Flattery en voer door de Straat van Juan de Fuca met zijn lading Braziliaanse koffie naar Seattle, de Amerikaanse koffiehoofdstad met haar vele fijnproevers.

Voordat het schip de steven wendde, zetten de bemanningsleden de twintig vaten overboord, met zoveel kettingen verzwaard dat alle vaten zachtjes door het dertig meter diepe water naar de bodem zakten. Daarna voerde de kapitein één mobiel telefoongesprek. Zelfs als de National Security Agency in Fort Meade meeluisterde (wat het geval was), hoorden ze daar een paar zinloze en onschuldige woorden. Iets over een eenzame zeeman die een paar uur later zijn liefje terug zou zien.

De twintig vaten waren gemarkeerd met kleine maar fel verlichte boeien, die bij zonsopgang op het grijze water lagen te deinen. Ze werden daar aangetroffen door vier mannen in een vissersbootje. Ze leken namelijk sprekend op boeien van kreeftenfuiken. Niemand zag hen de vaten uit het water hijsen. Als er op hun radarscherm in een straal van een paar mijl een patrouilleboot te zien was geweest, zouden ze uit de buurt zijn gebleven. Maar de gps-positie van de cocaïne was op een paar meter nauwkeurig, en ze konden dus zelf het beste moment bepalen.

Na de Straat van Juan de Fuca gingen de smokkelaars terug naar de doolhof van eilanden ten noorden van Seattle en ze meerden af op een punt waar een visserspad naar het water leidde. Daar wachtte een grote biertruck. Na overladen vertrokken de vaten naar het binnenland, waar ze opgingen in de 300 ton cocaïne die elk jaar de VS in kwam. Alle betrokkenen kregen achteraf hun afgesproken beloning. De krabbenvissers kwamen de naam van het schip of van de truckeigenaar nooit te weten. Dat hoefde namelijk niet.

De drugs veranderden van eigenaar zodra ze op Amerikaanse bodem waren. Tot dan toe waren ze eigendom van het Kartel geweest en werden alle betrokkenen door het Kartel betaald. Vanaf het moment van de biertruck waren ze echter van de Amerikaanse importeur, die nu een verbijsterend bedrag aan het Kartel schuldig was. Dat bedrag moest betaald worden.

De prijs voor de 1,2 ton zuivere cocaïne was al uitonderhandeld. Kleine scharrelaars dokken honderd procent zodra ze de bestelling plaatsen. Grote spelers betalen vijftig procent vooruit en de rest bij aflevering. De importeur verkoopt zijn cocaïne voor een prijs die na de biertruck en tot de consumentenneus in Spokane of Milwaukee indrukwekkend stijgt.

De importeur werkt met allerlei tussenpersonen en betaalt smeergeld om uit de greep van de FBI en de DEA te blijven. En alle betalingen zijn contant. Maar ook als het Kartel de nog resterende 50 procent van de koopprijs ontvangen heeft, staan de Amerikaanse bendes nog steeds voor het probleem dat ze een zee vol dollars moeten witwassen. Dat geld vloeit naar honderd andere, illegale ondernemingen.

En intussen lopen in heel Amerika levens op de klippen vanwege het zogenaamd onschuldige witte poeder.

Paul Devereaux bleek vier weken nodig te hebben om zijn onderzoek te doen. Jonathan Silver belde tweemaal, maar hij liet zich niet haasten. Toen hij klaar was, had hij opnieuw een gesprek met de presidentiële stafchef in de Westvleugel. Hij had een dun mapje bij zich. Vanwege zijn afkeer van computers, die hij buitengewoon onveilig vond, leerde hij bijna alles uit zijn hoofd, en als hij met zwakker begaafden te maken had, schreef hij beknopte rapporten in een elegant maar ouderwets Engels.

'En?' vroeg Silver, trots op wat hij zijn 'no nonsense'-'zero tolerance'-houding noemde die echter volgens anderen ordinaire grofheid was. 'Hebt u een mening gevormd?'

'Inderdaad,' zei Devereaux. 'De cocaïne-industrie kan als massaproducent van verdovende middelen vernietigd worden, mits strikt voldaan wordt aan bepaalde voorwaarden.'

'Hoe?'

'Eerst even: hoe níét. De producenten aan de bron liggen buiten ons bereik. Duizenden straatarme boeren, de cocaleros, verbouwen het gewas op duizenden veldjes vol struikgewas onder het bladerdek van het oerwoud. Sommige veldjes zijn niet groter dan een halve hectare. Zolang een kartel bereid is om hun vervloekte pasta op te kopen, blijven ze produceren en brengen ze hun productie naar de Colombiaanse kopers.'

'Dus geen tik op hun kop?'

'De huidige Colombiaanse president doet er, anders dan sommige voorgangers en de meeste buurlanden, echt zijn best voor, maar ook hem lukt het niet. Vietnam had ons iets belangrijks moeten leren over

oerwouden en de mensen die daar wonen. Een poging om een mierennest uit te roeien met een opgerolde krant is geen optie.'
'Wat doen we met de laboratoria en de kartels?'
'Ook die zijn geen optie. Dat zou net zoiets zijn als een poging om een sidderaal te vangen in zijn eigen hol. Zij zijn daar op hun eigen terrein, niet op het onze. In Latijns-Amerika zijn zij de baas, niet wij.'
'Oké,' zei Silver, wiens zeer beperkte geduld uitgeput raakte. 'In de VS dan, als die troep eenmaal in ons land is? Hebt u enig idee hoeveel geld, hoeveel belastingcenten we in het hele land aan wetshandhaving besteden? Alle vijftig staten plus de nationale overheid? Dat is verdomme net zoveel als de hele staatsschuld.'
'Precies,' zei Devereaux onverstoorbaar, ondanks Silvers groeiende ergernis. 'Alleen al de nationale overheid spendeert 14 miljard dollar per jaar aan de oorlog tegen drugs, geloof ik. Dan hebben we het nog niet over de gaten in de begrotingen van de vijftig staten. Dat is de reden waarom ook de vernietiging op Amerikaanse bodem onmogelijk is.'
'Wat is dan het geheim?'
'De achilleshiel is het water.'
'Water? Wilt u de coke aanlengen met water?'
'Nee, ik bedoel het water onder de coke. Het zeewater. Er is één landroute van Colombia naar Mexico, namelijk over het smalste deel van Midden-Amerika, maar die is zo gemakkelijk te beheersen dat de kartels hem niet gebruiken. Elke gram cocaïne voor de VS en Europa...'
'Vergeet Europa. Daar doen ze niet mee.'
'... reist boven, onder of op het zeewater. Zelfs het transport van Colombia naar Mexico verloopt over zee. Dat is de halsslagader van het Kartel. Als je die doorsnijdt, overlijdt de patiënt.'
Silver gromde en staarde over zijn bureau heen naar de gepensioneerde agent, die kalm terugkeek. Het kon hem kennelijk weinig schelen of zijn bevindingen werden aanvaard of niet.
'Goed. Kan ik tegen de president zeggen dat het antwoord "ja" luidt en dat u de opdracht aanneemt?'
'Niet zo snel. Ik heb een paar voorwaarden en die zijn niet onderhandelbaar, vrees ik.'
'Dat klinkt als een dreigement, en niemand uit dreigementen jegens het Oval Office. Niet zo hoog van de toren blazen, "meneer".'
'Het is geen dreigement maar een waarschuwing. Als niet aan de voorwaarden voldaan wordt, zal het peperdure project op een beschamende manier mislukken. Hier hebt u ze.'
Devereaux schoof het dunne mapje over het bureau. De stafchef

maakte het open en zag twee duidelijk getypte velletjes. Vijf paragrafen. Genummerd. Hij las de eerste.

1. Ik zal volstrekt onafhankelijk en in volledige geheimhouding moeten kunnen opereren. Alleen een uiterst beperkte groep rond de opperbevelhebber mag weten wat er gebeurt en waarom, ongeacht eventuele opschudding of gebroken neuzen. Iedereen beneden het niveau van het Oval Office weet alleen wat men móét weten, namelijk slechts dat wat nodig is om de hun opgedragen taak te volbrengen.

'De federale overheid en de militaire hiërarchie lekken niet,' snauwde Silver.
 'Dat doen ze wel,' zei Devereaux onverstoorbaar. 'Ik heb de helft van mijn leven gewijd aan pogingen om dat te voorkomen of achteraf de schade te herstellen.'

2. Ik eis een presidentiële machtiging die me de volmacht geeft om de volledige en onverwijlde medewerking te eisen en te ontvangen van elke overheidsdienst of militaire eenheid wier medewerking van vitaal belang is. Dat begint met de automatische doorgifte van elke inlichting die ter beschikking komt van elke andere dienst binnen de antidrugscampagne, naar het hoofdkwartier van wat ik het Cobra-project noem.

'Die gaan door het lint,' gromde Silver. Hij wist dat kennis macht is en dat niemand ook maar één fractie van die macht vrijwillig afstaat. Dat gold ook voor de CIA, DEA, FBI, NSA en de strijdkrachten.
 'Die vallen allemaal onder Binnenlandse Veiligheid en de Patriot Act,' zei Devereaux. 'Ze zullen de president gehoorzamen.'
 'De binnenlandse veiligheid slaat op de dreiging van het terrorisme,' zei Silver. 'Drugssmokkel is een misdrijf.'
 'Lees verder,' mompelde de CIA-veteraan.

3. Ik wil mijn eigen medewerkers kunnen aantrekken. Niet veel, maar degenen die ik nodig heb, moeten zonder vragen of weigeringen aan het project worden toegewezen.

De stafchef maakte geen bezwaren tot hij nummer vier gelezen had.

4. Er is een budget van twee miljard dollar nodig. Het geld moet zonder controles en onderzoeken worden vrijgemaakt. Daarna heb ik negen maanden nodig om de aanval voor te bereiden en nog eens negen maanden om de cocaïne-industrie te vernietigen.

Geheime projecten en budgets waren niets nieuws, maar deze schaal was ongekend. De stafchef zag de rode lampen al branden. Wiens budget ging geplunderd worden? Dat van de FBI? Van de CIA? Van de DEA? Of moesten ze het ministerie van Financiën om nieuwe fondsen vragen?

'We kunnen niet zonder supervisie van de uitgaven,' zei hij. 'De geldbaasjes gaan nooit akkoord met de verdwijning van twee miljard dollar, alleen maar omdat u wilt winkelen.'

'Dan zal het niet lukken,' antwoordde Devereaux kalm. 'Het gaat er nou net om dat niemand een aanval op het Kartel en de cocaïne-industrie mag zien aankomen. Een gewaarschuwd man telt nog steeds voor twee. De aard van het aangeschafte materiaal en van de aangetrokken mensen zou het hele plan verraden, en dat lekt dan geheid naar een onderzoeksjournalist of een blogger zodra accountants of boekhouders de zaak overnemen.'

'Ze nemen niets over en superviseren alleen.'

'Komt op hetzelfde neer, meneer Silver. Als die ermee te maken krijgen, is je dekmantel naar de vaantjes. En als je dekmantel naar de vaantjes is, ben je dood. Echt waar. Dat weet ik.'

De ex-parlementariër uit Illinois wist dat hij een discussie op dit gebied niet kon winnen, en stapte over naar punt vijf.

5. Het is noodzakelijk om de cocaïne te reclassificeren. Het is nu een harddrug waarvan de import een misdrijf is, en moet een nationale dreiging worden waarvan de invoer of poging daartoe als terroristische daad geldt.

Jonathan Silver stond op van zijn stoel. 'Bent u gek geworden? Daarvoor is een grondwetswijziging nodig.'

'Nee, alleen een simpel parlementair wetje om de classificatie van een chemische stof te wijzigen. Een gewone beschikking is genoeg.'

'Welke chemische stof?'

'Cocaïnehydrochloride is een gewone chemische stof, maar toevallig ook een verboden stof waarvan de invoer tegen het Amerikaanse strafrecht indruist. Ook antrax is een chemische stof, net als het zenuwgas VX. Maar de eerste is geclassificeerd als bacteriologisch massavernietigingswapen, de tweede als chemisch wapen. We zijn Irak binnengevallen omdat de zogenaamde inlichtingendienst die we sinds mijn vertrek hebben, is wijsgemaakt dat het land ze bezat.'

'Dat was iets anders.'

'Nee, dat was precies hetzelfde. Reclassificeer cocaïnehydrochloride als nationale dreiging, dan vallen alle dominostenen om. Wie ons per jaar bestookt met duizend ton van dat spul, pleegt geen misdrijf meer maar een terroristische daad. We kunnen dan dienovereenkomstig reageren. Het wettelijke kader bestaat al.'

'Alles wat we in de kast hebben?'

'Alles. Maar ingezet buiten onze territoriale wateren en buiten ons luchtruim. Bovendien onzichtbaar.'

'We behandelen het Kartel dus zoals we met Al Qaida zouden doen?'

'Daar komt het grof gezegd op neer,' zei Devereaux.

'Wat ik dus doen moet...'

De grijsharige man uit Boston stond op.

'Wat u doen moet, meneer de stafchef, is nagaan hoe bangelijk u bent, en nog belangrijker: hoe bangelijk die man daar verderop in de gang is. Als u dat hebt vastgesteld, is er niet veel meer te bespreken. Ik acht het project mogelijk, maar niet zonder dat aan de genoemde voorwaarden voldaan is. In elk geval kan ík het dan niet.'

Hij liep zonder toestemming naar de deur maar bleef daar even staan. 'Laat me de reactie van de opperbevelhebber mettertijd weten, alstublieft. Ik ben gewoon thuis.'

Jonathan Silver was niet gewend alleen achter te blijven, starend naar een dichte deur.

In de VS is een presidentiële order de hoogst mogelijke bestuurlijke beschikking. Deze orders worden meestal openbaar gemaakt, want als dat niet gebeurt, kan er nauwelijks aan gehoorzaamd worden. Maar zo'n order kan ook geheim zijn en heet dan simpelweg een *finding*.

De bejaarde mandarijn uit Alexandria kon het niet weten, maar hij had de bitse stafchef weten te overtuigen, en de stafchef overtuigde op zijn beurt de president. Na een advies van een hoogst verbaasde professor in het staatsrecht werd cocaïne heimelijk gereclassificeerd als een toxine en een nationale dreiging. Als zodanig raakte de stof betrokken bij de oorlog tegen alles wat de nationale veiligheid bedreigde.

Ruim ten westen van de Portugese kust en ongeveer ter hoogte van de Spaanse grens ploegde het ms *Balthazar* naar het noorden met een uitgeklaarde gemengde lading voor de haven van Rotterdam. Het schip was niet groot – niet meer dan 6.000 ton – en werd bemand door een kapitein en acht zeelieden, die allemaal smokkelaars waren. De criminele kant van hun werkzaamheden was zo winstgevend dat de kapitein zich binnen twee jaar als rijk man wilde terugtrekken in zijn vaderland Venezuela.

Hij luisterde naar het weerbericht voor Kaap Finisterre, dat maar vijftig zeemijl verderop lag. Hij mocht windkracht vier en een woelige zee verwachten, maar wist dat de Spaanse vissers met wie hij een afspraak had geharde zeelieden waren en geen problemen hadden met een stevige bries.

De Portugese stad Porto lag ruim achter hem en de Spaanse stad Vigo lag nog onzichtbaar in het oosten toen hij zijn bemanning beval om de vier grote pakken uit het derde ruim te halen. Ze lagen daar al sinds hij ze honderd mijl buiten Caracas van een garnalenvisser had overgenomen.

Kapitein Goncalves was voorzichtig. Hij weigerde met smokkelwaar aan boord een haven in of uit te gaan, en al helemaal niet met deze. Die wilde hij alleen op zee aan boord nemen en uitladen. Afgezien van de mogelijkheid dat een verklikker hem aangaf, maakte deze voorzorg het onwaarschijnlijk dat hij gepakt werd. Zes succesvolle tochten over de Atlantische Oceaan hadden heel wat opgeleverd: een mooi huis, de opvoeding van twee dochters en de middelbare school van zijn zoon Enrique.

Even na Vigo doken de twee Spaanse vissersboten op. Hij stond erop dat ze de onschuldig klinkende maar cruciale begroetingen uitwisselden toen de trawlers schuddend in het woelige water naast hem kwamen liggen. Het was niet onmogelijk dat Spaanse douaniers in de bende geïnfiltreerd waren en zich uitgaven voor vissers. Maar als dat zo was, zouden ze nu met veel geweld aan boord zijn gekomen. De mannen die nu op een halve kabel afstand van zijn brug stonden, waren inderdaad degenen met wie hij contact moest maken.

Toen dat gebeurd was en de identiteiten bevestigd waren, glipten de trawlers naar zijn kielzog. Een paar minuten later vielen de pakken over de reling in het water. Anders dan de vaten in Seattle waren deze balen bedoeld om te blijven drijven. Ze lagen op het water te dobberen terwijl de *Balthazar* naar het noorden voer. De trawlerbemanningen hesen ze aan boord – twee per schip – en lieten ze in de bun zakken. Daar werd er tien ton makreel overheen geschept, en toen gingen de vissersboten naar hun thuishaven.

Ze kwamen uit het stadje Muros aan de Galicische kust, en toen ze in de avondschemering langs de pier de binnenhaven in voeren, waren ze weer 'schoon'. Buiten de haven hadden andere mannen de pakken vanuit de zee naar het strand getrokken. Daar wachtte een tractor met aanhanger. Geen ander voertuig op wielen kon het natte zand aan. Vanuit de aanhanger verdwenen de pakken in een bestelwagen met een reclame voor Atlantische scampi, en die auto ging op weg naar Madrid.

Een man van de importbende in Madrid betaalde iedereen contant uit en ging naar de haven om de vissers blij te maken. Zo was alweer een ton zuivere cocaïne Europa binnen gekomen.

Het nieuws kwam met een telefoontje van de stafchef, en een koerier bracht de papieren. De machtiging gaf Paul Devereaux meer bevoegdheden dan iemand in de rangen beneden het Oval Office in decennia bezeten had. De overdracht van het geld zou later plaatsvinden, zodra hij besloten had waar hij het geld wilde hebben.

Een van de eerste dingen die hij deed, was een telefoonnummer opzoeken dat hij al jaren bezat maar nooit gebruikt had. Hij draaide het nu. De telefoon rinkelde in een kleine bungalow aan een zijstraat in de bescheiden stad Pennington in New Jersey. Hij had geluk. Iemand nam al na de derde keer rinkelen op.

'Meneer Dexter?'

'Met wie spreek ik?'

'Met iemand uit het verleden. Mijn naam is Paul Devereaux. U kent me vast nog wel.'

Er viel een lange stilte alsof iemand zojuist in zijn zonnevlecht was geraakt.

'Bent u daar nog, meneer Dexter?'

'Ja, ik ben er nog. En ik herinner me de naam inderdaad. Hoe bent u aan dit nummer gekomen?'

'Dat doet er niet toe. Discrete informatie was vroeger mijn handelsmerk, zoals u nog wel zult weten.'

De man uit New Jersey wist dat inderdaad nog heel goed. Negen jaar eerder was hij de succesvolste premiejager geweest die de VS ooit gekend hadden. Zonder het te weten had hij Devereaux voor de voeten gelopen toen die nog voor het CIA-hoofdkantoor in Langley werkte, en Devereaux had geprobeerd om hem te laten doden.

De twee mannen leken in niets op elkaar. Cal Dexter – de pezige, stroblonde, vriendelijk glimlachende jurist in het kleinsteedse Pennington – was in 1950 geboren in een van kakkerlakken vergeven krot in Newark. Zijn vader was een bouwvakker die tijdens de hele Tweede Wereldoorlog en de oorlog in Korea werk had omdat toen overal langs de kust van New Jersey duizenden nieuwe fabrieken, werven en overheidsgebouwen verrezen.

Maar aan het eind van de Koreaanse oorlog was het werk opgedroogd. Cal was vijf toen zijn moeder het liefdeloze huwelijk voor gezien hield, en de jongen achterliet om door zijn vader opgevoed te worden. Deze laatste was een harde man die altijd klaarstond met zijn vuisten, want op veel bouwterreinen waren die de enige wet. Maar hij was geen slecht mens. Hij probeerde het smalle pad te bewandelen en voedde zijn zoon op in de liefde voor de Amerikaanse vlag, de grondwet en Joe DiMaggio.

Na twee jaar had Dexter senior een kampeerauto aangeschaft waarin hij de werkgelegenheid achterna kon gaan. En zo was de jongen opgegroeid: reizend van de ene bouwput naar de andere, naar elke school gaand die hem hebben wilde, en daarna weer verder trekkend. Het was de periode van Elvis Presley, Del Shannon, Roy Orbison en The Beatles. Die laatsten kwamen uit een land waarvan Cal nooit gehoord had. Het was ook de periode van Kennedy, de Koude Oorlog en Vietnam.

Het onderwijs dat hij gekregen had, was zo verbrokkeld dat het tot weinig diende, maar hij leerde zich wel te handhaven op straat en in een gevecht. Net als zijn verdwenen moeder was hij niet lang: zo'n een meter zeventig. Hij was ook niet zwaar en gespierd zoals zijn vader, maar in zijn magere lichaam huisde een geduchte wilskracht en zijn vuisten waren moordend.

Op zijn zeventiende zag het ernaar uit dat hij het voorbeeld van zijn vader ging volgen en zandschepper of chauffeur van containerwagens op bouwterreinen werd. Maar toen...

In januari 1968 werd hij achttien en lanceerde de Vietcong het Tet-offensief. In een café in Camden keek hij een keer naar de tv. Er was toen een documentaire over werving voor het leger. Mensen die zich aanmeldden, bleken in het leger een opleiding te kunnen krijgen. De volgende dag ging hij naar het kantoor van het Amerikaanse leger in Camden en tekende.

De sergeant-majoor verveelde zich. Hij had zijn leven lang moeten luisteren naar jongeren die hun uiterste best deden om uit de buurt van Vietnam te blijven.

'Ik meld me als vrijwilliger,' zei de jongen tegenover hem.

De sergeant-majoor trok een formulier naar zich toe, maar handhaafde het oogcontact als een fret die het konijn niet wil laten ontsnappen. In een poging om vriendelijk te zijn opperde hij de mogelijkheid om voor drie jaar te tekenen in plaats van twee.

'Dan heb je een goeie kans op de betere baantjes,' zei hij. 'Het is ook een betere carrièrekeuze. Bij drie jaar kan het zelfs zijn dat je niet naar Vietnam hoeft.'

'Maar ik wil wel naar Vietnam,' zei het joch in zijn vuile spijkerbroek.

Hij kreeg zijn zin. Na zijn basisopleiding en gezien zijn duidelijke handigheid bij het besturen van grondverzetmachines werd hij naar het geniebataljon Big Red One van de 1ste infanteriedivisie gestuurd, en dat was gelegerd in de IJzeren Driehoek. Daar meldde hij zich als vrijwilliger om 'tunnelrat' te worden en drong hij door in het gevreesde netwerk van angstaanjagende, stikdonkere en vaak dodelijke tunnels die de Vietcong onder Cu-Chi gegraven had.

Na twee detacheringen lang in die helse gaten bijna-zelfmoordmissies te hebben uitgevoerd, kwam hij met een pet vol medailles in de VS terug, en Uncle Sam hield zijn belofte. Hij mocht naar de universiteit. Hij koos voor een rechtenstudie en studeerde af aan de universiteit van Fordham in New York.

Hij miste zowel de achtergrond als de goede manieren en het geld voor een van de grote kantoren aan Wall Street. Daarom sloot hij zich aan bij de Legal Aid, waar hij het woord voerde namens hen die voor de laagste sporten van het Amerikaanse systeem bestemd waren. Hij had er zoveel latino's als cliënt dat hij rad en vloeiend Spaans leerde spreken. Hij trouwde ook en kreeg een dochter die zijn oogappel werd.

Misschien was hij wel zijn hele leven blijven werken tussen het door niemand verdedigde wrakhout van de samenleving wanneer niet even na zijn veertigste zijn tienerdochter werd ontvoerd, tot prostitutie gedwongen en door haar criminele pooier sadistisch werd vermoord. Hij had het gehavende lijk op een plaat marmer in Virginia Beach moeten identificeren. Door die ervaring kwam de tunnelrat weer boven, die het man-tegen-mangevecht kende.

Gebruikmakend van zijn oude talenten spoorde hij in de stad Panama de twee pooiers op die de dood van zijn dochter op hun geweten hadden, en hij schoot hen met hun lijfwachten op straat dood. Toen hij terugkwam in New York had zijn vrouw zich van het leven beroofd.

Cal Dexter keerde de rechtbanken de rug toe en werd ogenschijnlijk advocaat in het kleine stadje Pennington. In werkelijkheid begon hij daar een derde carrière. Hij werd premiejager, maar anders dan de overgrote meerderheid van zijn collega's opereerde hij bijna uitsluitend in het buitenland. Hij specialiseerde zich in de opsporing, aanhouding en voorgeleiding van mensen die in de VS een misdaad hadden begaan en daarmee weg probeerden te komen in een land waarmee de VS geen uitleveringsverdrag hadden. Hij adverteerde heel discreet onder de schuilnaam 'Wreker'.

In 2001 kreeg hij van een Canadese miljardair de opdracht om de sadistische Servische huurling op te sporen die zijn kleinzoon, een hulpverlener, ergens in Bosnië had vermoord. Wat Dexter niet wist, was dat een zekere Paul Devereaux de moordenaar Zoran Zilic, inmiddels een onafhankelijke wapenhandelaar, gebruikte om Osama bin Laden naar een plaats te lokken waar een kruisraket hem kon vernietigen.

Maar Dexter kwam eerst en vond Zilic in een smerige Zuid-Amerikaanse dictatuur, waar hij ondergedoken zat. Hij wist in zijn buurt te komen, ontvoerde hem onder bedreiging van een vuurwapen en vloog met hem in zijn eigen straalvliegtuig naar Key West in Florida. Devereaux, die de storende premiejager uit de weg had willen laten ruimen, zag twee jaar van voorbereidingen in rook opgaan. Maar dat deed er even later minder toe, want de aanslag van 11 september zorgde ervoor dat Bin Laden geen onveilige vergaderingen buiten zijn eigen grotten meer bijwoonde.

Dexter verstopte zich weer achter het masker van een onschuldig juristje in Pennington. Devereaux trok zich later terug uit actieve dienst. Toen had hij de tijd om de premiejager op te sporen die simpelweg de Wreker werd genoemd.

Ze waren nu allebei gepensioneerd: de voormalige tunnelrat die op eigen kracht was opgeklommen, en de aristocratische dandy uit Boston. Dexter keek al pratend naar de telefoon.

'Wat wilt u van mij, meneer Devereaux?'

'Ik ben opnieuw in actieve dienst, meneer Dexter. Door de opperbevelhebber zelf. Er is een taak die hij uitgevoerd wil hebben omdat ons land zwaar onder iets lijdt. Hij vroeg me om het voor hem te doen. Daarvoor zal ik een plaatsvervanger nodig hebben. Een uitvoerende tweede man. Ik zou u heel dankbaar zijn als u zou willen overwegen die functie te aanvaarden.'

Dexter lette goed op de formulering. Geen 'ik wil dat u', noch 'ik heb een aanbod aan u', maar 'ik zou u heel dankbaar zijn'.

'Ik zou eerst meer moeten weten. Veel meer.'
'Natuurlijk. Als u naar Washington kunt komen voor een bezoek zal ik u met genoegen bijna alles uitleggen.'
Dexter, die bij het voorste raam van zijn bescheiden woning in Pennington stond, keek naar de afgevallen bladeren en dacht na. Hij was inmiddels zestig. Hij hield zichzelf in vorm, en ondanks diverse heel duidelijke mogelijkheden had hij een tweede huwelijk geweigerd. Alles bijeen leidde hij een comfortabel, stressloos, vredig leven. Het saaie leven van een kleinsteedse burgerman.
'Ik zal naar u luisteren, meneer Devereaux. Alleen luisteren. Daarna neem ik een beslissing.'
'Heel verstandig, meneer Dexter. Dit is mijn adres in Alexandria. Kan ik u morgen verwachten?'
Hij dicteerde zijn adres, maar voordat Cal Dexter ophing, had hij nog een vraag.
'Gezien ons gezamenlijke verleden vraag ik me af waarom u mij kiest.'
'Dat is heel simpel. U bent de enige die me ooit te slim af is geweest.'

Deel II
Sissen

3

Om veiligheidsredenen kwam het maar zelden voor dat de Hermandad, het superkartel dat de hele cocaïne-industrie beheerste, plenair bijeenkwam. Een aantal jaren eerder was dat nog niet zo moeilijk geweest.

Door het optreden van de Colombiaanse president Juan Manuel Santos, die de drugshandel fel bestreed, was dat veranderd. Tijdens zijn bewind had een zuivering van de nationale politie plaatsgevonden en waren twee namen komen bovendrijven: generaal Felipe Calderón en diens geduchte hoofd Inlichtingen bij de antidrugsdivisie, kolonel Dos Rios.

De twee mannen hadden bewezen dat iemand ook met een politiesalaris onomkoopbaar kon zijn. Het Kartel was daar niet aan gewend en maakte allerlei fouten. Daarbij verloor het belangrijke medewerkers, maar uiteindelijk was de les geleerd. Daarna was het een gevecht op leven en dood, maar Colombia is een groot land met miljoenen hectaren waarin iemand zich kan verbergen.

De onbetwiste leider van de Hermandad was don Diego Esteban. Anders dan de voormalige cocaïnebaas Pablo Escobar was don Diego geen psychopathische boef uit de goot. Hij stamde van de oude landadel en was een goed opgeleide, hoffelijke, beleefde man van Spaanse afkomst, telg uit een oeroud geslacht van hidalgo's. En hij stond bij iedereen gewoon als 'de Don' bekend.

Hij was het die het bonte gezelschap krijgsheren in de moordenaarswereld van de cocaïne door de kracht van zijn persoonlijkheid aaneen had gesmeed. Het nieuwe syndicaat had veel succes en werd als een modern bedrijf geleid. Twee jaar eerder was de laatste tegenstander van de door hem geëiste eenheid geketend vertrokken, uitgeleverd aan de VS en nooit meer teruggezien. Dat was Diego Montoya geweest, hoofd van het kartel van Valle del Norte, die zich trots de opvolger van de organisaties in Cali en Medellín had genoemd.

Niemand wist wie er had opgebeld naar kolonel Dos Rios, die Montoya's arrestatie had geleid, maar toen deze met hand- en voetboeien in de media verscheen, was alle tegenstand tegen de Don verdwenen.

Colombia wordt van noordoost naar zuidwest door twee hoge gebergtes doorsneden, en daartussenin ligt het dal van de Magdalenarivier. Alle rivieren ten westen van de Cordillera Occidental stromen naar de Stille Oceaan en de Caribische Zee; al het water ten oosten van de Cordillera Oriental komt in de Orinoco en de Amazone terecht. Dit oostelijke gebied van vijftig rivieren is een panoramisch heuvellandschap dat bespikkeld is met enorme haciënda's. Don Diego was aantoonbaar eigenaar van minstens vijf ervan en bezat er nog eens tien waarvan de ligging onbekend was. Elk landgoed had diverse landingsstrips.

De vergadering van de herfst van 2010 vond plaats op de Rancho de la Cucaracha buiten San José. De zeven andere leden van het bestuur waren door persoonlijke afgezanten opgeroepen en arriveerden in lichte vliegtuigjes nadat eerst diverse onbemande loktoestellen waren opgelaten. Mobiele telefoons die je na één keer gebruiken weggooide, golden als uitermate veilig, maar de Don stuurde zijn berichten toch liever per zelfgekozen koerier. Dat was ouderwets, maar zo werd hij ook nooit gesnapt of afgeluisterd.

Op die heldere ochtend in de herfst ontving de Don zijn team persoonlijk in het herenhuis waarin hij waarschijnlijk niet vaker dan tien keer per jaar sliep maar dat altijd in gereedheid werd gehouden.

Het huis was in de oude Spaanse stijl gebouwd en betegeld. 's Zomers was het er koel dankzij de ruisende fonteinen op de binnenplaats. Obers in witte jasjes liepen dan onder de zonneschermen rond met dienbladen vol drankjes.

De eerste die na zijn landing arriveerde, was Emilio Sánchez. Net als alle andere divisiehoofden had hij maar één taak, in zijn geval de productie. Hij had de supervisie over de tienduizenden straatarme boeren, de cocaleros, die in Colombia, Peru en Bolivia hun planten verbouwden. Hij kocht hun pasta in, controleerde de kwaliteit, betaalde hen en leverde tonnen Colombiaanse puro in pakken en zakken bij de laboratoriumdeur af.

Dat hele proces moest constant beschermd worden, niet alleen tegen de wetshandhavers (de FLO) maar ook tegen de bandieten van elke soort, die in het oerwoud leefden, graag het product stalen en het dan weer probeerden te verkopen. Het privéleger stond onder leiding van Rodrigo Pérez, een voormalige FARC-strijder. Met zijn hulp was het grootste deel van de ooit zo geduchte marxistische groepering in het gareel gebracht en werkte nu voor de Broederschap.

De winsten van de cocaïne-industrie waren zo astronomisch dat deze financiële oceaan een probleem werd dat alleen kon worden opgelost door het 'zwarte' geld 'wit' te wassen. Daarna werd het geïnvesteerd in duizenden legale bedrijven over de hele wereld, maar pas na aftrek van de overhead en een bijdrage aan de persoonlijke rijkdom van de Don, die in de honderden miljoenen liep.

Het witwassen gebeurde voornamelijk door corrupte banken, die zich vaak als volstrekt respectabel voordeden maar extra rijk werden van hun criminele activiteiten.

De man die verantwoordelijk was voor het witwassen, was net zomin een boef als de Don, maar een jurist die zich specialiseerde in financiële en bancaire zaken. Zijn praktijk in Bogotá had veel prestige, en als kolonel Dos Rios iets vermoedde, dan kwam hij daar nooit verder mee dan dat. Señor Julio Luz was de derde die arriveerde, en de Don begroette hem hartelijk. Intussen kwam ook de vierde SUV van de landingsstrip aan.

José María Largo was hoofd Verkoop. Zijn terrein was de wereld van de cocaïneconsumptie en de honderden bendes en maffia's die bij de Hermandad het witte poeder inkochten. Hij was degene die transacties afsloot met tal van bendes in Mexico, de VS en Europa. Alleen hij bepaalde de betrouwbaarheid van de gevestigde maffia's en van de constante stroom vervangers van degenen die in het buitenland gesnapt werden en gevangen waren gezet. Hij was ook degene die besloten had een vrijwel Europees monopolie toe te kennen aan de gevreesde 'Ndrangheta – de maffia van Calabrië in de Italiaanse laars, ingeklemd tussen de Camorra van Napels en de Siciliaanse Cosa Nostra.

Hij reed niet als enige in de SUV, want zijn vliegtuig was bijna op hetzelfde moment gearriveerd als dat van Roberto Cárdenas, een harde, pokdalige ex-straatvechter uit Cartagena. Op honderd havens en vliegvelden over heel de VS en Europa zouden vijfmaal zoveel onderscheppingen door douane en politie hebben plaatsgevonden als omgekochte ambtenaren niet een oogje hadden dichtgeknepen. Smeergelden waren cruciaal en hij leidde het hele proces, inclusief de rekrutering en de uitbetaling.

De laatste twee waren vertraagd door de afstand en het weer. Het was al bijna tijd voor de lunch toen Alfredo Suárez met veel verontschuldigingen kwam aanrijden. Hij was dan misschien laat, maar de Don bleef beleefd en dankte zijn ondergeschikte warm voor zijn inspanning, alsof die vrijwillig was geweest.

Suárez' bekwaamheid was essentieel. Zijn specialisme was het transport. Het was zijn taak om elke gram cocaïne veilig en ongestoord van de laboratoriumdeur naar het punt van overdracht in het buitenland te brengen. Elke kleine en grote koerier, elk vrachtschip, elke lijnboot, elk privéjacht, elk vliegtuig groot en klein en elke onderzeeboot vielen onder zijn verantwoordelijkheid, inclusief de bemanningen, stewards en piloten.

Er was jarenlang verhit gediscussieerd over wat beter was: kleine hoeveelheden cocaïne laten vervoeren door duizenden individuele koeriers of een veel kleiner aantal veel grotere transporten organiseren.

Sommigen vonden dat het Kartel de verdedigingslinie van de twee doelcontinenten moest overstromen met duizenden onbelangrijke, onwetende koeriers die allemaal hoogstens een paar kilo cocaïne in hun koffer hadden of één kilo in de vorm van bolletjes hadden geslikt. Sommigen van hen zouden natuurlijk gepakt worden, maar velen zouden ongemoeid worden gelaten, want tegen dat aantal was geen verdedigingslinie opgewassen. Aldus de theorie.

Suárez was voorstander van het alternatief. Als hij elk continent van driehonderd ton moest voorzien, gaf hij de voorkeur aan zo'n honderd operaties per jaar naar zowel de VS als Europa. De lading kon dan tussen de één en de tien ton bedragen, wat aanzienlijke investeringen en een goede planning rechtvaardigde. De ontvangende bendes, die de lading hadden overgenomen en betaald, konden de hele lading in piepkleine pakjes verdelen, maar dat was hun eigen zaak.

Als dat misliep, liep het gruwelijk mis. Twee jaar eerder had het Britse fregat *Iron Duke* tijdens een patrouille in de Caribische Zee een vrachtschip onderschept en vijfenhalve ton puro onderschept. De waarde daarvan werd op 400 miljoen dollar geschat, en dat was niet de straatwaarde, omdat de cocaïne nog niet zesvoudig versneden was.

Suárez was nerveus. Het gespreksonderwerp was een andere grote onderschepping. De *Dallas* van de Amerikaanse kustwacht had twee ton in beslag genomen op een vissersboot die de kreken bij Corpus Christi in Texas in wilde glippen. Hij wist dat hij zijn visie moest verdedigen met alle welsprekendheid die hij bezat.

De enige tegenover wie de Don een koele afstandelijkheid bewaarde, was de zevende gast: Paco Váldez, die bijna zo klein was als een dwerg. Zijn verschijning was misschien belachelijk, maar niemand lachte. Daar niet, elders niet, nooit. Valdez was de Handhaver.

Zelfs op zijn Cubaanse plateauzolen was hij nauwelijks groter dan een meter zevenenvijftig. Maar zijn hoofd was onevenredig groot en had griezelig genoeg de trekken van een baby, met een pluk zwart haar bovenop en een eeuwig getuit roze mondje. Alleen in de uitdrukkingsloze zwarte ogen bleek iets van de psychopathische sadist die in dat kleine lichaam huisde.

De Don begroette hem met een formele knik en een dunne glimlach en weigerde hem een hand te geven. Hij wist dat de man, die in de onderwereld als het Beest bekendstond, ooit de ingewanden uit een levende man had getrokken en ze met diezelfde hand op een vuurpot had gegooid. De Don was er niet zeker van dat hij naderhand zijn handen had gewassen, en was heel kieskeurig aangelegd. Maar als hij de naam Suárez in een van die flaporen zou fluisteren, dan zou het Beest doen wat gedaan moest worden.

Het eten was verfijnd, de wijnen waren van een goed jaar en de gesprekken waren intens. Alfredo Suárez won. Zijn filosofie van grote ladingen vergemakkelijkte het werk van de verkoop, de omkoping van 'behulpzame' ambtenaren en het witwassen. Die drie stemmen gaven de doorslag. Hij verliet de haciënda levend. De Handhaver was teleurgesteld.

De Britse premier had in datzelfde weekend een gesprek met 'zijn mensen', opnieuw op Chequers. Het Berrigan-rapport werd uitgedeeld en zwijgend gelezen. Daarna was het kortere document aan de beurt waarin de Cobra zijn eisen formuleerde. Toen was het tijd voor ieders mening.

De tafel stond in de elegante eetkamer die ook voor vergaderingen werd gebruikt. Een van de mensen die daar zaten, was de staatssecretaris voor de Home Civil Service, die elk belangrijk initiatief diende te kennen. Naast hem zat het hoofd van de inlichtingendienst die in de pers onnauwkeurig als MI5 werd aangeduid en bij intimi en collega's de Firma heette.

Sinds de pensionering van Kremlin-expert sir John Scarlett was de simpele aanduiding 'hoofd' (nooit: 'directeur-generaal') van toepassing op een tweede arabist, die vloeiend Arabisch en Pathaans sprak en jarenlang in het Midden-Oosten en Centraal-Azië had gewoond.

Drie andere aanwezigen kwamen uit het leger. Dat waren op de eerste plaats de chef van de defensiestaf, die later zo nodig de stafchefs van de landmacht, luchtmacht en marine zou inlichten. De twee anderen waren de directeur Militaire Operaties en de directeur Speciale Eenheden. Iedereen wist dat alle drie de militairen bij de speciale eenheden hadden gezeten. De premier, die hoger in rang maar ook jonger was dan zij, dacht: Als deze drie militairen plus het hoofd geen onaangename buitenlander mores kunnen leren, dan kan niemand het.

Op Chequers is de huishoudelijke dienst altijd in handen van de RAF. Toen de luchtmachtsergeant de koffie had geserveerd en verdwenen was, begon de discussie. De staatssecretaris somde de juridische implicaties op.

'Als deze man, de zogenaamde Cobra...' – hij zweeg even op zoek naar een woord – 'een intensivering wil van de campagne tegen de cocaïnehandel, waarin al veel mogelijk is, dan bestaat het gevaar dat hij zal willen dat we het internationale recht overtreden.'

'Volgens mij zijn de Amerikanen daartoe bereid,' zei de premier. 'Cocaïne wordt gereclassificeerd van een harddrug naar een nationale dreiging. Daarmee vallen het Kartel en alle smokkelaars in de categorie van terroristen. Binnen de Amerikaanse en Europese territoriale wateren blijven ze gangsters. Daarbuiten worden ze terroristen. In dat geval hebben we het recht om te doen wat we sowieso al doen en sinds 11 september gedaan hebben.'

'Kunnen wij het spul ook reclassificeren?' vroeg de chef van de defensiestaf.

'Dat zal wel moeten,' zei de staatssecretaris, 'en het antwoord luidt ja. Er is een beschikking voor nodig, geen nieuwe wet. Niemand merkt het. Tenzij de media er lucht van krijgen. Of de slapjanussen.'

'Om die reden moeten we het aantal mensen dat ervan weet tot het minimum beperken.'

'We hebben een verdomde hoop geheime operaties tegen de IRA uitgevoerd,' zei de directeur Speciale Eenheden. 'En later ook tegen Al Qaida. Alleen het topje van de ijsberg is ooit bekend geworden.'

'Premier, wat willen de Neven eigenlijk precies van ons?' vroeg de chef van de defensiestaf.

'Voor zover ik van de president begrepen heb: vooral inlichtingen, input en kennis van geheime operaties,' zei de premier.

De discussie ging door en leverde veel vragen en weinig antwoorden op.

'En wat wilt u van ons, premier?' Dat vroeg de defensiestaf.

'Uw advies, heren. Is het mogelijk en moeten we meedoen?'

De drie militairen waren de eersten die knikten. Daarna volgde de inlichtingendienst. Ten slotte de staatssecretaris, die een gruwelijke hekel aan zulke dingen had omdat ze zo averechts konden uitpakken...

Toen Washington later die dag was ingelicht en de premier zijn gasten een lunch met *roastbeef* had aangeboden, kwam de reactie van het Witte Huis: 'Welkom aan boord,' gevolgd door het verzoek om een afgezant in Londen te ontvangen en alvast wat te helpen in de vorm van adviezen, voorlopig alleen dat. Er was ook een foto bij, en die ging na de lunch rond terwijl ook de port rondging.

Op de foto stond de voormalige tunnelrat die Cal Dexter heette.

Terwijl in de Colombiaanse wildernis en tussen de boomgaarden van Buckinghamshire heel wat werd afgepraat, had de man met de codenaam Cobra het druk in Washington. Net als de directeur Speciale Eenheden hield hij zich met een geloofwaardige dekmantel bezig.

Hij stichtte een liefdadigheidsinstelling die vluchtelingen uit de Derde Wereld wilde helpen, en huurde in naam daarvan voor een lange periode een verwaarloosd en obscuur pakhuis in Anacostia, op een paar huizenblokken van Fort McNair. Het plan was om op de bovenste verdieping de kantoren in te richten. Daaronder waren diverse verdiepingen gereserveerd voor gedragen kleding, folders, zeildoek, dekens en tenten.

In werkelijkheid werd er weinig kantoorwerk gedaan in de traditionele zin van het woord. Paul Devereaux was jarenlang tekeergegaan tegen de CIA, die van een keiharde spionagedienst in een enorme bureaucratie veranderde. Hij verfoeide bureaucratie, maar wat hij wilde en vastbesloten was voor elkaar te krijgen, was een communicatiecentrum dat zich met elk ander kon meten.

Na Cal Dexter was zijn volgende rekruut Jeremy Bishop, eveneens buiten dienst maar een van de briljantste communicatie- en computerexperts die het hoofdkwartier van de National Security Agency in Fort Meade ooit gekend had. Daar was een enorm complex van afluisterapparatuur ontstaan dat bekendstond als het Puzzelpaleis.

Bishop ontwierp een communicatiecentrum dat plaats bood aan elke snipper informatie die dertien inlichtingendiensten op presidentieel bevel moesten doorsluizen. Daarvoor was een tweede dekmantel nodig. De andere diensten kregen te horen dat het Oval Office de opstelling had bevolen van een rapport over de cocaïnehandel dat elk ander rapport overbodig zou maken, en hun medewerking was verplicht. De diensten mopperden maar werkten mee. *Alweer een denktank. Alweer een rapport van twintig boekdelen dat niemand leest. Bedenk 's wat nieuws!*

En dan was er nog de geldkwestie. Devereaux had in de CIA-afdeling Sovjet-Unie/Oost-Europa ooit een zekere Benedict Forbes ontmoet. Dat was een voormalige Wall Street-bankier die voor één enkele operatie door de Firma was aangetrokken maar dat werk veel opwindender vond dan mensen waarschuwen voor Bernie Madoff. Hij was gebleven. Dat was nog tijdens de Koude Oorlog. Ook hij was nu gepensioneerd, maar was nog niets vergeten.

Zijn specialisme was geheime bankrekeningen. Het is niet goedkoop om met geheim agenten te werken. Er zijn kosten, salarissen, bonussen, aankopen en smeergelden. De fondsen daarvoor moeten op zo'n manier gedeponeerd worden dat zowel de eigen agenten als de buitenlandse contacten erbij kunnen. Daarvoor zijn geheime ID-codes nodig. En op dat gebied bleek Forbes geniaal. Niemand spoorde ooit zijn potjes op, en het geldspoor leidt makkelijk naar een verrader.

Forbes begon de toegewezen dollars bij een verbijsterd ministerie van Financiën op te nemen en deponeerde het bedrag op plaatsen waar het zo nodig altijd toegankelijk was. In het computertijdperk kon dat overal zijn. Papier was iets voor fossielen. Met een paar toetsen op een computer kreeg je genoeg geld om stil te gaan leven – mits het de juiste toetsen waren.

Terwijl het hoofdkwartier werd ingericht, gaf Devereaux zijn tweede man diens eerste taak in het buitenland.

'Ik wil dat je naar Londen gaat en twee schepen koopt,' zei hij tegen Dexter. 'Het ziet ernaar uit dat de Britten meedoen. Laten we ze gebruiken. Ze zijn hier nogal goed in. Er wordt een lege bv opgericht. Die krijgt fondsen en wordt de wettige eigenaar van de schepen. Daarna verdwijnt die bv weer.'

'Wat voor schepen?' vroeg Dexter.

De Cobra haalde een vel papier tevoorschijn dat hij zelf getypt had. 'Leer het uit je hoofd en verbrand het. Laat je daarna door de Britten adviseren. Op dit papier staan de naam en het privénummer van de man die je bellen moet. Zet niets op papier en zeker niets in een computer of mobiele telefoon. Hou alles in je hoofd. Dat is de enige plek met privacy die we nog hebben.'

Dexter kon het niet weten, maar als hij het nummer zou draaien, zou er een telefoon gaan rinkelen in een groot, groen, zandstenen gebouw aan de Theems op een plein dat Vauxhall Cross heet. Maar insiders noemden het gebouw gewoon 'het kantoor'. Het is het hoofdkantoor van de Britse geheime dienst.

De naam op het te verbranden vel papier luidde 'Medlicott'. De man die zou opnemen, was het plaatsvervangend hoofd en heette niet Medlicott. Maar door het gebruik van die naam wist 'Medlicott' met wie hij sprak: de Amerikaanse bezoeker die eigenlijk Dexter heette.

En Medlicott zou Dexter voorstellen om naar een herenclub in St James' Street te gaan. Daar moest hij contact opnemen met een collega die Cranford heette maar eigenlijk een andere naam had. Bij hun lunch zou ook nog een derde man aanwezig zijn, en die derde man wist alles van schepen.

Deze ingewikkelde procedure was het resultaat van de dagelijkse ochtendvergadering in 'het kantoor', twee dagen eerder. Bij de sluiting van de bijeenkomst had het hoofd opgemerkt: 'Over een paar dagen komt hier overigens een Amerikaan op bezoek. De premier heeft me gevraagd hem te helpen. Hij wil schepen kopen. In het geheim. Is er iemand die iets van schepen weet?'

Er viel een stilte, waarin werd nagedacht.

'Ik ken de bestuursvoorzitter van een grote Lloyd's Makelaardij in de City,' zei de chef Westelijk Halfrond.

'Hoe goed ken je hem?'

'Ik heb een keer zijn neus gebroken.'

'Heel intiem dus. Was hij onaardig tegen je geweest?'

'Nee, we deden het muurspel.'

Er ging een kleine huivering door het gezelschap. De uitdrukking betekende dat beide mannen aan het buitengewoon exclusieve Eton College hadden gestudeerd, de enige plaats waar het bizarre en schijnbaar regelloze muurspel wordt gespeeld.

'Nou, ga dan maar met hem en je nautische vriend lunchen. Kijk of de makelaardij kan helpen bij de heimelijke aanschaf van schepen. Er zit misschien wel een leuke commissie aan vast. Compensatie voor die gebroken neus.'

De vergadering was afgelopen. Dexter belde plichtsgetrouw vanuit zijn kamer in het discrete Montcalm Hotel. 'Medlicott' bracht de Amerikaan in contact met zijn collega 'Cranford', die het nummer opschreef en zei dat hij zou terugbellen. Dat deed hij een uur later inderdaad en regelde voor de volgende dag een lunch met sir Abhay Varma in de Brooks' Club.

'Kostuums en dassen verplicht, vrees ik,' zei Cranford.

'Geen probleem,' zei Dexter. 'Ik kan vermoedelijk nog wel een stropdas strikken.'

Brooks' is een heel kleine club aan de westkant van St James' Street. Net als bij alle andere hangt er geen naambord buiten. Men gaat er algemeen van uit dat je weet waar het is als je lid of invité bent, en als je dat niet bent, maakt het niet uit. Toch is een club vaak herkenbaar aan grote bloempotten met struiken links en rechts naast de deur. De clubs in St James' Street hebben allemaal hun eigen karakter en soort leden, en in de Brooks' komen veel hoge ambtenaren en af en toe een spion.

Sir Abhay Varma bleek president-directeur van Staplehurst and Company, een grote makelaardij gespecialiseerd in schepen en gevestigd in een middeleeuwse steeg in de buurt van Aldhurst. Net als 'Cranford' was hij vijfenvijftig, gezet en joviaal. Voordat hij door al die diners van het stadsbestuur zijn huidige omvang had gekregen, was hij een squashspeler op kampioensniveau geweest.

Zoals te doen gebruikelijk was, beperkten de mannen hun conversatie aan tafel tot koetjes en kalfjes – het weer, de oogst, hoe-is-uw-vlucht-geweest? – en trokken zich toen terug voor koffie en port in de bibliotheek. Afluisteren was daar onmogelijk, en ze konden daar onder de blikken van de geschilderde *Dilettantes* op de muur boven hen ontspannen over zaken praten.

'Ik wil twee schepen aanschaffen. Heel onopvallend, heel discreet. De aanschaf wordt verricht door een lege bv in een belastingparadijs.'

Sir Abhay keek er volstrekt niet van op. Dit gebeurde heel vaak. Om fiscale redenen natuurlijk.

'Wat voor soort schepen?' vroeg hij. Hij trok de goede trouw van de Amerikaan geen moment in twijfel. 'Cranford' stond garant voor hem, en dat was goed genoeg. Medlicott en hij hadden immers samen op school gezeten.

'Dat weet ik niet,' zei Dexter.

'Lastig,' zei sir Abhay. 'Ik bedoel: dat u het niet weet. Schepen zijn er in alle vormen en maten.'

'Laat ik dan wat duidelijker zijn, meneer. Ik wil ze naar een discrete werf brengen om ze te laten ombouwen.'

'Juist. Een grote beurt. Geen probleem. Wat moet die grote beurt opleveren?'

'Blijft dit onder ons, sir Abhay?'

De makelaar wierp een blik op de spion alsof hij zich afvroeg: Wat denkt die knul wel dat wij voor knullen zijn?

'Wat in de Brooks' gezegd wordt, blijft in de Brooks', mompelde Cranford.

'Nu ja, ze worden allebei een drijvende basis voor Amerikaanse SEAL's. Onschuldig vanbuiten maar minder onschuldig vanbinnen.'

Sir Abhay Varma straalde.

'Aha. Het ruige werk dus. Dat verheldert de zaak iets. Een complete verbouwing. Ik moet u alle soorten tankers afraden. Ze hebben de verkeerde vorm, zijn niet schoon te krijgen en bevatten te veel buizen. Dat geldt ook voor een ertsschip. Juiste vorm, maar meestal enorm, veel groter dan u wilt. Ik adviseer u een bulkschip voor droge goederen. Een graanschip, in te richten volgens de specificaties van de eigenaar. Schoon, droog, makkelijk om te bouwen met luiken die te verwijderen zijn zodat uw knullen er snel in en uit kunnen.'

'Kunt u me helpen bij de aanschaf van twee stuks?'

'Niet Staplehurst, want wij doen in verzekeringen, maar natuurlijk kennen we wereldwijd iedereen in de markt. Ik ga u in contact brengen met mijn directeur. Dat is Paul Agate. Jong, maar een slim baasje.'

Hij stond op en bood Dexter zijn kaartje aan.

'Kom morgen maar even langs op kantoor. Paul regelt het wel voor u. De beste adviezen in de City. Van het huis. Bedankt voor de lunch, Barry. Doe je baas de groeten van me.'

Ze liepen na deze woorden de trap naar de straat af en namen afscheid.

Juan Cortez maakte zijn werk af en dook op uit de ingewanden van het 4.000 ton metende schip voor de wilde vaart, waar hij met zijn toverstokje had gezwaaid. Na de duisternis in het onderste ruim was de herfstzon fel. Zo fel dat hij de neiging had zijn lashelm met een zwart vizier op te zetten. In plaats daarvan pakte hij zijn zonnebril en liet zijn ogen aan het licht wennen.

Zijn vuile overall plakte door het zweet aan zijn bijna naakte lichaam. Onder die overall droeg hij alleen een onderbroek. De hitte daarbeneden was verpletterend geweest.

Hij hoefde niet te wachten. De mannen die het werk hadden opgedragen, kwamen de volgende ochtend. Hij wilde hun laten zien wat hij gedaan had en hoe de geheime deur werkte. De ruimte achter de beplating van de binnenromp was volstrekt onmogelijk te ontdekken. Ze zouden hem goed betalen. Het ging hem niet aan welke smokkelwaar er werd vervoerd in het compartiment dat hij gemaakt had, en als die stompzinnige gringo's zelf kozen om wit poeder in hun neus te stoppen, dan was dat zijn zaak evenmin.

Zijn zaak was wel kleren voor zijn trouwe vrouw Irina, brood op de plank, en schoolboeken in de rugzak van zijn zoon Pedro. Hij borg zijn gereedschap in het kluisje dat hem was toegewezen en liep naar de bescheiden Ford Pinto, zijn auto. Hij had een nette bungalow die een werkman sierde in de exclusieve woonwijk aan de voet van een heuvel die Cerro La Popa heette. Daar wachtten hem een lange en verkwikkende douche, een kus van Irina, een omhelzing van Pedro, een voedzame maaltijd en een paar biertjes voor het plasmascherm van zijn tv. Met die gedachten reed deze gelukkige man, de beste lasser van Cartagena, naar huis.

Cal Dexter kende Londen niet goed en het commerciële centrum dat de City of de 'vierkante mijl' heet, al helemaal niet. Maar de cockneychauffeur die in de zwarte taxi achter het stuur zat en anderhalve kilometer ten oosten van Aldgate was opgegroeid, had er geen problemen mee. Dexter werd afgezet voor de deur van een maritieme verzekeringsmakelaar in een stil straatje waar ook een klooster stond dat uit de tijd van Shakespeare dateerde. Het was toen vijf voor elf. Een glimlachende secretaresse bracht hem naar de tweede verdieping.

Paul Agate had een klein kantoor vol dossiers, en er hingen ingelijste afbeeldingen van vrachtschepen aan de muren. Het was moeilijk voorstelbaar dat in dit hokje voor miljoenen ponden aan verzekeringen werden afgesloten. Alleen het scherm van een supermoderne computer bewees dat Charles Dickens hier niet zojuist was vertrokken.

Dexter besefte pas later hoe bedrieglijk klein de eeuwenoude Londense geldmarkt leek, waar elke dag tientallen miljoenen ponden aan verkopen, aankopen en commissies omgingen. Agate was een jaar of veertig en heel vriendelijk. Hij zat er in hemdsmouwen bij en had geen stropdas om. Sir Abhay Varma had hem ingelicht, maar niet echt grondig. De Amerikaan, had hij hem verteld, vertegenwoordigde een nieuw bedrijf met durfkapitaal dat twee bulkcarriers voor droge goederen wilde kopen, waarschijnlijk overbodig geworden graanschepen. Hij wist niet waarvoor ze gebruikt gingen worden en had daar ook geen belangstelling voor. Staplehurst kon adviseren, leiding geven en contacten in de maritieme wereld aanboren. De Amerikaan was een vriend van een vriend van sir Abhay. Geen facturen.

'Droge goederen?' vroeg Agate. 'Voormalige graanschepen. U komt op het juiste moment. Vanwege de toestand van de wereldeconomie is er nogal wat overtollige tonnage. Een deel daarvan vaart nog, maar het meeste is opgelegd. Maar u zult een makelaar moeten aantrekken om te voorkomen dat u getild wordt. Kent u iemand?'

'Nee,' zei Dexter. 'Kunt u iemand aanbevelen?'

'Het is een erg klein wereldje waarin iedereen elkaar kent. Op nog geen kilometer afstand vindt u Clarkson, Braemar-Seascope, Galbraith en Gibsons. Die doen allemaal aan kopen, verkopen en verhuren. En ze vragen natuurlijk een honorarium.'

'Natuurlijk.' Een versleuteld bericht uit Washington had gemeld dat een nieuwe bankrekening was geopend op het Britse Kanaaleiland Guernsey, een discreet belastingparadijs dat de Europese Unie probeerde te sluiten. Hij wist ook hoe de manager heette met wie hij contact moest opnemen, en wat de code was om gelden vrij te maken.

'Aan de andere kant bespaart een goede makelaar waarschijnlijk meer geld dan zijn honorarium bedraagt. Ik heb een goede vriend bij Parkside & Co. Hij kan u zeker van dienst zijn. Zal ik hem even bellen?'

'Graag.'

Het telefoontje kostte Agate vijf minuten.

'Simon Linley is uw man,' zei hij, terwijl hij een adres op een stuk papier schreef. 'Hij zit vijfhonderd meter verderop. Loop naar buiten en ga naar links. Sla bij Aldgate opnieuw links af. Loop dan vijf minuten rechtdoor en vraag het nog eens. Jupiter House. Iedereen weet waar het is. Veel succes.'

Dexter dronk zijn koffie op, schudde de hand van de man en vertrok. Agates aanwijzingen waren uitstekend, en Dexter was er in een kwartier. Het Jupiter House was het tegendeel van het Staplehurst-kantoor: ultramodern met veel staal en glas. Geluidloze liften. Parkside zat op de elfde verdieping en bood met grote ramen uitzicht op de koepel van de St Paul's Cathedral, op zijn heuvel drie kilometer naar het westen. Linley wachtte hem bij de liftdeuren op en bracht hem naar een vergaderzaaltje. Daar verscheen koffie met gemberkoekjes.

'U overweegt de aanschaf van bulkcarriers, liefst graanschepen?'

'Mijn opdrachtgevers,' corrigeerde Dexter. 'Ze hebben hun basis in het Midden-Oosten en staan op volledige discretie. Mijn bedrijf is daarom de tussenpersoon.'

'Natuurlijk.' Linley keek er niet van op. Een Arabische handelaar had kennelijk een plaatselijke sjeik getild en wilde niet in een hoogst onprettige cel aan de Golf verdwijnen. Die dingen gebeurden voortdurend.

'Welke grootte hebben uw cliënten voor ogen?'

Dexter wist weinig van scheepstonnages, maar wel dat een kleine helikopter met uitgeklapte rotors in het grote ruim verborgen moest kunnen worden. Hij somde een lijst met afmetingen op.

'Brutotonnenmaat circa 20.000, draagvermogen 28.000 ton,' zei Linley. Hij tikte iets op een toetsenbord. Er stond een groot scherm aan het eind van de vergadertafel, waar beide mannen het konden zien. Er verscheen een reeks mogelijkheden: Fremantle, Australië; St Lawrence Seaway, Canada; Singapore; Chesapeake Bay, VS...

'Het ruimste aanbod heeft volgens mij COSCO, de China Ocean Shipping Company. Het hoofdkantoor staat in Shanghai maar wij hebben contact met het kantoor in Hongkong.'

'Communisten?' vroeg Dexter, die in de IJzeren Driehoek nogal wat dode communisten op zijn geweten had.

'Dat is onze zorg niet meer,' zei Linley. 'Tegenwoordig zijn ze de scherpste kapitalisten ter wereld. Maar heel punctueel. Als zij zeggen dat ze leveren, dan leveren ze. Hier hebben we ook nog Eagle Bulk in New York. Voor u dichter bij huis. Maar dat doet er natuurlijk niet toe. Of wel?'

'Mijn cliënten eisen alleen discretie over de eigenaar van de schepen,' zei Dexter. 'Ze worden allebei naar een discrete werf gebracht voor een fikse renovatie.

Een stel boeven die waarschijnlijk uiterst linke ladingen gaan vervoeren; daarom worden de schepen omgebouwd zodat ze onherkenbaar met een nieuwe naam en nieuwe papieren de zee weer op kunnen, dacht maar verzweeg Linley. En wat dan nog? In het Verre Oosten stikt het ervan. Het zijn harde tijden, en geld is geld.

Wat hij wél zei, was: 'Natuurlijk. In Zuid-India zijn diverse heel goede en discrete werven. Via onze man in Mumbai hebben we daar contacten. Als we u gaan vertegenwoordigen, zullen we een memorandum van overeenstemming moeten opstellen met een voorschot op de commissie. Na de aankoop stel ik voor dat u beide schepen in de boeken zet van een beheeronderneming in Singapore, die Thame heet. Op dat moment en met een nieuwe naam zijn ze verdwenen. Thame praat nooit met iemand over cliënten. Waar kan ik u bereiken, meneer Dexter?'

In het bericht van Devereaux hadden ook het postadres, telefoonnummer en e-mailadres gestaan van een nieuw aangekocht *safehouse* in Fairfax, Virginia, dat diende als brievenbus en ontvanger van berichten. Aangezien het Devereaux' creatie was, was het niet te traceren en kon het in zestig seconden gesloten worden. Dexter gaf de gegevens op. Het memorandum was binnen achtenveertig uur getekend en geretourneerd. Parkside begon aan de zoektocht. Die duurde twee maanden, maar aan het eind van het jaar werden twee graanschepen overgedragen.

Het ene kwam uit Chesapeake Bay, het andere had in de haven van Singapore voor anker gelegen. Devereaux was niet van plan de bemanningen aan te houden en ontsloeg iedereen met een royale bonus.

De Amerikaanse aankoop verliep soepel omdat die zo dicht bij huis plaatsvond. Een nieuwe bemanning van de Amerikaanse marine die zich voordeed als civiele zeelieden nam het schip over, leerde het grondig kennen en voer ermee de Atlantische Oceaan op.

Een bemanning van de Britse marine, eveneens als zeelieden vermomd, vloog naar Singapore. Ze namen het bevel over en voeren de Straat van Malakka in. Hun zeereis was veel korter. Beide schepen gingen op weg naar een kleine, stinkende werf aan de Indiase kust ten zuiden van Goa, een plek die voornamelijk als scheepskerkhof diende. Daar werden schepen langzaam gesloopt en er heerste een misdadige nonchalance ten aanzien van gezondheid, veiligheid en lekkende giftige stoffen. Het stonk er zodanig dat niemand ooit ging kijken wat er precies gebeurde.

Toen de twee schepen van de Cobra de baai in voeren en voor anker gingen, hielden ze vrijwel op te bestaan, maar het internationale register van Lloyd's nam discreet nieuwe namen en nieuwe papieren op, en daarin stonden ze vermeld als graanschepen onder beheer van Thame PLC in Singapore.

Op verzoek van het donerende land vond de ceremonie plaats in de Amerikaanse ambassade aan de Abilio Macedo-straat in Praia op het eiland Santiago, in de Kaapverdische Republiek. Ambassadeur Marianne Myles had er met haar gebruikelijke charme de leiding. Tot de aanwezigen hoorden de Kaapverdiaanse minister van Natuurlijke Rijkdommen en de minister van Defensie.

Om de bijeenkomst extra gewicht te geven, was namens het Pentagon een admiraal aanwezig om het verdrag te tekenen. Zelf had hij niet het geringste vermoeden wat hij daar eigenlijk deed, maar de twee glanzende, witte tropenuniformen van hem en zijn adjudant waren indrukwekkend, en zo waren ze ook bedoeld.

Ambassadeur Myles bood verfrissingen aan, en toen kwamen de noodzakelijke documenten op de vergadertafel te liggen. De militaire attaché van de ambassade was aanwezig en ook een burger van het ministerie van Buitenlandse Zaken. Diens identificatie was niet van echt te onderscheiden en stond op naam van Calvin Dexter.

De Kaapverdiaanse ministers tekenden eerst. Daarna volgden de admiraal en ten slotte de ambassadeur. De zegels van de Kaapverdische Republiek en de Verenigde Staten werden aan elke kopie gehecht, en daarmee was het hulpverdrag een feit. Nu kon het ook worden uitgevoerd.

Toen de handtekeningen gezet waren, werd er prikwijn in champagneglazen geschonken voor de gebruikelijke heildronken en hield de hoogste Kaapverdiaanse minister de verplichte redevoering in het Portugees. De vermoeide admiraal dacht dat er nooit een eind aan kwam en begreep er geen woord van. Hij produceerde dus zijn marineglimlach en vroeg zich af waarom hij was weggesleept van een golfbaan buiten Napels om naar een groep straatarme eilanden te worden gebracht die driehonderd mijl voor de West-Afrikaanse kust in de Atlantische Oceaan lagen.

Zijn adjudant had geprobeerd het hem uit te leggen: de zoals altijd goedgeefse VS wilden de Derde Wereld helpen en in dit geval de Kaapverdische Republiek. De eilanden hebben geen enkele natuurlijke rijkdom op één na: in de wateren eromheen wemelt het van de vis. De republiek heeft een marine bestaande uit één kustwachtschip, maar geen luchtmacht die deze aanduiding verdient.

Met de mondiale groei van de illegale visvangst en de onverzadigbare honger van het Oosten naar verse vis werden de Kaapverdische wateren ruim binnen de territoriale zone van tweehonderd mijl leeggeplunderd door stropers.

De VS gingen het vliegveld op het afgelegen eiland Fogo overnemen. De landingsbaan was daar net verlengd als donatie van de Europese Unie. De Amerikaanse marine wilde er een pilotenopleiding starten, eveneens als schenking.

Als dat gebeurd was, kwam een team van Braziliaanse en dus eveneens Portugeessprekende luchtmachtinstructeurs met een dozijn Tucano-trainingsvliegtuigen om een Luchtwacht voor de Visserij op te zetten, bemand door goed opgeleide jonge Kaapverdiaanse piloten. Met Tucano's voor de lange afstand konden ze boven de oceaan patrouilleren, boosdoeners betrappen en het kustwachtschip eropaf sturen.

Tot zover geen probleem, beaamde de admiraal, hoewel hem nog steeds ontging waarom hij van de golfbaan gesleept moest worden, toen hij net zo goed werkte aan zijn probleem met het putten.

Toen hij na een heel gedoe van handen schudden uit de ambassade vertrok, bood de admiraal de man van BZ een lift naar het vliegveld aan in de limousine van de ambassade.

'Wilt u meevliegen naar Napels, meneer Dexter?' vroeg hij.

'Heel vriendelijk van u, admiraal, maar ik ga via Lissabon en Londen naar Washington.'

Op het vliegveld van Santiago namen ze afscheid. Het marinevliegtuig van de admiraal vertrok naar Italië. Cal Dexter wachtte op de lijnvlucht van de TAP naar Lissabon.

Een maand later bracht een enorm Amerikaans hulpschip geniesoldaten van de marine naar de kegelvormige, uitgedoofde vulkaan die negentig procent van het eiland Fogo beslaat. Het heet zo omdat dit

Portugese woord 'vuur' betekent. Het hulpschip bleef buitengaats liggen als drijvende basis voor de genie – een klein stukje thuis met alle gemakken van dien. De geniesoldaten van de marine zijn er trots op dat ze overal alles kunnen bouwen, maar het is onverstandig om ze te scheiden van hun gemarmerde steaks, hun gebakken aardappels en hun jerrycans vol ketchup. Met de juiste brandstof gaat alles beter.

Het ging zes maanden duren, maar het bestaande vliegveld kon C130 Hercules-vrachtvliegtuigen aan. De bevoorrading en de verloven waren dus geen probleem. Afgezien daarvan kwamen kleinere bevoorradingsschepen liggers, balken en cement brengen en al het andere dat voor de bouw nodig was. Plus eten, sap, frisdrank en zelfs water.

De paar creolen die op Fogo wonen, verzamelden zich en waren diep onder de indruk toen ze zagen hoe het legertje soldaten aan wal kwam en het kleine vliegveld overnam. Zodra er geen bouwmaterialen meer op de landingsbaan stonden, vloog er een keer per dag een vliegtuig naar Santiago en terug.

Toen alles klaar was, omvatte de pilotenopleiding – op flinke afstand van de gebouwtjes voor normale passagiers – ook geprefabriceerde slaapzalen voor de cadetten, kleine huisjes voor de instructeurs, werkplaatsen voor reparaties en onderhoud, brandstoftanks voor de turboprop Tucano's en een communicatiecentrum.

Als een van de technici iets vreemds opviel, hield hij er zijn mond over. Er werden namelijk ook andere dingen gebouwd, en wel op instructie van een burger van het Pentagon die Dexter heette en altijd met een commerciële lijnvlucht kwam en ging. In de rotswand van de vulkaan werd een grote hoeveelheid steen weggehakt, voor een extra hangar met stalen deuren. Die omvatte ook een grote reservetank voor JP5-brandstof, die de Tucano's niet gebruiken, plus een wapenkamer.

Toen adjudant-onderofficier O'Connor de stalen deuren van de geheime hangar in de rots getest had, mompelde hij: 'Je zou bijna denken dat iemand een oorlog gaat beginnen.'

4

Op de Plaza de Bolívar, die genoemd was naar de grote bevrijder, staan een paar van de oudste gebouwen, niet alleen van Bogotá maar ook van heel Zuid-Amerika. Daar bevindt zich het centrum van de oude stad.

De conquistadores kwamen er en brachten in hun hartstochtelijke godsvrucht en gouddorst de eerste katholieke missionarissen mee. Enkelen van hen – allemaal jezuïeten – stichtten er in 1604 op een hoek van het plein de school van San Bartolomé en even verderop de kerk van Sint-Ignatius, ter ere van hun stichter Loyola. Op een andere hoek staat het oorspronkelijke provinciehuis van de Societas Jesu.

Het was al een paar jaren geleden dat het provinciehuis officieel naar een modern gebouw was overgeplaatst. Maar vanwege de drukkende hitte en ondanks de voordelen van de nieuwe aircotechnologie gaf pater provinciaal Carlos Ruiz nog steeds de voorkeur aan de koude stenen en plavuizen van de oude behuizing.

Op een vochtige decemberochtend van dat jaar had hij besloten zijn Amerikaanse bezoeker daar te ontvangen. Terwijl hij aan zijn eikenhouten bureau zat, dat eeuwen eerder uit Spanje was gekomen en bijna zwart van ouderdom was, speelde pater Carlos opnieuw met de aanbevelingsbrief waarin dit gesprek werd aangevraagd. De brief kwam van een broeder in Christus, namelijk de rector van het Boston College. Negeren was onmogelijk, maar nieuwsgierigheid is geen zonde. Wat kon die man willen?

Paul Devereaux werd door een jonge novice binnengebracht. De provinciaal stond op en liep naar hem toe om hem te begroeten. De bezoeker was ongeveer zo oud als hij – de Bijbelse leeftijd van driemaal twintig plus tien – slank en onberispelijk gekleed. Zijden overhemd. Een clubdas en een roomwit tropenkostuum. Geen spijkerbroek of behaarde hals. Pater Carlos Ruiz dacht niet dat hij ooit een Amerikaanse spion had ontmoet, maar de brief uit Boston was er heel openhartig over.

'Pater, ik val niet graag met de deur in huis maar ik heb geen keus. Mag ik aannemen dat alles wat hier gezegd wordt onder het biechtgeheim valt?'

Pater Ruiz knikte en wees naar een Castiliaanse stoel met een zitting en rugleuning van ongelooid leer. Zelf nam hij weer achter zijn bureau plaats.

'Hoe kan ik u helpen, mijn zoon?'

'Niemand minder dan mijn president heeft gevraagd of ik een poging wil doen tot vernietiging van de cocaïne-industrie, die grote schade aanricht in mijn land.'

Hij hoefde zijn aanwezigheid in Colombia verder niet uit te leggen. Het woord 'cocaïne' verklaarde alles.

'Dat is al veel keren eerder gebeurd. Talloze keren. Maar de honger in uw land is enorm. Zonder die afschuwelijke honger naar het witte poeder zou er geen productie zijn.'

'Dat is waar,' beaamde de Amerikaan. 'Vraag schept altijd aanbod. Maar ook het omgekeerde is waar. Aanbod schept altijd vraag. Uiteindelijk. Als het aanbod wegvalt, kwijnt ook de vraag weg.'

'De Drooglegging is mislukt.'

De Drooglegging was inderdaad een ramp geweest en had slechts een enorme onderwereld geschapen die zich, na de intrekking van de maatregel, op elke denkbare criminele activiteit had gestort. Wat dat de VS gekost had, liep inmiddels in de biljoenen. Toch maakte de pater een denkfout.

'Wij vinden dat de vergelijking mank gaat, pater. Een glas wijn of een borrel kan uit duizend bronnen afkomstig zijn.'

Hij bedoelde: 'Cocaïne komt alleen uit Colombia', maar dat hoefde hij niet te zeggen.

'Mijn zoon, wij van de Societas Jesu proberen het goede te bevorderen. We weten echter uit vreselijke eigen ervaring dat betrokkenheid bij de politiek of staatszaken meestal rampzalig uitpakt.'

Devereaux had zijn leven lang in het spionnenvak gezeten en was al lang geleden tot de conclusie gekomen dat de grootste inlichtingendienst ter wereld de rooms-katholieke Kerk was. Die was alomtegenwoordig, en wat zij niet zag, hoorde ze in de biechtstoel: alles. En het denkbeeld dat die Kerk in de loop van anderhalf millennium nooit wereldlijke machten gesteund of bestreden had, was alleen maar vermakelijk.

'Maar waar u het kwaad ziet, zult u het willen bestrijden,' zei hij.

De provinciaal was veel te listig om in die val te trappen.

'Wat wilt u van mijn orde, mijn zoon?'

'In Colombia is uw orde overal, eerwaarde. Uw pastorale werk brengt jonge priesters naar elke uithoek van elke stad, van elk dorp...'

'En die moeten informanten worden? Voor u? In het verre Washington? Ook zij zijn aan het biechtgeheim gebonden. Wat ze in die kleine ruimte te horen krijgen, mag nooit onthuld worden.'

'En als een schip uitvaart met een lading gif dat talloze jonge levens vernietigt en een spoor van ellende achterlaat... Is die kennis dan ook heilig?'

'We weten allebei dat het biechtgeheim onschendbaar is.'

'Maar een schip kan niet biechten, pater. Ik zweer u dat er geen zeeman zal sterven. Onderschepping en inbeslagname zijn het enige wat ik van plan ben.'

Hij wist dat hij nu ook de zonde van de leugen zou moeten biechten, maar dan bij een andere priester. Ver weg. Niet hier. Niet nu.

'Wat u vraagt is buitengewoon gevaarlijk. De mannen achter deze inderdaad immorele handel zijn uitzonderlijk kwaadaardig en bijzonder gewelddadig.'

Als antwoord haalde de Amerikaan iets uit zijn zak: een kleine, heel compacte mobiele telefoon.

'Pater, toen wij opgroeiden, was dit nog lang niet uitgevonden. Tegenwoordig heeft elke jongere zo'n ding, en ook veel ouderen. Om een kort bericht te verzenden hoeft niemand iets te zeggen...'

'Ik weet alles van sms'en, mijn zoon.'

'Dan zult u ook wel iets over versleuteling weten. De berichten worden zo versleuteld dat zelfs het Kartel ze op geen stukken na kan onderscheppen. Ik vraag u alleen om de naam van het schip met het gif aan boord, op weg naar mijn vaderland om daar jonge mensen te vernietigen. Voor winst. Voor geld.'

De pater provinciaal gunde zich een dun glimlachje.

'U bent een goede advocaat, mijn zoon.'

De Cobra had nog één troef achter de hand.

'In Cartagena staat een standbeeld van de heilige Petrus Claver, een jezuïet.'

'Natuurlijk. We vereren hem.'

'Honderden jaren geleden vocht hij tegen het kwaad van de slavernij. En de slavenhandelaars martelden hem. Ik smeek u, eerwaarde vader. Deze handel in drugs is even verdorven als de slavenhandel. Allebei verdienen ze geld aan menselijke ellende. Het is niet altijd een mens die een ander tot slavernij dwingt; het kan ook een verdovend middel zijn. De slavenhalers roofden de lichamen van jonge mensen en misbruikten ze. Verdovende middelen roven iemands ziel.'

De pater provinciaal staarde verscheidene minuten uit het raam naar het plein van Simón Bolívar, een man die zijn volk had bevrijd.

'Ik wil bidden, mijn zoon. Kunt u over twee uur terugkomen?'
Devereaux nuttigde een lichte lunch onder de luifel van een eethuis in een zijstraat van het plein. Toen hij terugkwam, had het hoofd van alle Colombiaanse jezuïeten een beslissing genomen.
'Ik kan niemand bevelen om te doen wat u vraagt. Maar ik kan de parochiepriesters uitleggen wat u wilt. Zolang het zegel van het biechtgeheim ongeschonden blijft, kunnen ze hun eigen beslissing nemen. U kunt uw apparaatjes distribueren.'

Binnen het Kartel werkte Alfredo Suárez vooral nauw samen met José María Largo, die hoofd Verkoop was. Elke lading moest tot de laatste kilo verantwoord kunnen worden. Suárez kon de ene lading na de andere versturen, maar het was cruciaal om te weten hoeveel daarvan op het punt van overdracht bij de afnemende maffia aankwam, en hoeveel door wetshandhavers onderschept werd.

Gelukkig maakten de wetshandhavers over elke grote onderschepping altijd veel heisa in de pers. De politie bedelde om de eer en schouderklopjes van de regering en hengelde altijd naar meer geld. Largo's regels waren simpel en onwrikbaar. Grote klanten kregen verlof om vijftig procent van de ladingprijs (en die werd door het Kartel bepaald) bij bestelling te voldoen. Het verschil was opeisbaar bij overhandiging, want op dat moment kreeg de cocaïne een andere bezitter. Kleinere spelers dienden de volle honderd procent als niet-onderhandelbaar voorschot bij vooruitbetaling te voldoen.

Als de nationale bendes en maffia's op straat astronomische bedragen konden krijgen, dan was dat hun zaak. Als ze door onvoorzichtigheid of politie-infiltranten hun cocaïne kwijtraakten, dan was dat eveneens hun zaak. Maar inbeslagname van de lading na overdracht stelde hen niet vrij van de noodzaak hun schuld te voldoen.

Als een buitenlandse bende nog steeds het verschil van vijftig procent schuldig was maar hun cocaïne kwijtraakte aan de politie en weigerde te betalen, was Handhaving nodig. De Don geloofde heilig in de waarde van afschrikwekkende voorbeelden. En het Kartel was echt paranoïde over twee dingen: diefstal van middelen en verraad door informanten. Geen van beide mocht vergeten of vergeven worden, hoeveel de wraak ook kostte. Straf was onvermijdelijk. Dat was de wet van de Don... en die werkte.

Alleen door overleg met zijn collega Largo kon Suárez tot de laatste kilo weten hoeveel verscheepte lading vóór het punt van overdracht onderschept werd.

Alleen zo kon blijken welke transportmethode de grootste kans van slagen had, en welke de kleinste.

Hij berekende dat tegen het eind van 2010 ongeveer evenveel onderschept werd als altijd: tussen de tien en de vijftien procent, en omdat de winsten op telefoonnummers leken, was dat heel acceptabel. Maar hij streefde altijd naar verlaging van het onderscheppingspercentage tot beneden de tien. Als het spul onderschept werd zolang het nog eigendom van het Kartel was, was ook het verlies voor het Kartel. De Don hield daar niet van.

Suárez' voorganger, die nu mismaakt onder een nieuw flatgebouw lag te rotten, had na de eeuwwisseling (een decennium eerder) al zijn kaarten op onderzeeërs gezet. Dat ingenieuze idee behelsde het volgende: op verborgen rivieren werden afzinkbare, door een dieselmotor aangedreven rompen gebouwd die plaats boden aan een vierkoppige bemanning, een lading tot tien ton, plus voedsel en brandstof. Deze onderzeeër moest tot periscoopdiepte kunnen dalen.

Zelfs de beste kwamen nooit erg diep. Dat hoefde ook niet. Boven het water was alleen een perspexkoepel te zien met het hoofd van de kapitein erin, die naar buiten moest kijken om te kunnen sturen. Het enige andere zichtbare was een buis voor de frisse lucht voor de motor en de bemanning.

Het idee was dat deze onzichtbare onderzeeërs langzaam maar veilig van Colombia langs de kust van de Stille Oceaan naar Noord-Mexico zouden varen. Ze konden daar enorme hoeveelheden tegelijk afleveren bij de Mexicaanse maffia's, die het spul zelf over de grens naar de VS moesten smokkelen. En dat had gewerkt... een tijdje. Toen kwam de ramp.

De geestelijke vader van het ontwerp en de bouw was Enrique Portocarrero, die zich voordeed als onschuldige garnalenvisser uit Buenaventura in het zuiden aan de Stille-Oceaankust. Helaas kreeg kolonel Dos Rios hem te pakken.

Misschien sloeg hij onder 'druk' door of werden bij onderzoek van het terrein sporen ontdekt, maar hoe dan ook, de werven van de onderzeeërs werden ontdekt, en toen kwam de marine in actie. Toen kapitein Germán Borrero klaar was, waren zestig rompen in allerlei stadia van voltooiing in de as gelegd. Het Kartel leed daarmee een enorm verlies.

De tweede fout van Suárez' voorganger was dat hij een reusachtig deel van de lading door individuele koeriers naar de VS en Europa liet transporteren. Iedereen had een of twee kilo bij zich, en dat betekende dat voor maar een paar ton duizenden mensen nodig waren.

Toen de veiligheidsmaatregelen in de westerse wereld verscherpt werden vanwege het islamitische fundamentalisme, werden steeds meer koffers van passagiers onder röntgenapparatuur gelegd zodat hun illegale inhoud ontdekt werd. Vandaar de overstap op bolletjesslikkers. Idioten die het risico wilden nemen, verdoofden hun slokdarm met novocaïne en slikten wel honderd bolletjes van ongeveer tien gram per stuk.

Bij sommigen knapte zo'n ding, waarna ze schuimbekkend op de betonnen vloer van het vliegveld om het leven kwamen. Bij anderen bleek uit meldingen van waakzame stewardessen dat ze tijdens een intercontinentale vlucht niets konden eten of drinken. Ze werden terzijde genomen, kregen vijgensiroop te drinken en werden op een toilet gezet met een rooster op de bodem. De Amerikaanse en Europese gevangenissen zaten er stampvol mee. Toch kwam tachtig procent door de douane heen, gewoon vanwege hun aantal en omdat het Westen geobsedeerd is door de mensenrechten. Toen kreeg Suárez' voorganger opnieuw pech.

Het werd uitgeprobeerd in Manchester, en het werkte: een nieuw röntgenapparaat dat de passagier liet zien alsof die naakt was, inclusief de implantaten, vreemde voorwerpen in de anus en de darminhoud. Het apparaat was zo geluidloos dat het geïnstalleerd kon worden onder het loket van de paspoortencontroleur, zodat de drager van het paspoort van borstkas tot kuiten door een andere functionaris in een andere kamer geobserveerd kon worden. Toen steeds meer westerse vliegvelden en zeeterminals ermee werden uitgerust, nam het aantal onderschepte drugskoeriers razendsnel toe.

De Don kreeg er uiteindelijk genoeg van en beval het hoofd van die divisie permanent te vervangen. Suárez nam het over.

Hij was een overtuigde aanhanger van grote ladingen, en uit zijn cijfers bleek duidelijk wat de beste routes waren. Naar de VS was dat een tocht per schip of vliegtuig over de Caribische Zee naar Noord-Mexico of de zuidelijke punt van de VS. De ladingen werden het grootste deel van die tocht vooral door vrachtschepen vervoerd. Uiteindelijk werd het spul op zee overgeladen in privéschepen waarvan het langs beide kusten wemelt: van vissersboten tot speedboten, privéjachten en pleziervaartuigen.

Voor vervoer naar Europa was hij een voorstander van nieuwe routes, niet rechtstreeks van de Caribische Zee naar West- en Noord-Europa, waar het aantal onderscheppingen boven de twintig procent lag, maar rechtstreeks naar het oosten, naar de rij mislukte staten die samen de West-Afrikaanse kust vormen. De ladingen veranderden daar van eigenaar en het Kartel werd betaald. Vervolgens was het een zaak van de kopers om de ladingen in porties te verdelen en ze noordwaarts door de woestijn naar de kust van de Middellandse Zee en Zuid-Europa te sluizen. En zijn favoriete bestemming was een kleine, voormalig Portugese kolonie, een door burgeroorlog geteisterde en mislukte staat: de drugshel van Guinee-Bissau.

Dat was precies ook de conclusie die Cal Dexter trok toen hij in Wenen met de Canadese drugsjager Walter Kemp van het United Nations Office on Drugs and Crime zat te praten. De cijfers van UNODOC kwamen precies overeen met die van Tim Manhire in Lissabon.

West-Afrika was nog maar enkele jaren eerder de ontvanger geweest van twintig procent van de voor Europa bestemde cocaïne, maar ontving inmiddels meer dan de helft. Wat geen van beide mannen aan die tafel in het Prater kon weten, was dat Alfredo Suárez dat percentage had opgeschroefd tot zeventig.

Zeven republieken aan de West-Afrikaanse kust stonden in de politierapporten omschreven als 'de aandacht waard': Senegal, Gambia, Guinee-Bissau, de voormalige Franse kolonie Guinee-Conakry, Sierra Leone, Liberia en Ghana.

Als de cocaïne per schip of vliegtuig over de Atlantische Oceaan naar West-Afrika was gebracht, werd het spul langs honderd routes en met duizend listen naar het noorden gesluisd. Soms ging het per vissersboot langs de Marokkaanse kust en volgde dan de oude cannabisroute. Andere ladingen werden over de Sahara naar de Noord-Afrikaanse kust gevlogen en verdwenen dan in kleine boten naar de Spaanse maffia voorbij de Zuilen van Hercules of naar de wachtende Calabrische 'Ndrangheta in de haven van Gioia.

Sommige ladingen trokken in een uitputtend konvooi over land van zuid naar noord door de Sahara. Van bijzonder belang was de Libische luchtvaartmaatschappij Afriquiya, die twaalf grote West-Afrikaanse steden verbindt met Tripoli aan de vlak bij Europa gelegen Afrikaanse noordkust.

'Aan het transport door Afrika naar Europa doen ze allemaal mee,' zei Kemp. 'Maar bij de import van de cocaïne aan deze kant van de Atlantische Oceaan staat Guinee-Bissau vooraan.'

'Misschien moet ik er maar eens gaan kijken,' zei Dexter peinzend.

'Als je gaat, moet je goed oppassen,' zei de Canadees. 'Zorg voor een goeie dekmantel. En het kan verstandig zijn om wat spierkracht mee te nemen. Maar de beste camouflage is natuurlijk een zwarte huidskleur. Kun je daarvoor zorgen?'

'Niet aan deze kant van de plas.'

Kemp schreef een naam en een telefoonnummer op een papieren servetje.

'Bel hem in Londen. Het is een vriend van me en hij zit bij de SOCA. Ik wens je veel succes. Je zult het nodig hebben.'

Cal Dexter had nog nooit van de Britse Serious and Organised Crime Agency gehoord, maar daar kwam nu verandering in. Tegen zonsondergang was hij weer in het Montcalm-hotel terug.

Vanwege de vroegere koloniale band is de Portugese luchtvaartmaatschappij TAP de enige handige verbinding met Guinee-Bissau. Naar behoren voorzien van visa, vaccinaties en alle inentingen die het Instituut voor Tropische Geneeskunde kon bedenken, nam 'dr. Calvin Dexter' – hij stond in de brief van Bird Life International vermeld als gezaghebbendste ornitholoog op het gebied van waadvogels die de komende winter in West-Afrika een studie wilde doen – een week later vanuit Lissabon de nachtvlucht van de TAP naar Guinee-Bissau.

Achter hem zaten twee korporaals van het Britse parachutistenregiment. Hij had gemerkt dat de SOCA zo ongeveer alle diensten overkoepelde die met de grote misdaad en het terrorisme te maken hadden. In het netwerk van contacten die een vriend van Walter Kemp tot zijn beschikking had, bevond zich ook een hoge militair die een groot deel van zijn carrière bij 3 Para had gezeten, het derde bataljon van het regiment. Jerry en Billy zaten op het hoofdkwartier in Colchester, en daar trof Dexter hen aan. De jongens deden graag mee.

Ze waren alleen niet langer Jerry en Billy, maar Kwame en Kofi. Volgens hun paspoort waren ze honderd procent Ghanees, en andere papieren zwoeren dat ze voor Bird Life International in Accra werkten. In werkelijkheid waren ze zo Brits als Windsor Castle, maar hadden ze allebei ouders die uit Grenada kwamen. Zolang niemand hen in vloeiend Twi of Eweh of Asjanti ondervroeg, konden ze ermee door. Ze spraken ook geen creools of Portugees, maar leken beslist Afrikanen.

Het was al na middernacht en stikdonker toen het toestel op het vliegveld van Bissau landde. De meeste passagiers reisden door naar São Tomé, en het was maar een klein groepje dat bij de transithal afsloeg naar de paspoortencontrole. Dexter liep voorop.

De paspoortencontroleur bekeek elke bladzijde van het nieuwe Canadese paspoort, zag de visa voor Guinee, stak het biljet van 20 euro weg en knikte dat hij mocht doorlopen. Hij gebaarde naar zijn twee metgezellen.

'*Avec moi*', zei Dexter, voor alle zekerheid eraan toevoegend: '*Conmigo*'.

Frans is geen Portugees en evenmin Spaans, maar de bedoeling was duidelijk. En hij straalde naar alle kanten een goed humeur uit. Stralen helpt meestal goed. Een officier kwam naar voren.

'*Qu'est-ce que vous faites en Guinée?*' vroeg hij.

Dexter deed alsof hij verrukt was. Hij groef in zijn schoudertas naar een handvol folders met reigers, lepelaars en andere soorten van de 700.000 watervogels die in de enorme moerassen en natte gebieden van Guinee-Bissau overwinteren. De officier bladerde ze verveeld door en gebaarde dat ze mochten doorlopen.

Buiten stonden geen taxi's. Maar er was wel een vrachtwagen met chauffeur, en in dat land kom je met een biljet van vijftig euro een heel eind.

'Hotel Malaika?' vroeg Dexter hoopvol. De chauffeur knikte.

Toen ze in de buurt van de stad kwamen, merkte Dexter dat alles bijna stikdonker was. Alleen hier en daar was een licht aan. Een avondklok van het leger? Nee, geen elektriciteit. Alleen gebouwen met een eigen generator hebben na zonsondergang licht of op enig ander moment stroom. Gelukkig had ook hotel Malaika zoiets. Het drietal checkte in en trok zich terug voor wat er nog van de nacht restte. Even voor zonsopgang schoot iemand de president dood.

Jeremy Bishop, de computerexpert van het Cobra-project, stuitte het eerst op de naam. Mensen die bezeten zijn van kennisquizzen snuffelen altijd in woordenboeken, encyclopedieën en atlassen op zoek naar feitjes die niemand ooit zal vragen, en op dezelfde manier struinde Bishop, die geen sociaal leven had, in zijn vrije tijd door cyberspace. Het leven was pas een uitdaging als hij over het internet surfte. Hij had de gewoonte om moeiteloos en onzichtbaar andermans databanken te hacken en te kijken wat daarin te vinden was.

Op een zaterdagavond laat, toen de meeste inwoners van Washington het begin van de feestdagen vierden, zat hij voor zijn computerscherm en drong hij door in de lijsten van inkomende en vertrekkende mensen op het vliegveld van Bogotá. Eén naam kwam herhaaldelijk voor. Wie was dat? Hij vloog elke twee weken van Bogotá naar Madrid.

Hij kwam altijd minder dan drie dagen later terug, zodat hij niet langer dan vijftig uur in de Spaanse hoofdstad verbleef. Dat was niet genoeg voor een vakantie, maar te lang voor een tussenlanding naar een verdere bestemming.

Bishop vergeleek zijn naam met een lijst van mensen die verdacht werden van banden met allerlei aspecten van de cocaïnehandel. Die lijst had de Colombiaanse politie aan de DEA gegeven met een kopie voor het Cobra-hoofdkwartier. De naam was er niet bij.

Hij drong door in de databank van Iberia, de maatschappij die de man altijd gebruikte. Daar stond hij vermeld als *frequent flyer* met bijzondere voorrechten, zoals voorrang bij vluchten met overboeking. Hij reisde altijd eerste klas en zijn retourvlucht was altijd automatisch voor hem gereserveerd, tenzij hij ze annuleerde.

Bishop gebruikte zijn bevoegdheid om contact op te nemen met de DEA-mensen in Bogotá en zelfs met het Britse SOCA-team in diezelfde stad. Geen van beide kende hem, maar de DEA voegde er hulpvaardig aan toe dat plaatselijke adresboeken hem vermeldden als een jurist met een dure praktijk die nooit strafrechtzaken behandelde. Bishop, die tegen een muur was gelopen maar nog steeds nieuwsgierig was, vertelde het aan Devereaux.

De Cobra liet de inlichting tot zich doordringen maar dacht niet dat die de moeite van het nagaan waard was. Hij vond het verhaal een beetje te vaag, maar een klein onderzoekje in Madrid kon geen kwaad. Via het DEA-team diende Devereaux het verzoek in om de man bij zijn volgende verzoek discreet te laten schaduwen. De Cobra wilde graag weten waar hij logeerde, waar hij naartoe ging, wat hij deed en met wie hij praatte. Zuchtend waren de Amerikanen in Madrid bereid hun Spaanse collega's om een gunst te vragen.

De antidrugseenheid in Madrid is de Unidad de Drogas y Crimen Organizado, ofwel UDYCO, en het verzoek belandde op het bureau van inspecteur Francisco, 'Paco', Ortega.

Net als elke andere politieman vond Ortega zichzelf overwerkt, onderbemand en beslist onderbetaald. Maar goed, als de yankees een Colombiaan wilden schaduwen, kon hij dat niet goed weigeren. Groot-Brittannië was dan wel de grootste cocaïneconsument van Europa, maar Spanje was de grootste importeur en had een enorme, kwaadaardige onderwereld. De Amerikanen onderschepten soms dankzij hun enorme middelen een echt juweel en deelden het dan met de UDYCO. Hij beloofde schriftelijk de man te zullen schaduwen als deze tien dagen later weer arriveerde.

Bishop, Devereaux en Ortega konden niet weten dat Julio Luz het enige lid van de Hermandad was dat nooit de aandacht van de Colombiaanse politie had getrokken. Kolonel Dos Rios wist precies wie alle anderen waren, behalve de jurist en witwasser.

In de middag na de aankomst van Cal Dexter en zijn team in Bissau werd de zaak van de dode president opgelost en nam de paniek af. Het bleek achteraf geen staatsgreep.

De bejaarde tiran had een veel jongere vrouw en de schutter was haar minnaar. In de loop van de ochtend verdwenen ze allebei naar het oerwoud, diep in het binnenland, en ze werden nooit teruggezien. De solidariteit van hun stam beschermde hen alsof ze nooit bestaan hadden.

De president kwam uit de Papel-stam, maar zijn lievelingsvrouw was een Balanta, en dat gold ook voor haar vriendje. Het leger bestond eveneens grotendeels uit Balanta's en was niet van plan achter hun eigen mensen aan te gaan. De president was bovendien niet erg populair geweest. Uiteindelijk moest iemand anders worden gekozen. Intussen was het de opperbevelhebber en stafchef die de eigenlijke macht in handen had.

Dexter huurde een witte SUV van Mavegro Trading, en de hulpvaardige Nederlandse eigenaar daarvan bracht hem in contact met een man die een klein motorjacht met buitenboordmotor en sloep te huur had. Daarmee had hij alles om al varend door de kreken en riviermondingen van de Bijagos-archipel naar waadvogels te kunnen speuren.

Uiteindelijk wist Dexter ook een vrijstaande bungalow te huren tegenover het sportstadion dat kort daarvoor was opgetrokken door de Chinezen – die grote delen van Afrika geruisloos koloniseerden. Hij en zijn twee helpers verhuisden vanuit het Malaika-hotel naar het bungalowtje.

Onderweg van de ene plek naar de andere werden ze gesneden door een jeep Wrangler, die hun op een kruising al slippend de weg afsneed. In twee dagen had Dexter al ontdekt dat er geen verkeerspolitie was en dat de stoplichten het zelden deden.

Terwijl de SUV en de jeep tot op een paar centimeter naar elkaar toe gleden, staarde de passagier voor in de Wrangler de Amerikaan strak aan, maar ondanks de getinte ramen rondom was duidelijk dat hij net als de chauffeur geen Afrikaan of Europeaan was. Hij had een donker gezicht, zwart haar, een paardenstaart en veel gouden blingbling rond zijn hals. Een Colombiaan.

De jeep had een chromen rek op de cabine waarop naast elkaar vier sterke schijnwerpers gemonteerd waren. Dexter wist waarom. Veel cocaïnetransporteurs kwamen over zee. Ze meerden echter niet af in het vervallen haventje van Bissau zelf maar laadden de pakken over in de kreken tussen de mangrove-eilanden.

Andere ladingen kwamen door de lucht. Ze werden afgeworpen boven zee in de buurt van een wachtende vissersboot of gingen in het vliegtuig door naar het achterland. Een twintig jaar durende guerrillastrijd tegen kolonisator Portugal had het land vijftig landingsbanen in het oerwoud opgeleverd. De cocaïnevliegtuigen zetten hun lading daar soms af voordat ze leeg en 'schoon' naar het vliegveld terugvlogen om bij te tanken.

Een nachtelijke landing was het veiligst, maar geen van de banen in het oerwoud had stroom, en er was dus ook geen licht. Een ontvangstcomité van vier of vijf pick-ups echter kon schijnwerpers op hun dak aanzetten; daarmee werd de landingsbaan een paar minuten lang verlicht. Dexter kon dat zijn twee paravrienden allemaal uitleggen.

Op de hels stinkende Kapoorwerf ten zuiden van Goa was het werk aan de twee graanschepen in volle gang. Het werd geleid door een Canadese Schot die Duncan McGregor heette en zijn leven lang op tropische scheepswerven had gezeten. Aan zijn huid te zien leek hij een dodelijke vorm van geelzucht te hebben en zijn ogen stonden navenant. Als de moeraskoorts hem niet te pakken kreeg, zou de whisky zijn werk wel doen.

De Cobra trok graag gepensioneerde deskundigen aan. Ze brachten vaak veertig jaar ervaring mee, hadden geen gezin meer en konden het geld goed gebruiken. McGregor wist wel wat hij doen moest, maar niet waarom. Gezien zijn honorarium was hij niet van plan te gaan speculeren en weigerde hij vragen te stellen.

Zijn lassers en snijders kwamen uit de buurt. Zijn inrichters waren uit Singapore geïmporteerd, en hij kende ze goed. Voor hun onderdak had hij een stel kampeerwagens laten aanrukken, want de mannen namen beslist geen genoegen met hutten in Goa.

Hij had de opdracht het uiterlijk van beide schepen intact te laten. Alleen het interieur van de vijf enorme ruimen moest opnieuw worden ingericht. Het voorste ruim moest een cachot worden, maar dat wist hij niet. De gevangenis moest voorzien zijn van britsen, latrines, een kombuis, douches, een wachtlokaal met airco en zelfs een tv.

Ook het volgende ruim was een woonverblijf, maar dan beter uitgerust. Daar zouden ooit de commando's van de Britse Special Boat Service of de Amerikaanse SEAL's verblijven.

Het derde ruim moest verkleind worden zodat het ruim ernaast des te groter kon zijn. Het stalen schot tussen de ruimen drie en vier moest worden losgesneden en verplaatst. Die ruimte werd vervolgens uitgerust als een multifunctionele werkplaats. Het op een na laatste ruim in het achterschip bleef kaal. Daarin kwamen razendsnelle, opblaasbare RIB-boten met enorme motoren te liggen. De enige kraan op het schip kwam boven dit ruim te staan.

Het grootste ruim vereiste het meeste werk. Op de vloer werd een stalen plaat gemaakt die verticaal door vier hydraulische lieren, een op elke hoek, opgehesen kon worden tot de hoogte van het dek was bereikt. Wat op die stijgende vloer bevestigd was, stond dan in de openlucht – namelijk de gevechtshelikopter van de eenheid.

Onder de nog steeds laaiende zon van Karnataka sisten de lasvlammen, loeiden de boren, rinkelde het metaal en pletten de hamers de hele winter door. Op die manier veranderden twee onschuldige graancarriers in drijvende oorlogsmonsters. En duizenden kilometers verderop veranderden de namen, omdat het bezit werd overgedragen aan het onzichtbare beheerbedrijf Thame in Singapore. Vlak voor de voltooiing werden die namen ook op het achterschip gezet. De bemanningen kwamen dan terug om de schepen over te nemen, en dan voeren ze naar het werk dat hun aan de andere kant van de wereld wachtte.

Cal Dexter bleef een week acclimatiseren en ging toen met zijn boot naar het hart van de archipel. Hij beplakte de SUV met meegebrachte reclames voor Bird World International en de Amerikaanse Audubon Society. Op de achterbank lagen, voor elke passant goed zichtbaar, exemplaren van het jongste rapport van de Ghana Wildlife Society en de onmisbare gids *Birds of Western Africa* van Borrow en Demey.

Na de confrontatie met de Wrangler op de kruising kwamen er inderdaad twee mannen met een donkere huidskleur bij de bungalow kijken. Na terugkeer vertelden ze hun bazen dat de vogelaars onschuldige idioten waren. In het hart van vijandelijk gebied is 'idioot' de best mogelijke dekmantel.

Dexters eerste taak was een plek te vinden voor zijn boot. Hij trok met zijn team naar de streek ten westen van Bissau en ging eerst naar Quinhamel, de hoofdstad van de Papel-stam. Hij zag dat voorbij Quinhamel de Mansoa naar zee stroomde, en op de oever daarvan stond hotel-restaurant Mar Azul. Daar voer hij met zijn motorschip de rivier op en hij zette Jerry in het hotel om erop te letten. Voordat hij en Bill vertrokken, aten ze samen eerst een heerlijk maal met kreeft en Portugese wijn.

'Beter dan Colchester in de winter,' beaamden de twee para's. Hun spionage op de eilanden begon de dag daarna.

De Bijagos bestaat uit veertien hoofdeilanden, maar de hele archipel omvat achtentachtig spikkels grond op twintig tot dertig mijl buiten de kust van Guinee-Bissau. Drugsbestrijders hadden ze vanuit de ruimte gefotografeerd, maar niemand was er ooit in een bootje naartoe gegaan.

Dexter ontdekte dat ze allemaal uit hete mangrovemoerassen bestonden waar het wemelde van de tropische ziektes, maar de vier of vijf die het verst in zee lagen, waren opgefleurd met luxe, sneeuwwitte villa's aan glimmende stranden, steeds met een schotelantenne, ultramoderne technologie en een radiomast om de signalen van de verre MTN-provider van mobiele telefonie op te vangen. Elke villa had een steiger en een speedboot. Dit waren de buitenlandse residenties van de Colombianen.

Voor de rest telde hij drieëntwintig gehuchten waar vissers met varkens en geiten een zelfvoorzienend bestaan leidden. Maar er waren ook visserskampen waar buitenlanders de enorme visstand van het land kwamen plunderen. Twintig meter lange kano's uit Guinee-Conakry, Sierra Leone en Senegal werden met voedsel en brandstof bevoorraad en konden dan vijftien dagen op zee blijven.

De kano's werkten voor Zuid-Koreaanse en Chinese moederschepen met vriescellen die de vangst op de terugweg naar Azië invroren. Hij zag één enkel moederschip door veertig kano's bediend worden. Maar de lading waarvoor hij gekomen was, kwam pas op de zesde nacht in zicht.

Hij had het motorschip in een smalle kreek gelegd, was het eiland te voet overgestoken en had zich in de mangroves aan de kust verstopt. De Amerikaan en de twee Britse para's lagen in camouflagekleding door sterke verrekijkers te turen terwijl verderop in het westen de zon onderging. In het laatste daglicht verscheen een vrachtschip dat heel zeker niet aan het vissen was. Het gleed tussen twee eilanden door en ging met een rinkelende ketting voor anker. Toen verschenen er kano's.

Ze kwamen uit de buurt, niet uit het buitenland, en waren niet ingericht voor de visserij. Het waren er vijf, steeds met een bemanning van vier Guineeërs. Op twee ervan zat een latino op het achterschip.

Aan de zijreling van het vrachtschip verschenen mannen met een stel balen die met stevig touw waren dichtgebonden. Ze waren zo zwaar dat vier mannen nodig waren om er één over de reling te tillen en in een van de kano's neer te laten. De bootjes deinden en kwamen dieper in het water te liggen als ze de vracht in ontvangst namen.

Geheimzinnigheid was onnodig. De bemanning lachte en riep met de hoge fluitklanken van het Oosten. Een van de latino's ging aan boord voor een gesprek met de kapitein. Een koffer met geld veranderde van eigenaar – het loon voor een oversteek van de Atlantische Oceaan en niet meer dan een fractie van de uiteindelijke opbrengst in Europa.

Door het gewicht van de balen te schatten en met het aantal te vermenigvuldigen berekende Cal Dexter dat twee ton Colombiaanse puro werd uitgeladen terwijl hij door zijn verrekijker toekeek. Het werd donkerder. Het vrachtschip ontstak een paar lichten. Op de kano's verschenen lantaarns. Toen de transactie uiteindelijk achter de rug was, zetten de kano's hun buitenboordmotoren aan en voeren tuffend weg. Het vrachtschip haalde zijn anker op en wendde de steven voordat het bij eb weer uitvoer.

Dexters blik viel op de roodblauwe vlag van Zuid-Korea en op de naam. De *Hae Shin*. Hij gaf iedereen een uur om te verdwijnen en voer toen in zijn motorboot terug naar het Mar Azul.

'Wel 's honderd miljoen pond sterling gezien, jongens?'

'Nee, baas,' zei Bill, op de manier waarop een parakorporaal een officier aanspreekt.

'Nu wel. Dat was de waarde van die twee ton coke.'

Ze keken mistroostig.

'Diner met kreeft. Onze laatste avond.'

Dat monterde hen weer op. Vierentwintig uur later hadden ze de bungalow, de boot en de SUV teruggebracht. Toen vlogen ze via Lissabon naar Londen. Op de avond dat ze vertrokken waren werd hun bungalow door twee mannen met bivakmutsen overvallen, geplunderd en in brand gestoken. Een inwoner van de Bijagos had een blanke tussen de mangroves gezien.

Het rapport van inspecteur Ortega was beknopt en beperkte zich tot de feiten. Het was dus uitmuntend. De Colombiaanse jurist Julio Luz werd daarin alleen 'het doelwit' genoemd.

```
Het doelwit arriveerde met de dagelijkse lijnvlucht
van Iberia om 10.00 uur. Hij werd geïdentificeerd on-
```

derweg van de eersteklascabine naar de ondergrondse pendeltrein tussen terminal 4 en de centrale hal. Een van mijn mensen in het uniform van het Iberia-cabinepersoneel heeft hem al die tijd gevolgd. Het doelwit schonk geen aandacht aan hem en nam ook geen maatregelen tegen mogelijke volgers. Hij had één diplomatenkoffertje en één valies bij zich, geen grote bagage.

Hij ging door de paspoortencontrole en liep door de Groene Uitgang van de douane zonder aangehouden te worden. Er wachtte een limousine op hem; buiten de douane stond een chauffeur met een bord waarop stond. Dat is een groot hotel in Madrid. Het stuurt limousines naar het vliegveld om bijzondere gasten op te halen.

Een collega in burger bleef al die tijd bij hem en volgde de hotel-limousine in een auto. Hij trof niemand en praatte ook met niemand tot zijn aankomst in Villa Real, Plaza de las Cortes, 10.

Bij zijn inschrijving werd hij warm verwelkomd en vroeg hij naar zijn 'gebruikelijke kamer', die klaar was, naar hem verzekerd werd. Hij ging erheen, bestelde rond het middaguur een lichte lunch bij de roomservice en ging kennelijk slapen om zijn jetlag te overwinnen. Hij dronk thee in de hotelbar die East 47 heet, en werd op een gegeven moment begroet door de hoteldirecteur, señor Félix García.

Hij trok zich weer op zijn kamer terug, maar men hoorde hem voor die avond een tafel reserveren in het gourmetrestaurant op de eerste verdieping. Een van mijn mensen luisterde aan zijn deur en hoorde het geluid van een voetbalwedstrijd, waarnaar hij kennelijk op de tv aan het kijken was. Vanwege onze opdracht om hem in geen geval te alarmeren, hebben we geen inkomende en uitgaande mobiele telefoongesprekken kunnen afluisteren. (Dat was natuurlijk op zichzelf mogelijk geweest, maar dat zou de aandacht van het personeel hebben getrokken.)

Om negen uur ging hij naar beneden om te eten. Hij kreeg gezelschap van een jonge vrouw van even in

de twintig, studententype. Het lag voor de hand te denken dat ze een zogenoemd escortmeisje was, maar in hun gedrag bleek daar niets van. Hij haalde een brief uit de binnenzak van zijn jasje. Roomwit papier van uitstekende kwaliteit. Ze bedankte hem, stak hem in haar tasje en vertrok. Hij ging weer naar zijn kamer en bracht de nacht alleen door.
Om acht uur ontbeet hij op de binnenplaats, eveneens op de eerste verdieping, en kreeg toen gezelschap van dezelfde jonge vrouw (zie hieronder). Ze is een zekere Letizia Arenal, leeftijd: drieëntwintig, die aan de Complutense-universiteit schone kunsten studeert. Ze heeft een bescheiden eenkamerflat in Moncloa, bij de campus, woont alleen, heeft een bescheiden toelage en is zo te zien volstrekt respectabel.
Het doelwit verliet het hotel per taxi om 10.00 uur en werd naar de Banco Guzmán aan de Calle Serrano gebracht. Dat is een kleine privébank voor rijke cliënten van wie niets slechts bekend is (of was). Het doelwit bleef er de hele ochtend en lunchte kennelijk met de directeuren. Hij vertrok om 15.00 uur, maar het bankpersoneel hielp hem bij de deur met twee grote, harde Samsonite-koffers. Hij kon ze niet dragen, maar dat hoefde hij ook niet.
Een zwarte Mercedes arriveerde alsof die net besteld was, en twee mannen stapten uit. Ze legden de twee zware koffers in de achterbak en reden weg. Het doelwit ging niet met hen mee maar wenkte een taxi. Mijn agent wist beide mannen met zijn mobiele telefoon te fotograferen. Beiden zijn bekende gangsters. We konden de Mercedes niet volgen omdat we er niet op voorbereid waren; mijn agent was te voet. Zijn auto stond om de hoek. Daarom bleef hij bij het doelwit. Het doelwit ging terug naar zijn hotel, dronk weer thee, keek weer tv, dineerde weer (ditmaal alleen, en alleen bediend door ober Francisco Patón). Hij sliep alleen en vertrok om 9.00 uur in de hotellimousine naar het vliegveld. Hij kocht een literfles van de beste cognac in de taxfreeshop, wachtte in de hal voor de eerste klas, ging aan boord en vertrok

om 12.20 uur volgens dienstregeling naar Bogotá. Vanwege de verschijning van twee boeven uit een Galicische bende beginnen we nu veel belangstelling te krijgen voor señor Luz en voor het moment dat hij terugkomt. De koffers konden genoeg biljetten van 500 euro bevatten om een rekening tussen Colombia en onze eigen grote importeurs te voldoen. Wat zullen we doen?

'Wat denk je, Calvin?' vroeg Devereaux toen hij de uit Afrika teruggekeerde Dexter begroette.

'Het is zo klaar als een klontje dat de jurist bij de witwasoperatie van het Kartel betrokken is, maar kennelijk alleen voor Spanje. Of anders brengen andere Europese bendes hun geld naar de Calle Serrano om hun schulden te voldoen. Toch zou ik graag zien dat de UDYCO nog één laatste keer niets doet.'

'Ze kunnen in één klap twee gangsters, een criminele jurist, het geld en een corrupte bank oprollen. Waarom niet?'

'Vanwege de losse eindjes. Die brief, het meisje. Waarom speelt hij voor postbode? En voor wie?' vroeg Dexter peinzend.

'Iemands nicht. Een gunst voor een vriend.'

'Nee. Hij kan ook mailen, desnoods een koerier sturen, e-mailen, faxen, sms'en of telefoneren. Dit is iets persoonlijks en diep geheims. De volgende keer dat onze vriend Luz in Madrid landt, wil ik erbij zijn. Met een kleine ploeg.'

'We vragen onze Spaanse vrienden dus om zich gedeisd te houden tot je klaar bent? Waarom zo omzichtig?'

'Maak schuwe prooi nooit zenuwachtig,' zei de voormalige soldaat. 'Dood het dier met één schot door zijn voorhoofd. Geen rommel. Geen mislukkingen, ook geen halve. Geen verwondingen. Als we Luz nu oppakken, zullen we nooit weten wie die roomwitte enveloppen aan wie stuurt en waarom. Dat zou me nog heel lang dwars blijven zitten.'

Paul Devereaux keek de ex-tunnelrat nadenkend aan.

'Ik begin te begrijpen waarom de Vietcong je in de IJzeren Driehoek nooit te pakken heeft gekregen. Je denkt nog steeds als een wild beest.'

5

Guy Dawson taxiede naar zijn plaats, remde voorzichtig, bestudeerde opnieuw de flikkerende sortering meters en instrumenten, wierp een blik op het glinsterende teermacadam in de zon, verzocht aan de toren toestemming tot vertrek en wachtte daarop.

Toen die kwam, duwde hij de twee hendels naar voren. Het gejank van twee Rolls-Royce Spey-straalmotoren achter hem werd een razend gebulder, en toen begon de oude Blackburn Buccaneer te rijden. De ervaren piloot genoot altijd weer van dat moment.

Toen de *lift-off speed* bereikt was, werd de voormalige lichte marinebommenwerper soepel hanteerbaar. De wielen dreunden niet meer en het toestel vloog schuin naar de brede, blauwe hemel van Afrika. Het vliegveld van Thunder City, enclave voor privévliegtuigen van de internationale luchthaven van Kaapstad, werd snel kleiner en verdween. Nog terwijl hij aan het stijgen was, zette Dawson koers naar de Namibische hoofdstad Windhoek. Dat was het kortste en makkelijkste deel van zijn lange vlucht naar het noorden. Hij was geboren in 1961, toen de Buccaneer nog maar een prototype was. Het toestel werd in het jaar daarna operationeel bij de Britse marineluchtvaartdienst en begon toen aan een buitengewone carrière. Het was ontwikkeld om het tegen Russische kruisers van de Swerdlow-klasse te kunnen opnemen, maar bleek zijn werk zo goed te doen dat het uiteindelijk tot 1994 in dienst bleef.

De marineluchtvaartdienst vloog ermee tot 1974 vanaf vliegdekschepen. In 1969 had de jaloerse luchtmacht een versie ontwikkeld die vanaf de wal opereerde en die werd pas in 1994 afgedankt. Zuid-Afrika kocht intussen zestien stuks, en die bleven tot 1991 operationeel. Wat zelfs niet veel vliegtuigkenners wisten, was dat dit toestel ook gebruikt werd voor de Zuid-Afrikaanse atoombommen, maar aan de vooravond van de 'regenboogrevolutie' had Zuid-Afrika die allemaal vernietigd (behalve de drie die leeggehaalde museumstukken werden). De Buccaneers gingen toen met pensioen. Op die ochtend in januari 2011 vloog Guy Dawson in een van de laatste drie exemplaren ter wereld. Vliegtuigfanaten hadden het toestel gered en onderhouden en organiseerden er op Thunder City toeristenvluchten mee.

Nog steeds stijgend, verlegde Dawson zijn koers van de blauwe oceaan naar de kurkdroge, okergele woestijnen van Namaqualand en Namibië.

Zijn S.2-versie, die van de RAF was geweest, klom naar 35.000 voet, vloog dan op vier vijfde van de geluidssnelheid en slurpte elke minuut 36 liter brandstof. Maar voor deze korte etappe was er ruimschoots genoeg. De acht binnentanks, de tank bij het bomluik en het tweetal onder de vleugels waren vol. De Bucc vervoerde maximaal bijna 10.500 kilo vracht, en het optimale bereik voor de brandstof was 4.200 kilometer. Windhoek lag op ruim minder dan de helft daarvan.

Guy Dawson was een gelukkig mens. In 1985 was hij als jonge piloot in de Zuid-Afrikaanse luchtmacht lid geworden van het 24ste eskader – het neusje van de zalm hoewel er ook snellere Franse Mirages waren aangeschaft. Maar de Bucc, een veteraan van twintig jaar, was iets bijzonders.

Een van de vreemde eigenschappen was het bommenruim dat met een roterende deur was afgesloten. Bij een lichte bommenwerper van die afmeting werden de bommen meestal onder de vleugels vervoerd, maar hier gebeurde dat in het ruim zodat het toestel niet aan de buitenkant werd afgeremd en zowel het bereik als de snelheid verbeterde.

De Zuid-Afrikanen vergrootten het bommenruim nog meer en installeerden er hun atoombommen, die in de loop van de tijd met Israëlische hulp ontwikkeld waren. In een variant daarvan werd in het geheime bommenruim een reusachtige extra brandstoftank geplaatst, waardoor de Bucc een ongeëvenaard bereik kreeg. Juist door dat bereik en uithoudingsvermogen, die de Bucc een urenlange 'treuzeltijd' in de lucht gaven, was het toestel aantrekkelijk voor de ondoorgrondelijke, pezige Amerikaan die Dexter heette en in december Thunder City had bezocht.

Dawson wilde zijn 'schatje' eigenlijk helemaal niet verhuren, maar door de wereldwijde kredietcrisis waren de investeringen voor zijn oude dag gedaald tot een fractie van de waarde waarop hij voor zijn pensionering gehoopt had. Het aanbod van de Amerikaan was bovendien heel aantrekkelijk. Een huurtermijn van één jaar leverde Guy Dawson genoeg geld op om het financiële gat te dichten.

Hij had besloten zijn vliegtuig zelf helemaal naar Groot-Brittannië te vliegen. Op het oude luchtmachtvliegveld uit de Tweede Wereldoorlog in Scampton (Lincolnshire) bestond namelijk een groep fans van de Bucc. Ook zij restaureerden een paar Buccaneers, maar waren er nog niet klaar mee. Hij wist het omdat de twee groepen liefhebbers altijd contact onderhielden, en ook de Amerikaan wist dat.

Dawson had een lange en zware reis voor de boeg. In de vroegere cockpit van de navigator achter hem hadden betalende toeristen gezeten, maar nu moest hij in zijn eentje met behulp van de gps-technologie vanaf Windhoek helemaal naar Ascension vliegen, een Brits eilandje ver op de Atlantische Oceaan.

Na een overnachting en voor de tweede maal bijtanken vloog hij opnieuw naar het noorden, eerst naar het vliegveld van Sal op de Kaapverdische Eilanden, vervolgens naar het Spaanse Gran Canaria en ten slotte naar Scampton.

Guy Dawson wist dat zijn Amerikaanse huurder op elke stopplaats geld had klaarliggen voor brandstof en overnachting. Maar hij wist niet waarom Dexter dit oude marinevliegtuig gekozen had.

Hij had er drie redenen voor.

Dexter had overal gezocht, vooral in zijn vaderland Amerika, waar een grote groep bestond van enthousiastelingen die oude oorlogsvliegtuigen luchtwaardig hielden. Zijn keuze viel uiteindelijk op de Zuid-Afrikaanse Buccaneer omdat die minder opviel. Het toestel kon doorgaan voor een niet meer gebruikt museumstuk dat voor een tentoonstelling van de ene plaats naar de andere werd gebracht.

Het was ook makkelijk te onderhouden en zo sterk dat het vrijwel onverwoestbaar was.

Terwijl Guy Dawson zijn schatje weer naar zijn geboorteland bracht, wisten alleen Dexter en de Cobra dat het toestel helemaal niet naar een museum ging. Het zou weer ten strijde trekken.

Toen señor Julio Luz in februari 2011 op terminal 4 van het Madrileense vliegveld Barajas landde, was het comité van ontvangst iets groter dan eerst.

Cal Dexter stond al in de centrale hal te wachten terwijl inspecteur Paco Ortega zwijgend naar de stroom reizigers keek die uit de deur van de douanecontrole kwamen. Beide mannen stonden bij de kiosk. Dexter stond met zijn rug naar het arriverende doelwit, Ortega bladerde een tijdschrift door.

Toen Dexter jaren eerder – na het leger en na zijn rechtenstudie – als pro-Deoadvocaat in New York werkte, bleek hij zoveel latino-cliënten te hebben dat het nuttig was om Spaans te leren. Dat had hij dus gedaan. Ortega was onder de indruk. Hij had maar zelden een yankee ontmoet die fatsoenlijk Spaans sprak. Nu hoefde hij niet moeizaam Engels te spreken. Hij mompelde zonder zich te bewegen: 'Daar komt hij.'

Dexter identificeerde hem moeiteloos. Zijn collega Bishop had een lidmaatschapsfoto uit de archieven van de balie van Bogotá gedownload.

De Colombiaan volgde zijn bekende routine. Hij stapte in de hotellimousine, bleef zijn diplomatenkoffertje vasthouden, liet de chauffeur zijn valies in de kofferbak leggen en ontspande zich onderweg naar de Plaza de las Cortes. De onopvallende auto van de politie haalde de limousine in, en Dexter, die zich al eerder had laten inschrijven, was eerder in het hotel dan Luz.

Dexter had een ploeg van drie mensen bij zich, allemaal geleend van de FBI. Het Bureau was nieuwsgierig geweest, maar het presidentiële bevel voorkwam alle vragen en bezwaren. Voor een van de teamleden bood een slot evenveel weerstand als een pakje boter tegen een heet mes. De man was snel, en Dexter had de nadruk op snelheid gelegd. Hij had het soort problemen beschreven waarop ze konden stuiten, en de slotenkoning had onverschillig zijn schouders opgehaald.

De tweede man kon enveloppen openen, de inhoud in een paar tellen memoriseren en de envelop weer onzichtbaar dichtplakken. De derde was gewoon de uitkijk. Ze waren niet ondergebracht in het Villa Real maar tweehonderd meter verderop, waar ze per mobiele telefoon permanent oproepbaar waren.

Dexter zat in de lounge toen de Colombiaan arriveerde. Hij wist welke kamer de jurist had en hij had de toegang gecontroleerd. Ze hadden geluk. De kamer lag aan het eind van een lange gang, uit de buurt van de liftdeuren. Dat verkleinde de kans dat ze onverwacht gestoord werden.

Op het gebied van de schaduwkunst wist Dexter al heel lang dat een man in een regenjas die in een hoek net doet of hij een krant leest of zinloos in een deuropening staat, even opvallend is als een neushoorn op het gazon van een dominee. Hij verborg zich liever in het openbaar.

Hij droeg een kakelbont overhemd, boog zich over zijn laptop en belde iets te luidruchtig via zijn mobiel met iemand die hij 'schattekindje' noemde. Luz bekeek hem even om een indruk te krijgen en verloor toen elke belangstelling.

De man was net een metronoom. Hij checkte in, at een lichte lunch op zijn kamer en bleef er voor een langdurige siësta. Om vier uur verscheen hij in de East 47-bar, waar hij een pot Earl Grey bestelde en een tafel voor 's avonds reserveerde. Het feit dat Madrid ook andere uitmuntende restaurants heeft en dat het een plezierig frisse avond was, ontging hem blijkbaar.

Een paar minuten later stonden Dexter en zijn ploeg in de gang. De uitkijk bleef bij de liftdeuren. Steeds als een lift naar boven kwam en met open deuren bleef staan, beduidde de man dat hij op weg was naar beneden. Als de lift omlaag kwam, was het toneelstukje omgekeerd. Geen sprake van het domme strikken of herstrikken van schoenveters.

Het kostte de slotenkoning achttien seconden en een heel slim staaltje technologie om via de elektronische deur in de suite door te dringen. Eenmaal binnen werkte het drietal snel. Het valies was netjes uitgepakt; de inhoud hing in een kast of lag keurig in lades. Het diplomatenkoffertje lag op een kist.

De sloten erop werden beveiligd met wieltjes waarop de nummers van nul tot negen stonden. De slotenkoning bevestigde een luisterapparaat met stethoscoop aan zijn oren, draaide de wieltjes voorzichtig rond en luisterde. De cijfers kwamen een voor een in hun juiste stand terecht, en dan klapten de koperen pallen naar boven.

De inhoud bestond vooral uit papieren. De scanner ging aan het werk. Alles werd door handen in witte handschoenen gekopieerd op een USB-stick. Er was geen brief bij. Dexter, die eveneens handschoenen droeg, doorzocht alle vakken in het deksel. Geen brief. Hij knikte naar de kasten. De suite bevatte er een half dozijn. In de kast onder het plasmascherm bleek zich de kluis te bevinden.

Het was een goede kluis, maar niet bestand tegen de kennis en ervaring van iemand die in het inbraaklaboratorium van Quantico was opgeleid. De code bleek te bestaan uit de eerste vier cijfers van Julio Luz' lidmaatschapskaart van de balie in Bogotá. De brief lag erin – lang, stijf en roomwit.

De envelop was met zijn eigen lijm dichtgeplakt, maar de rand was met een reep doorzichtig plakband versterkt. De papierexpert bestudeerde hem diverse tellen, haalde een apparaatje uit zijn zak en leek de plakrand te strijken zoals je de kraag van een overhemd strijkt. Toen hij klaar was, liet de flap probleemloos los.

Witte handschoenen haalden er drie opgevouwen vellen uit. De kopiist controleerde met een vergrootglas of er een menselijk haartje of ragfijn draadje katoen in zat bij wijze van stille waarschuwing. Dat was niet het geval. De afzender ging er kennelijk van uit dat de jurist het schrijven intact aan señorita Letizia Arenal zou overhandigen.

De brief werd gekopieerd en teruggelegd, en de envelop werd dichtgeplakt na het aanbrengen van een doorzichtige, kleurloze vloeistof. De brief werd in de safe teruggelegd op precies de plaats waar hij voorafgaand aan de storing gelegen had. De kluis ging dicht en werd weer precies in zijn oude stand gezet. Toen pakte het drietal alle spullen in en verdween.

De uitkijk bij de liftdeuren schudde zijn hoofd. Geen spoor van het doelwit. Op dat moment kwam er een lift van beneden. De vier mannen glipten snel door de deuren naar het trappenhuis en gingen te voet naar beneden. Dat was maar goed ook: toen de liftdeuren opengingen, kwam señor Luz naar buiten. Hij liep terug naar zijn kamer, waar hij een geparfumeerd bad nam en tot aan het diner tv keek.

Dexter en zijn ploeg trokken zich terug in Dexters kamer. Daar werd de inhoud van het diplomatenkoffertje gedownload. Hij wilde inspecteur Ortega al het materiaal in de zaak geven, maar niet de brief, die hij nu zelf begon te lezen.

Zelf ging hij niet naar de eetzaal, maar hij stationeerde twee leden van zijn team een eindje bij Luz' tafel vandaan. Ze meldden dat het meisje arriveerde, met hem dineerde, de brief aannam, de boodschapper bedankte en vertrok.

De volgende ochtend nam Cal Dexter de ontbijtdienst. Hij zag dat Luz aan een tafel voor twee personen bij de muur ging zitten. Het meisje kwam daar bij hem zitten en overhandigde hem haar eigen brief, die Luz in zijn binnenzak stopte. Na een snel kopje koffie glimlachte het meisje dankbaar en vertrok.

Dexter wachtte tot ook de Colombiaan weg was. Toen – voordat het personeel naar de lege tafel kon lopen – liep hij er zelf voorbij, maar struikelde. De bijna lege koffiepot van de Colombiaan viel daarbij op de grond. Zijn eigen onhandigheid vervloekend pakte hij een servet van de tafel om de vlek op te vegen. Een ober kwam aangesneld en zei nadrukkelijk dat het zijn werk was. Terwijl de jongeman bukte, legde Dexter een servet over het kopje van het meisje, wikkelde het erin en stak ze allebei in zijn broekzak.

Na nieuwe excuses en verzekeringen in de trant van 'de nada, señor' liep hij de ontbijtzaal uit.

'Ik wou dat we het hele stelletje mochten oppakken,' zei Paco Ortega toen ze Julio Luz in de Banco Guzmán zagen verdwijnen.

'Die dag komt, Paco,' zei de Amerikaan. 'Jouw tijd komt. Maar nu nog niet. Die witwasserij is een enorme operatie. Heel groot. Er zijn andere banken in andere landen. We willen ze allemaal. Laten we coördineren en het hele zooitje oprollen.'

Ortega gromde instemmend. Net als elke andere rechercheur had hij surveillanceoperaties uitgevoerd die pas na maanden resultaat hadden. Geduld was een schone zaak, maar ook heel frustrerend.

Dexter loog. Hij kende geen enkele andere witwasoperatie naast Luz/Guzmán. Maar hij mocht niet verklappen welke windhoos de operatie-Cobra zou ontketenen als de kil kijkende man in Washington klaar was.

En nu wilde hij naar huis. Hij had de brief in zijn kamer gelezen. Het was een lang, teder epistel dat bezorgd naar de veiligheid en het welzijn van de jonge vrouw informeerde en simpelweg met 'papa' ondertekend was.

Hij betwijfelde of Julio Luz zich op enig moment van de dag of nacht van de antwoordbrief zou laten scheiden. Misschien als hij in het eersteklasgedeelte tijdens de terugvlucht naar Bogotá in slaap viel... Maar een graai in het diplomatenkoffertje boven zijn hoofd terwijl de stewardessen toekeken, was uitgesloten. Wat Dexter wilde ontdekken voordat iemand ging toeslaan, was eenvoudigweg dit: wie was Letizia Arenal en wie was papa?

De winter verloor zijn greep op Washington toen Cal Dexter er begin maart terugkwam. De bossen die de delen van Virginia en Maryland naast de hoofdstad bedekten, stonden op het punt om zich in een waas van groen te hullen.

Er was bericht van McGregor, die nog steeds liep te zweten in de stank van de giftige stoffen en de malariahitte op de Kapoorwerf ten zuiden van Goa. De herinrichting van de twee graanschepen was bijna voltooid. In mei zouden ze klaar zijn voor hun overdracht en hun nieuwe rol, meldde hij.

Die rol was naar hij aannam datgene wat hem verteld was: een superrijk Amerikaans consortium wilde de wereld van de schatgraverij betreden met twee schepen die waren uitgerust voor diepzeeduiken en het ophalen van wrakken. De accommodatie was bestemd voor de duikers en de dekbemanning, de werkplaatsen voor het onderhoud van de uitrusting en het grote ruim voor een kleine verkenningshelikopter. Alles klonk heel plausibel. Het was alleen niet waar.

De uiteindelijke voltooiing van de transformatie waarbij een graancarrier een gecamoufleerd oorlogsschip werd, moest op zee plaatsvinden. Op dat moment gingen zwaarbewapende mariniers de britsen bemannen en werden de werkplaatsen en wapenkamers voorzien van hoogst gevaarlijk materiaal. McGregor kreeg te horen dat hij prima werk deed en dat de twee civiele bemanningen voor de overdracht ingevlogen zouden worden.

De paperassen waren allang geregeld voor het geval iemand ernaar zou zoeken. De graanschepen waren verdwenen, en de twee exemplaren die nu bijna uitvoeren, werden omgedoopt tot ms *Chesapeake* en ms *Balmoral*. Ze waren eigendom van een bedrijf dat gevestigd was in een advocatenkantoor op Aruba. Ze voeren voor het gemak onder de vlag van dat kleine eiland en waren te huur voor graantransporten van het tarwerijke noorden naar het hongerige zuiden. De echte eigenaars en doeleinden waren onzichtbaar.

De FBI-laboratoria hadden een perfect DNA-profiel gekregen van de jonge vrouw in Madrid die uit het koffiekopje in het Villa Real had gedronken. Cal Dexter betwijfelde niet dat ze Colombiaanse was, en dat was door inspecteur Ortega bevestigd. Maar er waren honderden Colombiaanse jongeren die in Madrid studeerden. Wat Dexter dolgraag wilde weten, was wie dat DNA nog meer vertoonde.

Theoretisch moest vijftig procent van het DNA afkomstig zijn van de vader, en hij was ervan overtuigd dat 'papa' zich in Colombia bevond. Hij moest zo hoog zijn geplaatst dat hij zelfs een belangrijke, zij het 'technische', speler in de cocaïnewereld kon vragen om postbode voor hem te spelen. En waarom gebruikte hij geen echte postbode of e-mail? In een poging daar achter te komen, legde hij die vraag voor aan kolonel Dos Rios, hoofd Inlichtingen van de antidrugsafdeling binnen de Policía Judicial. Terwijl hij op een antwoord wachtte, maakte hij twee snelle reisjes.

Voor de noordoostkust van Brazilië ligt een obscure archipel van eenentwintig eilandjes, waarvan het grootste de naam geeft aan de hele groep: Fernando de Noronha. Het meet maar tien bij drieënhalve kilometer en heeft een oppervlakte van zesentwintig vierkante kilometer. Het enige dorp is Vila dos Remedios.

Net als het Franse Duivelseiland is het ooit een gevangeniseiland geweest, en het dichte oerwoud werd gekapt om te voorkomen dat gevangenen vlotten bouwden om te ontsnappen. De bomen werden door struiken en kreupelhout vervangen. Een paar rijke Brazilianen hebben er een afgelegen vakantievilla, maar Dexter had alleen belangstelling voor het vliegveld. Dat was in 1942 aangelegd door het luchttransportcommando van het Amerikaanse leger, en zou een prima plek zijn voor een luchtmachteenheid met onbemande Predator- of Global Hawk-toestellen die een verbazingwekkend vermogen hebben om urenlang in de lucht te blijven hangen en met camera's, warmtesensoren en radars omlaag te kijken. Hij ging erheen als een Canadese projectontwikkelaar van vakantieoorden, keek er rond, zag zijn vermoedens bevestigd en vloog weer terug. Daarna ging hij naar Colombia.

In 2009 had de Colombiaanse president de terroristische FARC-beweging, die zich in werkelijkheid specialiseerde in ontvoeringen en losgelden, effectief verpletterd. Maar zijn inspanningen tegen de cocaïne waren vooral verijdeld door don Diego Esteban en het hoogst efficiënte kartel dat hij gesticht had.

In dat jaar had hij zijn linkse buren Venezuela en Bolivia beledigd door het Amerikaanse leger te vragen Colombia met zijn superieure technologie te helpen. De Amerikanen kregen op zeven Colombiaanse militaire bases faciliteiten aangeboden. Een ervan was de basis Malambo aan de noordkust bij Barranquilla. Dexter ging erheen, vermomd als defensiejournalist die de zegen van het Pentagon had.

Eenmaal in het land zag hij zijn kans schoon om naar Bogotá te vliegen voor een gesprek met de geduchte kolonel Dos Rios. Het Amerikaanse leger bracht hem naar het vliegveld van Barranquilla, en daar nam hij de pendelvlucht naar de hoofdstad. Tussen de nog warme, tropische kust en de stad in de bergen heerste een temperatuurverschil van twintig graden.

De leider van de Amerikaanse DEA-operatie, noch het hoofd van het Britse SOCA-team in Bogotá wist wie hij was en wat de Cobra voorbereidde, maar ze hadden van hun hoofdkwartieren aan Army Navy Drive en het Albert Embankment bevel tot samenwerking gekregen. Ze spraken allemaal vloeiend Spaans, en het Engels van Dos Rios was perfect. Het verraste hem dat deze vreemdeling over een DNA-monster begon dat hij twee weken eerder toegestuurd had gekregen.

'Wat toevallig dat u uitgerekend nu komt,' zei de jonge en energieke Colombiaanse rechercheur. 'Ik heb vanochtend een match gekregen.'

Zijn verklaring was nog vreemder dan Dexters komst, die puur toevallig was geweest. De DNA-technologie was pas laat in Colombia doorgedrongen omdat allerlei regeringen daarvoor te zuinig waren geweest, maar president Santos had de budgetten verhoogd.

Dos Rios las koortsachtig alles wat er over de moderne forensische technologie verscheen. Hij had eerder dan zijn collega's beseft dat het DNA een geducht wapen kon zijn bij de identificatie van levende en dode mensen (vooral die laatste categorie was talrijk). Nog voordat de laboratoria van zijn afdeling er iets mee konden doen, had hij zo veel mogelijk monsters verzameld.

Vijf jaar eerder was iemand uit het fotoarchief van de antidrugsbrigade bij een auto-ongeluk betrokken geweest. De man was nooit aangeklaagd, nooit veroordeeld, nooit in de gevangenis gezet. Elke New

Yorkse mensenrechtenadvocaat zou ervoor gezorgd hebben dat Dos Rios ontslagen werd.

Lang voordat de Don het Kartel stichtte, waren Dos Rios en zijn collega's ervan overtuigd geweest dat deze man een belangrijke gangster in opkomst was. Hij was jaren niet meer gezien, en twee jaar lang had niemand ook maar iets van hem gehoord. Als hij inderdaad zo hoog was als vermoed werd, moest hij voortdurend mobiel zijn en van de ene schuilplaats naar het andere safehouse verhuizen. Hij zou dan alleen communiceren met wegwerptelefoons. Daarvan had hij er dan waarschijnlijk minstens vijftig, en die werden na elk gebruik vervangen.

Dos Rios ging na het auto-ongeluk naar het ziekenhuis en stal de proppen watten die op de gebroken neus van het slachtoffer waren aangebracht. Toen de technologie ver genoeg gevorderd was, werd het DNA geïdentificeerd en opgeslagen. Vijftig procent daarvan zat in het monster dat Washington gestuurd had, samen met een verzoek om hulp. Hij groef een dossier op en legde een foto op zijn bureau.

Het was een bruut, pokdalig, wreed gezicht. Een gebroken neus, ronde oogjes, ultrakort grijs haar. De foto was tien jaar eerder genomen maar 'kunstmatig verouderd' om te laten zien hoe de man er waarschijnlijk inmiddels uitzag.

'We zijn ervan overtuigd dat hij tot de intimi van de Don behoort en degene is die de corrupte ambtenaren in het buitenland betaalt. Dat zijn de mensen die het Kartel helpen om de producten door de havens en vliegvelden van Amerika en Europa te loodsen. De mensen die jullie de "ratten" noemen.'

'Is hij te vinden?' vroeg de man van de SOCA.

'Nee, anders zou ik dat al gedaan hebben. Hij komt uit Cartagena en moet inmiddels bejaard zijn. Bejaarde honden verwijderen zich niet graag van de plek waar ze zich thuis voelen. Maar hij leeft in het diepste geheim en is onzichtbaar.'

Hij wendde zich tot Dexter, die het mysterieuze DNA van Letizia's heel nauwe familielid had geleverd.

'U zult hem nooit vinden, señor. En als dat wel gebeurt, zal hij u vermoedelijk doden. En als u hem ooit gevangenneemt, houdt hij zijn mond. Hij is hard als vuursteen en nog tweemaal zo scherp. Reizen doet hij nooit: hij laat agenten het werk doen. En we hebben begrepen dat de Don hem volstrekt vertrouwt. Uw monster is interessant maar leidt tot niets, vrees ik.'

Cal Dexter bekeek het onpeilbare gezicht van Roberto Cárdenas, de man die de 'rattenlijst' onder zich had. De liefhebbende papa van het meisje in Madrid.

Het uiterste noordoosten van Brazilië is een enorm gebied van heuvels en dalen, een paar hoge bergen en veel oerwoud. Maar er zijn ook enorme landgoederen van wel honderdduizend hectaren, grasland dat goed bevloeid wordt door de talloze rivieren die er vanuit de siërra's doorheen stromen. Vanwege hun omvang en afgelegen ligging zijn de herenhuizen daar eigenlijk alleen via de lucht bereikbaar. Als gevolg daarvan hebben ze allemaal een landingsstrip, en sommige zelfs diverse.

Terwijl Cal Dexter vanuit Bogotá een lijnvlucht naar Miami en Washington nam, werd op een van die landingsstrips een vliegtuig bijgetankt. Het was een Beech King Air met twee piloten, twee mannen die moesten pompen, en een ton cocaïne.

Het brandstofteam vulde de grote en de extra tanks tot de rand en de bemanning doezelde intussen in de schaduw onder een afdak van palmbladeren. Ze hadden een lange nacht voor de boeg. Een diplomatenkoffertje met talloze pakjes honderddollarbiljetten was al overhandigd als betaling voor de brandstof en de tussenstop.

De Braziliaanse autoriteiten hadden misschien hun vermoedens over de Rancho Boavista, dat op driehonderd kilometer afstand in het binnenland van de havenstad Fortaleza lag, maar ze konden heel weinig doen. De afgelegen ligging van het landgoed betekende dat elk spoor van een buitenstaander werd opgemerkt. Een surveillance van het gebouwencomplex was zinloos: met behulp van het gps-systeem kon een drugsvliegtuig de kerosinetankauto ook vele kilometers verderop treffen en werd dan nooit gelokaliseerd.

Voor de eigenaars brachten deze tussenlandingen en brandstofleveranties veel meer op dan hun boerenbedrijf. En voor het Kartel waren deze tussenstops op weg naar Afrika onmisbaar.

De Beech C12, ofwel de King Air, was door Beechcraft oorspronkelijk ontwikkeld als algemeen inzetbaar minivliegtuig voor negentien inzittenden en met twee turboprops. Het toestel was overal ter wereld veel verkocht. In latere versies waren de stoelen verwijderd om plaats te maken voor commerciële vracht. Maar de versie die in het middagzonnetje op Boavista stond, had nog iets extra's.

Het toestel was nooit bedoeld geweest voor een trans-Atlantische vlucht. Het kon 2.500 liter brandstof innemen, en de twee Pratt and Whitney Canada-motoren waren dan goed voor 708 zeemijl: bij windstil weer, volledig beladen, op de stand voor de lange afstand en rekening houdend met starten, taxiën, stijgen en dalen. Daarmee een poging doen om vanaf de Braziliaanse kust Afrika te bereiken, was geheide zelfmoord midden op de oceaan.

In geheime werkplaatsen van het Kartel, naast de landingsstrips in het Colombiaanse oerwoud, waren de cokevliegtuigen omgebouwd. Slimme technici hadden ze voorzien van extra brandstoftanks, niet onder de vleugels, maar in de romp. Het waren er meestal twee – een aan elke kant van het vrachtruim – en een smalle gang ertussen bood toegang tot de cockpit.

Technologie is duur, mankracht goedkoop. In plaats van extra brandstof met stroom uit de motoren uit de binnenste tanks naar de hoofdtanks te brengen, vlogen twee hulpjes mee. Als aan de donkere hemel de hoofdtanks leeg raakten, begonnen ze handmatig te pompen.

De route was simpel. De eerste etappe begon op een verborgen landingsstrip in het Colombiaanse oerwoud – altijd een andere om niet de aandacht van kolonel Dos Rios te trekken. De piloten vlogen de eerste nacht 2.400 kilometer over Brazilië naar Boavista. In het donker en op 5.000 voet boven het bladerdak van de regenwouden van de Mato Grosso waren ze vrijwel onzichtbaar.

Bij dageraad at de bemanning een stevig ontbijt en bracht de hete dag slapend door. Bij zonsondergang werd de King Air weer volgepompt voor de laatste 2.000 kilometer: de kleinste afstand tussen de Nieuwe Wereld en de Oude.

Toen die avond het laatste daglicht uit de hemel boven Boavista verdween, ging de piloot van de King Air met zijn neus in de wind staan. Hij voerde zijn laatste controles uit en begon te taxiën. Het totale gewicht bedroeg het door de fabrikant aangegeven maximum van 6.750 kilo. Hij had 1.200 meter nodig om de lucht in te komen, maar had meer dan 1.500 meter vlak gerold grasland tot zijn beschikking. De Avondster fonkelde toen hij boven Boavista opsteeg, en de tropische duisternis daalde neer als een toneelgordijn.

Er is een gezegde dat er oude piloten en waaghalzige piloten bestaan, maar geen oude, waaghalzige piloten. Francisco Pons was vijftig en vloog al jaren op landingsstrips die op geen enkele officiële lijst stonden. Hij had dat overleefd omdat hij voorzichtig was.

Hij had zijn route met zorg voorbereid en geen detail over het hoofd gezien. In extreme weersomstandigheden vloog hij niet, maar voor die nacht was over het hele traject een prettige rugwind van vierentwintig knopen voorspeld. Hij wist dat hem aan de andere kant geen modern vliegveld wachtte, alleen een volgende strip die in het oerwoud was uitgehakt en verlicht werd door een rij van zes terreinwagens. De morsecode die hem bij zijn nadering zou begroeten als teken dat de fluwelen warmte van de Afrikaanse nacht geen hinderlaag verborg, was hem bekend. Afhankelijk van de wolken vloog hij op een hoogte van 5.000 tot 10.000 voet, en hij had dus geen zuurstof nodig. Natuurlijk kon hij ook het hele stuk door de wolken vliegen, maar het was prettiger om er in het maanlicht vlak boven te blijven.

Als hij zes uur in de lucht bleef, was de zonsopgang in Afrika nog steeds niet meer dan een roze gloed, hoewel hij naar de opgaande zon in het oosten vloog. Hij moest drie uur tijdsverschil bijtellen en nog een keer tanken bij een tankwagen in het oerwoud.

De inkomsten vergoedden veel. De twee pompers achterin kregen 500 dollar voor drie dagen en nachten werk, en voor hen was dat een fortuin. Gezagvoerder Pons, zoals hij graag genoemd werd, beurde tienmaal zoveel en zou binnenkort als een steenrijke man met pensioen gaan. Maar hij vervoerde dan ook een lading die in de grote steden van Europa een straatwaarde van wel 100 miljoen dollar had. Toch vond hij zichzelf geen slecht mens. Hij deed gewoon zijn werk.

Hij zag de lichten van Fortaleza onder zijn rechtervleugel. Toen werd de duisternis van het oerwoud vervangen door de duisternis van de oceaan. Een uur later gleed Fernando de Noronha onder zijn linkervleugel door en controleerde hij de tijd en zijn positie. Hij vloog op zijn ideale kruissnelheid van 250 knopen, was op tijd en lag op koers. Toen kwamen de wolken. Hij klom naar 10.000 voet en vloog door. De twee helpers begonnen te pompen.

Hij was op weg naar de landingsstrip van Cufar in Guinee-Bissau. Die was vele jaren eerder uitgehakt tijdens Amilcar Cabrals onafhankelijkheidsoorlog tegen Portugal. Op zijn horloge was het elf uur 's avonds, Braziliaanse tijd. Nog één uur te gaan. De sterren schitterden boven zijn hoofd, de wolken onder hem werden dunner. Perfect. De helpers bleven pompen.

Hij controleerde zijn positie weer en dankte de god van de gps, het navigatiemiddel van vier satellieten, die Amerika de wereld geschonken had en gratis liet gebruiken. Het vinden van een landingsstrip in het donkere oerwoud was daarmee even makkelijk als Las Vegas vinden in de woestijn. Zijn koers was nog steeds 040°, net als het hele stuk vanaf de Braziliaanse kust. Hij verlegde zijn koers nu een paar graden naar stuurboord, liet zich tot 3.000 voet zakken en zag het glinsterende maanlicht op de Mansoa-rivier.

Aan bakboord zag hij een paar vage lichtjes in het verder pikdonkere land. Dat was het vliegveld. Ze verwachtten kennelijk de lijnvlucht uit Lissabon, anders hadden ze de generator niet aangezet. Hij nam gas terug tot 150 knopen en keek voor zich uit in de richting van Cufar. Daar stonden zijn mede-Colombianen te wachten, luisterend naar het gedreun van de Pratt and Whitney's. Dat geluid was kilometers in de omtrek boven het gekwaak van de kikkers en het gejank van de muggen uit te horen.

Recht voor hem uit flitste één lichtzuil naar boven: een verticale lichtstraal uit een Maglite van 1 miljoen kaars. Gezagvoerder Pons was te dichtbij. Hij zette zijn landingslicht aan en verlegde zijn koers. Toen kwam hij met een grote boog terug. Hij wist dat de landingsstrip van oost naar west liep, en zonder wind kon hij in beide richtingen landen, maar de afspraak met de jeeps was dat hij de westkant zou nemen. Hij moest draaiend boven hun hoofd binnenkomen. Met het landingsgestel naar buiten en de vleugelkleppen omlaag draaide hij naar de landingsbaan. De lampen voor hem kwamen tot leven. Het leek er wel twaalf uur 's middags. Bulderend vloog hij op een hoogte van 10 voet en met een snelheid van 100 knopen over de terreinwagens. De King Air vertraagde tot zijn gebruikelijke 48 knopen. Voordat hij de motoren kon uitzetten en de systemen kon afsluiten, stoven Wranglers links en rechts van hem met hem mee. De twee helpers achterin waren nat van het zweet en slap van vermoeidheid. Ze hadden meer dan drie uur zitten pompen, en de laatste tweehonderd liter brandstof klotste in de boordtanks.

Bij Francisco Pons was roken tijdens een vlucht verboden. Anderen stonden dat toe, met het risico dat hun toestel door de kerosinedampen al na één vonk in een vliegende vuurzee veranderde. Eenmaal veilig op de grond staken de vier mannen een sigaret op.

Er waren vier Colombianen, aangevoerd door Ignacio Romero, het hoofd van alle Karteloperaties in Guinee-Bissau. Het was een grote lading en die verdiende zijn aanwezigheid. Afrikanen uit de buurt hesen de twintig balen naar buiten, en die bevatten samen één ton cocaïne. De balen verdwenen in een pick-up met tractorbanden en een van de Colombianen reed ermee weg.

Op de balen zaten ook zes Guineeërs, in feite soldaten die door generaal Djalo Gomes ter beschikking waren gesteld. Hij leidde het land, nu zelfs een titulaire president ontbrak. Die baan wilde kennelijk niemand, presidentschappen hadden de neiging kort te zijn. Het was de truc om zo mogelijk snel fortuin te maken en je dan met diverse jongedames aan de Portugese Algarvekust terug te trekken. Alleen het 'zo mogelijk' leverde soms problemen op.

De chauffeur van de tankwagen sloot zijn slangen aan en begon te pompen. Romero bood Pons een kop koffie aan uit zijn eigen fles. Pons rook. Colombiaanse. De beste. Hij knikte dankbaar. Om tien voor vier plaatselijke tijd waren ze klaar. Pedro en Pablo, die naar zweet en zwarte tabak stonken, klommen achterin. Ze konden nog drie uur rusten terwijl de grote brandstoftanks leeg raakten. Daarna moest er naar Brazilië weer gepompt worden. Pons en zijn jonge tweede piloot, die het vak nog moest leren, namen afscheid van Romero en stapten in de cockpit.

De Wranglers hadden hun positie weer ingenomen, en toen de schijnwerpers aangingen, hoefde gezagvoerder Pons alleen nog maar om te keren en zijn neus naar het westen te zetten. Om vijf voor vier steeg hij, een ton lichter, op en vloog hij naar zee, waar het nog donker was.

Ergens in het oerwoud achter hem werd de ton cocaïne opgeslagen in een geheim pakhuis en vervolgens in kleinere ladingen verdeeld. De meeste gingen naar het noorden op een van de twintig verschillende manieren en met een van de vijftig transporteurs. Juist deze splitsing in kleinere hoeveelheden had de Cobra ervan overtuigd dat de handel niet meer te stuiten was als de lading eenmaal aan land was gegaan.

Maar in heel West-Afrika werd plaatselijke hulp tot aan het niveau van de president niet beloond met geld maar met cocaïne. Hoe ze die omzetten in rijkdom, was hun probleem. Ze vormden een secundaire en parallelle handel, die eveneens met het noorden plaatsvond maar uitsluitend in handen was van en beheerst werd door zwarte Afrikanen. Op dat punt stonden de Nigerianen hun mannetje. Ze beheersten de intra-Afrikaanse handel en verkochten hun aandeel bijna uitsluitend via de honderden Nigeriaanse gemeenschappen in heel Europa.

Al in 2009 ontstond in die omgeving een probleem waardoor de Don uiteindelijk uit zijn dak ging van woede. Sommige Afrikaanse bondgenoten wilden niet alleen maar commissionair zijn. Ze wilden een grote speler worden, rechtstreeks bij de bron kopen en hun magere inkomsten opblazen tot de marges van de blanken. Maar de Don moest zijn Europese klanten van dienst zijn en weigerde van zijn Afrikaanse knechten gelijkwaardige partners te maken. Van die smeulende vete hoopte de Cobra te profiteren.

Pater Isidro had met zijn geweten geworsteld en urenlang gebeden. Hij zou zich tot de pater provinciaal hebben gewend als die hoogwaardigheidsbekleder niet al zijn advies had gegeven. De beslissing moest persoonlijk zijn, en elke parochiepriester was daar vrij in. Maar pater Isidro voelde zich helemaal niet vrij. Hij voelde zich klemgezet. Hij had een versleuteld telefoontje waarmee hij maar één nummer kon bellen. Op dat nummer kreeg hij een bandje te horen in vloeiend Spaans met een Amerikaans accent. Hij kon ook sms'en. Of hij kon zwijgen. Een tiener in het ziekenhuis van Cartagena gaf uiteindelijk de doorslag.

Hij had de jongen gedoopt en later ook het vormsel toegediend – een van de vele jongeren in zijn parochie van straatarme mensen en arbeiders aan de haven. Toen hij erbij werd geroepen om het sacrament van de zieken toe te dienen, ging hij aan zijn bed zitten huilen en liet hij de kralen van zijn rozenkrans door zijn handen glijden.

'*Ego te absolvo ab omnibus peccatis tuis*,' fluisterde hij. '*In nomine Patris et Filii et Spiritu Sancti*'. Hij sloeg een kruisteken in de lucht, en de jongen overleed nadat zijn zonden hem vergeven waren. Een non in de buurt bedekte zijn dode gezicht zwijgend met zijn witte laken. Hij was veertien en overleden aan een overdosis cocaïne.

'Maar welke zonden kan hij begaan hebben?' vroeg hij zijn zwijgende God bij de gedachte aan de absolutie, terwijl hij door de donkere straten van de haven naar zijn pastorie liep. Die avond belde hij.

Hij dacht niet dat hij het vertrouwen van señora Cortez beschaamde. Ze was nog steeds een van zijn parochianen en was weliswaar in de havenwijk geboren en opgegroeid, al was ze inmiddels naar een mooie bungalow op een privécomplex in de schaduw van de Cerro la Popa-berg verhuisd. Haar man Juan was een vrijdenker die nooit naar de kerk ging. Maar de vrouw deed dat wel en nam dan hun kind mee – een leuke en ondernemende jongen, zo stout als jongens horen te zijn maar goedhartig en vroom. De señora had hem om hulp gevraagd, maar niet in de biechtstoel. Daarom overtrad hij het biechtgeheim niet. Hij belde op en liet een kort bericht achter.

Cal Dexter hoorde het bericht vierentwintig uur later. Toen ging hij naar Paul Devereaux.

'Het gaat om een man in Cartagena. Een lasser. Beschreven als een geniale vakman. Werkt voor het Kartel en creëert schuilplaatsen in stalen rompen die zo bekwaam gemaakt worden dat ze bijna onvindbaar zijn. Ik vind dat ik die Juan Cortez maar eens moet opzoeken.'

'Dat vind ik ook,' zei de Cobra.

6

Het was een leuk en keurig net huisje van het soort dat met trots uitstraalt dat de bewoners geen ongeschoolde arbeiders meer zijn maar geschoolde ambachtslieden.

De plaatselijke vertegenwoordiger van de Britse SOCA had de lasser opgespoord. Deze geheim agent was in feite een Nieuw-Zeelander die door zijn vele jaren in Midden- en Zuid-Amerika ook perfect Spaans sprak. Zijn dekmantel was die van een wiskundedocent aan de Academie voor Marinecadetten. In die functie had hij toegang tot alle autoriteiten in Cartagena, en een vriend van hem in het stadhuis had het huis op basis van de belastingarchieven opgespoord.

Zijn antwoord op Cal Dexters vraag was bewonderenswaardig beknopt. Juan Cortez, zelfstandig ambachtsman in de haven, plus het adres. Hij deed er de verzekering bij dat er geen andere Juan Cortez bestond in de buurt van de privéwoonwijken die de hellingen van de Cerro la Popa bedekken.

Cal Dexter was drie dagen later in de stad, vermomd als een toerist met bescheiden middelen die in een goedkoop hotel verbleef. Hij huurde er een van de tienduizenden scooters in de stad. Aan de hand van een stadsplattegrond vond hij de straat in de voorstedelijke wijk Las Flores. Hij leerde de route uit zijn hoofd en reed erlangs.

De volgende ochtend was hij al voor zonsopgang op straat en zat hij op zijn hurken naast zijn stilstaande scooter. De ingewanden daarvan lagen naast hem terwijl hij aan het sleutelen was. Overal om hem heen gingen lichten aan en werden mensen wakker. Dat gold ook voor nummer 17. Cartagena is een Zuid-Caribische stad, en het hele jaar door is het er lekker weer, ook die ochtend begin mei. Later zou het zelfs heet worden. De eerste forenzen vertrokken naar hun werk. Vanaf de plek waar hij zat, zag Dexter de Ford Pinto op het harde beton voor het huis staan. Achter de blinden scheen licht terwijl het gezin aan het ontbijt zat. De lasser deed om tien voor zeven de voordeur open.

Dexter deed niets. Dat kon hij ook niet, want de scooter was immobiel. Bovendien was dit geen ochtend om te volgen maar om de tijd van vertrek vast te stellen. Hopelijk was Juan Cortez de volgende ochtend even punctueel. Hij zag Juan Cortez voorbijrijden en merkte op waar hij afsloeg om de hoofdweg te nemen. De volgende dag wilde hij om halfzeven op die hoek staan, maar dan met helm en motorjasje en schrijlings op de scooter. De Ford ging de hoek om en verdween. Dexter zette zijn scooter weer in elkaar en ging terug naar zijn hotel.

Hij had de Colombiaan van zo dichtbij gadegeslagen dat hij hem zou herkennen. En hij herkende ook de auto en het nummerbord.

De volgende ochtend verliep als de eerste. De lampen gingen aan, het gezin ontbeet en kuste elkaar ten afscheid. Dexter stond om halfzeven met stationair draaiende motor op de hoek, waarbij hij deed alsof hij telefoneerde om enkele passerende voetgangers duidelijk te maken waarom hij stilstond. Niemand schonk aandacht aan hem. De Ford met Juan Cortez achter het stuur passeerde hem om kwart voor zeven. Hij gaf de man een voorsprong van honderd meter en volgde hem.

De lasser reed door de wijk La Quinta en nam de snelweg naar het zuiden. Dat was de kustweg, de Carretera Troncal Oeste. Bijna alle havens lagen natuurlijk daar, aan de oceaankust. Het werd drukker op de weg, maar de man die hij volgde, had misschien scherpe ogen, en daarom ging Dexter tweemaal achter een vrachtwagen rijden toen rode verkeerslichten de stroom belemmerden.

Toen hij de eerste keer weer tevoorschijn kwam, had hij een ander windscherm. Het was eerst felrood geweest en was nu hemelsblauw. De tweede keer reed hij ineens in hemdsmouwen. Hij was hoe dan ook gewoon een van de vele scooterrijders op weg naar hun werk.

De weg liep almaar door. Het verkeer werd rustiger. De mensen op de linkerbaan gingen naar de havens aan de Carretera de Mamonal. Dexter verstopte zich weer even, klemde zijn motorhelm tussen zijn knieën en zette een pet van witte wol op. De man voor hem lette er blijkbaar niet op, maar vanwege het steeds schaarsere verkeer moest hij zich honderd meter laten terugzakken. De lasser sloeg eindelijk af. Hij was nu vijfentwintig kilometer ten zuiden van de stad, voorbij de petroleum- en petrochemische havens waar de vrachtschepen werden gelost en geladen. Dexter zag een groot reclamebord bij de ingang van de rijbaan die naar de Sandoval-werf leidde. Die onthield hij voor de volgende keer.

De rest van de dag besteedde hij aan het zoeken naar een plek voor een ontvoering op de route terug naar de stad. Die vond hij laat in de middag: een rustig stuk waar de weg maar twee rijbanen had. Onverharde paden leidden daar naar dichte mangrovebossen. De weg zelf liep vijfhonderd meter lang rechtdoor met een bocht aan elk uiteinde.

Die avond wachtte hij op de kruising waar de weg naar de Sandovalwerf uitkwam op de snelweg. De Ford verscheen even na zes uur. Het schemerde toen al ruimschoots, en een paar minuten later zou het donker zijn. De Ford was een van de tientallen auto's en scooters op weg naar de stad.

Op de derde dag reed hij de werf op. Bewaking was er kennelijk niet. Hij parkeerde zijn scooter en slenterde door. Een opgewekt *hola!* werd uitgewisseld met een groep passerende werfarbeiders. Hij vond het parkeerterrein van de werknemers, en daar stond de Ford te wachten op zijn eigenaar, die met zijn oxyacetyleenbrander diep in een schip in een droogdok aan het werk was. Cal Dexter vloog de volgende ochtend terug naar Miami om mensen te rekruteren en plannen te maken. Een week later was hij terug, maar ditmaal veel minder legaal.

Hij vloog naar de Colombiaanse legerbasis in Malambo, waar het Amerikaanse leger een gezamenlijke eenheid van leger, luchtmacht en marine gestationeerd had. Hij kwam per Hercules C13 van de luchtmachtbasis Eglin in het smalle deel van Florida. Er zijn al zoveel geheim agenten vanuit Eglin vertrokken dat die basis simpelweg de Spionnencentrale genoemd wordt.

De uitrusting die hij nodig had, lag bij de zes commando's in de Hercules. Die laatsten kwamen weliswaar uit Fort Lewis in de staat Washington, maar hij had al eerder met hen gewerkt, en zijn wens was ingewilligd. Fort Lewis is de thuisbasis van de First Special Forces Group, ofwel de Operational Detachment (OD) Alpha 143. Ze waren bergspecialisten, hoewel er in Cartagena geen bergen zijn.

Het was een kwestie van geluk dat hij ze op de basis aantrof, want ze waren er met verlof uit Afghanistan en verveelden zich kapot. Toen ze het aanbod van een kleine geheime operatie kregen, meldden ze zich allemaal. Maar hij had er slechts zes nodig. Op zijn verzoek waren er twee latino's bij die vloeiend Spaans spraken. Niemand wist waar het over ging, en behalve de voor de hand liggende details hoéfden ze ook niets te weten. Maar iedereen kende de regels. Ze zouden te horen krijgen wat voor de missie noodzakelijk was. Niets meer.

Gezien het korte tijdsbestek was Dexter blij met wat het bevoorradingsteam van project-Cobra bereikt had. Het zwarte busje was van Amerikaanse makelij, maar dat gold ook voor de helft van de andere auto's op de wegen van Colombia. De papieren waren in orde en de nummerborden waren die van Cartagena. Op de logo's die aan beide kanten waren geplakt, stond: LAVANDERÍA DE CARTAGENA. Een auto van een wasserij wekt maar zelden wantrouwen.

Hij controleerde de drie politie-uniformen uit Cartagena, de twee rieten manden, de losse verkeerslichten en het bevroren lijk, dat op droog ijs in een koelkist lag. Die bleef tot aan het gebruik aan boord van de Hercules.

Het Colombiaanse leger was heel gastvrij, maar het was beter hun bereidheid om gunsten te verlenen niet te overbelasten.

Cal Dexter controleerde het lijk even. Juiste lengte, juiste bouw, ongeveer de juiste leeftijd. Een arme stakker die in de bossen van Washington wilde overleven, was aan onderkoeling overleden en twee dagen eerder naar het mortuarium van Kelso bij Mount St. Helens gebracht.

Dexter liet zijn team twee keer oefenen. Ze bestudeerden bij dag en bij nacht de vijfhonderd meter lange en smalle weg die Dexter gekozen had. Op de derde avond kwamen ze in actie. Allemaal wisten ze dat eenvoud en snelheid doorslaggevend waren. In de loop van de derde middag parkeerde Dexter het busje bij het middenstuk van het lange, rechte deel van de snelweg. Daar liep een pad de mangroves in, en hij zette het busje vijftig meter verderop langs dat pad.

Op de brommer die tot zijn uitrusting hoorde, reed hij om vier uur 's middags naar het personeelsparkeerterrein van de Sandoval-werf. Daar liet hij gehurkt twee banden van de Ford leeglopen: een achterband en de reserveband achterin. Om kwart over vier was hij weer bij zijn team terug.

Juan Cortez liep over het parkeerterrein naar zijn auto, zag de lekke band, vloekte en haalde de reserveband uit de kofferbak. Toen ook die leeg bleek te zijn, vloekte hij nog harder, waarna hij naar het magazijn ging om een pomp te halen. Toen hij eindelijk kon vertrekken, was hij een uur verder en was het al aardedonker. Al zijn collega's waren weg.

Een kleine vijf kilometer van de werf stond een man zwijgend en onzichtbaar met een nachtbril tussen het gebladerte. Omdat alle collega's van Cortez allang weg waren, was er heel weinig verkeer. De man in het struikgewas was een Amerikaan die vloeiend Spaans sprak en het uniform van een verkeersagent uit Cartagena droeg. Hij herkende de Ford Pinto aan de hand van de foto's die Dexter hem had laten zien. De auto passeerde om vijf over zeven. Hij pakte een lantaarn en knipperde driemaal kort naar de weg.

In het middenstuk pakte Dexter zijn rode waarschuwingslamp. Hij liep ermee naar het midden van de weg en zwaaide ermee heen en weer in de richting van de naderende koplampen. Cortez, die het waarschuwingslicht zag, nam gas terug.

De man achter hem, die in de struiken was blijven wachten, zette nu zijn eigen rode lamp naast zich op de weg. Hij knipte hem aan en hield in de twee minuten daarna twee andere auto's staande die op weg waren naar de stad. Een van de chauffeurs stak zijn hoofd naar buiten en riep: '*Qué pasa?*'

'*Dos momentos, nada más*,' antwoordde de politieman. Twee seconden, meer niet.

Vijfhonderd meter verder, in de richting van de stad, had een tweede commando in politie-uniform zijn rode lamp geïnstalleerd, en bracht gedurende twee minuten drie auto's tot stilstand. Op het middenstuk waren verrassingen nu uitgesloten, en alle mogelijke ooggetuigen stonden rond een bocht uit het zicht.

Juan Cortez nam gas terug en bleef staan. Een vriendelijk glimlachende politieman liep naar zijn raampje, dat vanwege het milde weer al openstond.

'Mag ik u vragen om even uit te stappen, *señor*?' vroeg Dexter, die het portier opentrok. Cortez protesteerde maar stapte uit. Daarna ging alles te snel voor hem. Hij herinnerde zich twee opdoemende mannen uit het donker; sterke armen; een lap met chloroform; het korte gevecht; wegebbend bewustzijn; duisternis.

De twee ontvoerders trokken het slappe lichaam van de lasser in dertig seconden over het pad naar hun busje. Dexter ging achter het stuur van de Ford zitten en reed de auto over hetzelfde pad uit het zicht. Toen holde hij weer naar de weg.

De vijfde commando zat aan het stuur van het busje en de zesde was bij hem. Bij de weg mompelde Dexter een order in zijn radio, en de twee eerste commando's hoorden dat. Ze sleepten hun rode lampen van het asfalt en gebaarden dat de stilstaande auto's mochten doorrijden.

Twee kwamen vanuit de kant van de werf naar Dexter toe en drie vanuit de kant van de stad. De nieuwsgierige chauffeurs zagen een politieman aan de kant van de weg naast een omgevallen brommer staan, en daarnaast zat een man die zijn hoofd versuft tussen zijn handen hield – de zesde soldaat in spijkerbroek, sportschoenen en een bomberjack. De politieman gebaarde ongeduldig dat ze door moesten rijden. *Iemand is gewoon gevallen; sta hem niet aan te gapen.*

Toen ze weg waren, kwam het normale verkeer weer op gang, en de chauffeurs daarna zagen niets. De zes commando's stonden met hun twee rode lampen en de brommer bij het pad en laadden hun spullen in het busje. De bewusteloze Cortez werd in een rieten mand gelegd.

Uit de andere mand kwam een lijkenzak met een gestalte die inmiddels ontdooid was en begon te stinken.

Busje en Ford verwisselden van plaats. Allebei reden ze terug naar de weg. De slappe Cortez werd bevrijd van zijn portefeuille, mobiele telefoon, zegelring, horloge en het medaillon van zijn patroonheilige rond zijn hals. Het lijk was uit de zak gehaald en droeg al precies dezelfde grijze, katoenen overall als Cortez.

Het lijk werd 'opgetuigd' met alle accessoires die hem als Cortez moesten identificeren. De portefeuille werd onder zijn achterste gelegd toen de dode op de chauffeursstoel van de Ford werd gezet. Vier sterke mannen duwden tegen de achterkant en ramden de auto tegen een boom die vlak langs de weg stond.

De andere twee commando's haalden jerrycans uit de laadbak van het busje en besproeiden de Ford er royaal mee. De benzinetank van de auto zou ontploffen, en dan was de vuurzee compleet.

Toen de zes soldaten klaar waren stapten ze in het busje en wachtten op Dexter, die drie kilometer verderop stond. Twee auto's passeerden. Daarna niets meer. Het zwarte wasserijbusje reed het pad af en draaide de weg op. Dexter wachtte naast zijn brommer tot de weg leeg was. Toen haalde hij een in benzine gedrenkte lap rond een steen uit zijn zak. Hij stak hem met zijn aansteker aan en gooide hem vanaf tien meter naar de auto. Er klonk een doffe bons, en toen stond de Ford in brand. Dexter reed snel weg.

Twee uur later reed het wasserijbusje ongehinderd de legerbasis van Malambo op. Ze gingen meteen naar het open vrachtluik van de Hercules en reden over de hellingbaan naar binnen. De bemanning, die via de mobiele telefoon gewaarschuwd was, had alle formaliteiten afgehandeld en de Allison-motoren klaargemaakt voor vertrek. Terwijl het vrachtluik dichtging, gaf de piloot gas. Hij taxiede naar het punt van vertrek en steeg op met bestemming Florida.

In de cabine viel de spanning weg. Men schudde elkaar grijnzend de hand en gaven high fives. De halfbewusteloze Juan Cortez werd uit de wasmand gehaald en voorzichtig op een matras gelegd. Een van de commando's, die tot hospik was opgeleid, gaf hem een injectie. Die was onschadelijk, maar garandeerde wel verscheidene uren droomloze slaap.

Señora Cortez was inmiddels in alle staten. In haar afwezigheid had haar man een boodschap op haar antwoordapparaat achtergelaten. Juan had gezegd dat hij een lekke band had en laat thuis zou zijn, misschien wel een uur later dan anders. Hun zoon was allang terug van school en had zijn huiswerk gemaakt. Hij had een tijdje met zijn gameboy gespeeld, was zich toen eveneens zorgen gaan maken en probeerde zijn moeder te troosten. Ze belde herhaaldelijk het mobieltje van haar man, maar hij nam niet op. Toen het toestel later in vlammen opging, rinkelde het helemaal niet meer. Om halfelf belde ze de politie.

Om twee uur 's nachts legde iemand verband tussen een brandende auto die op de weg naar Mamonal verongelukt en ontploft was, en een vrouw in Las Flores die doodongerust was omdat haar man niet van zijn werk in de havens was thuisgekomen. De jonge politieman met nachtdienst dacht: Mamonal ligt in de buurt van de havens. Hij belde het mortuarium van de stad.

Er waren die nacht vier dodelijke ongevallen geweest: een moord tijdens een gevecht tussen twee gangsters in de rosse buurt, twee ernstige auto-ongelukken en een hartaanval in een bioscoop. De forensische arts was om drie uur 's nachts nog steeds aan het snijden.

Hij bevestigde dat in een van de autowrakken een verbrand lijk had gelegen. Het gezicht was niet meer te herkennen, maar sommige van de aangetroffen voorwerpen waren dat wel. Ze zouden diezelfde ochtend worden ingepakt en naar het hoofdbureau worden gestuurd.

Om zes uur 's ochtends werden de verbrande resten op het hoofdbureau onderzocht. Van de drie andere sterfgevallen was niemand verbrand. Een bergje overblijfselen stonk nog steeds naar benzine en brand. Tot de onderdelen daarvan hoorden een gesmolten telefoon, een zegelring, het medaillon van een heilige, een horloge met een bandje waaraan nog steeds resten weefsel kleefden, en een portefeuille. Die laatste was kennelijk tegen de vlammen beschermd door het feit dat de dode chauffeur erop gezeten had. Er zaten papieren in, en die waren hier en daar nog te lezen. Het rijbewijs was overduidelijk dat van een zekere Juan Cortez. En de vrouw die dodelijk bezorgd uit Las Flores gebeld had, heette señora Cortez.

Om tien uur 's morgens stonden twee politieagenten voor haar deur. Een van hen zei: '*Señora Cortez, lo siente muchísimo...*' Het spijt me bijzonder, mevrouw Cortez.

Señora Cortez viel flauw.

Identificatie volgens de regels was uitgesloten. Begeleid en ondersteund door twee buren kwam señora Irina Cortez de volgende dag naar het mortuarium. Wat ooit haar man was geweest, was nu een verschroeide en verkoolde massa botten en gesmolten vlees, verbrande koolstof en waanzinnig grijnzende tanden. Met instemming van de zwijgend toekijkende politieman hoefde ze van de forensische arts het stoffelijke overschot niet eens te zien.

Maar ze identificeerde wel huilend het horloge, de zegelring, het medaillon, de gesmolten telefoon en het rijbewijs. De arts verklaarde dat deze voorwerpen van het lijk waren gehaald, en de verkeerspolitie bevestigde dat het lijk inderdaad de man was die ze uit een uitgebrande auto hadden gehaald, een auto die op naam stond van en die avond gereden was door Juan Cortez. Dat was genoeg, de bureaucratie was tevreden.

De onbekende Amerikaanse bosbewoner werd drie dagen later als Juan Cortez – lasser, echtgenoot en vader – in Cartagena begraven. Irina was ontroostbaar. Pedro snikte zachtjes. Pater Isidro leidde de plechtigheid. Hij had zijn eigen last te dragen.

Is het mijn telefoontje geweest? vroeg hij zich eindeloos af. Hadden de Amerikanen het doorgebriefd? Zijn vertrouwen beschaamd? Was het Kartel iets te weten gekomen? Hadden ze gedacht dat Cortez hen ging verraden en was hij soms zelf verraden? Hoe hadden de yankees zo stom kunnen zijn?

Of was het puur toeval? Een vreselijk maar authentiek toeval? Hij wist wat het Kartel deed met iemand van wie ze iets vermoedden, hoe zwak het bewijs ook was. Maar hoe konden ze gedacht hebben dat Juan Cortez tot aan zijn dood iets anders was geweest dan een loyale ambachtsman? Dus leidde hij de plechtigheid, zag hij aarde op de kist vallen, en probeerde hij de weduwe en haar zoon te troosten door te zeggen dat God nog steeds echt van hen hield, hoe moeilijk dat ook te begrijpen was. Toen ging hij weer naar zijn spartaanse onderkomen en bad urenlang om vergeving.

Letizia Arenal was in de wolken. Ook een sombere lentedag in Madrid veranderde daar niets aan. Ze had nog nooit zoveel warmte en geluk ervaren en kreeg het alleen nóg warmer als ze in zijn armen lag.

Ze hadden elkaar twee weken eerder op een caféterras ontmoet. Ze had hem al eerder gezien, maar toen was hij altijd alleen maar aan het studeren geweest. Op de dag dat het ijs brak, zat ze bij een groepje lachende en grappen makende medestudenten. Hij zat toen even verderop. Vanwege de vroege lente was het terras met glas omgeven. De deur ging open en de wind van buiten blies een van haar papieren op de grond. Hij had zich gebukt om het op te rapen. Ook zij had zich gebukt, en toen kruisten hun blikken elkaar. Ze vroeg zich af waarom het haar nooit eerder was opgevallen hoe verschrikkelijk knap hij was.

'Goya,' zei hij. Ze dacht dat hij zich voorstelde. Toen zag ze dat hij een van haar papieren in zijn hand had. Het was de reproductie van een schilderij.

'*Appels plukkende jongens*,' zei hij. 'Goya. Studeert u schone kunsten?'

Ze knikte. Het leek haar vanzelfsprekend dat hij haar naar huis bracht en met haar over Zurbarán, Velázquez en Goya praatte. En uiteraard drukte hij een zachte kus op haar door de wind verkilde lippen. De sleutel viel bijna uit haar hand.

'Domingo,' zei hij. Dit was wel echt zijn naam, niet *zondag*, geen dag in de week. 'Domingo de Vega.'

'Letizia,' antwoordde ze. 'Letizia Arenal.'

'Señorita Arenal,' zei hij zachtjes. 'Ik denk dat ik u mee uit eten ga nemen. Tegenstand zal niet baten. Ik weet waar u woont. Als u nee zegt, rol ik me voor uw deur op en sterf ik van de honger.'

'Dat lijkt me geen goed plan, señor De Vega. Om het te voorkomen, zal ik met u dineren.'

Hij nam haar mee naar een oud restaurant dat gerechten serveerde uit de tijd dat de conquistadores uit hun woonplaatsen in het woeste Extremadura naar Madrid trokken, waar ze de gunst van de koning verwierven en door hem werden uitgestuurd om de Nieuwe Wereld te ontdekken. Toen hij haar het verhaal vertelde – complete kletskoek, want het Sobrino de Botín in de Straat van de Messenslijpers is wel oud maar niet zó oud – huiverde ze en keek ze om zich heen om te zien of die oude avonturiers daar nog steeds zaten te eten.

Hij vertelde dat hij uit Puerto Rico kwam en ook vloeiend Engels sprak. Hij was een jonge diplomaat bij de Verenigde Naties en hoopte ooit ambassadeur te worden. Maar aangemoedigd door het hoofd van de diplomatieke missie had hij nu een sabbatical van drie maanden genomen voor een studie van zijn echte liefde: de Spaanse klassieke schilderkunst in het Prado van Madrid.

En het leek ook vanzelf te spreken dat ze in zijn bed belandde, waar hij de liefde met haar bedreef zoals geen man die ze kende ooit gedaan had – al waren dat er maar drie geweest.

Cal Dexter was een harde man, maar had nog steeds iets van een geweten. Hij had het misschien gevoelloos gevonden om een professionele gigolo in te zetten, maar de Cobra had zulke scrupules niet. Voor hem ging het alleen om winnen of verliezen, en de tweede optie was onvergeeflijk.

Hij had nog steeds veel ontzag en bewondering voor de ijskoude spionnenbaas Markus Wolf, die jarenlang de Oost-Duitse spionagedienst had geleid met ringen rond het contraspionageapparaat van zijn West-

Duitse vijanden. Wolf had vaak gebruikgemaakt van sexappeal, maar meestal totaal anders dan normaal. Normaal was dat je goedgelovige, westerse hotemetoten door verbijsterende callgirls in de val liet lokken tot ze gekiekt konden worden en dan rijp waren voor chantage. Wolf gebruikte verleidelijke jonge mannen, niet voor homoseksuele diplomaten (hoewel hij zich daar beslist niet te goed voor voelde) maar voor de altijd genegeerde, nooit beminde oude vrijsters die zo vaak de privésecretaresses van hooggeplaatste West-Duitsers waren.

Als ze uiteindelijk te kijk werden gezet, was duidelijk welke onschatbare geheimen ze uit de archieven van hun chefs hadden gehaald om ze te kopiëren en aan hun adonis door te geven. Dan eindigden ze roemloos en geruïneerd in een West-Duitse rechtszaal of kwam er in de cel een eind aan hun leven nog voordat het proces was begonnen. Maar daar maakte Markus Wolf zich geen zorgen over. Hij speelde het Grote Spel om te winnen, en hij won.

Na de instorting van Oost-Duitsland moest een westerse rechter hem vrijspreken omdat hij niet zijn eigen land had verraden. Terwijl anderen achter de tralies bleven, genoot hij van zijn comfortabele pensionering tot hij een natuurlijke dood stierf. Op de dag dat Paul Devereaux dat nieuws las, nam hij in gedachten zijn hoed af en zei hij een gebed voor de oude atheïst. En hij aarzelde geen moment om de knappe maar zedenloze Domingo de Vega naar Madrid te sturen.

Juan Cortez werd beetje bij beetje wakker. De eerste paar tellen dacht hij in het paradijs te zijn beland. In werkelijkheid lag hij in een kamer zoals hij nooit eerder gezien had. De kamer was groot. Hij lag in een tweepersoonsbed. De muren hadden pasteltinten. De blinden waren neergelaten en daarachter scheen de zon. In werkelijkheid lag hij in de vip-suite van de officiersclub op de luchtmachtbasis Homestead in Florida.

Toen de mist was opgetrokken, zag hij een badstof ochtendjas over een stoel bij zijn bed hangen. Hij zwaaide zijn rubberen benen naar de grond. Toen hij besefte dat hij naakt was, trok hij de jas aan. Op het nachtkastje stond een telefoon. Hij pakte de hoorn van de haak en zei een paar maal hees '*Oiga*', maar niemand nam op.

Hij liep naar een van de grote ramen, trok een hoek van het rolluik weg en keek naar buiten. Hij zag goed verzorgde gazons en een vlaggenstok waaraan de Amerikaanse vlag wapperde. Dit was dus niet het paradijs, integendeel. Hij was ontvoerd, en de Amerikanen hadden hem te pakken.

Hij had vreselijke verhalen gehoord over bijzondere uitleveringen in verduisterde vliegtuigen naar vreemde landen, aan martelingen in het Midden-Oosten en Centraal-Azië, aan jarenlange opsluitingen in een enclave op Cuba die Guantánamo heette.

Hoewel niemand de telefoon opnam, was wel degelijk opgemerkt dat hij wakker was. De deur ging open, en een hofmeester in een wit jasje kwam met een dienblad binnen. Daar stond eten op, lekker eten, en Juan Cortez had sinds zijn lunchpakket op de Sandoval-werf, tweeënzeventig uur eerder, niets meer gegeten. Hij wist niet dat het al drie dagen geleden was.

De hofmeester zette het blad neer en wenkte hem glimlachend naar de deur van de badkamer. Hij keek naar binnen. Het was een marmeren badkamer voor een Romeinse keizer, zoals hij op tv had gezien. De hofmeester gebaarde dat Juan alles mocht gebruiken – de douche, de wasbak, de scheerspullen, alles. Toen trok hij zich terug.

De lasser bekeek de eieren met ham, het sinaasappelsap, de toast, de jam en de koffie. Bij de geur van ham en koffie liep het water hem in de mond. Er zaten waarschijnlijk verdovende middelen in, nam hij aan, en misschien wel vergif. Maar wat dan nog? Ze konden hoe dan ook met hem doen wat ze wilden.

Hij ging zitten eten en dacht aan wat hij nog van het incident wist: de politieman van wie hij moest uitstappen, de verdovende lap die tegen zijn gezicht was gehouden, het gevoel dat hij viel. Hij was er vrijwel zeker van dat hij wist waarom. Hij werkte voor het Kartel. Maar hoe kon iemand dat ontdekt hebben?

Toen hij klaar was, probeerde hij de badkamer. Hij gebruikte de wasbak, nam een douche en schoor zich. Er was een fles aftershave, die hij royaal over zijn wangen wreef. De Amerikanen mochten het betalen! Hij was opgegroeid met het misverstand dat alle Amerikanen rijk waren.

Bij zijn terugkomst in de slaapkamer stond daar een man: niet jong, grijs haar, normaal postuur, pezig gebouwd. Hij glimlachte vriendelijk en heel Amerikaans. Maar hij sprak Spaans.

'*Hola, Juan. Qué tal?*' Hallo, Juan, hoe gaat het? '*Me llamo Cal. Hablamos un ratito.*' Ik ben Cal. Laten we even babbelen.

Een truc, natuurlijk. De martelingen kwamen nog. Ze gingen in twee leunstoelen zitten, en de Amerikaan legde uit wat er gebeurd was. Hij vertelde over de ontvoering, de brandende Ford, het lijk achter het stuur. Hij vertelde ook over de identificatie van het lijk op basis van de portefeuille, het horloge, de ring en het medaillon.

'En mijn vrouw en zoon?' vroeg Cortez.
'Die zijn er natuurlijk kapot van. Ze denken dat ze naar je begrafenis zijn geweest. We willen hen laten overkomen.'
'Laten overkomen?'
'Beste vriend, aanvaard de werkelijkheid. Je kunt niet terug. Het Kartel zou geen woord van je verhaal geloven. Je weet wat ze doen met mensen die zogenaamd naar ons zijn overgelopen. Met hun hele gezin. In dat opzicht zijn het beesten.'
Cortez begon te beven. Hij wist het maar al te goed. Hij had die dingen nooit zelf gezien maar wel de verhalen gehoord. Met angst en beven. De uitgesneden tong, de langzame dood, de uitroeiing van hun hele gezin. Irina en Pedro waren in levensgevaar. De Amerikaan leunde naar voren.
'Aanvaard de werkelijkheid. Jij bent nu hier. Wat we gedaan hebben, kan goed of verkeerd zijn geweest. Waarschijnlijk was het verkeerd, maar dat doet er niet meer toe. Je bent hier en je leeft nog. Maar het Kartel weet zeker dat je dood bent. Ze hebben zelfs een waarnemer naar de begrafenis gestuurd.'
Dexter haalde een dvd uit de zak van zijn jasje. Hij zette het grote plasmascherm aan, stak de schijf erin en drukte op de afstandsbediening de play-knop in. De film was kennelijk gemaakt door een cameraman op een flatgebouw, vijfhonderd meter van het kerkhof, maar de scherpte was uitstekend. En de film was vergroot.
Juan Cortez bekeek zijn eigen begrafenis. De makers van de film zoomden in op de huilende Irina die door een buurvrouw ondersteund werd. Op zijn zoon Pedro. Op pater Isidro. Op de man achterin in het zwart met een zwarte stropdas en een halfronde zonnebril – een man met een grimmig gezicht, kennelijk gestuurd op bevel van de Don. De film was afgelopen.
'Je ziet het,' zei de Amerikaan, en hij gooide de afstandsbediening op het bed. 'Je kunt niet terug. Maar je krijgt ze ook niet achter je aan. Nu niet, nooit. Juan Cortez is in dat brandende autowrak omgekomen. Dat is een feit. Nu moet je hier in de VS bij ons blijven. En wij zullen voor je zorgen. We zullen je geen kwaad doen. Dat beloof ik je, en op beloftes kom ik niet terug. Je krijgt natuurlijk een andere naam en misschien ook een paar veranderingen van uiterlijk. We hebben hier zoiets dat het Getuigenbeschermingsprogramma heet. Daar val jij onder. Je wordt een nieuw mens, Juan Cortez. Met een nieuw leven in een nieuwe woonplaats; met een nieuwe baan, een nieuw huis en nieuwe vrienden. Alles nieuw.'

'Maar ik wil niet alles nieuw!' riep Cortez wanhopig. 'Ik wil mijn oude leven terug.'

'Je kunt niet terug, Juan. Je oude leven is voorbij.'

'En mijn vrouw en zoon dan?'

'Die kun je toch meenemen in je nieuwe leven? In tal van plaatsen in dit land schijnt de zon net als in Cartagena. Er zijn hier honderdduizenden Colombianen, legale immigranten, ingeburgerd en gelukkig.'

'Maar hoe kunnen ze...'

'Wij brengen ze hier. Pedro kan hier opgroeien. Wat zou hij in Cartagena geworden zijn? Lasser zoals jij? Iemand die elke dag op een werf moet zweten? Hier kan hij over twintig jaar alles zijn. Arts, advocaat, zelfs senator.'

De Colombiaan staarde hem met open mond aan.

'Mijn zoon Pedro senator?'

'Waarom niet? Hier kan elke opgroeiende jongen worden wat hij wil. Dat noemen we de *American dream*. Maar in ruil voor die gunst moet je ons helpen.'

'Maar ik heb niets te bieden.'

'Jawel hoor, Juan, beste vriend. Hier in mijn land verwoest het witte poeder de levens van jonge mensen zoals Pedro. Dat arriveert in schepen, verborgen op plaatsen die we nooit kunnen vinden. Herinner je de schepen, Juan. De schepen waarop je gewerkt hebt. Maar nu moet ik gaan.' Cal Dexter stond op en klopte Cortez op zijn schouder. 'Denk er maar over na. Speel die dvd af. Irina heeft verdriet om je. Pedro huilt om zijn dode vader. Alles kan voor jullie goed aflopen als we ze laten overkomen. We willen gewoon een paar namen. Over vierentwintig uur ben ik terug. Ik vrees dat je hier niet weg kunt. Voor je eigen bestwil. Voor het geval iemand je ziet. Dat is onwaarschijnlijk, maar niet onmogelijk. Blijf dus hier en denk na. Mijn mensen zullen voor je zorgen.'

De trampboot *Sidi Abbas* zou nooit een schoonheidswedstrijd winnen en zijn totale waarde als klein koopvaardijschip was niets vergeleken met de acht balen in het ruim.

Het schip kwam uit de Golf van Sirte aan de Libische kust en was op weg naar de Italiaanse regio Calabrië. Anders dan veel toeristen hopen, kan de Middellandse Zee heel onstuimig zijn. Het stormde, en reusachtige golven beukten het roestige schip dat zich ploeterend en kreunend vanaf Malta een weg baande naar de teen van de Italiaanse laars.

De acht balen waren een lading die een maand eerder – met volledige toestemming van de havenautoriteiten in Conakry, de hoofdstad van dat andere Guinee – uit een groter, Venezolaans vrachtschip was uitgeladen. Vanuit tropisch Afrika was de lading in vrachtwagens naar het noorden gegaan, tot voorbij het regenwoud, tot voorbij de savanne en tot voorbij het gloeiend hete Saharazand. Het was een reis waar elke chauffeur tegenop zou zien, maar de geharde mannen die in de autokaravanen reden waren ontberingen gewend.

Ze reden met de enorme trucks en opleggers uren achtereen over slechte wegen en zandpaden. Bij elke grens en douanepost moesten smeergelden worden betaald en barrières worden overwonnen, terwijl ambtenaren zich omdraaiden met een dik pak grote eurocoupures in hun achterzak.

De reis duurde een maand, maar met elke meter dichter bij Europa steeg de waarde van de acht balen tot het astronomische Europese prijsniveau. En de autokaravanen kwamen uiteindelijk tot stilstand bij een roestige schuur vlak buiten de grote stad die hun eigenlijke bestemming was.

Kleinere vrachtwagens of (nog waarschijnlijker) gebutste pick-ups brachten de balen vanaf de wegen rond de stad naar een rumoerig vissersdorp, een kluitje lemen hutten aan een bijna visloze zee, waar een trampboot zoals de *Sidi Abbas* aan de vervallen kade lag te wachten.

In die maand april was de trampboot bezig aan de laatste etappe van zijn tocht naar de Calabrische havenstad Gioia, die volledig door de 'Ndrangheta-maffia beheerst werd. De lading ging dan in andere handen over. Alfredo Suárez in het verre Bogotá zou dan zijn werk gedaan hebben; de zogenaamde 'mannen van eer' namen het over. De vijftig procent schuld werd voldaan en het enorme fortuin werd door de Italiaanse versie van de Banco Guzmán witgewassen.

Vanaf Gioia, op korte afstand van het kantoor van de openbare aanklager in de hoofdstad Reggio di Calabria, werden de acht balen in de vorm van veel kleinere pakken naar de Noord-Italiaanse cocaïnehoofdstad Milaan vervoerd.

Maar de commandant van de *Sidi Abbas* wist daar niets van en het liet hem ook koud. Hij was gewoon blij dat hij in de haven lag en het woeste water achter zich liet. Al weer hadden vier ton cocaïne Europa bereikt. In het verre Colombia had de Don reden tot tevredenheid.

In zijn comfortabele maar eenzame cel had Juan Cortez de dvd van de begrafenis vele malen afgespeeld. Elke keer zag hij de diepbedroefde gezichten van zijn vrouw en zoon, en steeds sprongen er tranen in zijn ogen. Hij wilde hen dolgraag terugzien, zijn zoon omhelzen, bij Irina slapen. Maar hij wist dat de yankee gelijk had. Teruggaan was onmogelijk. Hij tekende ook hun doodvonnis of erger als hij medewerking weigerde en een bericht stuurde.

Toen Cal Dexter terugkwam, knikte de lasser gedwee.

'Maar ik heb ook voorwaarden,' zei hij. 'Als ik mijn zoon omhels en mijn vrouw kus, zal ik me de schepen herinneren. Tot dan toe geen woord.'

Dexter glimlachte.

'Ik had niets anders verwacht,' zei hij. 'We gaan aan het werk.'

Een geluidstechnicus kwam en nam een band op. Die technologie was niet nieuw, maar dat was Cal Dexter evenmin, zoals hij soms schertsend zei. Hij had een voorkeur voor de oude, kleine en betrouwbare Pearlcorder die bijna overal te verbergen viel. Er werden ook foto's genomen. Cortez recht van voren met de *Miami Herald* van die dag in zijn hand – de datum was duidelijk zichtbaar – en een foto van zijn aardbeivlek die als een felroze hagedis op zijn rechterdij lag. Toen Dexter deze bewijzen verzameld had, vertrok hij.

Jonathan Silver werd ongeduldig. Hij had voortgangsverslagen geëist, maar Devereaux hield de boot af. De stafchef van het Witte Huis werd er gek van en bombardeerde hem voortdurend met vragen.

De wetshandhavers werkten elders op de gebruikelijke manier door. De schatkist hoestte enorme bedragen op, maar het probleem leek alleen maar erger te worden.

Met veel publiciteit omgeven werden arrestaties verricht en ladingen onderschept, en daarbij werden de tonnages en prijzen genoemd – nooit de prijs op zee, maar altijd de straatprijs, want die lag hoger.

Maar in de Derde Wereld verdwenen in beslag genomen schepen op mysterieuze wijze uit de haven; aangeklaagde bemanningen werden op borgtocht vrijgelaten en gingen in rook op; geconfisqueerde ladingen cocaïne verdwenen bij de politie, en de handel ging door. De gefrustreerde huurlingen van de DEA hadden de indruk dat iedereen ergens op een loonlijst stond. Vandaar Silvers klachten.

De man die in zijn woning in Alexandria de telefoon aannam terwijl het land zich klaarmaakte voor het paasweekend, bleef ijzig beleefd maar weigerde toe te geven.

'Ik heb de opdracht vorig jaar oktober gekregen,' zei hij. 'Ik heb toen gezegd dat de voorbereidingen negen maanden zouden duren. Als die om zijn, verandert alles. Ik wens u een zalig Pasen.' Daarmee hing hij op.

Silver was woedend. Zo'n kunstje flikte niemand. Behalve de Cobra, blijkbaar.

Cal Dexter ging weer via de luchtmachtbasis Malambo terug naar Colombia. Ditmaal had hij met Devereaux' hulp het Grumman-directievliegtuig van de CIA geleend, niet vanwege het comfort maar om snel te kunnen vertrekken. Hij huurde een auto in de stad en reed naar Cartagena. Niemand dekte zijn rug. Op sommige plaatsen en momenten garanderen alleen snelheid en heimelijkheid succes. Als hij spieren vuurkracht nodig zou hebben, had hij sowieso gefaald.

Hij had señora Cortez geobserveerd toen ze haar man in de deuropening kuste voordat hij naar zijn werk ging, maar zij had hem nooit gezien. Het was Semana Santa, en in de wijk Las Flores had iedereen het druk met de voorbereiding voor Pasen. Behalve op nummer zeventien.

Hij reed diverse keren door de omgeving en wachtte tot het donker werd. Hij wilde niet bij de stoeprand parkeren, uit angst dat een nieuwsgierige buurtbewoner hem zag en staande zou houden. Maar voordat de gordijnen dichtgingen, wilde hij het licht aan zien gaan. Er stond geen auto op de oprit; er was dus geen bezoek. Toen het licht aanging, kon hij naar binnen kijken. Señora Cortez en haar zoon waren er. Verder niemand. Ze waren alleen. Hij liep naar de deur en belde aan. De zoon deed open. Het was een donkere, fel kijkende knul die hij van de begrafenis herkende. De jongen keek triest en glimlachte niet.

Dexter liet even een ID-kaart van de politie zien en stak hem weer weg.

'*Teniente Delgado, Policía Municipal*,' zei hij tegen de jongen. De kaart kwam eigenlijk van de politie in Miami, maar dat wist de jongen niet. 'Kan ik even met je moeder praten?'

Hij regelde de zaak door gewoon langs de jongen de gang in te glippen.

Pedro rende het huis weer in en riep: '*Mamá, está un oficial de la policía!*'

Mevrouw Cortez kwam de keuken uit en veegde haar handen af. Haar gezicht was gezwollen van het huilen. Dexter glimlachte vriendelijk en gebaarde naar de huiskamer. Hij nam als vanzelfsprekend de leiding, en zij deed gewoon wat hij wilde. Toen ze was gaan zitten en haar zoon beschermend naast haar zat, ging Dexter op zijn hurken zitten en liet haar een paspoort zien. Een Amerikaans paspoort.

Hij wees naar de adelaar, het symbool van de VS, op de voorkant.

'Ik ben geen Colombiaanse politiefunctionaris, señora. Ik ben een Amerikaan, zoals u ziet. Ik wil dat u zichzelf goed beheerst. En ook jij, jongen. Het gaat om uw man, Juan. Hij is niet dood maar bij ons in Florida.'

De vrouw staarde hem een paar tellen niet-begrijpend aan. Toen schoten haar handen geschokt naar haar mond.

'*No se puede.*' Dat kan niet, zei ze geschrokken. 'Ik heb zijn lichaam gezien...'

'Nee, señora, u hebt het lijk van een andere man gezien. Hij lag onder een laken maar was onherkenbaar verbrand. En u hebt Juans portefeuille, medaillon, horloge en zegelring gezien. Die heeft hij ons allemaal gegeven. Maar het lijk was niet van hem maar van een arme zwerver. Juan is bij ons in Florida en stuurt me om u op te halen. Allebei. Dus...'

Hij haalde drie foto's uit een binnenzak. Een heel erg levende Juan Cortez staarde hen aan. Op een tweede foto had hij de recente *Miami Herald* in zijn handen met een goed zichtbare datum. Op de derde stond zijn aardbeivlek. Dat gaf de doorslag. Niemand anders kon dat weten.

Ze begon weer te huilen. '*No comprendo, no comprendo,*' herhaalde ze. De jongen was de eerste die zich herstelde, en begon te lachen.

'*Papá está en vida,*' papa leeft nog! riep hij uit.

Dexter haalde de recorder voor de dag en drukte op play. De stem van de 'dode' lasser klonk nu door de kamer.

'Liefste Irina, mijn schat, en Pedro, mijn zoon, ik ben het echt...'

Hij eindigde met een emotioneel verzoek. Irina en Pedro moesten allebei een koffer met hun dierbaarste bezittingen inpakken, afscheid nemen van nummer zeventien en met de Amerikaan meegaan.

Het kostte een uur. Ze renden rond, huilden, lachten, pakten in, pakten weer uit, kozen, wezen af en pakten voor de derde maal in. Het is moeilijk om een heel leven in één koffer te krijgen.

Toen ze klaar waren, stond Dexter erop dat ze het licht aan en de gordijnen dicht lieten, want dat stelde de ontdekking van hun vertrek uit. De señora dicteerde een brief aan de buren, die ze onder een vaas op de grote tafel achterliet. Daarin stond dat zij en Pedro tot emigratie besloten hadden en een nieuw leven begonnen.

In de Grumman op weg naar Florida vertelde Dexter dat haar naaste buren brieven van haar uit Florida zouden krijgen. Daarin stond dat ze werk als schoonmaakster had gevonden, en dat het goed met haar ging. Als iemand iets wilde weten, konden ze die brieven laten zien.

Er zou het juiste poststempel op staan maar geen retouradres. Ze kon nooit worden opgespoord omdat ze daar nooit zou zijn. En zo landden ze op Homestead.

Het werd een lang weerzien in de vip-hal, waarbij er ook nu weer veel gelachen en gehuild werd. En toen moest Juan Cortez zijn belofte houden. Hij ging zitten met pen en papier en begon te schrijven. Hij was misschien niet lang naar school gegaan, maar zijn geheugen was fenomenaal. Hij sloot zijn ogen, dacht een paar jaar terug en noteerde een naam. En nog een. En nog een.

Toen hij klaar was en Dexter had verzekerd dat dit alle schepen waren waaraan hij gewerkt had, omvatte zijn lijst achtenzeventig stuks. En het feit dat hij daar supergeheime compartimenten had moeten maken, bewees dat ze allemaal cocaïne smokkelden.

7

Het was voor Cal Dexter een geluk dat Jeremy Bishops sociale leven zo druk was als een bomkrater. Hij had met Pasen zogenaamd een goeie tijd gehad in een plattelandshotel, dus toen Dexter verontschuldigend zei dat hij dringend werk had voor een computergenie met databanken, brak er een zonnestraal in zijn leven door.

'Ik heb de namen van een stel schepen,' zei Dexter. 'Achtenzeventig in totaal. Ik wil alles van ze weten. Omvang, soort lading, eigenaar (indien aanwezig, maar waarschijnlijk lege bv), bevrachter, huidige chartercontract en vooral de locatie. Waar zijn ze? Word maar een handelmaatschappij, bijvoorbeeld een virtuele, met ladingen die vervoerd moeten worden. Informeer naar de bevrachters. Als je een van de achtenzeventig gelokaliseerd hebt, blaas je het zoeken naar een charter af. Verkeerde tonnage, verkeerde plek, niet op tijd beschikbaar. Of zoiets. Ik wil alleen weten waar ze zijn en hoe ze eruitzien.'

'Ik kan nog meer,' zei Bishop blij. 'Waarschijnlijk krijg ik ook foto's te pakken.'

'Van bovenaf.'

'Van bovenaf? Omlaag kijkend?'

'Ja.'

'Maar zo worden schepen meestal niet afgebeeld.'

'Probeer het toch maar. En concentreer je op schepen en routes tussen het westen en zuiden van de Caribische Zee en havens in de VS en Europa.'

Binnen een paar dagen had Jeremy Bishop, die tevreden achter een serie toetsenborden en schermen zat, twaalf van de door Juan Cortez genoemde schepen gelokaliseerd. Hij gaf Dexter zijn gegevens tot dat moment. Ze lagen allemaal in het Caribische Bekken, kwamen ervandaan of gingen erheen.

Dexter wist dat sommige schepen op de lijst van de lasser nooit op lijsten van commerciële koopvaardijschepen zouden opduiken. Het betrof dan aftandse vissersboten of trampschepen onder het tonnage dat voor de markt aantrekkelijk was. Deze twee categorieën waren het moeilijkst op te sporen, maar van doorslaggevend belang.

Grote vrachtschepen konden in hun haven van bestemming bij de douane verklikt worden. Ze hadden waarschijnlijk op zee een lading cocaïne ingenomen en er zich mogelijk op dezelfde manier weer van ontdaan. Maar ze konden dan nog steeds in beslag worden genomen als de drugshonden in de geheime bergplaatsen aan boord resten cocaïne vonden, en dat zou bijna zeker het geval zijn.

De schepen die Tim Manhire en zijn analisten in Lissabon zo frustreerden, waren de kleine smokkelaars die tussen de mangroves tevoorschijn kwamen en afmeerden aan houten steigers in West-Afrikaanse kreken. Vijfentwintig schepen op Cortez' lijst bleken opgenomen in het register van Lloyd's; de rest viel buiten het bereik van de 'radar'. Maar het verlies van vijfentwintig schepen zou een enorm gat in de scheepsreserve van het Kartel slaan. Maar nu nog niet. De Cobra was nog niet klaar. Maar de TR1's wel.

Majoor buiten dienst João Mendoza van de Braziliaanse luchtmacht vloog begin mei naar Heathrow. Cal Dexter trof hem daar buiten de deuren van de douanehal in terminal 3. De herkenning was geen probleem, want hij had het gezicht van de voormalige straaljagerpiloot goed in zich opgenomen.

Majoor Mendoza was zes maanden eerder na een lange en zorgvuldige speurtocht gevonden. Op een gegeven moment had Dexter in Londen geluncht met een voormalige stafchef van de Britse RAF. Deze luchtmachtgeneraal had lang en diep over zijn belangrijkste vraag nagedacht.

'Ik denk het niet,' zei hij uiteindelijk. 'Zomaar als een donderslag bij heldere hemel? Volgens mij hebben onze jongens het daar een tikje moeilijk mee. Kwestie van geweten. Ik denk niet dat ik u iemand kan aanbevelen.'

Datzelfde antwoord had Dexter gekregen van een eveneens gepensioneerde tweesterrengeneraal van de Amerikaanse luchtmacht, die tijdens de Eerste Golfoorlog F15 Eagles had gevlogen.

'Maar nog iets,' zei de Engelsman bij hun afscheid. 'Er is één luchtmacht die probleemloos een cocaïnesmokkelaar uit de lucht zou schieten. De Braziliaanse.'

Dexter was gaan vissen in de gemeenschap van gepensioneerde luchtmachtpiloten in São Paolo en had uiteindelijk João Mendoza gevonden. Hij was een jaar of vijfenveertig en had Northrop Grumman F5E Tigers gevlogen voordat hij de dienst verliet om in het bedrijf van zijn vader te helpen. De oude man werd namelijk elk jaar zwakker.

Maar zijn inspanningen waren tevergeefs geweest. Tijdens de economische crisis van 2009 was het bedrijf onder beheer van een curator gesteld.

João Mendoza, die geen makkelijk verkoopbare vaardigheden bezat, kwam in allerlei kantoorbanen terecht en betreurde zijn vertrek uit het leger. En hij rouwde nog steeds om zijn jongere broer, die hij na de dood van hun moeder zo ongeveer zelf had opgevoed omdat hun vader vijftien uur per dag werkte. Terwijl de piloot op zijn luchtmachtbasis in het noorden verbleef, was de jongeman in slecht gezelschap geraakt en stierf hij uiteindelijk aan een overdosis. João vergat en vergaf dat nooit. Bovendien kreeg hij een reusachtig bedrag aangeboden.

Dexter had een auto gehuurd en reed de Braziliaan in noordelijke richting naar het vlakke gebied aan de Noordzee, dat met zijn gebrek aan heuvels en gunstige ligging aan de oostkust uitermate geschikt was als basis voor bommenwerpers. Een van de bases was Scampton geweest. Tijdens de Koude Oorlog had daar een deel van de V-bommenwerpers met de Britse atoombommen gestaan.

In 2011 was er een aantal niet-militaire instellingen gehuisvest, en daartoe hoorde ook de groep liefhebbers die beetje bij beetje de twee Blackburn Buccaneers restaureerden. De toestellen konden inmiddels snel taxiën, maar van opstijgen was nog geen sprake. Toen kreeg hun werk een andere richting: voor een honorarium dat veel van hun problemen oploste, wijdden ze zich nu aan de ombouw van de Zuid-Afrikaanse Bucc die Guy Dawson vier maanden eerder uit Thunder City daarheen had gebracht.

De meeste leden van de Buccaneer-groep waren nooit straaljagerpiloot geweest. Ze waren de monteurs en de bankwerkers, de elektriciens en de technici geweest die de Buccs onderhouden hadden toen die nog voor de marine en de luchtmacht vlogen. Ze woonden daar in de buurt en hadden hun avonden en weekends opgegeven om de twee in veiligheid gebrachte veteranen weer luchtwaardig te maken.

Dexter en Mendoza overnachtten in een hotelletje – een oude herberg met donkere, lage balken, een laaiend haardvuur, glimmende martingalen en jachtgravures die de Braziliaan fascinerend vond. 's Morgens reden ze naar Scampton voor een ontmoeting met het team. Het waren er veertien, allemaal door Dexter met Cobra-geld aangetrokken. Ze lieten de nieuwe Bucc-piloot trots zien wat ze gedaan hadden.

De belangrijkste verandering was de plaatsing van de kanonnen. Tijdens de Koude Oorlog was de Buccaneer uitgerust met geschut dat geschikt was voor een lichte bommenwerper, met name inzetbaar tegen schepen. Als oorlogstoestel had het een angstaanjagende sortering bommen en raketten bij zich gehad, inclusief tactische atoombommen.

In de versie die majoor Mendoza op die lentedag in een tochtige hangar in Lincolnshire te zien kreeg, was al dat gewicht vervangen door brandstoftanks, waardoor het toestel indrukwekkend lang in de lucht kon blijven. Maar er was één uitzondering.

De Bucc had nooit een ander toestel hoeven onderscheppen, maar de instructies aan de grondbemanning waren duidelijk en er waren nu kanonnen in geplaatst.

Onder elke vleugel waren kanonnen gemonteerd waar ooit rakethouders hadden gehangen. Elke vleugel was bewapend met een paar 30mm Aden-kanonnen met genoeg vuurkracht om alles aan barrels te schieten wat ze raakten.

De achterste cockpit was nog niet omgebouwd. Binnenkort stonden daar een andere reservetank en ultramoderne communicatieapparatuur. De piloot van deze Bucc kreeg nooit een radioman achter zich; in plaats daarvan hoorde hij een stem in zijn oor die hem van een afstand van duizenden kilometers vertelde waar hij zijn doelwit kon vinden. Maar eerst moest de instructeur erin.

'Wat prachtig,' mompelde Mendoza.

'Blij dat je hem mooi vindt,' zei iemand achter hem. Hij draaide zich om en zag een slanke vrouw van een jaar of veertig.

'Ik ben Colleen. Ik ben je instructeur voor de verbouwde versie.'

Luitenant-kolonel Colleen Keck had in haar marinetijd nooit Buccs gevlogen. In de tijd van de Buccaneers had de marineluchtvaartdienst geen vrouwelijke piloten. Ze was dus noodgedwongen bij de gewone marine gegaan en later overgestapt naar de marineluchtvaartdienst. Na haar kwalificatie als helikopterpiloot maakte ze eindelijk haar ambitie waar: straaljagers vliegen. Na twintig jaar was ze gepensioneerd, en omdat ze in de buurt woonde, had ze zich in een opwelling bij de enthousiastelingen aangesloten. Een voormalige Bucc-piloot had haar een Bucc-brevet bezorgd voordat ze te oud was om te vliegen.

'Ik verheug me erop,' zei Mendoza in zijn trage en zorgvuldige Engels.

De hele groep ging naar de herberg voor een feestje op kosten van Dexter. De volgende ochtend liet hij hen achter om bij te komen en aan de training te beginnen. Hij wilde dat majoor Mendoza en het zeskoppige onderhoudsteam dat met hem meeging, op de laatste dag van juni op Fogo in gereedheid waren. Hij was net op tijd in Washington terug om Jeremy Bishops nieuwe identificaties te bekijken.

De TR1 wordt niet vaak genoemd en nog minder vaak gezien. Het is de onzichtbare opvolger van het beroemde spionagevliegtuig U2 waarmee Gary Powers beroemd werd toen hij daarin in 1960 boven Siberië werd neergeschoten. In 1962 werden er de Russische raketbases mee ontdekt die op Cuba gebouwd werden.

De hogere en snellere TR1 was in de Golfoorlog van 1990-1991 het belangrijkste Amerikaanse spionagevliegtuig. Het gaf onmiddellijk beelden door zonder eerst met rollen film naar huis te hoeven vliegen. Dexter had er een geleend om ermee vanaf de Amerikaanse luchtmachtbasis Pensacola te opereren. Het toestel was net gearriveerd en ging in de eerste week van mei aan het werk.

Met behulp van Bishop had Dexter een maritieme ontwerper en architect gelokaliseerd die het talent had om bijna elk schip vanuit bijna elke hoek te kunnen identificeren. Hij werkte met Bishop op de bovenste verdieping van het magazijn in Anacostia, terwijl de stapels dekens voor de hulpverlening aan de Derde Wereld onder hen steeds hoger werden.

De TR1 bestreek het hele Caribische Bekken en tankte bij op Malambo in Colombia of zo nodig op de Amerikaanse bases van Puerto Rico.

Het scheepsgenie bestudeerde de door Bishop gedownloade afbeeldingen en vergeleek ze met de details die Bishop eerder had ontdekt aan de hand van Juan Cortez' namenlijst.

'Dat is 'm,' zei hij dan bijvoorbeeld, wijzend op een van de drie dozijn schepen in een Caribische haven. 'Dat moet de *Selene* zijn.' Of: 'Daar heb je 'm. Kan niet anders. Goeie tonnage, bijna kaal.'

'Wat is hij?' vroeg de verbaasde Bishop.

'Middelgroot tonnage, niet meer dan één bok, en op het voorschip. Da's de *Virgen de Valme*. Ligt in Maracaibo.'

Ze waren allebei experts, en als echte experts vonden ze allebei de specialiteit van de ander een raadsel. Maar samen identificeerden ze de helft van de smokkelvloot van het Kartel.

Niemand gaat naar de Chagos-eilanden. Dat is verboden. Het kleine groepje koraalatollen ligt in het desolate midden van de Indische Oceaan, op duizend mijl ten zuiden van de Indiase zuidpunt.

Als ze wel toegankelijk waren geweest, zouden ze net als de Maledieven vol staan met vakantiehotels om profijt te trekken van de kristalheldere lagunes, eeuwige zonneschijn en ongerepte koraalriffen. In plaats daarvan staan er bommenwerpers. Vooral Amerikaanse B52's.

Het grootste atol van de archipel is Diego Garcia. Net als de rest is het Brits bezit, maar langdurig verpacht aan de VS. Deze grote luchtmachtbasis en bunkerhaven voor schepen is zo geheim dat zelfs de oorspronkelijke eilandbewoners, volstrekt onschuldige vissers, verbannen zijn naar andere eilanden en niet mogen terugkeren.

In de winter en lente van 2011 vond op het eiland Eagle een Britse operatie plaats die voor een deel uit het Cobra-budget betaald werd. Vier hulpschepen van de marine gingen achtereenvolgens met tonnen gereedschap en uitrusting voor anker, en geniesoldaten van de marine bouwden vervolgens een kleine kolonie.

Een vakantiehotel zou het nooit worden, maar het complex was wel bewoonbaar. Het bestond uit rijen in één dag in elkaar te zetten prefabhuizen met latrines buiten. Een ander gebouw werd uitgerust met keukens, koelkasten en een ontziltingsinstallatie, alles aangedreven door een generator.

Toen het complex klaar was voor bewoning konden er meer dan tweehonderd man verblijven, mits ze genoeg geniesoldaten, koks en klusjesmannen hadden om alles draaiende te houden. De marine liet – vriendelijk als altijd – zelfs een sportruimte achter, compleet met duikbrillen, snorkels en zwemvliezen. Wie daarheen ontvoerd werd, kon zelfs snorkelend het rif in. En er was een bibliotheek met paperbacks in het Engels en Spaans.

Voor de matrozen en geniesoldaten was het geen zware opdracht. Aan de horizon lag Diego Garcia, een miniatuur-Amerika in de tropen met elke faciliteit die een Amerikaanse militair in het buitenland verwacht – heel veel dus. En de Britse pikbroeken waren er welkom en maakten daar graag gebruik van. De enige verstoring van dit tropische paradijs was het constante gebulder van de bommenwerpers die onophoudelijk trainingsvluchten uitvoerden.

Het eiland Eagle heeft nog een ander kenmerk. Door de ligging op bijna duizend mijl van het dichtstbijzijnde vasteland, en de door haaien vergeven zee ertussen, was ontsnappen vrijwel uitgesloten. En daar ging het om.

De Kaapverdische Eilanden vormen een ander gezegend oord waar het hele jaar de zon schijnt. Midden mei werd de nieuwe vliegschool op het eiland Fogo officieel geopend. Ook nu weer was er een plechtigheid onder leiding van de minister van Defensie, die daarvoor helemaal van het eiland Santiago kwam. Gelukkig voor iedereen werd er alleen Portugees gesproken.

De regering had na een strenge testprocedure vierentwintig jonge Kaapverdianen geselecteerd om luchtcadetten te worden. Niet iedereen haalde misschien de eindstreep, en met die marge hield men rekening. Twaalf tweezits trainingstoestellen, Tucano's, waren uit Brazilië gearriveerd en stonden netjes naast elkaar. Netjes in de houding stonden ook de twaalf instructeurs die van de Braziliaanse luchtmacht geleend waren. De enige die ontbrak, was de commandant, een zekere majoor João Mendoza. Hij was verhinderd wegens militaire verplichtingen elders en zou binnen een maand het bevel op zich nemen.

Dat deed er niet veel toe. De eerste dertig dagen werden besteed aan onderwijs in klaslokalen, en de leerlingen moesten vertrouwd raken met het vliegtuig. De minister, die dat allemaal te horen kreeg, knikte ernstig en instemmend. Het was niet nodig hem te vertellen dat majoor Mendoza in zijn eigen privévliegtuig zou arriveren en dat hij zich zoiets voor zijn eigen ontspanning kon permitteren.

Had de minister iets van dat toestel geweten – wat niet het geval was – dan had hij misschien begrepen waarom de tank voor JP8-brandstof zo strikt gescheiden was van de veel vluchtiger JP5, die voor krachtige straalvliegtuigen bestemd is. Hoe dan ook, de extra hangar achter de stalen deuren in de rotswand ging hij niet in. Men vertelde hem dat het een opslagruimte was en daarmee verloor hij zijn belangstelling.

De gretige cadetten installeerden zich in hun slaapzalen, de officiële gasten vertrokken naar de hoofdstad en de dag daarna begonnen de lessen.

De ontbrekende commandant bevond zich op 20.000 voet boven de grijze Noordzee buiten de Engelse oostkust en deed met zijn instructrice een standaardoefening in navigeren. Luitenant-kolonel Keck zat in de achterste cockpit. Daar had nooit een bedieningspaneel gezeten, en ze moest het dus helemaal aan João overlaten. Maar ze kon wel zien hoe nauwkeurig hij de imaginaire doelwitten onderschepte, en ze was tevreden over zijn vorderingen.

De volgende dag had hij vrij omdat de avond daarna zijn hoogst belangrijke lessen nachtvliegen begonnen. En daarna kwamen nog de lessen RATO en artillerie. De doelwitten daarvoor waren fel beschilderde vaten die op zee dreven en op afgesproken plaatsen waren afgeworpen door iemand van de groep die een vissersboot had. Ze twijfelde er niet aan dat haar leerling met vlag en wimpel zou slagen. Het was haar al direct duidelijk dat hij een geboren piloot was: hij hanteerde de oude Bucc alsof hij nooit anders gedaan had.

'Ben je weleens met behulp van raketten opgestegen?' vroeg ze een week later in het bemanningsverblijf.

'Nee. Brazilië is heel groot,' zei hij schertsend. 'Er is altijd grond genoeg voor een lange startbaan.'

'Je 2S Bucc heeft nooit RATO gehad omdat onze vliegdekschepen lang genoeg zijn,' zei ze. 'Maar in de tropen is de lucht soms te heet. Dan verlies je vermogen. Dit toestel is in Zuid-Afrika geweest en heeft hulp nodig. We zullen dus RATO moeten installeren. Zet je maar vast schrap.'

Dat was inderdaad nodig. Alsof de enorme landingsbaan van Scampton eigenlijk te kort was om zonder een extra zetje te kunnen opstijgen, hadden de monteurs achter de staartsteun kleine raketten aangebracht. Colleen Keck vertelde hem welke handelingen hij bij het opstijgen moest verrichten.

Helemaal aan het eind van het asfalt gaan staan. Handremmen maximaal aantrekken. De Spey-motoren tegen de remmen in laten draaien. Wachten tot de remmen het bijna begeven, losmaken, vermogen op maximaal, hendel voor de raketten overhalen. João Mendoza had het gevoel dat hij van achteren door een trein werd geraakt. De Buccaneer steigerde bijna en raasde over de baan, die heel even als een vage vlek zichtbaar was. Toen was hij al de lucht in.

Wat Colleen Keck niet wist, was dat majoor Mendoza elke avond een stapel foto's bestudeerde die Cal Dexter naar het hotelletje had gestuurd. Hij zag de landingsbaan van Fogo, het patroon van de baanverlichting en het punt waar hij, komend van zee, moest landen. De Braziliaan twijfelde niet meer. Het werd, zoals zijn vrienden graag zeiden, een fluitje van een cent.

Cal Dexter had de drie onbemande toestellen bestudeerd. Deze *unmanned aerial vehicles* of UAV's werden met heel veel zorg in de VS gemaakt. In de naderende Cobra-oorlog was hun rol doorslaggevend. Hij keurde de Reaper en de Predator uiteindelijk af en koos voor de onbewapende Global Hawk. Zijn taak was uitsluitend surveillance en niets anders dan dat.

Met Paul Devereaux' presidentiële machtiging op zak voerde hij lange onderhandelingen met Northrop Grumman, de fabrikant van de RQ4. Hij wist al dat in 2006 een versie was ontwikkeld die speciaal voor de surveillance van grote zeeoppervlakken bestemd was. De Amerikaanse marine had er een zeer groot aantal van besteld.

Hij wilde twee extra mogelijkheden laten installeren en kreeg te horen dat dit geen probleem zou zijn. De technologie ervan bestond al.

Punt een was een databank aan boord voor de opslag van foto's. De TR1-spionagevliegtuigen gingen vanaf grote hoogte opnames maken van bijna veertig schepen. De foto's moesten bestaan uit pixels die steeds een afstand van niet meer dan vijf centimeter van het echte scheepsdek mochten beslaan. De beelden van boven moesten dan vergeleken worden met wat er in de databank zat, en als een match werd aangetroffen, moest dat aan technici op een verre basis gemeld worden.

Punt twee was apparatuur om communicatie te verstoren. De Hawk moest rond een schip beneden een kring van tien mijl doorsnee kunnen leggen waarbinnen geen elektronische communicatie mogelijk was.

De RQ4 Hawk had weliswaar geen raketten aan boord, maar kon alles wat Dexter nodig had. Het toestel vloog op een hoogte van 65.000 voet, ver buiten ieders zicht en gehoorsafstand. Ongehinderd door zon, regen, wolken of nacht kon het 90.000 km^2 per dag overzien. Pruttelend op de spaarstand kon het vijfendertig uur in de lucht blijven. En anders dan de twee andere was het met zijn kruissnelheid van 340 knopen veel sneller dan zijn doelwitten.

Eind mei waren twee van deze wondertoestellen uitgerust en klaargezet voor project-Cobra. Het ene moest opereren vanaf de basis Malambo aan de Colombiaanse kust ten noordoosten van Cartagena, het andere stond op het eiland Fernando de Noronha voor de noordoostkust van Brazilië. Elke eenheid was beschermd tegen nieuwsgierige blikken ondergebracht in een gebouw aan de andere kant van de basis. In opdracht van de Cobra begonnen de toestellen rond te neuzen zodra ze geïnstalleerd waren.

Ze werden vanaf hun luchtmachtbasis bestuurd, maar het feitelijke scannen vond op grote afstand plaats, namelijk op de Amerikaanse luchtmachtbasis Creech in de woestijn van Nevada. Daar zaten mannen naar beeldschermen te turen. Allemaal hadden ze een zuil met meters en knoppen naast zich, zoals een piloot in zijn cockpit.

De technicus zag op zijn scherm precies datgene wat ook de Hawk vanuit de stratosfeer kon zien. Sommige mannen en vrouwen in dat rustige, koele commandocentrum lieten Predators boven Afghanistan en de bergachtige grens met Pakistan jagen. Anderen manipuleerden Reapers boven de Perzische Golf.

Iedereen had een koptelefoon op en een microfoon om zijn hals om instructies te krijgen en het hogere gezag te informeren als er een doelwit in zicht kwam. De technici moesten zich volledig concentreren en hadden daarom korte diensten. De oorlog van de toekomst – dat straalde het commandocentrum van Creech uit.

Met enig gevoel voor duistere humor gaf Cal Dexter de twee Hawks bijnamen om ze te kunnen onderscheiden. De oostelijke noemde hij Michelle naar de presidentsvrouw, de andere was Sam naar de vrouw van de Britse premier.

Ze hadden allebei een andere taak. Michelle moest omlaagkijken, voorwerpen identificeren en alle koopvaardijschepen opsporen die door Juan Cortez genoteerd en door de TR1 gevonden en gefotografeerd waren. Sams taak was de opsporing van en rapportage over alles wat via de Braziliaanse kust tussen Natal en Belém naar het oosten vloog of voer of op de Atlantische Oceaan in de richting van Afrika de veertigste lengtegraad passeerde.

De twee bedieningspanelen in Creech waarmee de twee Cobra-Hawks gemanipuleerd werden, hadden vierentwintig uur per dag en zeven dagen in de week rechtstreeks contact met het sjofele pakhuis in de Washingtonse buitenwijk.

Letizia Arenal wist dat ze iets verkeerds deed en de strikte orders van haar vader overtrad, maar ze kon er niets aan doen. Hij had haar verboden om ooit uit Spanje weg te gaan, maar ze was verliefd, en haar liefde was zelfs sterker dan zijn instructies.

Domingo de Vega had haar een aanzoek gedaan en zij had ja gezegd. Maar als hij niet naar zijn werk in New York terugging, raakte hij zijn baan kwijt, en zijn verjaardag viel in de laatste week van mei. Hij had haar een open Iberia-ticket naar Kennedy Airport gestuurd en drong erop aan dat ze zich daar bij hem voegde.

De formaliteiten op de Amerikaanse ambassade waren van een leien dakje gegaan; ze had haar visum gekregen en de binnenlandse veiligheidsdienst had geen bezwaar.

Ze had een ticket voor de business class en hoefde bij het inchecken in terminal 4 nauwelijks te wachten. Haar enige koffer kreeg een etiket voor New York Kennedy en gleed over de transportband naar de bagagehandling. Ze lette niet op de man achter haar, die één grote koffer bij zich had.

Ze kon niet weten dat die koffer vol kranten zat en dat de man zou weggaan zodra ze goed en wel naar de veiligheids- en paspoortencontrole was gegaan. Ze had inspecteur Paco Ortega nooit eerder gezien en zou hem ook nooit meer terugzien. Maar hij had elk detail van haar koffer en kleding in zich opgenomen, en toen ze uit de taxi stapte, was er van grote afstand een foto van haar gemaakt. Al die gegevens waren al in New York voordat haar vliegtuig ook maar vertrokken was.

Maar voor alle zekerheid bleef hij nog even voor een groot raam naar het vliegveld staan kijken. Hij zag het Iberia-toestel in de verte zijn neus in de wind zetten. Het bleef even staan en vloog toen met donderend geweld naar de besneeuwde toppen van de Sierra de Guadarrama en de Atlantische Oceaan. Toen belde hij New York en sprak even met Cal Dexter.

Het vliegtuig was op tijd. In de slurf stond een man in het uniform van de grondbemanning toen de passagiers naar buiten stroomden. Hij mompelde twee woorden in een mobiele telefoon, maar niemand lette daarop. Zoiets doen mensen de hele tijd.

Letizia Arenal kwam door de paspoortencontrole met niet meer dan de gewone formaliteit: ze drukte om beurten haar duimen op een glasplaatje en staarde in de lens van de irisherkenning.

Toen ze klaar was en wegliep, draaide de immigratieambtenaar zich om en knikte zwijgend naar een man in de gang die naar de douanehal leidde. De man knikte terug en slenterde achter de jonge vrouw aan.

Het was een dag met veel verkeer en de bagage had een vertraging van twintig minuten. De band kwam uiteindelijk met veel gerochel en gebons tot leven, waarna er koffers werden uitgespuwd. Haar eigen koffer was niet de eerste en ook niet de laatste, maar ergens ertussenin. Ze zag hem uit het grote gat van de tunnel vallen en herkende het lichtgele label met haar naam en adres dat ze eraan had vastgemaakt om hem makkelijk te kunnen herkennen.

Het was een harde koffer op wieltjes. Ze zwaaide haar grote draagtas over haar schouder en trok haar koffer naar de groene uitgang. Ze was er al halverwege doorheen toen ze gewenkt werd door een van de douaneambtenaren, die erbij stond alsof hij zich verveelde. Even een steekproef. Niks aan de hand. Domingo wachtte haar op in de grote hal voorbij de deuren. Hij zou nog wel een paar minuten wachten.

Ze trok de koffer naar de tafel die de man aanwees, en legde hem erop. De sloten waren naar haar toe gekeerd.

'Wilt u uw koffer even openmaken, mevrouw?' Altijd uiterst beleefd blijven. Ze zijn altijd uiterst beleefd maar glimlachen nooit en maken evenmin grappen. Ze klikte de twee sloten open. De ambtenaar draaide de koffer zijn kant op en maakte het deksel open. Hij zag de kleding bovenop en haalde met gehandschoende handen de bovenste laag weg. Ineens hield hij op. Ze besefte dat hij haar over het deksel heen aanstaarde, en nam aan dat hij de koffer nu ging dichtmaken en knikkend zou aangeven dat ze mocht doorlopen.

Hij sloot de koffer en zei kil: 'Wilt u even meekomen, alstublieft, mevrouw?'

Maar het was geen vraag. Ze merkte dat een zwaargebouwde man en een potige vrouw vlak achter haar stonden. Het was beschamend; andere passagiers staarden haar zijdelings aan terwijl ze haastig doorliepen.

De eerste ambtenaar klikte de sloten dicht, tilde de koffer op en ging voorop. De anderen vormden zonder één woord te zeggen de achterhoede. De eerste ambtenaar liep door een deur in de hoek. Ze kwam in een bijna kale kamer terecht. In het midden stond een tafel, tegen de wanden waren een paar stoelen geschoven. Geen afbeeldingen aan de muren maar wel twee camera's in verschillende hoeken. De koffer kwam plat op de tafel te liggen.

'Wilt u hem nog een keer openmaken, mevrouw?'

Letizia Arenal begon toen pas te vermoeden dat er iets mis was, maar ze had geen idee wat het zijn kon. Ze maakte haar koffer open en zag alleen haar netjes opgevouwen kleren.

'Wilt u die eruit halen, mevrouw?'

Het lag onder haar linnen jasje, haar twee katoenen rokken en diverse opgevouwen bloezen. Niet groot, ongeveer zoals een kilozak suiker uit de supermarkt. Vol met een soort talkpoeder.

Toen het tot haar doordrong, werd ze zo misselijk dat ze bijna flauwviel. Ze had het gevoel dat iemand haar in haar buik stompte, en in haar hoofd schreeuwde een zwijgende stem: 'Nee, dit ben ik niet, ik heb het niet gedaan, het is niet van mij, iemand heeft het erin gestopt ...'

De potige vrouw ondersteunde haar, niet uit medeleven maar vanwege de camera's. New Yorkse rechters zijn geobsedeerd door de rechten van de beklaagden, en de advocaten hameren graag op ook maar de kleinste overtredingen van de procedurele regels om hun cliënten vrij te krijgen. Vanuit het standpunt van de ambtenaren gezien mag dan ook zelfs de kleinste formaliteit niet over het hoofd worden gezien.

Na de opening van de koffer en de ontdekking van wat op dat moment nog een ongeïdentificeerd poeder was, kwam Letizia Arenal 'in het systeem' terecht, zoals de officiële uitdrukking luidde. Later leek haar dat allemaal één vage nachtmerrie.

Ze werd naar een andere, beter ingerichte ruimte in de terminal gebracht. Daar stond een rij digitale recorders. Andere mannen kwamen. Ze wist niet wie ze waren, maar ze waren van de DEA en de immigratie- en grensbewakingsdienst ICE. Samen met de Amerikaanse douane waren dat de drie diensten die haar onder verschillende bevoegdheden in verzekerde bewaring stelden.

Hoewel ze goed Engels sprak, kwam er een Spaanstalige tolk. Haar rechten werden voorgelezen – de Miranda-rechten, waarvan ze nog nooit gehoord had. Na elke zin werd haar gevraagd: 'Begrijpt u dat, mevrouw?' Altijd dat beleefde 'mevrouw', hoewel hun blikken verrieden dat ze haar minachtten.

Ergens werd haar paspoort nauwkeurig bestudeerd. Elders kregen haar koffer en schoudertas dezelfde aandacht. De zak met wit poeder werd weggestuurd voor analyse, en dat gebeurde buiten, in een ander gebouw, een chemisch laboratorium. Uiteraard bleek het pure cocaïne.

De zuiverheid was van belang. Een kleine hoeveelheid 'versneden' poeder kon als hoeveelheid 'voor persoonlijk gebruik' worden uitgelegd. Een kilo puro kon dat niet.

In aanwezigheid van twee vrouwen moest ze zich helemaal uitkleden, en haar kleren werden meegenomen. Ze kreeg een soort papieren overall om aan te trekken. Een vrouwelijke arts voerde een diepgaand onderzoek van al haar lichaamsopeningen uit. Ook van haar oren. Inmiddels snikte ze onbeheersbaar, maar het 'systeem' was nu eenmaal het 'systeem'. En alles werd voor alle zekerheid met camera's vastgelegd. Geen advocaat zou die teef met foefjes vrij weten te krijgen.

Een hoge DEA-functionaris vertelde haar uiteindelijk dat ze recht had op een advocaat. Ze was niet ondervraagd – nog niet. Haar Miranda-rechten waren niet overtreden. Ze zei dat ze geen New Yorkse advocaat kende en kreeg te horen dat haar een advocaat zou worden toegewezen, niet door hem maar door de rechter.

Ze zei bij herhaling dat haar verloofde buiten op haar wachtte. Het gezag nam daar goede nota van, want de man die op haar wachtte kon best een medeplichtige zijn. De menigte in de hal buiten de douane werd grondig binnenstebuiten gekeerd. Geen Domingo de Vega. Hij was misschien verzonnen, maar als hij haar medeplichtige was, was hij gevlucht. De volgende ochtend zouden ze controleren of een Puerto Ricaanse diplomaat van die naam aan de VN verbonden was.

Ze wilde dolgraag alles uitleggen en zag af van haar recht op een advocaat. Ze vertelde alles wat ze wist, namelijk niets. De ambtenaren geloofden haar niet. Toen kreeg ze een idee.

'Ik ben Colombiaanse. Ik wil iemand van de Colombiaanse ambassade spreken.'

'U bedoelt vermoedelijk het consulaat, mevrouw. Het is nu tien uur 's avonds. Morgenochtend zullen we iemand vragen om te komen.'

Dat zei de man van de FBI, maar dat wist ze niet. Drugsmokkel is in de VS een federaal misdrijf. De deelstaten blijven daarbuiten.

Kennedy Airport valt onder het oostelijke district van New York, het EDN, en ligt in het stadsdeel Brooklyn. Tegen middernacht werd Letizia eindelijk ondergebracht in het federale huis van bewaring daar, in afwachting van haar voorgeleiding de volgende ochtend.

En natuurlijk kreeg ze een eigen dossier, dat almaar dikker werd. Het 'systeem' vreet papier. In haar verstikkende eenpersoonscel, waar het naar zweet en angst stonk, huilde Letizia Arenal de hele nacht door.

De FBI nam de volgende ochtend contact op met iemand van het Colombiaanse consulaat en die was bereid te komen, maar als de gevangene enig medeleven verwachtte, kwam ze bedrogen uit. De consulaire assistente keek zo kil als ook maar enigszins mogelijk was, want juist aan dit soort dingen hebben diplomaten een bloedhekel.

De assistente was een vrouw in een streng, zwart kostuum. Ze luisterde uitdrukkingsloos naar Letizia's uitleg en geloofde er geen woord van. Maar ondanks alles moest ze beloven contact op te nemen met Bogotá en via het ministerie van Buitenlandse Zaken een verzoek doen tot opsporing van advocaat Julio Luz. Mevrouw Arenal kende niemand anders aan wie ze hulp kon vragen.

Ze werd voor de rechter voorgeleid, maar die kon alleen tot voortzetting van de voorlopige hechtenis besluiten. De verdachte bleek geen advocaat te hebben en de rechter beval een pro-Deoadvocaat te halen. Een jonge, net afgestudeerde jurist werd opgespoord, en met hem kon ze een paar tellen in een cel overleggen voordat ze opnieuw voor de rechter werd gebracht.

De advocaat hield een kansloos pleidooi voor borgtocht. Kansloos, omdat de verdachte een buitenlandse zonder fondsen of familie was. De misdaad waarvan ze verdacht werd, was buitengewoon ernstig en de officier van Justitie maakte duidelijk dat nader onderzoek werd gedaan naar de mogelijkheid dat de verdachte bij een veel grotere keten van cocaïnesmokkelaars hoorde.

De advocaat bracht naar voren dat er een verloofde bestond in de vorm van een VN-diplomaat. Een van de FBI-leden gaf een briefje aan de officier, die weer opstond en ditmaal onthulde dat in de Puerto Ricaanse missie bij de VN geen Domingo de Vega werkte en er ook nooit gewerkt had.

'Onthoud dat voor uw memoires, meneer Jenkins,' zei de rechter slepend. 'Voorlopige hechtenis verlengd. Volgende.'

De hamer raakte de tafel. Letizia Arenal werd, tranen met tuiten huilend, weggebracht. Haar zogenaamde verloofde, de man van wie ze hield, had haar meedogenloos verraden.

Voordat ze weer naar het huis van bewaring werd gebracht, kreeg ze nog een gesprekje met haar advocaat, de heer Jenkins, die haar zijn kaartje gaf.

'U kunt me altijd bellen, señorita. Dat recht hebt u. Er zijn geen kosten aan verbonden. Voor mensen zonder middelen is rechtsbijstand gratis.'

'Maar u begrijpt het niet, meneer Jenkins. Straks komt señor Luz uit Bogotá. Hij zal me redden.'

Toen Jenkins met het openbaar vervoer terugkeerde naar zijn sjofele kantoor in het gebouw van de pro-Deoadvocatuur, bedacht hij dat de menselijke fantasie geen grenzen kende. Er bestond geen Domingo de Vega en waarschijnlijk ook geen Julio Luz.

Maar op dat laatste punt vergiste hij zich. Señor Julio Luz kreeg diezelfde ochtend een telefoontje van het Colombiaanse ministerie van Buitenlandse Zaken, en dat bezorgde hem bijna een hartaanval.

8

Julio Luz, de advocaat uit Bogotá, vloog naar New York. Uiterlijk was hij kalm, maar inwendig werd hij door angst verteerd. Sinds de arrestatie van Letizia Arenal op het Kennedy Airport, drie dagen daarvoor, had hij twee lange en angstaanjagende gesprekken gehad met een van de gewelddadigste mensen die hij kende.

Hij had samen met Roberto Cárdenas de Kartel-vergaderingen bijgewoond, maar die werden altijd voorgezeten door don Diego, wiens woord wet was en die evenveel waardigheid eiste als hij zelf uitstraalde.

In een kamer op een boerderij op vele kilometers van de bewoonde wereld had Cárdenas zichzelf die beperkingen niet opgelegd. Hij had getierd en gedreigd. Net als Luz betwijfelde hij niet dat er met de bagage van zijn dochter geknoeid was. Hij was ervan overtuigd dat een handig boefje bij de bagagehandling van het Madrileense vliegveld Barajas zijn kans schoon had gezien.

Hij beschreef wat hij met die bagagejongen ging doen als hij hem te pakken kreeg, en wel zo gedetailleerd dat Julio Luz er misselijk van werd. Uiteindelijk stelden ze het verhaal op dat ze de New Yorkse autoriteiten gingen vertellen. Geen van beide mannen had ooit van Domingo de Vega gehoord en ze hadden geen idee waarom Letizia naar de VS was gevlogen.

Brieven van gevangenen in een Amerikaans huis van bewaring worden gecensureerd, maar Letizia had geen enkele brief geschreven. Julio Luz wist niets meer dan wat het ministerie hem verteld had.

Het verhaal van de advocaat was dat de jonge vrouw geen ouders had en dat hij haar voogd was. Om dat te bewijzen werden papieren vervalst. Geld dat tot Cárdenas herleid kon worden, was onbruikbaar. Luz moest geld aan zijn eigen praktijk onttrekken, en Cárdenas zou het hem later terugbetalen. Als Luz in New York aankwam, moest hij flink wat geld tot zijn beschikking hebben. Hij ging zijn pupil dan in de gevangenis opzoeken en de beste strafrechtadvocaat aantrekken die met geld te koop was.

En dat deed hij, en in die volgorde. Letizia Arenal, die nu tegenover een landgenoot zat, trok zich niets aan van de Spaanssprekende DEAvrouw in de hoek en vertelde haar hele verhaal aan een man die ze alleen kende van het avondeten en het ontbijt in het Villa Real-hotel.

Luz was ontzet, niet alleen over het verhaal van de duivels knappe pseudodiplomaat uit Puerto Rico, en ook niet alleen over haar oliedomme besluit om haar vader ongehoorzaam te zijn door naar New York te vliegen, maar vooral vanwege het vooruitzicht op de vulkanische woede van haar vader, die het verhaal natuurlijk te horen zou krijgen.

De advocaat kon twee en twee optellen en kwam dan op vier uit. De zogenaamde kunstliefhebber 'De Vega' hoorde kennelijk bij een Madrileense smokkelbende die zijn talenten als gigolo gebruikte voor de werving van nietsvermoedende jonge vrouwen als koeriers voor de cocaïnesmokkel naar de VS. Hij twijfelde er niet aan dat snel na zijn terugkeer in Colombia een legertje Spaanse en Colombiaanse boeven naar Madrid en New York zou gaan om de vermiste 'De Vega' op te sporen.

Die domoor zou worden ontvoerd, naar Colombia worden gebracht en aan Cárdenas worden overgedragen. Daarna kon alleen God hem nog helpen. Letizia vertelde dat er een foto van haar verloofde in haar tasje had gezeten en dat er een groter portret in haar flat in Moncloa stond. Hij nam zich voor de foto uit het tasje terug te vragen en de grotere uit de Madrileense flat te laten halen. Dat vergemakkelijkte de speurtocht naar de schurk die deze ramp veroorzaakt had. Luz ging ervan uit dat de jonge smokkelaar zich vast niet erg goed verborgen zou houden omdat hij niet wist wat hem te wachten stond – alleen maar dat hij een van zijn koeriers kwijt was.

Na marteling zou hij de naam vertellen van de bagagehandler die de zak coke in Madrid in de koffer had gestopt. Na een volledige bekentenis van hem zou New York de aanklacht intrekken. Aldus de redenering.

Later werd bij hoog en bij laag ontkend dat de handtas die op Kennedy in beslag was genomen een foto van een jongeman had bevat, en het exemplaar in Madrid was ook weg. Daar had Paco Ortega voor gezorgd. Maar prioriteiten waren prioriteiten. Eerst huurde hij de diensten van de heer Boseman Barrow van kantoor Manson Barrow, die als de beste strafrechtadvocaat van Manhattan gold. De som geld die de heer Barrow kreeg als hij al zijn werk staakte en over de rivier naar Brooklyn ging, was hoogst indrukwekkend.

Maar toen de twee mannen de volgende dag vanuit het huis van bewaring teruggingen naar Manhattan, keek de New Yorker ernstig. Alleen vanbinnen was hij minder ernstig gestemd, want hij had vele maanden werk tegen astronomisch hoge honoraria in het vooruitzicht.

'Señor Luz, ik mag er geen doekjes om winden. Het ziet er niet goed uit. Persoonlijk twijfel ik er niet aan dat uw pupil in een rampzalige situatie is gelokt door de cocaïnesmokkelaar die zich Domingo de Vega noemt, en dat ze niet wist wat ze deed. Ze is erin geluisd. Dat gebeurt maar al te vaak.'

'Dat is dus goed,' zei de Colombiaan.

'Het is goed dat ik het geloof. Maar als ik haar moet vertegenwoordigen, is dat ook vereist. Het probleem is alleen dat ik de rechter noch de jury ben, en al helemaal niet de DEA, de FBI of de officier van Justitie. En een nog veel groter probleem is dat die meneer De Vega niet alleen verwenen is, er is ook geen spoor van bewijs dat hij ooit bestaan heeft.'

De limousine van het advocatenkantoor reed de East River over, en Luz staarde somber naar het grijze water.

'Maar De Vega was niet de bagagehandler,' protesteerde hij. 'Er moet nog iemand anders bij betrokken zijn, namelijk de man in Madrid die de koffer openmaakte en er het pak in stopte.'

'Dat weten we niet,' zei de raadsman uit Manhattan. 'Hij is misschien ook wel de bagagehandler. Of iemand met toegang tot de bagageafdeling. Of hij heeft zich uitgegeven voor een personeelslid van Iberia of een douanier met toegangsrechten. Hij kan van alles zijn geweest. Maar hoeveel energie en kostbare middelen zal de Madrileense politie inzetten voor de vrijlating van iemand die zij vermoedelijk als drugssmokkelaarster beschouwt en die niet eens een Spaanse is?'

Ze reden over de East River Drive naar Boseman Barrows thuishaven, het centrum van Manhattan.

'Ik heb geld,' riposteerde Julio Luz. 'Ik kan aan beide kanten van de Atlantische Oceaan privédetectives inzetten. Hoe zeggen de Amerikanen dat ook weer? *The sky is the limit.*'

De heer Barrow keek zijn metgezel stralend aan. Hij kon de geur van de nieuwe vleugel van zijn herenhuis in de Hamptons al bijna ruiken. Dit ging vele maanden in beslag nemen.

'We hebben een heel sterk argument, señor Luz. Het is duidelijk dat de beveiliging op het vliegveld van Madrid een zooitje is.'

'Hoezo?'

'In deze paranoïde tijd hoort alle vliegtuigbagage met bestemming VS op de luchthaven van herkomst een röntgenonderzoek te ondergaan. Vooral in Europa. Er bestaan bilaterale verdragen. De omtrekken van het pak moeten in Madrid gezien zijn. En ze hebben drugshonden. Waar zijn die gebleven? Alles wijst erop dat de cocaïne ná de gebruikelijke controles in de koffer is gestopt.'

'Dan kunnen we dus vragen om de aanklacht in te trekken.'
'Het is in elk geval organisatorisch een puinhoop geweest. Toch ben ik bang dat intrekking van de aanklacht niet aan de orde kan zijn. En zonder spiksplinternieuw bewijs ten gunste van haar zijn onze kansen in de rechtszaal niet groot. Een New Yorkse jury zal eenvoudig niet willen geloven dat de luchthaven van Madrid onmogelijk een zooitje kan zijn. Ze zullen kijken naar wat vaststaat, niet naar de beweringen van de beklaagde. Een passagier, uitgerekend uit Colombia, probeert door de groene uitgang te glippen... één kilo zuivere Colombiaanse cocaïne... tranen met tuiten. Dat komt maar al te vaak voor, vrees ik. En New York wordt er kotsmisselijk van.'

De heer Barrow vergat erbij te vertellen dat ook zijn eigen dienstverlening gemakkelijk verkeerd werd opgevat. Jury's bestaan vaak uit New Yorkers met bescheiden middelen, en zij associëren exorbitante geldbedragen met de cocaïnehandel. Een echt onschuldige koerier zou in handen van een pro-Deoadvocaat zijn gebleven. Maar daarom hoefde hij deze zaak nog niet te laten schieten.

'Wat gaat er nu gebeuren?' vroeg Luz. Zijn darmen begonnen weer op te spelen bij het vooruitzicht dat hij dit allemaal aan Roberto Cárdenas met zijn vulkanische temperament moest vertellen.

'Ze komt binnenkort voor de arrondissementsrechter van Brooklyn. Die zal geen borgtocht toestaan. Dat staat vast. In afwachting van het proces komt ze in een federaal huis van bewaring te zitten. Ergens in de staat New York. Dat is geen plezierige omgeving. Hoorde ik u zeggen dat ze niet op straat maar bij de nonnen is opgegroeid? Goeie hemel. In zulke huizen van bewaring zijn er agressieve lesbiennes. Het spijt me dat te moeten zeggen. In Colombia zal het wel niet veel anders zijn.'

Luz legde zijn gezicht in zijn handen.

'*Dios mío*,' mompelde hij. 'Hoe lang blijft ze daar?'

'In geen geval minder dan zes maanden, vrees ik. Het OM moet de zaak voorbereiden en heeft het toch al razend druk. En wij moeten dat natuurlijk ook. En uw privédetectives moeten zien wat ze boven water krijgen.'

Julio Luz had geen zin om open kaart te spelen. Hij twijfelde er niet aan dat een paar privédetectives padvinders zouden zijn vergeleken met het leger geharde mannen die Roberto Cárdenas kon uitsturen om de vernietiger van zijn dochter op te sporen. Maar daarvan kon geen sprake zijn. Cárdenas wilde niets van harde mannen weten omdat don Diego dat zou ontdekken. De Don wist niets over de geheime dochter en de Don wilde met alle geweld alles weten. Zelfs Julio Luz had gedacht dat ze het liefje van de gangster was en dat de enveloppen haar tweewekelijkse toelage bevatten. Hij had nog één bescheiden vraag. De limousine kwam sissend tot stilstand buiten het luxe kantoorgebouw waarvan de bovenverdieping het kleine maar in goud uitgevoerde advocatenkantoor van Manson Barrow huisvestte.

'Als ze schuldig wordt bevonden, wat wordt dan haar straf, señor Barrow?'

'Dat is natuurlijk moeilijk te zeggen. Het hangt van veel dingen af. Eventuele verzachtende omstandigheden; mijn eigen optreden; het humeur van de rechter op die dag. Maar gezien de sfeer van tegenwoordig vrees ik dat de rechter het nodig vindt om een voorbeeld te stellen. Als afschrikking. Iets in de geest van twintig jaar in een federale strafinrichting. Gelukkig heeft ze geen ouders die dat moeten meemaken.'

Julio Luz kreunde. Barrow kreeg medelijden met hem.

'Het plaatje kan natuurlijk anders worden als ze informant wil zijn. Dan is een uitruil mogelijk. De DEA maakt zulke afspraken in ruil voor kennis uit de eerste hand om een veel grotere vis te vangen. Dus als...'

'Dat kan ze niet,' zei Luz klagend. 'Ze weet niets. Ze is echt onschuldig.'

'Tja, in dat geval... Heel jammer.'

In dit geval was Luz heel oprecht. Alleen hij wist wat de vader van het aangehouden meisje deed, en dat durfde hij haar beslist niet te vertellen.

Mei maakte plaats voor juni. Global Hawk Michelle gleed en draaide geruisloos boven het oosten en zuiden van de Caribische Zee, net als een echte havik die zwevend op de thermiek eindeloos op zoek is naar prooi. Dat was niet voor het eerst.

In de lente van 2006 hadden de luchtmacht en de DEA gezamenlijk een Global Hawk vanaf een basis in Florida boven de Caribische Zee laten vliegen. Dat was toen een korte demonstratie geweest, maar ondanks zijn beperkte tijd in de lucht had de Hawk te land en ter zee honderden doelwitten opgespoord. De marine raakte ervan overtuigd dat de surveillance van grote zeeoppervlakken tegelijk de toekomst had, en plaatste een enorme bestelling.

De marine had het echter op de Russische vloot, Iraanse kanonneerboten en Noord-Koreaanse spionageschepen voorzien, terwijl de DEA eerder aan cocaïnesmokkelaars dacht. Het probleem was dat de Hawk in 2006 wel van alles kon laten zien, maar niet de mogelijkheid gaf om de schapen van de bokken te scheiden. Dankzij wonderlasser Juan Cortez hadden de autoriteiten nu een lijst van in het Lloyd's Register aanwezige vrachtschepen met naam en tonnage. Bijna veertig zelfs.

Op luchtmachtbasis Creech zagen ploegen mannen en vrouwen hoe de kleine boordcomputers achter het scherm van Michelle elke twee of drie dagen een match vaststellen – de inrichting van een dek zoals door Jeremy Bishop verschaft, werd dan vergeleken met het dek van iets wat zich ver onder Michelle bevond.

Als een match was vastgesteld, belde Screech naar het sjofele pakhuis in Anacostia en zei: 'Team Cobra, we hebben het ms *Mariposa*. Het schip komt uit het Panamakanaal de Caribische Zee in.'

Bishop bedankte de beller en haalde de reisdetails van de *Mariposa* op. Lading bestemd voor Baltimore. Kan in Guatemala of op zee een lading cocaïne aan boord hebben genomen. Of misschien nog niet. Het schip brengt zijn lading naar Baltimore zelf of laat het in het holst van de nacht ergens in de enorme duisternis van de Chesapeake Bay in een speedboot zakken. Of het heeft ditmaal niets bij zich.

'Moeten we de douane van Baltimore waarschuwen? Of de kustwacht van Maryland?' vroeg Bishop.

'Nog niet,' luidde het antwoord.

Paul Devereaux had niet de gewoonte om onderknuppels dingen uit te leggen. De logica was alleen hemzelf bekend. Als autoriteiten meteen een geheime bergplaats vonden of net deden of de honden iets opspoorden, kon het Kartel zulke 'toevalligheden' na twee of drie succesvolle ontdekkingen niet meer negeren.

Hij wilde geen onderscheppingen verrichten of ladingen als cadeautje aan anderen gunnen als ze eenmaal aan land waren gegaan, en was bereid om de importerende bendes in Amerika en Europa aan het plaatselijke gezag over te laten. Zijn doelwit was de Broederschap, en die werd alleen rechtstreeks getroffen als de onderschepping plaatsvond op zee – voordat de lading van eigenaar veranderde.

Wat hij vroeger had gedaan, toen zijn tegenstander nog uit de KGB en kornuiten bestond, deed hij ook nu: hij bestudeerde zijn vijand met uiterste zorg en dacht na over de wijsheid van Soen Tsoe, zoals neergelegd in diens *Ping Fa, de kunst van de oorlogvoering*. Hij had de grootst mogelijke bewondering voor de oude Chinese wijze met zijn vaak herhaalde advies: 'Ken je vijand.'

Devereaux wist wie de Broederschap leidde en hij had een studie gemaakt van don Diego Esteban: grondbezitter, keurige heer, katholieke geleerde, filantroop, cocaïnebaas en moordenaar. Hij wist ook dat hij in één opzicht een voorsprong op don Diego had, maar dat zou niet eeuwig blijven bestaan: hij kende het bestaan van de Don, maar de Don was niet op de hoogte van de wachtende Cobra.

Elders in Zuid-Amerika, voor de Braziliaanse kust, patrouilleerde ook Global Hawk Sam door de stratosfeer. Alles wat Sam zag, was ook op een scherm in Nevada te zien en werd doorgestuurd naar de computers in Anacostia. Het ging daar om veel minder vrachtvaarders. Het verkeer met grote zeeschepen tussen Zuid-Amerika en West-Afrika was nu eenmaal beperkt. Maar alles wat er was werd gefotografeerd, en hoewel de namen op 60.000 voet meestal onzichtbaar waren, werden de beelden vergeleken met de dossiers van de MOAC in Lissabon, die van de UNODC in Wenen en die van de Britse SOCA in de Ghanese stad Accra.

Aan vijf matches konden namen worden gehecht die op de lijst van Cortez stonden. De Cobra staarde naar Bishops schermen en beloofde zichzelf dat hun tijd nog kwam.

En er was nog iets anders wat Sam opmerkte en vastlegde. Vliegtuigen vlogen vanaf de Braziliaanse kust in oostelijke of noordoostelijke richting naar Afrika. Er waren weinig commerciële vluchten, en die waren ook geen probleem. Maar elk profiel ging eerst naar Creech en vervolgens naar Anacostia. Jeremy Bishop identificeerde het type snel, en toen ontstond een patroon.

Veel toestellen hadden niet het bereik voor zo'n vlucht en konden de afstand alleen overbruggen als ze intern gemodificeerd waren. Global Hawk Sam kreeg nieuwe instructies. Het toestel tankte bij op de luchtmachtbasis van Fernando de Noronha, steeg weer op en concentreerde zich op de kleinere toestellen.

Sam voerde berekeningen uit alsof de vliegtuigen als de velg van een fietswiel waren. Via de spaken terugwerkend naar de naaf bleken ze bijna allemaal afkomstig te zijn van een enorme estancia, diep in het binnenland achter de stad Fortaleza. Op basis van kaarten van Brazilië vanuit de ruimte, de beelden die Sam terugstuurde en discrete naspeuringen in het kadaster van Belém, werd het landgoed geïdentificeerd. Het heette Boavista.

De Amerikanen arriveerden als eersten, want zij hadden de langste tocht voor de boeg. Twaalf van hen vlogen half juni, vermomd als toeristen, naar het internationale vliegveld van Goa. Als iemand diep in hun bagage was gedoken – wat niemand deed – dan zou er een wonderlijk toeval ontdekt zijn: ze waren alle twaalf gediplomeerde zeelieden. In werkelijkheid waren ze dezelfde Amerikaanse zeelieden die het – inmiddels tot ms *Chesapeake* omgebouwde – graanschip naar India hadden gebracht. Een door McGregor gehuurde bus vervoerde hen langs de kust naar de Kapoorwerf.

De *Chesapeake* lag te wachten, en aangezien er op de werf geen accommodatie was, gingen ze meteen aan boord om goed uit te slapen. De volgende ochtend begonnen ze zich gedurende twee dagen grondig vertrouwd te maken met het schip.

De nieuwe kapitein was een kapitein-luitenant ter zee, en zijn plaatsvervanger een luitenant ter zee 1ste klasse. Daaronder kwamen twee luitenants ter zee 2de klasse, en verder alle lagere rangen tussen adjudant-onderofficier en gewoon matroos. Elke specialist concentreerde zich op zijn eigen koninkrijk: brug, machinekamer, kombuis, radiohut, dek en luikgaten.

Toen ze de eerste keer de vijf grote graanruimen in liepen, bleven ze even verbaasd staan. Er was daar een complete kazerne voor speciale eenheden, zonder enige patrijspoort of andere vorm van daglicht en dus van buitenaf onzichtbaar. De bemanning kreeg te horen dat de SEAL's zich niet buiten hun verblijf hoefden te vertonen, hun eigen maaltijden klaarmaakten en ook in andere opzichten voor zichzelf zorgden.

De bemanning was ondergebracht in de normale scheepsverblijven, en die waren ruimer en gerieflijker dan de verblijven die ze bijvoorbeeld op een fregat gehad zouden hebben.

Er was ook een gastenverblijf met een tweepersoonsbed, maar het doel daarvan was onbekend. Als de SEAL-officieren met de brug wilden overleggen, liepen ze benedendeks door vier waterdichte deuren die de ruimen verbonden en gingen dan naar het daglicht boven.

Ze kregen niet te horen, omdat ze het (nog) niet hoefden te weten, waarom het voorste ruim een soort gevangenis was. Maar ze kregen wel degelijk te zien hoe ze de luiken van twee van de vijf ruimen moesten openen om de inhoud te activeren. Deze oefening herhaalden ze tijdens hun lange tocht diverse keren, om de tijd te doden, maar ook omdat ze het op dubbele snelheid en zelfs in hun slaap moesten kunnen doen.

Op de derde dag zwaaide McGregor met zijn perkamenten huid hen uit. Hij stond op de punt van de verste golfbreker, en toen de *Chesapeake* vaart kreeg en langsgleed, hief hij een amberkleurig glas. Hij was bereid om hitte, malariamuggen, zweet en stank te verdragen, maar kon niet zonder een of twee flessen distillaat afkomstig van de eilanden waar hij geboren was: de Hebriden.

De kortste route naar hun bestemming zou via de Arabische Zee en het Suezkanaal hebben gelopen. Maar vanwege de kans dat Somalische piraten voor de Hoorn van Afrika problemen konden veroorzaken en omdat het schip de tijd had, werd besloten om naar Kaap de Goede Hoop in het zuidwesten te gaan en dan een noordwestelijke koers naar het afgesproken punt bij Puerto Rico te varen.

De Britten arriveerden drie dagen later om het ms *Balmoral* op te halen. Het waren er veertien, allemaal van de Britse marine, en onder leiding van McGregor leerden ook zij het schip kennen. Omdat de Amerikaanse marine geen alcohol toestaat, hadden de Amerikanen geen belastingvrije drank op het vliegveld ingeslagen. Maar Nelsons erfgenamen hebben van zulke ontberingen geen last, en zij oogstten McGregors erkentelijkheid door diverse flessen single malt van Islay, zijn favoriete distilleerderij, mee te brengen.

Toen de *Balmoral* klaar was, voer ook dit schip uit. Zijn verzamelpunt lag dichterbij: het rondde Kaap de Goede Hoop en voer naar het eiland Ascension in het noordwesten, waar het buiten het zicht van het land een ontmoeting had met een hulpschip van de marine, dat een ploeg mariniers van de SBS en de vereiste uitrusting leverde.

Toen de *Balmoral* achter de horizon verdwenen was, ruimde McGregor op wat er nog lag. De mannen die de schepen hadden omgebouwd en ingericht, waren allang weg en hun kampeerauto's stonden weer bij het verhuurbedrijf. De oude Schot woonde in de allerlaatste camper op een dieet van whisky en kinine. De gebroeders Kapoor waren betaald van bankrekeningen die niemand ooit kon opsporen, en verloren elke belangstelling voor twee graanschepen die tot duikcentra waren omgebouwd. De werf wijdde zich weer aan zijn gewone werk: de sloop van schepen vol chemische stoffen en asbest.

Colleen Keck hurkte op de vleugel van de Buccaneer en kneep haar ogen tot spleetjes tegen de wind. De kale vlakten van Lincolnshire zijn zelfs in juni geen tropisch paradijs. Ze kwam afscheid nemen van de Braziliaan, op wie ze erg gesteld was geraakt.

In de voorste cockpit van de bommenwerper voerde majoor João Mendoza zijn laatste controles uit. In de achterste cockpit, waar zij had gezeten om hem te instrueren, was de stoel verwijderd. In plaats daarvan was een extra brandstoftank aangebracht, plus radioapparatuur die rechtstreeks met de koptelefoon van de piloot verbonden was. Achter hen bromden de twee stationair draaiende Spey-motoren.

Toen het geen zin meer had nog langer te wachten, boog ze zich naar hem toe en gaf hem een kusje op zijn wang.

'Wel thuis, João!' riep ze. Hij zag haar lippen bewegen en begreep wat ze gezegd had. Hij beantwoordde haar glimlach en hief zijn rechterhand met opgestoken duim. Vanwege de wind, de straalmotoren achter hem en de stem van de toren in zijn oren kon hij haar niet verstaan.

Luitenant-kolonel Keck liet zich van de vleugel glijden en sprong op de grond. De kap van perspex gleed naar voren en klikte dicht. De piloot werd opgesloten in zijn eigen wereld, bestaande uit een stuurkolom, hendels, instrumenten, kanonvizier, brandstofmeters en de tactische luchtnavigator ofwel TACAN.

Hij vroeg en kreeg toestemming voor vertrek, draaide de startbaan op, bleef weer staan, controleerde de remmen, maakte ze los en begon te rijden. Een paar tellen later zag de grondbemanning, die hem in een busje op het teermacadam kwam uitzwaaien, hoe de twee Speymotoren met hun 10.000 kilo stuwkracht de Buccaneer de hemel in dreven en naar het zuiden voerden.

Vanwege de doorgevoerde veranderingen was besloten majoor Mendoza via een andere route te laten terugvliegen naar het midden van de Atlantische Oceaan. Op de Portugese Azoren bevindt zich de Amerikaanse luchtmachtbasis Lajes waar de 64ste wing is gelegerd, en het Pentagon had er, onzichtbaar aangestuurd, mee ingestemd er dit 'museumstuk', dat zogenaamd naar Zuid-Afrika terugvloog, te laten bijtanken. Op een afstand van 1395 zeemijl was dat geen probleem.

Toch overnachtte hij in de officiersclub van Lajes om bij zonsopgang naar Fogo te kunnen vertrekken. Hij had geen zin om zijn eerste landing op zijn nieuwe thuisbasis in het donker uit te voeren. Bij dageraad vertrok hij voor zijn tweede etappe: de 1.439 mijl naar Fogo, ruim onder zijn limiet van 2.200 mijl.

Boven de Kaapverdische Eilanden was de hemel wolkeloos. Toen hij vanuit zijn kruishoogte van 35.000 voet aan zijn daling begon, kon hij alle eilanden duidelijk zien liggen. Op 10.000 voet leek het kielzog van een paar speedboten op witte veertjes op het blauwe water. In het zuidelijke uiteinde ten westen van Santiago onderscheidde hij de puntige krater van Fogo's uitgedoofde vulkaan en op de zuidwestelijke flank ervan het reepje van de landingsbaan.

Hij daalde met een grote draai boven de Atlantische Oceaan en hield de vulkaan vlak buiten zijn bakboordvleugel. Hij wist dat hij een zendercode en een frequentie toegewezen had gekregen en dat de voertaal niet Portugees maar Engels was. Zelf was hij Pilgrim, de toren van Fogo was Progress. Hij drukte op de zendknop en riep de toren op.

'Pilgrim, Pilgrim voor Progress, hoort u mij?'

Hij herkende de stem die antwoordde. Het was een van de zes mensen uit Scampton, die technische steun kwamen verlenen. Een Engelse stem met een Noord-Engels accent. Zijn vriend zat in de verkeerstoren van Fogo naast de Kaapverdiaanse verkeersleider voor commerciële vluchten.

'Ik hoor u luid en duidelijk, Pilgrim.'

De vliegtuigfanaat uit Scampton – al weer een gepensioneerde die Cal Dexter met Cobra-geld had aangeworven – staarde door het glas van het stompe verkeerstorentje en kon de draaiende daling van de Buccaneer boven zee goed zien. Hij gaf landingsinstructies: richting van de baan, windkracht en windrichting.

Op een hoogte van duizend voet liet João Mendoza zijn landingsgestel zakken en zette hij de vleugelkleppen omlaag. Hij zag zijn snelheid en hoogte dalen. Bij zo'n helder zicht was er niet veel technologie nodig: zo was vliegen altijd geweest. Op drie kilometer voor de baan lag hij op koers. Het schuim van de branding gleed onder hem weg, zijn wielen raakten precies de goede plaats op het teermacadam en toen remde hij zachtjes over een baan die maar half zo lang was als die in Scampton. Hij had niet veel brandstof aan boord en was ongewapend. Geen probleem dus.

Toen hij met tweehonderd meter speling tot stilstand kwam, reed een pick-up naar de voorkant en gebaarde een man in de laadbak dat hij hem moest volgen. Hij taxiede bij de terminal vandaan naar het complex van de vliegschool. Daar zette hij de motor af.

De vijf mannen die hem uit Scampton waren voorgegaan, kwamen om hem heen staan en begroetten hem juichend toen hij uit het toestel klom. De zesde man naderde op zijn gehuurde scooter vanuit de toren. Alle zes waren ze twee dagen eerder met een Britse C130 Hercules gearriveerd. Met hen arriveerden ook raketten voor RATO-starts, het gereedschap dat nodig was om de Bucc in zijn nieuwe rol te onderhouden en ook de hoogst belangrijke munitie voor het Aden-kanon. Het zestal was nu in veel gerieflijker pensions gehuisvest dan in de zes maanden daarvoor het geval was geweest, en bestond uit een monteur, een fitter, een wapendeskundige ('loodgieter'), een elektronicaexpert, een radiotechnicus en de luchtverkeersleider die hem net naar binnen had gepraat.

Bij de meeste missies die hun te wachten stonden, zouden de start en de landing in het donker plaatsvinden, en dat was lastiger, maar ze konden nog twee weken oefenen. Eerst brachten ze hem naar zijn kwartier, waar zijn uitrusting al klaarlag. Toen ging hij naar de kantine voor een ontmoeting met zijn Braziliaanse instructeurs en Portugees sprekende cadetten. De nieuwe commandant met zijn privé 'museumstuk' was er. De jonge piloten, die vier weken in het klaslokaal hadden gezeten en zich met de toestellen vertrouwd hadden gemaakt, verheugden zich op hun eerste instructievlucht van de volgende ochtend.

Vergeleken met de supersimpele Tucano's van hun opleiding maakte de voormalige schependoder van de marine een erg geduchte indruk, maar het toestel werd snel naar de hangar met de stalen deuren gesleept en was toen uit het zicht. Die middag werd het bijgetankt, werden de raketten aangebracht en de gunpacks geladen. Twee avonden later zou de eerste training in het donker plaatsvinden. De paar passagiers die na de pendeldienst uit Santiago door de civiele terminal liepen, zagen niets.

Die avond had Cal Dexter vanuit Washington een kort gesprek met majoor Mendoza. In antwoord op diens voor de hand liggende vraag zei Dexter dat hij nog even geduld moest hebben. Het wachten zou niet lang duren.

Julio Luz probeerde zich normaal te gedragen. Roberto Cárdenas had hem geheimhouding laten zweren, maar het was een angstaanjagende gedachte om de Don te bedriegen, al was het maar door te zwijgen. Ze joegen hem allebei angst aan.

Hij hervatte zijn tweewekelijkse bezoeken aan Madrid alsof er niets gebeurd was. Tijdens zijn eerste bezoek sinds New York en een buitengewoon ellendige rapportage van een uur aan Cárdenas, werd hij opnieuw onzichtbaar gevolgd. Hij wist niet – en het uitstekende management van het Villa Real evenmin – dat een tweekoppig FBI-team onder leiding van Cal Dexter in zijn gebruikelijke kamer afluisterapparatuur had aangebracht. Elk geluid dat hij maakte werd gehoord door een andere hotelgast, die twee verdiepingen hoger een kamer had.

De man zat daar geduldig met 'blikjes' op zijn oren en zegende de pezige ex-tunnelrat, die hem op een comfortabele kamer had gezet in plaats van in zijn gebruikelijke onderkomen tijdens surveillances: een benauwd busje op een parkeerterrein met beroerde koffie en zonder toilet. Als zijn doelwit naar de bank of de eetzaal ging, kon hij zich ontspannen met de tv of de strips in de *International Herald Tribune* uit het winkeltje in de lounge. Maar op die bijzondere ochtend – voordat zijn doelwit weer naar het vliegveld ging – luisterde hij heel aandachtig, met zijn mobieltje in zijn linkerhand.

De dokter van de advocaat zou het hardnekkige probleem van deze al niet meer zo jonge patiënt begrepen hebben. Zijn heen-en-weergereis over de Atlantische Oceaan was een ramp voor zijn gestel, en hij had altijd een voorraad vijgensiroop bij zich. Dat was ontdekt toen zijn kamer doorzocht was terwijl hij naar de bank was gegaan.

Nadat hij in bed een pot Earl Grey-thee had besteld, trok hij zich zoals altijd terug in de badkamer en vervolgens in het hokje van het toilet. Daar wachtte hij geduldig tot de natuur haar werk deed, en dat kon wel tien minuten duren. Al die tijd was de deur dicht en kon hij niet horen wat zich in zijn slaapkamer afspeelde. Op dat moment kwam de luistervink op bezoek.

Op de ochtend in kwestie liep hij gruisloos de kamer in. De code veranderde natuurlijk na elk bezoek en voor elke nieuwe gast, maar dat was geen probleem voor de slotenkoning die Cal Dexter weer bij zich had. Op het hoogpolige tapijt waren voetstappen onhoorbaar. Dexter liep door de kamer naar de kist waarop het diplomatenkoffertje lag. Hij hoopte dat de code van het slot niet veranderd was, en hij had gelijk. Het was nog steeds het lidmaatschapsnummer van de balie. Hij maakte het deksel open, deed wat hij doen moest en sloot het deksel een paar tellen later weer. Toen draaide hij de wieltjes terug in hun oorspronkelijke stand en verliet de kamer. Achter de badkamerdeur zat señor Luz gespannen op het toilet.

Als zijn vliegticket in zijn borstzak had gezeten, was hij misschien wel zonder zijn koffertje te openen helemaal tot in de vertrekhal voor de eerste klas op Barajas gekomen. Maar het zat in zijn reisportefeuille, aan de binnenkant van het kofferdeksel. En dus maakte hij het open, terwijl zijn hotelrekening werd uitgeprint.

Tien dagen eerder was het onverwachte telefoontje van het ministerie van BZ een grote schok geweest, maar dit was een ramp. Hij voelde zich zo zwak dat hij bang was dat hij een hartaanval kreeg. Zonder de aangeboden rekening te controleren ging hij met zijn koffertje op schoot in een stoel van de lounge zitten. Een piccolo kwam driemaal zeggen dat zijn limousine klaarstond. Eindelijk liep hij wankelend de trap af en de auto in. Terwijl die wegreed, keek hij achterom. Werd hij gevolgd? Werd hij onderschept en naar een cel gesleept voor een derdegraadsverhoor?

In werkelijkheid was hij nog nooit zo veilig geweest. Bij zijn aankomst en tijdens zijn verblijf was hij onzichtbaar gevolgd, en nu werd hij onzichtbaar naar zijn gereedstaande vliegtuig geëscorteerd. Toen de limousine de buitenwijken uit reed, controleerde hij het koffertje opnieuw. Was het soms gezichtsbedrog geweest? Nee. Het lag er nog steeds. Bovenop. Een roomwitte envelop. Simpelweg geadresseerd aan 'papa'.

Het ms *Balmoral* lag met zijn Britse bemanning vijftig mijl buiten Ascension toen het hulpschip aankwam. Net als de meeste andere, oudere hulpschepen van de Britse marine heette het schip naar een van de ridders van de Ronde Tafel, in dit geval sir Gawain. Het bevond zich aan het eind van een lange carrière als bevoorradingsschip op zee.

Buiten het zicht van nieuwsgierige ogen kwam de overstap tot stand en klommen de SBS-soldaten aan boord.

De Special Boat Service met zijn uiterst discrete basis aan de kust van Dorset is veel kleiner dan de SEAL-eenheid van de Amerikaanse marine. Het zijn er zelden meer dan tweehonderd. Negentig procent van hen komt van de Britse mariniers, maar ze opereren net als hun Amerikaanse neven ter zee, te land en in de lucht. Ze werken in de bergen, in woestijnen, in oerwouden, op rivieren en op open zee. En deze groep was zestien man sterk.

De commandant was majoor Ben Pickering, een veteraan die twintig jaar aan operaties had deelgenomen. Hij was als een van de weinigen getuige geweest van het bloedbad onder de Taliban-gevangenen, dat de Afghaanse Noordelijke Alliantie in de winter van 1991 aanrichtte in het fort Qala-i-Jangi. Hij was toen nog geen twintig. Ze lagen boven op de muur toe te kijken hoe de Oezbeken onder generaal Dostoem de Taliban na hun opstand afslachtten.

Een van de twee eveneens aanwezige CIA-agenten, Johnny 'Mike' Spann, was toen al door de Taliban gedood en zijn collega Dave Tyson was gevangengenomen. Ben Pickering en twee anderen drongen door in het helse fort, brachten de drie Taliban-cipiers van de Amerikaan om het leven en sleepten Tyson weg. Majoor Pickering had in Irak, Afghanistan (opnieuw) en Sierra Leone gevochten. Hij had ook veel ervaring met de onderschepping van illegale ladingen op zee, maar was nog nooit commandant geweest van een detachement aan boord van een geheim Q-schip, aangezien zulke schepen sinds de Tweede Wereldoorlog niet meer gevaren hadden.

Toen Cal Dexter zogenaamd als vertegenwoordiger van het Pentagon de missie op de SBS-basis had uitgelegd, was majoor Pickering met zijn commandant en de wapenmeesters in conclaaf gegaan om te bepalen wat ze nodig hadden.

Voor de onderscheppingen op zee hadden ze gekozen voor de poolversie van twee stijve opblaasboten die RIB's werden genoemd. Zo'n boot had plaats voor acht soldaten die steeds in paren achter de commandant zaten. Een stuurman nam het eigenlijke varen voor zijn rekening. Maar er was dan ook nog plaats voor een gevangengenomen cocaïnesmokkelaar, twee deskundigen uit de 'snuffelbrigade' van de douane en twee drugshonden. De douanemensen volgden de aanvals-RIB in een iets rustiger tempo om de honden niet onrustig te maken.

De snuffelaars waren experts in het vinden van geheime compartimenten. Daarvoor glibberden ze door de laagste ruimen en vonden daar listig gecamoufleerde schuilplaatsen van onwettige ladingen. De honden waren cockerspaniëls, niet alleen afgericht om door vele lagen heen cocaïnehydrochloride te ruiken, maar ook om verschillen in geur waar te nemen. Lenswater dat maandenlang afgesloten is geweest, ruikt anders dan wanneer het kort daarvoor aan de lucht is blootgesteld.

Majoor Pickering stond naast de kapitein op de open vleugel van de *Balmoral*-brug en zag zijn RIB's zachtjes deinend op het dek van het vrachtschip neergelaten worden. Daarna nam de eigen kraan van de *Balmoral* het over en werden ze in het ruim gelegd.

Van de vier Sabre Squadrons van de SBS had de majoor een eenheid uit het M-Squadron, gespecialiseerd in maritiem contraterrorisme, ofwel MCT. Dat waren de soldaten die na de RIB's aan boord kwamen, gevolgd door hun omvangrijke uitrusting, bestaande uit onder andere aanvals- en scherpschutterskarabijnen, handvuurwapens, duikapparatuur, wind- en waterdichte kleding, enterhaken, ladders en een ton munitie. En twee Amerikaanse verbindelaars voor het contact met Washington.

De ondersteuning bestond uit wapenexperts en technici om de RIB's in perfecte staat te houden, plus twee Amerikaanse helikopterpiloten, afkomstig uit de luchtvaartdienst van de landmacht, met hun eigen onderhoudstechnici. Hun zorg was de kleine helikopter die als laatste aan boord kwam. Het was een Amerikaanse Little Bird.

De Britse marine had misschien liever een Sea King of zelfs een Lynx gehad, maar de omvang van het ruim gaf problemen. Met uitgeklapte rotors pasten de grotere toestellen niet door het luik tussen de hangar benedendeks en de openlucht. De Little Bird van Boeing wel. Met zijn spanwijdte van iets minder dan negen meter paste het toestel door het grote luik, dat bijna veertien meter breed was.

De helikopter was het enige uitrustingsstuk dat niet met een lier over de woelige zee tussen de twee schepen getrokken kon worden. Bevrijd van de beschermende lappen zeildoek waaronder het naar het eiland Ascension was gevaren, steeg het op. Na het voordek van de

Sir *Gawain* beschreef het twee cirkels en landde toen op het dichte voorluik van de *Balmoral*. Toen de twee rotors – bovenop en aan de staart – niet meer draaiden, werd het beweeglijke helikoptertje door de kraan van het dek getild en voorzichtig neergelaten in het vergrote ruim, waar het met klampen aan het dek eronder bevestigd werd.

Toen er niets meer over te brengen viel en de brandstoftanks van de *Balmoral* weer vol waren, namen de twee schepen afscheid. Het hulpschip ging terug naar Noord-Europa en het nu levensgevaarlijke graanschip ging naar zijn eerste patrouillepost ten noorden van de Kaapverdische Eilanden. Die liggen in de Atlantische Oceaan, tussen Brazilië en het rijtje mislukte staten langs de West-Afrikaanse kust.

De Cobra had de oceaan in twee stukken verdeeld door een lijn te trekken tussen Tobago (ten oosten van de Antillen) en IJsland. Ten westen daarvan lag, in termen van de cocaïnehandel, het doelgebied van de VS. Ten oosten daarvan lag het doelgebied Europa. De *Balmoral* nam het oosten voor zijn rekening. Het westen was voor de *Chesapeake*, die al bijna bij Puerto Rico en dus bij het bevoorradingsschip was.

Roberto Cárdenas staarde lang en strak naar de brief en las hem meer dan tien keer. Julio Luz stond in een hoek te beven.

'Hij komt van die schurk, De Vega,' opperde hij nerveus. Hij vroeg zich werkelijk af of hij deze kamer levend zou verlaten.

'Die heeft er niks mee te maken.'

De brief verklaarde in elk geval ook zonder het te vertellen wat er met zijn dochter was gebeurd. Wraak op De Vega was niet aan de orde. Er bestond geen De Vega. Die had nooit bestaan. Er bestond geen tijdelijke bagagehandler op Barajas die de verkeerde koffer had gekozen om er zijn cocaïne in te stoppen. Zo iemand was er nooit geweest. Zijn dochter Letizia had nog maar één werkelijkheid: twintig jaar in een Amerikaanse cel. Het bericht in de envelop – identiek aan de enveloppen waarin hij zelf zijn brieven had verstuurd – was simpel. Het luidde:

Ik vind dat we het maar eens over uw dochter Letizia moeten hebben. A.s. zondag ben ik om vier uur 's middags onder de naam Smith in mijn suite in hotel Santa Clara in Cartagena. Ik ben er alleen en ongewapend en wacht er een uur. Kom alstublieft.

9

De Amerikaanse SEAL's gingen aan boord van hun schip, en dat gebeurde op honderd mijl ten noorden van Puerto Rico, waar hun bevoorradingsschip zichzelf bevoorraad had in Roosevelt Roads, de Amerikaanse basis op dat eiland.

De SEAL is minstens viermaal zo groot als de Britse SBS en is onderdeel van de Naval Special Warfare Command dat 2.500 manschappen telt. Iets minder dan de helft van hen vecht daadwerkelijk; de anderen zitten bij ondersteunende eenheden.

De militairen die het felbegeerde SEAL-embleem met de drietand dragen, zijn verdeeld in acht teams die steeds uit drie ploegen van veertig man bestaan. Een peloton bestaande uit de helft van zo'n ploeg was aan het ms *Chesapeake* toegewezen. Het kwam uit de tweede SEAL-ploeg die aan de oostkust in Little Creek (Virginia Beach) gelegerd was.

Hun commandant was luitenant ter zee 1ste klasse Casey Dixon, die net als zijn Britse collega op de Atlantische Oceaan een veteraan was. Hij had als jonge vaandrig deelgenomen aan operatie-Anaconda. Terwijl de SBS-man in Noord-Afghanistan het bloedbad in Qala-i-Jangi zag gebeuren, was vaandrig Dixon in de Tora Bora van de Witte Bergen aan het jagen, en daar liep alles helemaal mis.

Dixon had bij een groep soldaten gehoord die via een hoogvlakte het land in kwam, toen zijn Chinook werd bestookt met mitrailleurvuur uit een verborgen nest tussen de rotsblokken. De reusachtige helikopter werd fataal getroffen en zwaaide wild heen en weer terwijl de piloot het in de hand probeerde te krijgen. Een van de bemanningsleden gleed uit over de hydraulische vloeistof die over de grond spoelde, en viel uit het vrachtluik in de duisternis buiten. Zijn redding was het feit dat hij vastzat aan een lijn.

Maar een SEAL in de buurt van de vallende man, bootsmansmaat Neil Roberts, probeerde hem vast te pakken en gleed eveneens uit. Hij had geen lijn en viel een paar meter diep tussen de stenen. Casey Dixon probeerde uit alle macht Roberts' webbing te grijpen, maar miste net en zag hem vallen.

De piloot kon het toestel niet redden, maar wist de Chinook wel een paar kilometer verderop – buiten bereik van de mitrailleurs – met veel moeite op de grond te krijgen. Onderofficier Roberts zat alleen tussen de rotsblokken en was door twintig zwaarbewapende Al Qaida-leden omringd. De SEAL's zijn er trots op dat ze een dode of levende kameraad nooit achterlaten. Dixon en de rest stapten in een andere Chinook, gingen terug om hem op te halen en pikten onderweg een ploeg Groene Baretten en een Brits SAS-team op. Wat toen volgde, heeft een ereplaats gekregen in de SEAL-legende.

Neil Roberts activeerde zijn baken en liet zijn kameraden daarmee weten dat hij nog leefde. Hij besefte ook dat het mitrailleursnest nog steeds actief was en elke reddingspoging uit de lucht kon schieten. Met zijn handgranaten schakelde hij de mitrailleurschutters uit, maar daarmee verried hij zijn positie. De Al Qaida-strijders namen hem op de korrel. Hij verkocht zijn huid peperduur, vocht tot de laatste kogel door en sneuvelde met zijn mes in de hand. De redders kwamen voor Roberts te laat, maar de Al Qaida-strijders waren er nog steeds. Er volgde een acht uur durend vuurgevecht op korte afstand tussen de rotsblokken, terwijl er honderden jihadi's bij kwamen als versterking van de zestig man die de Chinook in een hinderlaag hadden gelokt. Zes Amerikanen kwamen om, twee SEAL's werden zwaargewond. Maar toen het licht werd, telden ze driehonderd Al Qaida-lijken. Alle gesneuvelde Amerikanen werden gerepatrieerd, ook Neil Roberts.

Casey Dixon droeg zijn lijk naar de evacuatiehelikopter, en omdat hij een vleeswond in zijn dij had opgelopen, werd ook hij naar de VS gevlogen, waar hij een week later in de kapel van de basis Little Creek de begrafenisplechtigheid bijwoonde. Later werd hij bij elke blik op het kartelige litteken op zijn rechterdij herinnerd aan die woeste nacht tussen de rotsblokken van Tora Bora.

Negen jaar later stond hij op een warme avond ten oosten van de Turks- and Caicoseilanden en zag hij hoe zijn manschappen met hun uitrusting van het moederschip werden overgebracht naar hun nieuwe onderkomen in het voormalige graanschip dat tegenwoordig de *Chesapeake* heette. Hoog boven hem liet een patrouillerende EP3 vanuit Roosevelt Roads weten dat de zee leeg was. Niemand keek toe.

Voor aanvallen vanaf de zee had hij een elf meter lange opblaasboot met een stijve romp (ofwel een RHIB) bij zich. De boot had plaats voor een heel peloton en bereikte op kalm water een snelheid van veertig knopen. Voorts had hij twee kleinere Zodiacs, rubberen gevechtsboten die bekendstaan als CRRC's. Een Zodiac is slechts vijf meter lang, maar even snel en biedt royaal plaats aan vier gewapende soldaten.

Er werden nog meer mensen overgebracht: twee leden van de kustwacht die ervaren snuffelaars op schepen waren, twee douaniers met honden, twee verbindelaars van het hoofdkwartier en – wachtend op het helikopterplatform boven het achterdek van het moederschip – twee marinepiloten. Ze zaten in hun Little Bird, een toestel dat de SEAL's maar zelden gezien en nog nooit gebruikt hadden.

Als ze met helikopters werden ingezet, wat ook gebeurde, dan werd dat alleen gedaan met de nieuwe Knight Hawks van Boeing. Maar de kleine verkenningshelikopter was de enige waarvan de rotors door de open luiken in het ruim van de *Chesapeake* konden afdalen.

Tot de overgebrachte uitrusting behoorden de gebruikelijke in Duitsland gemaakte Heckler & Koch MP5A-machinepistolen (het favoriete wapen van de SEAL's voor elk gevecht op de korte afstand), duikuitrustingen, brandblusapparatuur, geweren voor de vier scherpschutters en stapels munitie.

Toen het donker begon te worden, vertelde de EP3 boven in de lucht dat de zee nog steeds leeg was. De Little Bird steeg op, cirkelde als een boze bij en daalde op de *Chesapeake*. Beide rotors kwamen tot stilstand. De kraan aan boord tilde het kleine toestel op en liet het in het ruim zakken. De luiken, die soepel over hun rails gleden, gingen dicht boven het ruim, en beschermden het met hun verflaag tegen weer en wind.

De twee schepen namen afscheid, en het moederschip verdween in het donker. Op de brug ervan seinde een grappenmaker met een aldislamp een bericht – de technologie van een eeuw eerder. Op de brug van de *Chesapeake* stond de kapitein, die het bericht ontcijferde. Het luidde: GOEDE REIS.

In de loop van de nacht voer de *Chesapeake* tussen de eilanden door naar zijn patrouillegebied: het Caribische Bekken en de Golf van Mexico. Elke nieuwsgierige op internet zou alleen kunnen achterhalen dat het een volmaakt legaal graanschip was dat tarwe uit de Golf van Saint Lawrence naar hongerige monden in Zuid-Amerika bracht.

Benedendeks reinigden en controleerden de SEAL's hun wapens alweer. De technici maakten de buitenboordmotoren en de helikopter klaar voor gevecht. De koks kookten de avondmaaltijd en ruimden hun kasten en koelcellen in. En de verbindelaars brachten hun installatie in gereedheid voor een luisterwake van vierentwintig uur per dag via een geheime en versleutelde frequentie vanuit een sjofel pakhuis in Anacostia.

Ze hadden te horen gekregen dat het bericht waarop ze wachtten over tien weken, tien dagen of tien minuten kon komen. En als het kwam, wilden ze er klaar voor zijn.

Het Santa Clara is een luxueus hotel in het hart van het historische centrum van Cartagena en is honderden jaren een nonnenklooster geweest. Alle details waren Cal Dexter doorgeseind door de soca-agent die als dekmantel lesgaf aan de officiersopleiding van de marine. Dexter had de plattegronden bestudeerd en wilde één bepaalde suite huren.

Op de bewuste zondagmiddag schreef hij zich even na het middaguur in als meneer Smith. Hij zag natuurlijk dat vijf gespierde gangsters heel zichtbaar zonder drankje op de patio zaten of mededelingen aan de muren bestudeerden. Hij nam een lichte lunch onder de bomen van een atrium. Terwijl hij at, fladderde er een toekan uit het gebladerte. Het dier ging op de stoel tegenover hem zitten en staarde hem aan.

'Knul, ik denk dat jij hier heel wat veiliger bent dan ik,' mompelde meneer Smith. Toen hij klaar was, zette hij de rekening met zijn handtekening op zijn kamernummer en nam de lift naar de hoogste verdieping. Hij had iedereen laten weten dat hij er was en niemand bij zich had.

Devereaux had in een zeldzame aanval van lichte bezorgdheid geopperd om rugdekking te organiseren door zijn nu inzetbare Groene Baretten uit Fort Clark, maar dat wees hij af.

'Ze zijn heel goed maar niet onzichtbaar,' zei hij. 'Als Cárdenas iets ziet, blijft hij weg uit angst voor moord of ontvoering.'

Toen hij op de vijfde en bovenste verdieping uitstapte en via de open galerij naar zijn suite liep, wist hij dat hij één advies van Soen Tsoe had opgevolgd. *Zorg ervoor dat ze je onderschatten.*

Toen hij in de buurt van zijn kamer kwam, stond er een man met een stokdweil en emmer verderop in de galerij. Weinig subtiel. In Cartagena zijn het de vrouwen die dweilen. Hij ging de kamer in en wist wat hij daar zou aantreffen, omdat hij de foto's had gezien. Een grote, frisse kamer met airco, tegelvloer, meubels van donker eikenhout en grote deuren naar het terras. Het was halfvier.

Hij zette de airco uit, trok de gordijnen opzij, schoof de glazen deuren open en stapte het terras op. Boven hem hing de heldere hemel van een Colombiaanse zomerdag. Achter hem en op maar één meter boven zijn hoofd hing de goot aan een dak met okergele pannen. Verderop en vijf verdiepingen lager glinsterde het zwembad in de zon. Met een snoekduik zou hij bijna in het ondiepe hebben kunnen springen, maar hij was dan hoogstwaarschijnlijk als een vieze plek op de tuintegels geëindigd. Dat was hij hoe dan ook niet van plan. Hij liep de kamer weer in en trok een grote stoel naar een plek naast de open terrasdeuren, waar hij een goed uitzicht op de kamerdeur had. Ten slotte liep hij door de kamer naar de deur, die zoals alle andere hotelkamers een veerslot had en automatisch in het slot viel. Hij zette hem met een wig een paar millimeter open en ging weer zitten. Hij wachtte, starend naar de deur. Die ging om vier uur open. Roberto Cárdenas, topgangster en meervoudig moordenaar, stond afgetekend tegen de blauwe hemel buiten.

'Señor Cárdenas, komt u binnen, alstublieft. Gaat u zitten.'

De vader van het meisje in het New Yorkse huis van bewaring deed een stap naar voren. De deur zwaaide dicht en de bronzen schoot klikte. De deur was alleen nog met de juiste plastic kaart of een stormram van buiten te openen.

Cárdenas deed Dexter denken aan een menselijke gevechtstank. Hij was potig en zwaargebouwd en leek onverzettelijk als hij niet in beweging wilde komen. Hij was vermoedelijk vijftig, maar maakte een zwaar gespierde indruk en had het gezicht van een Azteekse bloedgod.

De man die zijn koerier op Madrid onderschept had en hem een persoonlijke brief had gestuurd, had beweerd dat hij alleen en ongewapend zou zijn, maar dat geloofde Cárdenas natuurlijk niet. Zijn eigen mannen kamden het hotel en de omgeving al sinds zonsopgang uit. Hij had een Glock 9mm op zijn rug in zijn broeksband en een vlijmscherp mes tegen zijn kuit in de rechterbroekspijp. Zijn blik gleed snel door de kamer op zoek naar een valstrik of een eenheid wachtende Amerikanen.

Dexter had de badkamerdeur open laten staan, maar Cárdenas keek toch even naar binnen. Hij keek Dexter aan als een stier in een Spaanse arena die ziet dat hij een kleine, zwakke vijand heeft en niet goed begrijpt waarom de man daar onbeschermd staat te kijken. Dexter gebaarde naar de andere grote leunstoel. Hij sprak Spaans.

'U en ik weten allebei dat geweld op sommige momenten zin heeft. Dit is niet een van die momenten. Laten we praten. Gaat u zitten.'

Zonder zijn blik van de Amerikaan los te maken ging Cárdenas op de dik gevoerde stoel zitten. Het pistool tegen zijn onderrug dwong hem om iets naar voren te leunen. Dat ontging Dexter niet.

'U hebt mijn dochter.' Koetjes en kalfjes waren niet zijn sterke punt.

'De New Yorkse justitie heeft uw dochter.'

'Ik hoop voor u dat het goed met haar gaat.'

Bijna in zijn broek pissend van angst had Julio Luz hem verteld wat Boseman Barrow gezegd had over sommige strafinrichtingen voor vrouwen in de staat New York.

'Het gaat goed met haar, señor. Ze heeft het natuurlijk moeilijk maar ze wordt niet mishandeld. Ze wordt vastgehouden in Brooklyn, waar de omstandigheden goed zijn. Ze krijgt zelfs de behandeling van een potentiële zelfmoordenares...'

Hij stak zijn hand op toen Cárdenas aanstalten maakte om brullend uit zijn stoel te komen.

'Maar dat is alleen een list. Het betekent dat ze een eigen kamer in het bijbehorende gevangenishospitaal heeft. Ze hoeft dan niet om te gaan met de andere gevangenen, met het schoelje, zeg maar.'

De man die zich vanuit de goten in zijn wijk had opgewerkt tot een toplid van de Hermandad, het heersende kartel van de mondiale cocaïne-industrie, staarde Dexter aan. Hij kon hem nog steeds niet goed peilen.

'Je bent niet goed wijs, gringo. Dit is mijn stad. Ik kan je hier te grazen nemen. Met gemak. Na een paar uur met mij zul je maar al te graag bellen. Mijn dochter in ruil voor jou.'

'Dat klopt. Dat kunt u, en ik zou bellen. Het probleem is alleen dat de mensen aan de andere kant niet meedoen. Ze hebben hun bevelen. U begrijpt de regels van de absolute gehoorzaamheid beter dan de meesten. Ik ben als pion te klein. Er zou geen ruil plaatsvinden. Het enige gevolg is dat Letizia naar het noorden verhuist.'

De zwarte ogen knipperden niet en bleven haatdragend kijken, maar de boodschap was overgekomen.

Hij verwierp het idee dat deze slanke, grijsharige man geen pion maar een topspeler was. Zelf zou hij zich nooit alleen en ongewapend op vijandelijk terrein wagen. Waarom die yankee dan wel? Een ontvoering had voor geen van beiden zin. Zelf liet hij zich niet ontvoeren en bij de Amerikaan was het nutteloos.

Cárdenas dacht terug aan Luz' rapport over Barrows opinie. Twintig jaar om een voorbeeld te stellen. Geen verdediging mogelijk. Een vonnis dat al bij voorbaat vaststond, en geen Domingo de Vega kon komen vertellen dat het allemaal zijn idee was geweest.

Terwijl hij nadacht gebruikte Cal Dexter zijn rechterhand om over zijn borst te wrijven. Zijn vingers verdwenen heel even achter de revers van zijn jasje. Cárdenas kwam naar voren, klaar om zijn Glock te trekken. 'Meneer Smith' glimlachte verontschuldigend.

'Die muggen ook,' zei hij. 'Ze laten me maar niet met rust.'

Cárdenas had er geen belangstelling voor en hij ontspande toen de rechterhand weer tevoorschijn kwam. Hij zou minder ontspannen zijn geweest als hij geweten had dat de vingertoppen een gevoelige knop hadden ingedrukt op een vliesdun zendertje dat in zijn binnenzak was geklemd.

'Wat wil je, gringo?'

'Nou...' zei Dexter, ongevoelig voor 's mans grofheid. 'Als niemand actief intervenieert, kunnen de mensen achter mij het justitiële apparaat niet tegenhouden. Niet in New York. Het is niet te koop en laat zich niet afleiden. Binnenkort komt er zelfs een eind aan pogingen om Letizia's veiligheid in Brooklyn te garanderen.'

'Ze is onschuldig. Dat weet jij, dat weet ik. Wil je geld? Ik maak je een rijk man. Haal haar daar weg. Ik wil haar terug.'

'Natuurlijk. Maar ik ben maar een pion, zoals ik al zei. Toch is er misschien iets mogelijk.'

'Vertel op.'

'Als de UDYCO in Madrid een corrupte bagagehandler kan aanhouden en als hij een volledige verklaring aflegt over hoe hij na de gebruikelijke veiligheidscontroles een willekeurige koffer uitkoos om er de cocaïne in te stoppen die de New Yorkse douane er uitpikte, dan kan uw advocaat om een snelle zitting verzoeken. Het is dan voor een New Yorkse rechter moeilijk om de zaak niet te seponeren. Doorgaan betekent dat hij onze Spaanse vrienden aan de andere kant van de oceaan niet gelooft. Ik geloof werkelijk dat dit de enige manier is.'

Er klonk een laag gerommel alsof het aan de blauwe hemel zachtjes donderde.

'Die... bagagehandler. Kan iemand hem opsporen en tot een bekentenis dwingen?'

'Misschien wel. Dat hangt van u af, señor Cárdenas.'

Het gerommel werd harder en werd een ritmisch gebonk. Cárdenas herhaalde zijn vraag.

'Wat wil je, gringo?'

'Dat weten we allebei, denk ik. U wilt een ruil? Hier is uw ruil. Uw ruil voor Letizia.'

Hij stond op, gooide een kartonnen kaartje op het vloerkleed, liep door de deur van het terras en stapte naar links. De ladder van staal en kabels viel kronkelend langs de hoek van het hoteldak en wapperde in de neerwaartse luchtstroom.

Hij sprong op de balustrade, en voordat hij de sporten greep, dacht hij: Ik ben hier te oud voor. Ondanks het gebrul van de rotors merkte hij dat Cárdenas achter hem het terras op kwam. Hij wachtte op een kogel in zijn rug, maar die kwam niet. In elk geval niet op tijd. Als Cárdenas geschoten had, dan zou hij het niet gehoord hebben. Hij voelde de sporten in zijn handen snijden, de man boven hem leunde ver naar achteren en de Blackhawk schoot als een raket de lucht in.

Een paar tellen later werd hij op het zandstrand vlak voorbij het Santa Clara neergelaten. De Blackhawk kwam tot rust onder de blikken van twee of drie wandelaars met honden; Dexter sprong eruit en de helikopter steeg weer op. Twintig minuten later was hij weer op de basis.

Don Diego Esteban was er trots op dat de Hermandad, het hoogste cocaïnekartel, onder zijn leiding een van de succesvolste bedrijven ter wereld was geworden. Hij permitteerde zich zelfs de bizarre gedachte dat het hoogste gezag bij de hele directie berustte, en niet bij hemzelf alleen, hoewel dat overduidelijk onwaar was. Voor zijn collega's was het vreselijk onhandig om steeds twee dagen lang de surveillanten van kolonel Dos Rios te moeten afschudden, maar hij stond erop dat ze elk kwartaal vergaderden.

Hij had de gewoonte om zijn persoonlijke vertegenwoordiger de naam van een van zijn vijftien haciënda's te laten noemen waar het conclaaf zou plaatsvinden, en hij verwachtte dat zijn collega's bij hun komst niet gevolgd werden. De tijd van Pablo Escobar, toen de helft van het politiekorps deed wat het kartel zei, was allang voorbij. Kolonel Dos Rios was een ontembare vechthond, en de Don respecteerde en verafschuwde hem tegelijkertijd.

De zomervergadering vond altijd eind juni plaats. Hij riep dan zijn zes collega's bijeen en sloeg alleen handhaver Paco Valdez, 'het Beest', over, want Valdez werd alleen opgeroepen als er kwesties met de interne discipline aan de orde waren. Dat was ditmaal niet het geval.

De Don luisterde instemmend naar rapporten over de productiegroei bij de boeren zonder dat de prijzen stegen. Productiechef Emilio Sánchez verzekerde dat er genoeg pasta geproduceerd kon worden om de behoeften van de andere delen van het Kartel te kunnen dekken.

Rodrigo Pérez kon hem verzekeren dat de interne diefstallen van het product voorafgaand aan de export tot een gering percentage was teruggebracht. Mensen die het Kartel dachten te kunnen bedriegen, werden met afschrikwekkende voorbeelden ontmoedigd. Het privéleger, dat voornamelijk bestond uit leden van de in het oerwoud levende voormalige terroristenorganisatie FARC, was goed georganiseerd.

Julio Luz, de jurist en bankier die geen enkel oogcontact met Roberto Cárdenas had kunnen maken, meldde dat de tien banken die overal ter wereld hielpen om miljarden euro's en dollars wit te wassen, er graag mee doorgingen, geen verklikkers in hun midden hadden en bij de financiële toezichthouders niet verdacht waren.

José María Largo had nog beter nieuws over de consumentenmarkt. De vraag in de twee doelzones, de VS en Europa, was tot recordhoogte aan het stijgen. De veertig bendes en submaffia's die de klanten van het Kartel waren, plaatsten steeds grotere bestellingen.

In Spanje en Engeland waren twee grote bendes massaal uitgeschakeld en berecht. Die deden niet meer mee. Ze waren soepel door nieuwkomers afgelost. Het komende jaar zou de vraag nog buitengewoon hoog blijven. Iedereen boog zich naar voren toen hij zijn cijfers tevoorschijn haalde. Hij had voor elk van de twee continenten minimaal 300 ton puro nodig, intact afgeleverd op de punten van overdracht.

Daarmee ging alle aandacht naar de twee mannen die deze afleveringen moesten garanderen. Het was waarschijnlijk een vergissing om Roberto Cárdenas onheus te bejegenen, want zijn internationale netwerk van corrupte ambtenaren op vliegvelden, in havens en op douanekantoren op beide continenten was fundamenteel. Maar de Don had simpelweg een hekel aan hem en gaf de sterrenrol aan Alfredo Suárez, die het transport vanuit Colombia naar het noorden leidde. Hij keek trots als een pauw en gedroeg zich extra onderdanig jegens de Don.

'Gelet op wat we daarnet gehoord hebben, betwijfel ik niet dat een aflevering van 600 ton mogelijk is. Als onze vriend Emilio 800 ton kan produceren, dan hebben we een marge van vijfentwintig procent voor onderscheppingen, inbeslagnames en diefstal of verlies op zee. Een dergelijk percentage ben ik nog nooit kwijtgeraakt. We hebben meer dan honderd schepen en die worden door meer dan duizend kleine bootjes geholpen. Sommige van onze gespecialiseerde schepen zijn grote koopvaardijschepen, die onze lading op zee aan boord nemen en vóór hun aankomst weer lossen. Andere brengen de lading van haven naar haven, aan beide kanten geholpen door ambtenaren op de loonlijst van onze vriend Roberto hier. Sommige vervoeren zeecontainers, die tegenwoordig mondiaal in zwang zijn voor allerlei soorten vracht, inclusief de onze. Andere in dezelfde categorie gebruiken geheime compartimenten die gemaakt zijn door een slim lassertje in Cartagena, die een paar maanden geleden is omgekomen. Zijn naam is me even ontschoten.'

'Cortez,' gromde Cárdenas, die uit die stad afkomstig was. 'Hij heette Cortez.'

'Precies. Nou ja, hoe dan ook... Dan hebben we nog de kleinere vaartuigen, trampboten, vissersboten en privéjachten. Samen brengen ze bijna honderd ton per jaar aan land. En ten slotte zijn er ruim vijftig freelancepiloten, die vliegen en landen of vliegen en afwerpen. Sommigen gaan naar Mexico en bevoorraden daar onze Mexicaanse vrienden, die het spul in het noorden over de Amerikaanse grens brengen. Anderen gaan rechtstreeks naar een van de talloze riviermondingen en baaien aan de Amerikaanse zuidkust. De derde categorie vliegt op West-Afrika.'

'Is er sinds vorig jaar nog geïnnoveerd?' vroeg don Diego. 'We waren niet blij met het lot van onze vloot onderzeeërs. Hun verlies heeft veel geld gekost.'

Suárez slikte. Hij wist wat er gebeurd was met zijn voorganger die een beleid van onderzeebootjes en een leger van eenmalige koeriers had bepleit. De Colombiaanse marine had de onderzeeërs opgespoord en vernietigd, en de nieuwe röntgenapparatuur op beide doelcontinenten beperkte het succesvolle maagvervoer tot minder dan vijftig procent.

'Don Diego, die tactieken worden bijna niet meer toegepast. Zoals u weet is de enige onderzeeër die tijdens de aanval van de marine op zee was, later onderschept. Hij werd gedwongen boven water te komen en is in de Stille Oceaan buiten Guatemala in beslag genomen. We verloren twaalf ton, en ik beperk het aantal koeriers dat één kilo per persoon meekrijgt. Ik concentreer me op honderd verschepingen per doelcontinent met een gemiddelde van 3 ton per lading. Beste Don, ik garandeer u dat ik per continent 300 ton kan afleveren na een theoretisch verlies van tien procent aan onderscheppingen en inbeslagnames en vijf procent aan verlies op zee. Dat is niets vergeleken met de vijfentwintig procent marge die Emilio noemt tussen zijn productie van achthonderd ton en mijn aflevering van zeshonderd ton.'

'Kun je dat garanderen?' vroeg de Don.

'Ja, don Diego. Dat denk ik wel.'

'Daar zullen we je dan aan houden,' mompelde de Don. Het werd kil in de kamer. De kruiperige Alfredo Suárez had zich door zijn eigen borstklopperij in levensgevaar gebracht. De Don verdroeg geen mislukkingen. Hij stond stralend op.

'Beste vrienden, de lunch wacht.'

De kleine, gevoerde envelop zag er weinig indrukwekkend uit. Het ding arriveerde met bevestiging van ontvangst in een eenmalig safehouse. Het adres daarvan had Cal Dexter op een kaartje geschreven dat hij in de hotelkamer op de grond had laten vallen. De envelop bevatte een USB-stick, en die bracht hij naar Jeremy Bishop.

'Wat staat erop?' vroeg zijn computerexpert.
'Als ik dat wist, kwam ik niet bij jou.'
Bishop fronste zijn wenkbrauwen.
'Bedoel je dat je hem met je eigen laptop niet kunt openen?'
Dexter schaamde zich een beetje. Hij beheerste veel dingen waarvan Bishop heel vreemd zou hebben opgekeken, maar zijn beheersing van de cyberspace was minder dan elementair. Hij keek toe hoe Bishop iets deed wat voor hem kinderspel was.
'Namen,' zei hij. 'Kolommen met namen, vooral buitenlandse. En steden – vliegvelden, havens... En titels. Zo te zien zijn het allemaal ambtenaren en bankrekeningen met rekening- en depositonummer. Wie zijn die mensen?'
'Print ze maar voor me uit. Ja, in zwart-wit. Op papier. Ik ben nou eenmaal een oude man.'
Hij ging naar een telefoon waarvan hij wist dat die extra veilig was en belde een nummer in het oude centrum van Alexandria. De Cobra nam op.
'Ik heb de rattenlijst,' zei hij.

Jonathan Silver belde Paul Devereaux diezelfde avond. De stafchef was niet in een stralend humeur, maar daar stond hij ook niet om bekend.
'Uw negen maanden zijn om,' snauwde hij. 'Wanneer kan ik wat actie verwachten?'
'Heel vriendelijk dat u belt,' zei de beschaafde stem uit Alexandria met een licht Bostons accent. 'En ook nog op het goede moment. We beginnen aanstaande maandag.'
'En wat krijgen we dan te zien?'
'Aanvankelijk niets,' zei de Cobra.
'Later wel?'
'Waarde collega, ik zou uw verrassing niet graag bederven.' Toen hing hij op.
De stafchef staarde in de westvleugel naar de zoemende hoorn.
'Hij heeft gewoon opgehangen,' zei hij ongelovig. 'Al weer.'

Deel III

Toeslaan

10

Het was toevallig de Britse SBS die zich op het juiste moment op de juiste plaats bevond en de eerste prooi ving.

Kort nadat de Cobra de jacht voor geopend had verklaard, lokaliseerde de Global Hawk Sam een geheimzinnig schip diep onder zich op zee. Het werd de 'Schurk Eén' gedoopt. Het brede bereik van Sams televisiescanner werd smaller toen het toestel tot 20.000 voet afdaalde. Het was daar nog volledig buiten het bereik van oren en ogen. De beelden werden scherper.

De Schurk Eén was duidelijk niet groot genoeg om een lijnboot of vrachtvaarder uit het Lloyd's Register te zijn. Het was misschien een heel klein koopvaardijschip of een kustvaarder, maar het lag mijlen ver van elke kust. Of anders was het een vissersboot of privéjacht. Hoe dan ook, de Schurk Eén had de vijfendertigste lengtegraad gepasseerd en voer naar Afrika. Maar het schip gedroeg zich vreemd.

Het voer 's nachts en verdween bij het eerste daglicht. Dat kon alleen betekenen dat het hele schip bij zonsopgang werd afgegrendeld; de bemanning had er een zeeblauw zeildoek overheen gespannen. Het lag dan de hele dag op het water te dobberen en was vanuit de lucht bijna onmogelijk waar te nemen. Die manoeuvre kon maar één ding betekenen. Bij zonsondergang werd het zeildoek weer opgerold en de tocht naar het oosten hervat. Helaas voor Schurk Eén kon Sam ook in het donker kijken.

Driehonderd mijl buiten Dakar draaide het ms *Balmoral* naar het zuiden en voerde zijn snelheid maximaal op. Een van de twee Amerikaanse verbindelaars stond naast de kapitein op de brug en las de kompasgegevens af.

Sam, die hoog boven het schurkenschip vloog, gaf de details door aan Nevada, en de basis Creech seinde ze door naar Washington. Bij zonsopgang schakelde het schurkenschip alles uit en ging het 'onder zeil'. Sam vloog naar Fernando de Noronha om bij te tanken en was voor zonsopgang weer terug. De *Balmoral* voer de hele nacht door. De schurk werd bij zonsopgang van de derde dag gevangen. Het schip was toen ruim ten zuiden van de Kaapverdische Eilanden en nog vijfhonderd mijl van Guinee-Bissau.

Het schip wilde zich net weer verstoppen voor zijn laatste dag op zee. Toen de kapitein het gevaar begreep, was het te laat om het zeildoek uit of op te rollen en net te doen of alles normaal was.

Sam zette hoog aan de hemel de stoorapparatuur aan, en de schurk was toen omgeven door een kegel van (elektronisch gezien) dode ruimte waarin niets uitgezonden of ontvangen kon worden. De kapitein deed aanvankelijk niet eens een poging tot zenden omdat hij zijn ogen niet kon geloven. Op nauwelijks honderd voet boven de kalme zee kwam een kleine helikopter aangevlogen.

De kapitein kon zijn ogen niet geloven vanwege het bereik. Zo'n helikopter kon zich niet ver van het land bevinden, en er was geen ander schip in zicht. Hij wist niet dat de *Balmoral* op vijfentwintig mijl voor hem lag en vlak over de horizon onzichtbaar was. Toen hij besefte dat hij onderschept ging worden, was het te laat.

Maar de kapitein had zijn instructies uit zijn hoofd geleerd. *U wordt eerst achtervolgd door de onmiskenbare, grijze contouren van een oorlogsschip, dat sneller is dan u. Het zal u inhalen en bevel geven om te stoppen. Als het nog op grote afstand ligt, verbergt u uw handelingen achter de romp van het schip en gooit u de balen cocaïne overboord. Die zijn vervangbaar. Voordat u geënterd wordt, stuurt u de vooraf opgenomen boodschap per computer naar ons in Bogotá.*

Hoewel de kapitein geen oorlogsschip kon zien, deed hij wel wat hem gezegd was. Hij drukte op VERZENDEN, maar er werd niets verzonden. Hij probeerde zijn satelliettelefoon te gebruiken, maar ook die was dood. Hij liet een van zijn bemanningsleden via de radio het bericht herhalen, klom achter de brug de ladder op en staarde naar de naderende Little Bird. Vijftien mijl achter hem, nog steeds onzichtbaar maar met veertig knopen naderend, lagen de twee tienmans RIB's.

De kleine helikopter omcirkelde het schip één keer en bleef toen op dertig meter voor de brug hangen. Daaronder zag hij een stijve antenne hangen met een vlag daarachter. Hij herkende het ontwerp. Op de laadboom van de helikopter stonden de twee woorden ROYAL NAVY.

'*Los ingleses,*' mompelde hij. Hij snapte nog steeds niet waar het oorlogsschip was, maar de Cobra had de omgebouwde schepen strikt bevolen altijd onzichtbaar te blijven.

Hij tuurde naar de helikopter en zag de piloot achter zijn zwarte zonneklep afgetekend tegen de opgaande zon. Naast hem leunde een ingesnoerde scherpschutter naar buiten. Hij herkende het wapen met zijn G3-vizier niet, maar wist wel dat de loop ervan recht op zijn hoofd was gericht. Zijn instructies waren duidelijk: *Vecht nooit tegen een marine.* Dus stak hij zijn handen in de lucht, want dat gebaar begreep iedereen. Op zijn laptop stond geen venstertje VERZONDEN, maar hij hoopte dat zijn waarschuwing evengoed haar doel had bereikt. Tevergeefs.

Vanaf zijn hoge positie kon de piloot van de Little Bird de naam op de boeg van het schurkenschip lezen. Het was de *Belleza del Mar* ofwel 'Schoonheid van de Zee', in dit geval een buitengewoon optimistische benaming. In werkelijkheid was het een roestige, smerige vissersboot van dertig meter lang, die naar vis stonk. Daar ging het om. De ton cocaïne in dichtgebonden balen lag onder rotte vis.

De kapitein probeerde het initiatief te nemen door zijn motoren te starten. De helikopter zwenkte en liet zich zakken tot het toestel drie meter boven het water en tien meter buiten de flank van de *Belleza del Mar* hing. Op die afstand kon de scherpschutter kiezen welk kapiteinsoor hij weg wilde schieten.

'*Pare los motores*,' dreunde een stem uit de luidspreker van de Little Bird. 'Zet uw motoren af.' De kapitein deed het. Hij kon ze vanwege het gebrul van de helikopter niet horen, maar zag wel het opspattende boegwater van de twee naderende aanvalsboten.

Ook dat was onbegrijpelijk. Ze lagen op vele mijlen van het land. Waar was het oorlogsschip, verdomme? Maar er was niets onbegrijpelijks aan de soldaten die naast zijn schip uit de twee RIB's kwamen, enterhaken over de reling gooiden en aan boord klommen.

Het waren jonge, gemaskerde, gewapende en fitte soldaten die zwarte kleding droegen. De kapitein had alleen zichzelf en een zevenkoppige bemanning. De waarschuwing *verzet je niet* was niet dom. Ze zouden het maar een paar tellen hebben volgehouden. Twee mannen kwamen op hem af. De rest hield de bemanning onder schot, en die hielden hun handen keurig boven hun hoofd. Een van de soldaten had kennelijk de leiding, maar hij sprak alleen Engels.

De andere man trad als tolk op, maar geen van beiden zetten ze hun zwarte maskers af.

'We denken dat u verboden stoffen vervoert, kapitein. Verdovende middelen, met name cocaïne. We willen uw schip doorzoeken.'

'Dat is niet waar. Ik vervoer alleen vis. En u hebt niet het recht om mijn schip te doorzoeken. Dat is piraterij.'

Men had hem gezegd dat hij dit moest verklaren. Maar hij begreep helaas minder van juridische zaken dan van de noodzaak om in leven te blijven. Hij had nog nooit van de CRIJICA gehoord en zou er ook niets van begrepen hebben.

Majoor Pickering opereerde echter met zorg binnen de grenzen van het recht. De Criminal Justice (International Cooperation) Act van 1990, ofwel CRIJICA, bevat diverse clausules over de onderschepping op zee van schepen die waarschijnlijk drugs vervoeren. Wat de kapitein van de *Belleza del Mar* niet wist, was dat hij en zijn schip stilzwijgend gereclassificeerd waren als een bedreiging van de Britse natie, net als elke andere terrorist. Helaas voor de schipper betekende dit dat al zijn rechten net zo verdwenen waren als zijn plan was geweest met de cocaïne als hij er de tijd voor had gehad, namelijk overboord.

De SBS-soldaten hadden twee weken geoefend en hadden het hele proces tot een paar minuten teruggebracht. Alle zeven bemanningsleden werden bekwaam op wapens en transmissieapparaten gefouilleerd. Hun mobiele telefoons werden voor later onderzoek in beslag genomen. De radiohut werd vernield. De acht Colombianen werden met hun handen voor hun lichaam geboeid en geblinddoekt. Toen ze eenmaal machteloos waren en niets meer konden zien, werden ze naar het voorschip gedreven, waar ze moesten gaan zitten.

Majoor Pickering knikte, en een van zijn soldaten haalde een soort bazooka tevoorschijn. De vuurpijl steeg 150 meter op en explodeerde tot een brandende bal. De warmtesensoren van de Global Hawk hoog boven hen vingen het signaal op, en de man bij het scherm in Nevada zette de stoorapparatuur uit. De majoor meldde dat de *Balmoral* zijn gang kon gaan. Het schip verscheen aan de horizon en kwam langszij.

Een van de commando's droeg een volledige duikuitrusting en ging het water in om de romp te onderzoeken. Het was een bekende list om illegale lading te vervoeren in een tegen de bodem gelaste blister of in onzichtbare balen die aan een nylontouw van dertig meter werden meegesleept wanneer het schip doorzocht werd.

De duiker had zijn pak nauwelijks nodig, want het water was zo warm als in een badkuip. En de zon, die nu ruim boven de oostelijke horizon hing, verlichtte het water alsof hij een zoeklicht was. De man bleef twintig minuten onder water tussen de algen en de eendenmossels op de onverzorgde romp. Geen blisters, geen geheime uitgangen onder water, geen bengelende touwen. Majoor Pickering wist precies waar de cocaïne was.

Zodra de stoorapparaten waren uitgezet, kon hij de *Balmoral* de naam van de onderschepte vissersboot doorgeven. Het schip stond op de lijst van Córtez maar was een van de kleinere schepen die in geen enkel register te vinden waren – gewoon een smerige vissersboot uit een obscuur dorp. Maar obscuur of niet – het schip was aan zijn zevende tocht naar Afrika bezig en vervoerde tienduizendmaal zijn eigen waarde. Hij wist precies waar hij kijken moest.

Majoor Pickering mompelde instructies aan de snuffelploeg van de kustwacht. De man van de douane had zijn cockerspaniël in zijn armen. De luiken gingen open en onthulden tonnen vis die niet vers meer waren maar nog steeds in hun netten lagen. De eigen kraan van de *Belleza* hees de vis eruit en zette het geheel overboord. Een kilometer lager waren de krabben er dankbaar voor.

Toen de vloer van de bun leeg was, zocht de snuffelploeg het paneel dat Cortez beschreven had. Het was uitstekend verborgen, en de stank van de vis zou de honden in verwarring hebben gebracht. De geblinddoekte bemanning wist niet wat er gebeurde en zag ook de naderende *Balmoral* niet.

Er waren een kleine koevoet en twintig minuten nodig om de stalen plaat te verwijderen. Als de vissers met rust waren gelaten, zouden ze hem op hun gemak op tien mijl buiten de mangroves van de Bijagoseilanden hebben weggehaald, klaar om de lading over te brengen naar de wachtende kano's in de kreken. Daarna zouden ze in ruil daarvoor vaten brandstof hebben ingenomen. Ze zouden hebben bijgetankt en dan weer naar huis zijn gevaren.

Het lenswater onder de vis stonk nog erger. De mannen van de zoekploeg zetten hun zuurstofmaskers op. Alle anderen bleven uit de buurt.

Een van de zoekers kroop er met een zaklantaarn in. De ander hield zijn benen vast. De eerste man kwam kronkelend terug en stak een duim op. Bingo. Hij ging met een enterhaak aan een touw terug. De mannen op het dek haalden er stuk voor stuk twintig balen uit die allemaal bijna vijftig kilo wogen. De *Balmoral* kwam langszij en torende hoog boven iedereen uit.

Het kostte nog een uur. De nog steeds geblinddoekte bemanning van de *Belleza* werd via de touwladder naar de *Balmoral* overgebracht en naar het ruim geleid. Toen hun boeien en blinddoeken werden weggehaald, bleken ze in het cachot onder de waterlijn gevangen te zitten.

Twee weken later waren ze bij een tweede ravitaillering overgebracht op een hulpschip en werden ze naar de Britse buitenpost Gibraltar gebracht. Daar werden ze opnieuw geblinddoekt, 's nachts in een Amerikaanse Starlifter gezet en naar de Indische Oceaan gevlogen. Daar werd hun blinddoek weer weggehaald en kregen ze een tropisch paradijs te zien met de opdracht: 'Geniet, communiceer met niemand en probeer niet te ontsnappen.' Dat eerste mochten ze zelf kiezen, maar het laatste was onmogelijk.

Ook de ton cocaïne ging aan boord van de *Balmoral*, en ook die werd bewaakt tot de lading op zee aan de Amerikanen was overgedragen. De laatste taak aan boord van de *Belleza del Mar* was de verantwoordelijkheid van de explosievenexpert. Hij bleef vijftien minuten beneden, kwam boven en werd aan boord van de tweede RIB gehesen.

De meesten van zijn collega's waren al aan boord. De Little Bird stond weer in het ruim, net als de eerste RIB. De *Balmoral* ging weer op weg, en achter het schip verscheen een traag kielzog. De tweede RIB volgde. Toen ze op tweehonderd meter van de smerige oude vissersboot waren, drukte de explosievenexpert op een knop van zijn detonator.

De kneedbommen die hij had achtergelaten, gaven een zachte knal maar sloegen een gat ter grootte van een schuurdeur in de romp. Het schip was binnen dertig tellen aan zijn lange, eenzame tocht van een mijl naar de zeebodem begonnen.

De RIB werd weer aan boord gehesen en opgeslagen. Niemand anders op de Atlantische Oceaan had iets gezien. De Schoonheid van de Zee was met kapitein, bemanning en lading eenvoudig verdwenen.

Het duurde een week voordat het verlies van de *Belleza del Mar* ook in het hart van het Kartel geloofd werd, maar zelfs toen was verbijstering de enige reactie.

Er waren al eerder schepen, bemanningen en ladingen verloren gegaan, maar afgezien van de totale verdwijning van de onderzeese doodkisten op weg naar de Stille Oceaan-kust van Mexico waren er altijd sporen en redenen geweest. Sommige kleine schepen waren op de oceaan gezonken. De Stille Oceaan was zo genoemd door Vasco Núñez de Balboa, de eerste Europeaan die deze oceaan zag, omdat hij die dag zo kalm leek, maar het kon er krankzinnig spoken. Ook de gastvrije Caribische Zee uit de toeristenfolders kon het toneel van waanzinnige orkanen zijn. Maar dat gebeurde niet vaak.

Ladingen die op zee verloren gingen, werden bijna altijd overboord gegooid omdat een onderschepping niet te vermijden was.

Andere verliezen op zee kwamen voor als wetshandhavers of de marine iets in beslag namen. Het schip werd opgebracht, de bemanning gearresteerd, voor de rechter gebracht en gevangengezet, maar ze waren vervangbaar en hun gezinnen werden royaal afgekocht. Iedereen kende de regels.

De overwinnaars hielden een persconferentie en vertoonden de zakken cocaïne aan de verlekkerde media. Maar een product verdween alleen volledig als het gestolen werd.

De achtereenvolgende kartels die de cocaïne-industrie beheerst hadden, waren altijd gedreven door één psychiatrisch probleem: een razende paranoia. Hun vermogen tot wantrouwen was even spontaan als onbeheersbaar. In hun denken waren twee misdaden onvergeeflijk: diefstal van het product en verklikking aan de autoriteiten. De dief en de 'klikspaan' worden altijd opgespoord en gestraft. Uitzonderingen kunnen niet gemaakt worden.

Het duurde een week voordat het verlies doordrong, omdat de ontvangende organisatie in Guinee-Bissau onder leiding van Ignacio Romero toen pas klaagde dat een aangekondigde lading gewoon niet was gekomen. Hij had de hele nacht op de afgesproken plaats gewacht, maar de *Belleza del Mar*, die hij goed kende, was niet komen opdagen.

Ze vroegen hem tweemaal om dat te bevestigen, en dat deed hij. Toen moest worden nagegaan of er geen misverstand mogelijk was. Was de *Belleza* soms naar de verkeerde plek gegaan? En zo ja, waarom had de kapitein dat niet gemeld? In geval van problemen had hij zorgvuldig opgestelde maar betekenisloze berichten van twee woorden moeten sturen.

Transportdirecteur Alfredo Suárez moest vervolgens het weer controleren. Op de hele Atlantische Oceaan was het rustig geweest. Brand aan boord? Maar de kapitein had zijn radio. En zelfs als hij in een reddingboot was gestapt, had hij zijn laptop en mobiele telefoon. Uiteindelijk had hij het verlies aan de Don moeten melden.

Don Diego dacht erover na en bekeek alle gegevens die Suárez hem gegeven had. Het zag eruit als diefstal, en nummer één op de verdachtenlijst stond de kapitein zelf. Hij had misschien de hele lading gestolen na een afspraak met een verraderlijke importeur, en anders was hij uit de buurt van de mangroves op zee onderschept en met zijn bemanning vermoord. Beide voorvallen waren mogelijk, maar de prioriteiten stonden vast.

Als de kapitein de schuldige was, had hij zijn gezin vooraf of hoogstens na zijn verraderlijke daad ingelicht. Zijn gezin bestond uit zijn vrouw en drie kinderen, die in hetzelfde dorp woonden als waar hij zijn oude vissersboot had liggen, namelijk in een kreek ten oosten van Barranquilla. Hij stuurde het Beest om met haar te praten.

De kinderen waren geen probleem. Ze werden begraven. Levend uiteraard. Onder de ogen van hun moeder. Toch weigerde ze te bekennen. Het duurde verscheidene uren voordat ze stierf, maar ze hield vast aan het verhaal dat haar man niets gezegd had en niets verkeerds had gedaan. Paco Valdez moest haar uiteindelijk wel geloven. Bovendien kon hij niets meer doen omdat ze dood was.

De Don vond het spijtig. Heel vervelend. Want het leverde niets op. Maar het was onvermijdelijk. Het probleem was er des te groter om. Als de kapitein het niet gedaan had, wie dan wel? Toch had iemand anders in Colombia er nog meer moeite mee dan don Diego.

De Handhaver had zijn werk gedaan nadat hij het gezin diep het oerwoud in had gedreven. Maar het oerwoud is nooit helemaal leeg. Een boer van indiaanse afkomst had het geschreeuw gehoord en was van achter het gebladerte gaan kijken. Toen de Handhaver en zijn tweekoppige ploeg verdwenen waren, ging hij naar het dorp en vertelde wat hij gezien had.

De dorpelingen gingen er met een ossenkar naartoe en brachten de vier lijken naar de nederzetting bij het riviertje. Daar kregen ze allemaal een christelijke begrafenis. De priester die de plechtigheid leidde, was pater Eusebio SJ, en hij walgde van wat hij gezien had voordat de simpele houten kist was dichtgegaan.

Toen hij weer in de kamer van zijn missiepost was, trok hij de la van zijn donkere, eikenhouten bureau open en bekeek het dingetje dat de provinciaal enkele maanden eerder had uitgedeeld. Normaal zou het niet bij hem zijn opgekomen, maar nu was hij kwaad. Hij kreeg misschien zelf ooit iets te zien wat niet onder het biechtgeheim viel, en dan zou hij dat Amerikaanse ding gebruiken.

De tweede klap kwam van de SEAL's. Ook toen was het weer een kwestie van het juiste moment en de juiste plaats. De Global Hawk patrouilleerde boven het grote gedeelte van de Caribische Zee tussen Colombia en Yucatán. Het ms *Chesapeake* lag in de doorgang tussen Jamaica en Nicaragua.

Twee 'snelgangers' kwamen uit de mangrovemoerassen van de Golf van Urabá aan de Colombiaanse kust en gingen niet noordwestwaarts naar Colón en het Panamakanaal, maar naar het noordoosten. Ze hadden een lange reis voor de boeg die nauwelijks binnen hun bereik viel en zaten, afgezien van de midscheeps verborgen ton cocaïne, vol met brandstoftanks.

Michelle zag hen al na twintig mijl. Ze voeren niet op hun topsnelheid van zestig knopen maar wel op veertig, en voor Michelles radars was dat ook op een afstand van 50.000 voet genoeg om te weten dat ze alleen speedboten konden zijn. Michelle rekende hun koers en snelheid uit en waarschuwde de *Chesapeake* dat de snelgangers hun kant op kwamen. Het vermomde schip verlegde zijn koers om ze te onderscheppen.

De dag daarna waren de twee bemanningen van de snelgangers even verbijsterd als de kapitein van de *Belleza del Mar*. Boven de lege, blauwe zee voor hen hing ineens een helikopter, en er was geen oorlogsschip te zien. Dat kon gewoon niet.

Het dreunende bevel uit de luidspreker om de motoren uit te zetten en bij te draaien werd simpelweg genegeerd. De twee raceboten – lange, slanke aluminiumbuizen met vier Yamaha's (200 pk) aan het achterschip – dachten de Little Bird wel te kunnen ontlopen. Hun snelheid werd tot zestig knopen opgevoerd, hun neus ging omhoog, alleen de motoren lagen nog in het water en er verscheen een enorm wit kielzog achter de beide boten. De Britten hadden Schurk 1 binnengehaald, en deze twee werden de Schurken 2 en 3.

De Colombianen vergisten zich in de snelheid van de helikopter. Toen ze onder de Little Bird door gleden, keerde het toestel snel en kwam het achter hen aan – met 120 knopen, het dubbele van hun eigen snelheid.

Adjudant-onderofficier Sorenson, de beste schutter van het peloton, zat naast de piloot en omarmde zijn M14-geweer. Het toestel vloog rustig, en op een afstand van honderd meter kon hij vrijwel niet missen.

De piloot gebruikte zijn luidspreker weer en sprak in het Spaans. 'Zet de motoren uit en draai bij, anders schiet ik.'

De snelgangers bleven naar het noorden stuiven en wisten niet dat drie opblaasboten met zestien SEAL's op ze af kwamen. Luitenant ter zee 1ste klasse Casey Dixon had zijn grote RHIB en zijn twee kleinere Zodiacs gestreken, maar hoe snel ze ook waren, de aluminiumpijlen van de smokkelaars waren nog sneller. De Little Bird moest hun snelheid terugbrengen.

Adjudant Sorenson was opgegroeid op een boerderij in Wisconsin, zo ver van de zee als maar mogelijk is. Misschien was hij juist daarom bij de marine gegaan – om de zee te zien. Het talent dat hij vanuit de wildernis meebracht, was een levenslange ervaring met een jachtgeweer.

De Colombianen kenden de routine. Ze waren nooit eerder door een helikopter onderschept, maar wisten wat ze doen moesten, namelijk op de eerste plaats hun motoren beschermen. Zonder die brullende monsters aan het achterschip waren ze machteloos.

Toen ze de M14 met vizier recht naar hun motoren zagen wijzen, gingen twee bemanningsleden op de kappen liggen om te voorkomen dat de motoren geraakt werden. Wetshandhavers zouden nooit gewoon door mensen heen schieten.

Foutje. Dat waren de oude regels. Op de boerderij had adjudant Sorenson van tweehonderd stappen afstand konijnen neergelegd. Dit doelwit was groter en dichterbij, en de gevechtsinstructie was duidelijk. Zijn eerste schot ging dwars door de dappere smokkelaar heen, drong door in de kap en vernielde het motorblok van de Yamaha.

De andere smokkelaar schreeuwde het uit van schrik en trok zich net op tijd terug. Een tweede kogel schoot de volgende motor tot puin. De snelganger voer op twee motoren door. Maar langzamer. Ze was zwaar beladen.

Een van de drie resterende bemanningsleden pakte een kalasjnikov AK47, en de Little Bird zwenkte weg. Op zijn hoogte van honderd voet zag de schutter de opblaasboten in de vorm van zwarte stipjes het gat dichten. Met een naderingssnelheid van honderd knopen kwamen ze aangestormd.

De onbeschadigde snelganger zag ze ook. De stuurman probeerde niet meer te raden waar ze vandaan kwamen. Ze waren er, en hij moest zijn lading en zijn vrijheid redden. Hij besloot er dwars tussendoor te varen om met zijn grotere snelheid te ontsnappen.

Dat lukte bijna. De beschadigde snelganger zette zijn twee andere motoren uit en gaf zich over. De voorste boot voer met zestig knopen verder. De SEAL-formatie verspreidde zich. De opblaasboten keerden bokkend en zetten de achtervolging in. Zonder de helikopter had de smokkelaar het misschien wel gered.

De Little Bird scheerde over de vlakke zee voor de snelganger uit, draaide negentig graden en spuwde een onzichtbaar blauw koord van honderd meter lang uit. Een kleine katoenen parachute aan het uiteinde sleepte de draad de lucht in en viel in het water, waar hij bleef drijven. De snelganger zwenkte en ontsnapte bijna. De laatste twintig meter van het drijvende touw gleed onder de romp en wikkelde zich rond de vier schroeven. De vier Yamaha's hoesten, stikten en hielden ermee op.

Daarna had verzet geen zin meer. De bemanningsleden stonden tegenover een vuurpeloton van MP5-machinepistolen en lieten zich overbrengen naar de RHIB, waar ze geboeid en geblinddoekt werden. Dat was het laatste daglicht dat ze te zien kregen voordat ze op het eiland Eagle van de Chagos-archipel als gasten van Hare Majesteit aan wal gingen.

De *Chesapeake* lag een uur later langszij en nam de zeven gevangenen over. De dappere dode smokkelaar kreeg de zegen plus een stuk ketting om zijn afdaling te versnellen. Overgebracht werden voorts twee ton tweetaktbrandstof (altijd bruikbaar), diverse wapens, mobiele telefoons (voor een analyse van de laatste gesprekken) en twee ton Colombiaanse puro in balen.

De twee snelgangers werden daarna doorzeefd met kogels en zonken onder het gewicht van de Yamaha's. Het was jammer om zes goede en sterke motoren te verliezen, maar de instructies van de – onzichtbare en voor de SEAL's onbekende – Cobra waren duidelijk: niets opspoorbaars mocht achterblijven. Alleen de smokkelaars en de cocaïne werden meegenomen, en dat alleen tijdelijk. Al het andere moest voorgoed verdwijnen.

De Little Bird landde op het voorste luik, zette zijn motoren af en zakte weg in zijn onzichtbare onderkomen. De drie opblaasboten werden uit het water en over de reling getild om in hun eigen ruim schoongemaakt en nagekeken te worden. De soldaten ging douchen en zich verkleden. De *Chesapeake* wendde de steven. De zee was weer leeg.

Een heel eind verderop wachtte de *Stella Maris IV* een flinke tijd, maar het vrachtschip moest zijn tocht naar Rotterdam uiteindelijk zonder extra lading voortzetten. De kapitein kon niets anders doen dan een verbijsterde sms naar zijn 'vriendin' in Cartagena sturen. Hij kon zijn afspraakje niet nakomen omdat zijn auto niet was afgeleverd.

Zelfs dat bericht werd door de National Security Agency op de enorme legerbasis Fort Meade in Maryland onderschept, ontcijferd en doorgegeven aan de Cobra, die flauw maar dankbaar glimlachte. Het bericht verried de bestemming van de *Stella Maris IV*. Dat schip stond op de lijst en kwam aan de beurt.

Een week nadat de Cobra de jacht geopend had, kreeg majoor Mendoza zijn eerste bevel om te vliegen. De Global Hawk Sam nam een klein, tweemotorig vrachtvliegtuig waar dat opsteeg van Boavista. Het kwam bij Fortaleza boven zee terecht en nam vervolgens een koers van 045° naar het oosten. De bestemming lag kennelijk ergens tussen Liberia en Gambia.

De computer identificeerde het toestel als een Transall, ooit de vrucht van Frans-Duitse samenwerking. Het was door Zuid-Afrika gekocht en kwam aan het eind van zijn actieve dienst als militair transportvliegtuig op de civiele markt in Zuid-Amerika.

Het was niet groot, maar wel een betrouwbaar werkpaard. Zijn bereik was lang niet voldoende voor een vlucht over de Atlantische Oceaan, zelfs niet op het smalste deel. Er was dus mee geknoeid in de vorm van extra brandstoftanks. Drie uur lang ploegde het op 8.000 voet boven een vlak wolkendek door het bijna-donker van een tropische nacht naar het noordoosten.

Majoor Mendoza zette de Buccaneer kaarsrecht op de startbaan en voerde zijn laatste controles uit. Hij hoorde niet de Portugees sprekende verkeersleider praten, want de toren was allang dicht, maar hij hoorde wel de warme stem van een Amerikaanse vrouw. De twee Amerikaanse verbindelaars die hij op Fogo bij zich had, hadden het bericht een uur eerder gekregen en de Braziliaan meegedeeld dat hij zich moest klaarmaken voor vertrek. Ze werd nu doorgeschakeld naar zijn koptelefoon. Hij wist niet dat ze kapitein van de luchtmacht was die in Creech achter een scherm zat. Hij wist ook niet dat ze een stipje gadesloeg dat een Transall voorstelde. Straks was ook hij zo'n stipje, en dan ging zij die twee stipjes bij elkaar brengen.

Hij wierp een blik op de grondbemanning in het donker van het vliegveld en zag het vertreksein opflitsen. De man met die lantaarn was misschien geen verkeersleider, maar het werkte. Hij stak instemmend zijn rechterduim op.

De twee Spey's gingen harder janken, en de Bucc verzette zich huiverend en snakkend naar vrijheid tegen de remmen. Mendoza bediende de RATO-schakelaar en maakte de remmen los. De Bucc stoof naar voren en liet de schaduw van de vulkaan achter zich. Hij zag de zee in het maanlicht glinsteren.

Hij voelde de stuwkracht in zijn onderrug. Zijn snelheid schoot omhoog tot voorbij zijn *take-off velocity*, waarna het lawaai van de wielen ophield en het toestel in de lucht was.

'Klim naar 15.000 voet op koers één negen nul,' zei de stem, warm als keukenstroop. Hij controleerde het kompas, zette de neus op 190° en klom naar de voorgeschreven hoogte.

Een uur later vloog hij driehonderd mijl ten zuiden van de Kaapverdische Eilanden en wachtte door een trage cirkel te beschrijven. Om één uur zag hij zijn doelwit laag onder zich. Boven het wolkendek was een bolle maan verschenen die alles in een melkwit licht baadde. Daarna zag hij een flitsende schaduw rechts onder hem naar het noordoosten glijden. Zelf was hij nog halverwege zijn cirkel, die hij afmaakte voordat hij zijn prooi achternaging.

'Uw doelwit vliegt vijf mijl voor u uit, zesduizend voet onder u.'
'Roger, ik zie hem,' zei hij. 'Contact.'

'Contact toegestaan.'

Hij liet zich zakken tot de contouren van de Transall glashelder waren. Hij had een album gezien met toestellen die de cocaïnepiloten waarschijnlijk gebruiken, en het leed geen twijfel dat dit een Transall was. Als hier zo'n vliegtuig vloog, kon het met geen mogelijkheid onschuldig zijn.

Hij zette de veiligheidspal van zijn Aden-kanonnen om, plaatste zijn duim op de vuurknop en staarde door zijn vizier, dat in Scampton gewijzigd was. Zijn twee gunpacks waren op zo'n manier gericht dat hun verenigde vuurkracht op vierhonderd meter afstand geconcentreerd werd.

Heel even aarzelde hij. Er zaten mensen in dat toestel. Toen dacht hij aan een ander mens, een jongen, op een plaat marmer in het mortuarium van São Paolo. Zijn kleine broertje. Hij schoot.

Zijn cocktail was een mengsel van fragmentatie-, brand- en lichtspoormunitie. Het felle licht toonde waar hij moest schieten. De twee andere vernietigden wat ze raakten.

Hij zag de twee rode vuurlijnen bij hem vandaan schieten en vierhonderd meter verderop samenkomen. Allebei raakten ze de romp van de Transall even links van de achterste laaddeuren. Een halve tel leek het vrachttoestel huiverend in de lucht te hangen. Toen implodeerde het.

Hij zag het niet eens in stukken breken, uiteenvallen en neerstorten. De bemanning was kennelijk nog maar net aan de brandstof binnenin begonnen; de tanks daar waren dus nog boordevol. Ze vingen de withete brandgranaten op, en het hele vliegtuig smolt. Een sproeiregen van brandende deeltjes viel door het wolkendek heen, en dat was het dan. Weg. Eén vliegtuig, vier bemanningsleden, twee ton cocaïne.

Majoor Mendoza had nooit eerder iemand gedood. Hij staarde een paar seconden naar het gat in de lucht waar de Transall had gevlogen. Hij had zich dagenlang afgevraagd wat hij zou voelen. Dat wist hij nu. Hij voelde zich leeg. Geen uitgelatenheid of berouw. Hij had het zich vaak voorgehouden: denk gewoon aan Manolo op zijn plaat marmer, zestien jaar, zonder verder leven. Toen hij sprak, klonk hij heel kalm.

'Doelwit neergehaald,' zei hij.

'Dat weet ik,' zei de stem in Nevada. Ze had één stipje zien verdwijnen. 'Handhaaf hoogte. Koers drie vijf vijf naar basis.'

Zeventig minuten later zag hij de baanverlichting op Fogo voor hem aangaan en weer gedoofd worden toen hij naar de hangar in de rots taxiede. Schurk 4 bestond niet meer.

Vijfhonderd kilometer verderop in Afrika wachtte een groep mannen bij een landingsstrip. Ze wachtten een hele tijd. Bij dageraad stapten ze in hun SUV's en reden weg. Een van hen stuurde een gecodeerde e-mail naar Bogotá.

Alfredo Suárez, verantwoordelijk voor alle transporten vanuit Colombia naar de klanten, vreesde voor zijn leven. Iets meer dan vijf ton was verloren gegaan. Hij had de Don gegarandeerd dat hij op elk doelcontinent driehonderd ton zou afleveren, en had zelf de belofte gekregen dat een marge van tweehonderd ton aan verliezen onderweg aanvaardbaar was. Maar daar ging het niet om.

De Hermandad – zoals de Don hem nu hoogstpersoonlijk en met angstaanjagende kalmte voorhield – had twee problemen. Het ene was dat vier afzonderlijke ladingen met drie verschillende transportmethoden kennelijk onderschept of vernietigd waren. Nog veel raadselachtiger (en de Don had er een bloedhekel aan voor een raadsel te staan) was dat er geen spoor te vinden was van wat er was misgelopen.

De kapitein van de *Belleza del Mar* had moeten melden dat hij in de problemen zat. Dat deed hij niet. De twee snelgangers hadden hun mobieltjes kunnen gebruiken als er iets misliep. Dat hadden ze niet gedaan. De Transall was in goede orde en vol brandstof vertrokken maar was zonder noodsein verdwenen.

'Geheimzinnig. Vind je ook niet, mijn allerbeste Alfredo?' De Don was nooit angstaanjagender dan wanneer hij vriendelijke dingen zei.

'Ja, don Diego.'

'Kun je misschien een verklaring bedenken?'

'Nee, don Diego. Alle transportmiddelen zijn ruim voorzien van communicatieapparatuur. Computers, mobiele telefoons, scheepsradio's. Ze hebben sms-codes om te melden wat er mis is. Ze hebben hun apparatuur getest en de berichten uit hun hoofd geleerd.'

'En toch zwijgen ze,' zei de Don peinzend.

Hij had het verslag van de Handhaver gehoord, en het leek hem bijzonder onwaarschijnlijk dat de kapitein van de *Belleza del Mar* de schuldige van zijn eigen verdwijning was.

Iedereen wist dat de man een goede vader was die begreep wat er zou gebeuren als hij het Kartel verried. Bovendien was hij al zesmaal met succes naar Afrika gevaren.

Twee van de drie geheimen hadden één ding gemeen. Zowel de vissersboot als de Transall was op weg geweest naar Guinee-Bissau. Het lot van de twee snelgangers uit de Golf van Urabá was daarmee niet verklaard, maar er bleven aanwijzingen dat er iets in Guinee grondig mis was.

'Heb je binnenkort een andere lading voor West-Afrika, Alfredo?'
'Ja, don Diego. Volgende week. Vijf ton per schip naar Liberia.'
'Maak er Guinee-Bissau van. En je hebt toch een slimme jonge plaatsvervanger?'
'Ja. Álvaro Fuentes. Zijn vader was iets hoogs in het oude kartel van Cali. Hij is met dit werk opgegroeid. Heel trouw.'
'Dan moet hij met de lading meegaan en elke drie uur contact houden, ook 's nachts. Opgenomen berichten op de computer en het mobieltje. Hij hoeft alleen maar een knop in te drukken. En aan deze kant wil ik een luisterpost. Dag en nacht, in ploegendienst. Is dat duidelijk?'
'Heel duidelijk, don Diego. Het zal gebeuren.'

Pater Eusebio had zoiets nog nooit gezien. Zijn plattelandsparochie was heel groot en omvatte veel dorpen. Alle parochianen waren nederig, ijverig en arm. De lichtjes en jachthavens van Barranquilla en Cartagena waren niet voor hem weggelegd, en het schip dat nu was aangemeerd vlak buiten de monding van de kreek die van de mangroves naar de zee leidde, hoorde hier niet thuis.

Het hele dorp liep uit naar de gammele houten steiger om te kijken. Het glimmend witte schip was meer dan vijftig meter lang en had luxueuze hutten op drie dekken. De bemanning had het koperwerk gepoetst tot het glom. Niemand wist wie de eigenaar was, en geen van de bemanningsleden was aan wal gegaan. Waarom zouden ze ook? Voor een dorp van één straat waar kippen scharrelden en waar één kroeg was?

De brave jezuïetenpater wist niet dat het schip een Feadschip genoemd werd, en dit bijzonder luxueuze, zeewaardige jacht lag uit het zicht van de oceaan voorbij twee bochten in de rivier aangemeerd. Het omvatte zes weelderig ingerichte hutten voor de eigenaar en zijn gasten, en had een tienkoppige bemanning. Het was drie jaar eerder naar de aanwijzingen van de eigenaar op een Nederlandse werf gebouwd, en als het in de Edmiston-catalogus van te koop aangeboden jachten had gestaan (wat niet het geval was), zou het niet minder dan twintig miljoen dollar hebben moeten opbrengen.

Het is een vreemd feit dat de meeste mensen 's nachts geboren worden en vaak ook 's nachts sterven. Pater Eusebio werd om drie uur 's nachts wakker omdat er iemand op zijn deur klopte. Het was het dochtertje van mensen die hij kende. Ze vertelde dat haar opa bloed spuwde, en haar moeder bang was dat hij de ochtend niet zou halen.

Pater Eusebio kende de man. Hij was zestig, leek negentig en rookte al vijftig jaar de smerigste tabak. De laatste twee jaren hoestte hij vaak slijm en bloed op. De priester trok zijn habijt aan, pakte zijn halsdoek en rozenkrans en liep haastig met het meisje mee.

Het gezin woonde bij het water, in een van de laatste huizen met uitzicht op de rivier. De oude man was inderdaad stervende. Pater Eusebio diende het sacrament van de zieken toe en bleef bij hem zitten tot de oude man wegdommelde in een slaap waaruit hij waarschijnlijk niet meer zou ontwaken. Voordat hij insliep, vroeg hij om een sigaret. De priester haalde zijn schouders op, en de dochter gaf hem er een. Meer kon de priester niet voor hem doen. Een paar dagen later zou hij zijn parochiaan begraven, maar voorlopig moest hij zijn nachtrust inhalen.

Bij het weggaan wierp hij een blik op de zee. Tussen de steiger en het afgemeerde jacht zag hij een grote, open boot aan komen tuffen. Er waren drie mannen aan boord en op de roeibanken lag een kleine hoeveelheid balen. Op het achterschip van het jacht brandde licht. Daar wachtten diverse bemanningsleden om lading in ontvangst te nemen. Pater Eusebio zag het en spuwde. Hij moest aan het gezin denken dat hij tien dagen eerder begraven had.

Toen hij thuiskwam, wilde hij weer naar bed gaan. Maar hij bleef even staan, liep naar een la en haalde er het apparaatje uit. Hij kon niet sms'en en had geen mobiele telefoon, ook nooit gehad. Maar hij had wel een stukje papier waarop hij genoteerd had welke knoppen hij moest indrukken als hij het apparaatje wilde gebruiken. Hij drukte ze een voor een in. Het gevalletje praatte. Een vrouwenstem vroeg: '*Oiga?*' Toen praatte hij in de telefoon.

'*Se habla español?*' vroeg hij.

'*Claro, padre,*' zei de vrouw. '*Qué quiere?*'

Hij wist niet goed hoe hij het zeggen moest.

'In mijn dorp ligt een heel grote boot afgemeerd. Ik denk dat het een grote hoeveelheid wit poeder inneemt.'

'Heeft het schip een naam, eerwaarde?'

'Ja, die heb ik op de achterkant zien staan. In gouden letters. Het heet de *Orion Lady*.'

Toen werd hij ineens bang en hij legde de telefoon weg om niet opgespoord te kunnen worden. Het kostte de databank vijf seconden om de telefoon, de gebruiker en de precieze locatie te identificeren. Na nog eens tien seconden was ook het schip bekend.

De *Orion Lady* was eigendom van Nelson Bianco uit Nicaragua, een steenrijke playboy, polospeler en organisator van feesten. Het schip stond niet op de lijst van lasser Juan Cortez. Maar de plattegrond van het dek werd opgevraagd bij de bouwer en in het geheugen van Global Hawk Michelle gestopt, die het nog vóór zonsopgang opspoorde. Het voer toen net de open zee op.

Uit verder onderzoek in de loop van de ochtend, inclusief consultaties van roddelrubrieken, bleek dat señor Bianco in Fort Lauderdale werd verwacht voor een polotoernooi.

Terwijl de *Orion Lady* naar het noordnoordwesten voer om via de Straat van Yucatán Cuba te ronden, kwam het gecamoufleerde schip *Chesapeake* in actie om het de pas af te snijden.

11

Er stonden honderdzeventien namen op de rattenlijst. Het waren van uit belastinggeld betaalde ambtenaren in achttien landen. Twee daarvan waren de VS en Canada, de overige lagen in Europa. Voordat de Cobra de vrijlating van mevrouw Letizia Arenal uit het New Yorkse huis van bewaring goedkeurde, wilde hij met een van hen, willekeurig gekozen, een proef doen. Hij koos Herr Eberhardt Milch, een hoge douanier in de haven van Hamburg. Cal Dexter vloog naar deze Hanzestad om het slechte nieuws te vertellen.

Het werd een ietwat vreemde vergadering die daar op Amerikaans verzoek in het hoofdkwartier van de Hamburgse douanedirectie aan de Rödingsmarkt gehouden werd.

Dexter was vergezeld van de DEA-vertegenwoordiger die de Duitse delegatie al kende. Hij verbaasde zich op zijn beurt over de status van de man uit Washington van wie hij nog nooit gehoord had. Maar de opdracht vanuit het DEA-hoofdkwartier aan de Army Navy Drive was kort en bondig. Hij heeft veel in de melk te brokkelen, gewoon meewerken.

Twee deelnemers kwamen uit Berlijn, de ene van de Duitse douane ofwel ZKA, de andere van de afdeling Georganiseerde Misdaad van het Duitse politiekorps, het BKA. De vijfde en zesde waren van de Hamburgse douane en de deelstaatpolitie. De eerste van die twee was hun gastheer: ze vergaderden in zijn kantoor. Maar Joachim Ziegler had de hoogste rang en zat tegenover Dexter.

Dexter hield het kort. Een uitleg was onnodig. Ze waren alle vier professionals, en de vier Duitsers wisten dat de Amerikanen niet gekomen waren als er niet iets mis was. Er was ook geen behoefte aan tolken.

Alles wat Dexter zeggen kon – en iedereen begreep dat heel goed – was dat de DEA vanuit Colombia bepaalde inlichtingen had gekregen. Het woord 'undercover' hing onuitgesproken in de lucht. Er was koffie, maar niemand dronk ervan.

Dexter schoof diverse vellen papier naar Herr Ziegler, die ze aandachtig bekeek en aan zijn collega's doorgaf. De Hamburgse ZKA-man floot zachtjes.

'Ik ken hem,' mompelde hij zachtjes.

'En?' vroeg Ziegler. Hij schaamde zich dood. Duitsland is geweldig trots op zijn enorme, supermoderne Hamburg. Het was afschuwelijk dat de Amerikanen dit bericht kwamen brengen.

De man uit Hamburg haalde zijn schouders op.

'Personeelszaken heeft natuurlijk alle details. Voor zover ik me herinner, heeft hij zijn hele leven bij de douane gewerkt. Hij heeft tot zijn pensioen nog een paar jaar te gaan. Smetteloos blazoen.'

Ziegler tikte op de papieren voor hem.

'En als u verkeerd bent ingelicht? Misschien wel met opzet?'

Dexter reageerde door nog een paar papieren over de tafel te schuiven. Die gaven de doorslag. Joachim Ziegler bestudeerde ze. Bankafschriften. Van een kleine privébank op Grand Cayman. Zo geheim als maar mogelijk is. Als ze ook nog echt waren... Iedereen kan bankafschriften laten zien zolang die nooit gecontroleerd kunnen worden. Dexter nam het woord.

'Heren, we kennen allemaal de regels van het "alleen weten wat je weten moet". We zijn geen groentjes in deze vreemde branche. U zult begrepen hebben dat we een bron hebben, en we zullen die bron tot elke prijs beschermen. Bovendien wilt u geen arrestatie verrichten om dan te merken dat alles alleen gebaseerd is op onbevestigde beweringen die geen Duitse rechter accepteert. Mag ik een list voorstellen?'

Hij stelde een geheime operatie voor. Milch zou heimelijk geschaduwd worden totdat hij persoonlijk een handje hielp als een binnenkomende lading of container door de formaliteiten geloodst moest worden. Dan vond een schijnbaar toevallige controle plaats, schijnbaar willekeurig gekozen door een lagere ambtenaar.

Als de inlichting van de Cobra klopte, zou Milch iets moeten doen om zijn ondergeschikte te stuiten. Hun ruzie zou eveneens toevallig onderbroken worden door een passerende ZKA-functionaris. Het woord van de afdeling Misdaad was natuurlijk wet. De lading zou geopend worden. Als er niets gevonden werd, hadden de Amerikanen het mis. Een stortvloed van verontschuldigingen zou volgen. Verder niets aan de hand. Alleen zouden Milchs vaste en mobiele telefoon wekenlang afgeluisterd worden.

Het kostte een week om de list te organiseren en nog eens een week om hem uit te voeren. De betrokken zeecontainer was een van de honderden die een enorm vrachtschip uit Venezuela uitbraakte. Slechts één iemand zag de twee concentrische cirkeltjes, waarvan het kleinste een Maltezer kruis bevatte. Hoofdinspecteur Milch gaf persoonlijk toestemming om het geval in een dieplader te zetten die klaarstond voor vertrek naar het achterland.

De chauffeur was een Albanees, en hij was bij de allerlaatste controle toen de opgehesen container weer moest worden neergelaten. Een jonge douanier met roze wangen gebaarde dat de truck aan de kant moest gaan staan.

'Steekproef,' zei hij. '*Papiere, bitte.*'

De Albanees keek verbijsterd. Hij had net zijn getekende en gestempelde toestemming tot vertrek gekregen. Hij gehoorzaamde en belde snel even mobiel. Onhoorbaar in zijn hoge cabine uitte hij een paar zinnen in het Albanees.

De Hamburgse douane heeft twee niveaus voor steekproeven bij vrachtwagens en lading. De snelle omvat alleen een röntgenonderzoek, de andere betekent 'openmaken'. De jonge functionaris was eigenlijk een ZKA-agent, en dat was de reden waarom hij zo'n groentje leek. Hij gebaarde dat de dieplader naar de zone moest die voor grondige onderzoeken gereserveerd was, maar werd onderbroken door een veel hogere ambtenaar, die ijlings uit het controlegebouw kwam.

Een splinternieuw, piepjong, grasgroen inspecteurtje maakt geen ruzie met een oudere hoofdinspecteur. Maar deze wel. Hij hield vast aan zijn beslissing. De oudere man protesteerde. Hij had deze truck doorgelaten op grond van een eigen steekproef. Dubbele controle was onnodig. Ze verspilden hun tijd. Hij zag niet de kleine sedan die achter hem kwam aanrijden. Twee ZKA-agenten in burger stapten uit en lieten hun ID-kaarten zien.

'*Was ist los da?*' vroeg een van hen opgewekt. In de Duitse bureaucratie is rang belangrijk, en de ZKA-agenten hadden dezelfde rang als Milch, maar dat ze van de afdeling Misdaad waren, gaf de doorslag. De container werd geopend. Er kwamen drugshonden. De inhoud werd uitgepakt. De honden negeerden de lading, maar begonnen te janken en te snuffelen bij de achterkant binnen. Iemand had een meetlint. De binnenkant bleek korter dan de buitenkant. De truck werd naar een volledig uitgeruste werkplaats gebracht en het team van de douane ging mee. De drie ZKA-mensen – twee openlijk en de derde undercover die punten verdiende met zijn eerste echte zwendel – hielden de schijn van kameraadschappelijkheid hoog.

De man met het acetyleen sneed de valse achterkant weg. Toen de pakketten daarachter gewogen werden, bleken ze twee ton Colombiaanse puro te bevatten. De Albanees was al geboeid afgevoerd. Het verhaal was dat ze allemaal, inclusief Milch, een geweldige mazzel hadden gehad ondanks Milchs eerdere maar begrijpelijke vergissing. Het importerende bedrijf was immers een volstrekt respectabel koffiepakhuis in Düsseldorf. Tijdens het feestelijke kopje koffie naderhand excuseerde Milch zich even. Hij ging naar het herentoilet en pleegde een telefoontje.

Dat was een vergissing. De telefoon werd afgeluisterd. In een busje op een kilometer afstand werd elk woord gehoord. Een van de mannen rond de koffietafel werd gebeld, en toen Milch van het toilet kwam, werd hij gearresteerd.

Eenmaal in de verhoorkamer begonnen zijn protesten in alle ernst. Niemand zei iets over bankafschriften uit Grand Cayman. Daarmee zou Dexters informant in Colombia gevaar lopen, en dat mocht niet. Maar Milch kreeg er ook een uitstekend tegenargument door. Hij had moeten zeggen dat iedereen weleens een fout maakt. Het zou dan moeilijk te bewijzen zijn dat hij dit al jarenlang deed. Of dat hij bij zijn pensionering steenrijk zou zijn. Een goede advocaat had hem nog diezelfde dag op borgtocht vrij kunnen hebben en voor de rechter – als het ooit zover kwam – voor vrijspraak kunnen zorgen. Het onderschepte bericht was een code, een onschuldige verwijzing naar een late thuiskomst. Het gebelde nummer was niet van zijn vrouw maar dat van een mobiele telefoon die onmiddellijk was weggegooid. Maar iedereen draait weleens een verkeerd nummer.

Hoofdinspecteur Ziegler, die carrière had gemaakt bij de douane maar ook meester in de rechten was, wist hoe zwak zijn positie was. Maar hij wilde verhinderen dat die twee ton cocaïne Duitsland in kwamen, en dat was gelukt.

De Albanees was spijkerhard en zei niets, behalve dat hij maar een simpele chauffeur was. De Düsseldorfse politie ging met drugshonden naar het koffiepakhuis en die beesten werden helemaal hysterisch van de cocaïnegeur. Koffie werd vaak gebruikt om cocaïne te maskeren, maar de honden waren afgericht om de twee geuren te onderscheiden.

Toen kreeg Ziegler, die een eersteklas politieman was, een idee. Milch zou wel geen Albanees verstaan. Dat deed bijna niemand, behalve de Albanezen. Hij zette Milch achter een one-way mirror en zette het geluid uit de aangrenzende verhoorkamer luid en duidelijk aan. Hij mocht meekijken hoe de Albanees verhoord werd.

De Albanees sprekende tolk legde de vragen van de Duitse ondervrager voor aan de chauffeur en vertaalde zijn antwoorden. De vragen waren voorspelbaar. Milch verstond ze omdat ze in zijn eigen taal gesteld werden. De Albanees beweerde dat hij onschuldig was, maar door de luidsprekers klonk iets heel anders: de man gaf ronduit toe dat hij, als hij in de haven van Hamburg ooit moeilijkheden kreeg, direct een beroep moest doen op een zekere Oberinspektor Eberhardt Milch, die alles zou regelen en zou zorgen dat hij zonder inspecties weg kon.

Toen stortte Milch in. Zijn volledige bekentenis duurde bijna twee dagen, en een hele ploeg stenografen schreef alles op.

De *Orion Lady* voer over het brede uitspansel van de Caribische Zee ten zuiden van Jamaica en ten oosten van Nicaragua toen de kapitein, die in een smetteloos wit tropenuniform naast de stuurman op de brug stond, iets zag waardoor hij verbaasd met zijn ogen knipperde.

Snel controleerde hij de radar. Op de talloze mijlen tussen horizon en horizon lag geen enkel schip. Maar de helikopter was beslist een helikopter. En die kwam boven het blauwe water recht op hem af. Hij wist heel goed wat hij bij zich had, want hij had de lading dertig uur eerder zelf helpen innemen, en diep in zijn hart begon de eerste angst zich te roeren. Het toestel was klein – niet veel meer dan een verkenningshelikopter – maar toen het aan bakboord passeerde en omdraaide om naast hem te komen vliegen, waren de woorden US NAVY heel goed te lezen. Hij belde de grote salon om zijn werkgever te waarschuwen.

Nelson Bianco kwam bij hem op de brug staan. De playboy droeg een gebloemd hawaïhemd en een wijde broek, maar geen schoenen. Zijn zwarte lokken waren zoals altijd geverfd en gelakt en hij had zoals altijd een Cohiba-sigaar in zijn hand. Minder gewoon was dat hij vanwege de lading uit Colombia geen vijf of zes dure callgirls aan boord had.

De twee mannen zagen de Little Bird vlak boven het water naast hen komen vliegen, en toen zagen ze ook dat in de ronde passagiersdeur een SEAL in een zwarte overall zat. Hij had een M14-scherpschuttersgeweer vast, en dat wees rechtstreeks naar hen. Uit de kleine helikopter kwam een dreunende stem.

'*Orion Lady, Orion Lady*, wij zijn de Amerikaanse marine. Zet uw motoren uit. Wij komen aan boord.'

Bianco kon niet bedenken hoe ze dat wilden aanpakken. Er was een heliplatform op het achterschip, maar daar stond zijn eigen Sikorsky onder zeildoek. Toen stootte de kapitein hem aan en gebaarde hij recht voor zich uit. Er lagen drie zwarte stippen op het water, één grote en twee kleine. Hun neus stak omhoog en ze naderden snel.

'Topsnelheid,' snauwde Bianco. 'Volle kracht vooruit!'

Dat was een domme reactie, zoals de kapitein direct opmerkte.

'Chef, we zijn niet snel genoeg. Als we dat proberen, verraden we onszelf alleen maar.'

Bianco keek naar de in de lucht hangende Little Bird, de racende RHIB's en het geweer dat van vijftig meter afstand op zijn hoofd was gericht. Hij had geen andere keus dan bluffen. Hij knikte.

'Motoren uit,' zei hij voordat hij naar buiten liep. De wind joeg door zijn haren maar viel toen weg. Hij zette een enorme glimlach op en zwaaide als iemand die maar al te graag meewerkt. De SEAL's waren vijf minuten later aan boord.

Luitenant ter zee 1ste klasse Casey Dixon was angstvallig beleefd. Hij had te horen gekregen dat zijn doelwit 'iets bij zich had', en dat was voor hem genoeg. Hij wees het aanbod van champagne voor hem en zijn soldaten af en liet de eigenaar en de bemanning naar het achterschip leiden en onder bedreiging van vuurwapens bewaken. Van de *Chesapeake* was nog geen spoor te bekennen. Zijn duiker pakte zijn zuurstoffles en ging over de reling. Na een halfuur was hij weer terug. Eenmaal boven water meldde hij dat er geen deuren in de romp waren, geen blisters en geen bengelende nylonkoorden.

De twee snuffelspecialisten gingen aan het werk. Hun was verteld dat in het korte, bange telefoongesprekje van de parochiepriester alleen sprake was geweest van een 'grote hoeveelheid'. Hoe groot was dat?

De spaniël ving de geur op en het bleek een ton te zijn. De *Orion Lady* was niet een van de schepen waarin Juan Cortez een bijna niet te ontdekken schuilplaats had gebouwd. Bianco had gedacht dat hij alles met pure arrogantie kon oplossen. Hij nam aan dat zo'n luxejacht, dat goed bekend was in de duurste en beroemdste pleisterplaatsen tussen Monte Carlo en Fort Lauderdale, wel boven elke verdenking verheven zou zijn, en hijzelf daarmee ook. En als de oude jezuïet niet had geholpen vier gemartelde lijken een oerwoudgraf te geven, had hij misschien wel gelijk gekregen.

Net als bij de Britse SBS was het ook hier te danken aan de spaniëlneus, die uiterst gevoelig is voor de geuren van lucht. Het dier begon aan een bepaald paneel in de vloer van de machinekamer te krabben. Het rook er te fris – het was kortgeleden open geweest. Het paneel leidde naar het lenswater.

Net als bij de Britten op de Atlantische Oceaan zetten de snuffelexperts hun ademhalingsmaskers op en lieten zich in het lenswater glijden. Lenswater stinkt ook op een luxejacht. De balen kwamen stuk voor stuk naar buiten, en de SEAL's die geen gevangenen bewaakten, hesen ze naar boven en stapelden ze tussen de grote salon en het heliplatform. Bianco protesteerde luidruchtig. Hij had geen idee wat dat waren... het was allemaal een truc... een misverstand... hij kende de gouverneur van Florida. Zijn geschreeuw verstomde tot een gemompel toen hij de zwarte kap op kreeg. Commandant Dixon schoot zijn vuurpijl omhoog en de rondcirkelende Global Hawk Michelle zette de stoorapparatuur uit. In werkelijkheid had de *Orion Lady* zelfs geen poging gedaan om iets uit te zenden. Toen er weer communicatie mogelijk was, riep Dixon de *Chesapeake* dichterbij.

Twee uur later zaten Nelson Bianco, zijn kapitein en de hele bemanning in het cachot op het voorschip, samen met de zeven overlevenden van de twee snelgangers. De rijke playboy meed zulk gezelschap doorgaans en moest er dus weinig van hebben. Maar ze bleven nog een hele tijd zijn gezelschap en tafelgenoten, en aan zijn liefde voor de tropen werd ruimschoots voldaan, zij het dan midden op de Indische Oceaan. Alleen meisjes stonden niet op het menu.

Zelfs de explosievenexpert vond het jammer.

'Moeten we het jacht echt laten zinken, commandant? Hij is zo mooi!'

'Ik heb mijn bevelen,' zei de commandant. 'Geen uitzonderingen.'

De SEAL's stonden op de *Chesapeake* te kijken hoe het jacht ontplofte en zonk. '*Hooyah!*' zei een van hen, maar in dit woord waarmee de SEAL's altijd hun vreugde uiten, klonk op de een of andere manier spijt door. Toen de zee weer leeg was, voer de *Chesapeake* weg. Een uur later passeerde een ander vrachtschip, en de schipper daarvan, die door zijn verrekijker keek, zag gewoon een varend graanschip en besteedde er geen aandacht aan.

In heel Duitsland had de politie de tijd van haar leven. In zijn uitvoerige bekentenis had Eberhardt Milch – inmiddels verborgen onder dikke lagen van officiële geheimhouding om zijn leven te beschermen – een dozijn grote importeurs genoemd wier ladingen hij door de Hamburgse haven had geloodst. Die werden na een inval allemaal gesloten.

De nationale politie en de deelstaatkorpsen sloegen toe in pakhuizen, pizzeria's (de favoriete dekmantel van de 'Ndrangheta), supermarkten en kunstnijverheidswinkels gespecialiseerd in traditioneel houtsnijwerk uit Zuid-Amerika. Ze sneden ladingen tropisch fruit in blik open vanwege het zakje wit poeder dat in elk blik verborgen was, en sloegen Mayabeelden uit Guatemala kapot. Door toedoen van één man was de hele Duitse operatie van de Don naar de maan.

Maar de Cobra wist heel goed dat het verlies van cocaïne-importen die het punt van aflevering gepasseerd waren door de Europese bendes gedragen moest worden. Alleen vóór dat punt kwam het verlies voor rekening van het Kartel. Dat gold ook voor de zeecontainer met de valse achterkant, die de Hamburgse haven nooit verlaten had, net als voor de lading van de *Orion Lady*, die bestemd was voor de Cubaanse bende in Zuid-Florida en nog steeds op zee had moeten zijn. De uitblijvende aankomst in Fort Lauderdale was niet opgemerkt. Nog niet.

Maar de rattenlijst had zichzelf bewezen. De Cobra had de man in Hamburg willekeurig geselecteerd als een van de 117 namen. De kans dat alles een verzinsel was, was heel klein.

'Zullen we het meisje vrijlaten?' vroeg Dexter.

Devereaux knikte. Persoonlijk kon ze hem niets schelen, want een vermogen tot medelijden had hij nauwelijks. Maar ze was nuttig geweest.

Dexter bracht het proces op gang. Dankzij stille interventie was inspecteur Paco Ortega van de UNDYCO in Madrid gepromoveerd tot hoofdinspecteur, en ze hadden hem beloofd dat hij binnenkort Julio Luz en de Banco Guzmán te pakken mocht nemen.

Hij luisterde naar Cal Dexter aan de andere kant van de oceaan en bereidde zijn list voor. Een jonge undercoveragent speelde de rol van bagagehandler. Hij werd met veel lawaai en in het openbaar gearresteerd in een café, en de media waren van tevoren getipt. Verslaggevers interviewden de barman en twee vaste klanten, en die waren het met elkaar eens.

Gebaseerd op een niet te traceren zegsman bracht *El País* een groot artikel over het oprollen van een bende die drugs probeerde te smokkelen in de bagage van nietsvermoedende reizigers tussen Barajas en Kennedy bij New York. De meeste bendeleden waren gevlucht, maar één handler was opgepakt en noemde vluchten waarbij hij na de gebruikelijke controles koffers had geopend om er cocaïne in te stoppen. In sommige gevallen kon hij die koffers zelfs beschrijven.

De heer Boseman Barrow was geen gokker. Hij was geen liefhebber van casino's, dobbelstenen, kaarten en paarden als een manier om geld over de balk te smijten. Maar als hij dat wel was geweest – dat moest hij toegeven – dan zou hij beslist veel geld hebben gezet op het feit dat señorita Letizia Arenal voor lange tijd achter de tralies zou verdwijnen. En dan zou hij verloren hebben.

Het dossier uit Madrid bereikte de DEA in Washington, en een onbekende autoriteit gaf bevel om een kopie van de gedeelten over de heer

Barrows cliënt naar het OM in Brooklyn te sturen. Eenmaal daar aangekomen moest op basis daarvan actie worden ondernomen. Niet alle juristen zijn slecht, hoe weinig modieus die mening ook is. Het OM verwittigde Boseman Barrow van het nieuws uit Madrid. Hij diende direct een verzoek in om de aanklacht in te trekken. Haar onschuld stond nog niet helemaal vast, maar de twijfel was nu zo groot als een zeppelin.

Het kwam tot een zitting in de raadkamer met een rechter die samen met Boseman Barrow gestudeerd had, en het verzoek werd toegewezen. Het lot van Letizia Arenal lag nu in handen van de ICE, de Immigration and Customs Enforcement. Zij bepaalden dat de Colombiaanse weliswaar niet meer vervolgd werd maar ook niet in de VS mocht blijven. Ze vroegen haar waarheen ze gedeporteerd wilde worden, en ze koos Spanje. Twee marshals van de ICE brachten haar naar Kennedy.

Paul Devereaux begreep dat zijn eerste dekmantel zijn langste tijd gehad had. Die dekmantel was dat hij voor zijn vijanden niet bestond. Hij had op basis van alles wat hij te pakken kon krijgen de persoon en het karakter van een zekere don Diego Esteban bestudeerd, de man die het opperhoofd van het Kartel scheen te zijn, hoewel dat nooit bewezen was.

Dat deze meedogenloze hidalgo, deze postimperiale aristocraat met Spaanse voorouders zo lang ongrijpbaar was geweest, had veel redenen.

Een ervan was ieders absolute weigering om tegen hem te getuigen. Een andere was de handige verdwijning van iedereen die zich tegen hem verzette. Zelfs dat zou niet genoeg zijn geweest zonder een enorme politieke invloed. En die had hij op hoog niveau en in ruime mate.

Hij gaf enorme bedragen aan goede doelen, en dat werd altijd met veel publiciteit omgeven. Hij steunde scholen, ziekenhuizen, studiefondsen... altijd voor mensen uit de arme wijken.

Hij steunde ook – maar veel heimelijker – de politiek, niet één partij maar allemaal, ook president Juan Manuel Santos, die gezworen had de cocaïne-industrie te verpletteren. In elk geval zorgde hij ervoor dat deze giften bekend waren bij de mensen die ertoe deden. Hij betaalde zelfs de opleiding van de kinderen van vermoorde politiemensen en douaniers, ook als hun collega's vermoedden dat hij de moord zelf bevolen had.

En bovenal was hij royaal jegens de katholieke Kerk, en er was geen klooster of parochiehuis in slechte staat of hij deed een gift voor de restauratie. Dat gebeurde altijd heel zichtbaar, net als het feit dat hij vaak de mis bijwoonde tussen de boeren en landarbeiders in de parochiekerk naast zijn officiële plattelandsresidentie, en niet op de talrijke en gevarieerde boerderijen die onder valse namen in zijn bezit waren en waar hij de andere leden van de Broederschap ontmoette; de organisatie die gesticht was voor de fabricage en distributie van tot achthonderd ton cocaïne per jaar.

'Hij is een maestro,' mompelde Devereaux bewonderend en hij hoopte dat de Don niet ook het boek *Ping Fa, de kunst van de oorlogvoering* had gelezen.

De Cobra wist dat de lijst van vermiste ladingen, gearresteerde agenten en geruïneerde handelsnetwerken niet veel langer als puur toeval afgedaan kon worden. Een verstandig mens aanvaardt maar een beperkt aantal toevalligheden, en hoe groter de paranoia, des te kleiner het aantal. De eerste dekmantel, die van zijn onbekendheid, zou snel verdwijnen en dan wist de Don dat hij een nieuwe en veel gevaarlijker vijand had gekregen, iemand die zich niet aan de regels hield.

Daarna kwam dekmantel nummer twee: onzichtbaarheid. Soen Tsoe had verklaard dat een onzichtbare vijand onoverwinnelijk is. Deze wijze, oude Chinees leefde lang vóór de supertechnologie van Devereaux' eigen wereld. Maar er waren nieuwe wapens die de Cobra onzichtbaar hielden, lang nadat de Don het bestaan van een nieuwe vijand was gaan beseffen.

Een belangrijke factor bij de onthulling van zijn bestaan was de rattenlijst. Het oprollen van alle 117 corrupte ambtenaren was eenvoudig te veel voor één enkele campagne. Hij wilde de ratten heel langzaam aan de politiemolen opvoeren totdat ergens in Colombia de peso viel. En hoe dan ook, vroeg of laat kwam er een lek.

In die week in augustus stuurde hij Cal Dexter met slecht nieuws naar drie overheidsinstellingen, die hopelijk uiterste discretie zouden betrachten.

Tijdens een week van veel reizen en vergaderen vertelde Cal Dexter de Amerikanen dat er in de haven van San Francisco een rotte appel rondliep. De Italianen hoorden dat er in Ostia een corrupte hoge douaneambtenaar was, en de Spanjaarden moesten de havenmeester in Santander maar eens schaduwen.

In alle gevallen drong hij aan op 'toevallige' cocaïnevondsten die tot de noodzakelijke arrestaties konden leiden. Hij kreeg zijn zin.

De Cobra had geen enkele belangstelling voor de Amerikaanse en Europese straatbendes. Het gajes was zijn probleem niet. Maar steeds als een helper van het Kartel achter de tralies verdween, steeg het aantal onderscheppingen exponentieel. En voordat de lading was overgedragen, kwam het verlies voor rekening van het Kartel. De bestellingen moesten alsnog geleverd en aangevuld worden. En op den duur zou dat niet mogelijk blijken.

Álvaro Fuentes was zeker niet van plan om de oceaan naar Afrika over te steken in een stinkende vissersboot zoals de *Belleza del Mar*. Als plaatsvervanger van Alfredo Suárez nam hij de *Arco Soledad*, een vrachtschip van 6.000 ton.

Het schip was groot genoeg voor een niet erg ruime maar wel afgeschermde kapiteinshut, en die werd door Fuentes in beslag genomen. De kapitein moest in de hut van de stuurman slapen en was daar ongelukkig over, maar hij kende zijn plaats en protesteerde niet.

Zoals de Don bevolen had, werd de bestemming van de *Arco Soledad* verlegd van de Liberiaanse hoofdstad Monrovia naar Guinee-Bissau, want daar scheen het probleem te liggen. Maar de lading bestond nog steeds uit vijf ton onversneden cocaïne.

Het was een van de koopvaardijschepen waarop Juan Cortez zijn bekwaamheden had beproefd. Onder de waterlijn waren twee stabilisatoren aan de romp gelast, maar die hadden een dubbel doel. Ze maakten het schip stabieler, waardoor de bemanning bij ruw weer een prettiger overtocht had. Maar ze waren ook hol en bevatten allebei tweeënhalve ton zorgvuldig verpakte balen.

Het hoofdprobleem bij zulke dragers onder water was dat ze alleen geladen en geleegd konden worden als het schip buiten het water lag. Dat betekende: veel ingewikkeld gedoe in een droogdok en het grote gevaar van getuigen, of op het strand gaan liggen en urenlang wachten totdat het eb werd.

Maar Cortez had vrijwel onzichtbare kliksluitingen aangebracht waarmee een duiker in elke stabilisator snel grote panelen kon losmaken. Daarna konden ze de goed waterdicht gemaakte en aan elkaar gebonden balen eruit trekken, naar het oppervlak laten drijven en aan boord brengen van het ontvangende schip voor de kust.

En bovendien had de *Arco Soledad* een volstrekt legale lading koffie in zijn ruimen plus de papieren waaruit bleek dat die betaald was en verwacht werd door een handelsonderneming in Bissau. Maar daarmee hield het goede nieuws op.

Het slechte nieuws was dat de *Arco Soledad* al een hele tijd aan de hand van Cortez' beschrijving gelokaliseerd en van boven gefotografeerd was. Toen het schip de vijfendertigste lengtegraad passeerde, pikte Global Hawk Sam het beeld op. Sam vergeleek, bevestigde de identificatie en gaf het door aan de basis Creech in Nevada.

Nevada gaf het door aan Washington, en het sjofele pakhuis in Anacostia vertelde het aan het ms *Balmoral*, dat een onderschepping voorbereidde. Voordat majoor Pickering en zijn duikers in het water sprongen, wisten ze precies wat ze zochten, waar het was en hoe ze de verborgen sluitingen moesten bedienen.

De eerste drie dagen op zee hield Álvaro Fuentes zich strikt aan zijn instructies. Dag en nacht stuurde hij elke drie uur plichtsgetrouw e-mails naar zijn wachtende 'vrouw' in Barranquilla. Ze waren zo banaal en op zee zo doodgewoon dat de NSA in Fort Meade er normaal geen aandacht aan had besteed. Maar nu was men gewaarschuwd en werden alle berichten uit de cyberspace geplukt en naar Anacostia doorgestuurd.

Toen Sam, rondcirkelend op een hoogte van 40.000 voet, de *Arco Soledad* en de *Balmoral* veertig mijl uit elkaar zag liggen, zette het toestel boven het vrachtschip de stoorapparatuur aan en was Fuentes van de buitenwereld afgesneden. Hij zag de helikopter boven de horizon verschijnen en met een draai op hem af komen en zond een serie noodsignalen uit. Daar bereikte hij niets mee.

Pogingen tot verzet van de *Arco Soledad* tegen de enterende commando's in het zwart hadden geen zin. De kapitein gaf nog een fraai staaltje boosheid ten beste en zwaaide met zijn scheepspapieren, de laadbrief en kopieën van de koffiebestelling uit Bissau. De mannen in het zwart hadden er geen belangstelling voor.

De kapitein brulde nog steeds 'piraterij!' maar werd samen met de bemanning en Álvaro Fuentes geboeid, van een kap voorzien en naar het achterschip gebracht. Zodra ze niets meer konden zien, hield het geschreeuw op en liet majoor Pickering de *Balmoral* komen. Terwijl het voormalige graanschip nog onderweg was, gingen de twee duikers al aan het werk. Het kostte iets minder dan een uur. De spaniëls waren niet nodig en bleven op het moederschip.

Nog voordat de *Balmoral* langszij lag, dreven er twee strengen met dichtgebonden balen in het water. Ze waren zo zwaar dat de kraan van de *Arco Soledad* nodig was om ze aan boord te krijgen. De *Balmoral* hees ze van het dek van de trampboot en nam ze in beslag.

Fuentes, de kapitein en de vijf bemanningsleden waren heel stil geworden. Ze konden niets zien, maar hoorden wel de knarsende kraan en het zwaar gebons toen een lange reeks voorwerpen druipend van het water aan dek kwam. Ze wisten wat erin zat. Geen klachten meer over piraterij.

De Colombianen verhuisden net als hun lading naar de *Balmoral*. Ze begrepen dat ze nu op een veel groter schip waren, maar kenden geen naam en konden het niet beschrijven. Vanaf het dek werden ze naar het cachot in het voorschip gebracht, waar hun kappen werden afgedaan en waar ze de plaats innamen die voordien door de bemanning van de *Belleza del Mar* bezet was.

De duikers van de SBS kwamen terug en ook zij dropen van het water. Hun onderwatercollega's van het schip dat de *Arco Soldedad* opwachtte, zouden de verwijderde panelen natuurlijk weer bevestigd hebben, maar nu iedereen het lot van het schip kende, mocht het rustig water maken.

De explosievenexpert was als laatste klaar. Toen de afstand tussen de twee schepen een halve mijl bedroeg, drukte hij op de knop.

'Moet je die koffie ruiken,' zei hij schertsend toen de *Arco Soledad* schuddend volliep en zonk. En inderdaad rook de zeewind even naar gebrande koffie toen de kneedbom één nanoseconde lang een hitte van 5.000 graden bereikte. Toen was het schip weg.

De ene RIB die nog op het water lag, ging naar de plaats terug en verzamelde de paar drijvende stukken afval die een goede waarnemer had kunnen zien. Ze werden in een net verzameld, verzwaard en afgezonken. De oceaan, blauw en rustig aan het einde van augustus, zag er weer uit zoals altijd: leeg.

Aan de andere kant van de oceaan kon Alfredo Suárez zijn oren niet geloven. Hij kon ook geen manier bedenken om het don Diego te vertellen zonder het loodje te leggen. Zijn slimme jonge assistent zond al twaalf uur lang geen berichten meer. Dit was ongehoorzaamheid, dat wil zeggen: waanzin, of een ramp.

Hij had een bericht gekregen van zijn Cubaanse klanten die het grootste deel van de handel in Zuid-Florida beheersten: de *Orion Lady* was niet in Fort Lauderdale gearriveerd. Ook de havenmeester, die een peperdure kadeplaats voor het schip vrijhield, wachtte vergeefs. Uit discreet onderzoek bleek dat ook hij zonder succes geprobeerd had contact op te nemen. Het schip was drie dagen over tijd en antwoordde niet.

Sommige ladingen waren goed aangekomen, maar door de reeks mislukkingen op zee en in de lucht plus een grote vangst van de Hamburgse douane was het percentage 'veilige aankomsten' tot de helft van het tonnage gedaald. Hij had de Don een percentage van minimaal vijfenzeventig beloofd. Voor het eerst begon hij te vrezen dat zijn beleid van een klein aantal grote ladingen, vergeleken met de allebeetjes-helpen-aanpak van zijn overleden voorganger, niet werkte. Hij was niet erg godvruchtig, maar bad nu dat er niets ergers meer zou gebeuren, wat overduidelijk bewees dat bidden niet altijd nuttig is. Er stonden hem nog veel ergere dingen te wachten.

De man die deze 'ergere dingen' aan het bedenken was, zat ver weg in de beschaafde, historische stad Alexandria over zijn campagne te peinzen.

Hij had drie speerpunten gecreëerd. De eerste was het gebruik van de kennis over alle vrachtschepen waarop Juan Cortez gewerkt had. Die stelde de gewone wetshandhavers – marine, douanes, kustwachten – in staat de zeereuzen te onderscheppen, 'toevallig' geheime bergplaatsen te ontdekken en dus zowel de cocaïne te confisqueren als de schepen op te brengen.

Dat kwam omdat de meeste schepen in het Lloyd's Register gewoon te groot zijn om ze ongemerkt te laten zinken zonder veel opschudding in de scheepvaartwereld en zware pressie op regeringsniveau te veroorzaken. Verzekeraars en eigenaars waren bereid corrupte bemanningen te ontslaan en boetes te betalen, maar ze verklaarden zich onschuldig op directieniveau en weigerden het verlies van een heel schip te aanvaarden.

Onderscheppingen op zee door officiële instanties frustreerden ook de bekende tactiek waarbij een schip de cocaïne op zee overnam van een vissersboot waarna het spul weer vóór de volgende haven werd overgeladen. Dit kon niet eeuwig goed gaan, niet eens een lange tijd. Hoewel Juan Cortez schijnbaar als verbrand lijk in Cartagena begraven was, moest snel duidelijk worden dat iemand veel te veel wist over de geheime bergplaatsen die hij gemaakt had. Van subtiliteiten bij 'toevallige' vondsten kon op zeker moment geen sprake meer zijn.

Hoe dan ook, triomfen van het officiële gezag werden nooit verzwegen. Ze werden snel openbaar en raakten ook bij het Kartel bekend.

De tweede speerpunt was een serie ongeregelde en schijnbaar willekeurige incidenten in allerlei havens en luchthavens op de twee continenten, waar vanwege een afschuwelijk toeval een inkomende cocaïnelading werd ontdekt, gevolgd door de arrestatie van de omgekochte ambtenaar die als 'smeerolie' dienstdeed. Maar een dergelijk toeval kon niet eeuwig toevallig blijven.

Als levenslange contraspion nam hij – wat niet vaak voorkwam – zijn pet af voor Cal Dexter, die de rattenlijst te pakken had gekregen.

Hij vroeg nooit wie de mol in het Kartel kon zijn, maar de saga van het Colombiaanse meisje dat in New York om de tuin was geleid, had er natuurlijk iets mee te maken.

Hij hoopte dat de mol inderdaad een diep gat groef, want hij kon de helpers van het Kartel niet eeuwig op vrije voeten laten. Als het aantal mislukte operaties in Amerikaanse en Europese havens steeg, werd duidelijk dat iemand namen en functies had gelekt.

Voor iemand die iets over ondervragen wist en ook Aldrich Ames had gebroken, was het goede nieuws dat deze functionarissen weliswaar inhalig en corrupt waren, maar geen ervaring met de onderwereld hadden en in die zin niet 'hard' waren. De ontmaskerde Duitser bekende inmiddels dat het een lieve lust was, en dat zouden ook de meeste anderen gaan doen. Na zulke huilende bekentenissen volgde een kettingreactie van arrestaties en sluitingen. En het aantal toekomstige onderscheppingen zonder officiële hulp zou razendsnel stijgen. Dat hoorde bij zijn plannen.

Maar zijn echte troef was de derde speerpunt, die veel tijd en moeite had gekost en in de voorbereidingsfase een groot deel van zijn budget had opgeslokt.

Hij noemde het de 'verbijsteringsfactor' en hanteerde die al jarenlang in de spionnenwereld die James Jesus Angleton, zijn voorganger bij de CIA, ooit 'een wildernis van spiegels' had genoemd. Het ging om de onbegrijpelijke verdwijning van de ene lading na de andere.

Intussen gaf hij de namen en details van nog vier ratten vrij. Half september reisde Cal Dexter naar Athene, Lissabon, Parijs en Amsterdam. Al zijn onthullingen wekten schrik en afschuw, maar in alle gevallen werd hem verzekerd dat elke arrestatie voorafgegaan zou worden door een zorgvuldig geënsceneerd 'incident' rond een inkomende lading cocaïne. Hij beschreef het opzetje in Hamburg en stelde het als model voor.

Hij kon de Grieken vertellen over een corrupte douaneman in Piraeus, de haven van Athene. Een Portugees kreeg smeergeld in de kleine maar drukke haven van Faro aan de Algarve. Frankrijk herbergde een groot knaagdier in Marseille. En Nederland had het probleem dat daar de grootste vrachthaven van Europa lag: het Rotterdamse Europoort.

Francisco Pons ging met pensioen en was daar verdomd blij om. Hij had vrede gesloten met zijn gezette en huiselijke vrouw Victoria en had zelfs een koper voor zijn Beech King Air gevonden. Hij had dat allemaal uitgelegd aan de man voor wie hij over de oceaan vloog, een zekere señor Suárez, die zijn uitleg over leeftijd en stijfheid aanvaardde en met hem afsprak dat hij die september zijn laatste vlucht voor het Kartel zou uitvoeren. Het was niet zo erg, zei hij tegen señor Suárez: zijn jonge, gretige tweede piloot wilde niets liever dan gezagvoerder worden en het bijbehorende salaris verdienen. En er was hoe dan ook een nieuw en beter vliegtuig nodig. Hij taxiede dus naar de startbaan van Boavista en steeg op. Hoog boven hem werd hij als puntje opgemerkt door de brede radarscanner van Global Hawk Sam en met de databank vergeleken.

Die databank deed de rest en identificeerde het bewegende puntje als een King Air, afkomstig van de Rancho Boavista, maar merkte ook op dat een Beech King Air niet zonder extra ingebouwde brandstoftanks kan oversteken en dat het toestel in noordoostelijke richting naar de vijfendertigste lengtegraad vloog. Daar voorbij lag alleen Afrika. Iemand in Nevada gaf instructies aan majoor João Mendoza en zijn grondbemanning om een vlucht voor te bereiden.

De naderende Beech was al twee uur onderweg en zijn vleugeltanks waren bijna leeg. De tweede piloot zat aan de knoppen. Diep beneden en ergens voor hen voelde de Buccaneer de mokerslag van de RATO-raketten. Het toestel joeg over de startbaan en raasde weg over de donkere zee. Het was een maanloze nacht.

Zestig minuten later hing de Braziliaan boven zijn onderscheppingspunt en cirkelde hij met een trage 300 knopen rond. Ergens in het zuidwesten ploegde de King Air onzichtbaar door het donker. Het toestel vloog nu op zijn reservetanks; achter de cockpit waren twee pompers aan het werk.

'Klim naar twaalfduizend, maar blijf rustig cirkelen,' zei de warme stem uit Nevada. Net als Lorelei had ze een heerlijke stem om mensen naar hun dood te lokken. De reden voor de instructie was Sams melding dat de King Air was gestegen om over een wolkenbank heen te vliegen.

Ook zonder maan geven de sterren boven Afrika veel licht. Een wolkenbank lijkt dan ook een wit laken dat licht weerkaatst. De sterren werpen er schaduwen op. De Buccaneer werd naar een positie op vijf mijl achter de King Air en duizend voet erboven geleid. Mendoza bekeek het bleke plateau voor hem. Het was niet helemaal vlak; hier en daar staken er altocumuluswolken uit. Hij nam gas terug om te voorkomen dat hij het toestel te snel inhaalde.

Toen zag hij het. Een schaduw tussen twee cumulusheuvels die de lijn van de stratus misvormde. Even was het weg, toen was het weer terug.

'Hebbes,' zei hij. 'Is vergissen uitgesloten?'

'Uitgesloten,' zei de stem in zijn oren. 'Er is verder niets in de lucht.'

'Roger. Contact.'

'Contact bevestigd. Ga uw gang.'

Hij drukte iets in. De afstand werd kleiner. Veiligheidspal los. Doelwit gleed het vizier in, steeds dichterbij. Vierhonderd meter.

De twee stromen granaten vlogen weg en kwamen samen op de staart van de Beech. De staart verbrijzelde, maar de granaten vlogen de romp in door de rij brandstoftanks en naar de cockpit. De twee pompers waren in een tiende van een seconde dood en uit elkaar gespat; de piloten zouden hun voorbeeld gevolgd hebben als de exploderende brandstof niet sneller was geweest. Net als de Transall implodeerde de Beech en viel in brandende splinters door het wolkendek.

'Doelwit neergestort,' zei Mendoza. Al weer een ton cocaïne die niet in Europa kwam.

'Begin uw terugvlucht,' zei de stem. 'Uw koers is...'

Alfredo Suárez had geen keus meer. Hij moest de Don de litanie van slecht nieuws vertellen, want hij was bij hem geroepen. De hoogste man van het Kartel had een zesde zintuig voor gevaar, anders had hij het nooit zo lang uitgehouden in een van de kwaadaardigste milieus ter wereld.

Hij dwong zijn transportdirecteur om beetje bij beetje alles te melden. De twee schepen en nu ook twee vliegtuigen die verdwenen voordat ze hun bestemming bereikt hadden; de twee snelgangers op de Caribische Zee die niet op het afgesproken punt kwamen opdagen en nooit meer gezien waren, net als hun bemanningen; de playboy die verdween met een ton puro, bestemd voor de waardevolle Cubaanse klanten in Zuid-Florida. Plus de ramp in Hamburg.

Hij had verwacht dat de Don zou ontploffen van woede. Het omgekeerde gebeurde. De Don had als jongen geleerd wat adeldom inhoudt: je mag geïrriteerd zijn over kleine dingen, maar grote rampen vereisen beschaafde kalmte. Hij vroeg Suárez te blijven zitten. Hij stak een dunne, zwarte sigaar op en ging in de tuin wandelen.

In zijn hart raasde een moorddadige woede. Er ging bloed vloeien. Dat zwoer hij. Er ging geschreeuwd worden. Er gingen koppen rollen. Maar eerst een analyse.

Tegen Roberto Cárdenas viel niets te bewijzen. De ontmaskering van iemand op zijn loonlijst in Hamburg was waarschijnlijk pech. Toeval. Maar de rest niet. Geen vijf schepen op zee en twee vliegtuigen in de lucht. Het waren ook niet de wetshandhavers – die zouden persconferenties hebben gegeven en trots de in beslag genomen balen hebben getoond. Daaraan was hij gewend. Zij mochten zich verkneukelen over de kruimels. De hele cocaïne-industrie had een omzet van 300 miljard dollar per jaar. Dat was meer dan de begroting van de meeste landen, afgezien van de dertig rijkste.

De winsten waren torenhoog, en geen enkel aantal arrestaties stuitte het leger vrijwilligers die stonden te trappelen om de plaats van de doden en gevangenen in te nemen; zo torenhoog dat Gates en Buffet daarbij vergeleken straatventers waren. Het equivalent van hun hele rijkdom werd elk jaar verdiend met cocaïne.

Maar ladingen die niet aankwamen... dat was gevaarlijk. Het importmonster moest gevoed worden. Het Kartel was gewelddadig en wraakzuchtig, maar dat gold ook voor de Mexicanen, Italianen, Cubanen, Turken, Albanezen, Spanjaarden en de rest, waar georganiseerde bendes een moord pleegden wegens een ongelukkig woord.

Het toeval kon geen verklaring meer zijn. Maar wie stal dan zijn product, doodde zijn bemanningen en liet hele ladingen in rook opgaan?

Voor de Don was dit verraad of diefstal, en diefstal was een andere vorm van verraad. Op verraad is maar één reactie mogelijk. Identificeer en straf met uitzinnig geweld. De onbekende daders moesten een lesje leren. Dat was niets persoonlijks, maar zo ga je nu eenmaal niet met de Don om.

Hij liep terug naar zijn bevende gast.

'Laat de Handhaver komen,' zei hij.

12

Handhaver Paco Valdez en zijn twee medewerkers vlogen naar Guinee-Bissau. De Don wilde niet nog meer verdwijningen op zee riskeren. Ook weigerde hij de DEA een plezier te doen door zijn ondergeschikten per lijnvliegtuig te laten reizen.

In de eerste tien jaar van het derde millennium was de surveillance van en de controle op alle intercontinentale vluchten zo volledig geworden dat Valdez met zijn ongewone uiterlijk waarschijnlijk opgemerkt en gevolgd zou worden. Daarom vloog hij in de eigen Grumman G4 van de Don.

Don Diego had beslist gelijk... tot op zekere hoogte. Het luxueuze, tweemotorige directievliegtuig moest nog steeds in een vrijwel rechte lijn van Bogotá naar Guinee-Bissau vliegen en kwam daarmee onder het grote oog van Global Hawk Sam terecht. De Grumman werd dus gelokaliseerd, geïdentificeerd en opgeslagen. Toen de Cobra het nieuws hoorde, glimlachte hij tevreden.

De Handhaver werd op het vliegveld van Bissau opgewacht door het operationele hoofd van het Kartel in Guinee-Bissau, Ignacio Romero. Romero was hoger in rang, maar gedroeg zich hoogst onderdanig. Op de eerste plaats was Valdez de persoonlijke afgezant van de Don; op de tweede plaats had hij in de hele cocaïnehandel een angstaanjagende reputatie. En op de derde plaats moest Romero de verdwijning van vier grote ladingen melden, twee per schip en twee per vliegtuig.

Dat ladingen verloren gingen, was een onvermijdelijk risico van deze handel. In veel sectoren daarvan, vooral op de directe routes naar Noord-Amerika en Europa schommelde dat risico rond de vijftien procent. De Don vond dat aanvaardbaar, zolang de uitleg logisch en overtuigend was. Maar tijdens Romero's hele optreden in Guinee-Bissau waren de verliezen op de West-Afrikaanse routes bijna nul geweest, en dat was de reden waarom de hoeveelheid cocaïne die via de Afrikaanse omweg voor de Europese markt bestemd was, in vijf jaar was toegenomen van twintig tot zeventig procent van het totaal.

Romero was heel trots op die cijfers. Hij had een vloot Bijagoskano's en diverse snelle pseudovissersboten tot zijn beschikking, allemaal uitgerust met gps om voor het overladen van de cocaïne op de juiste plaats te kunnen zijn.

Bovendien had hij de militaire top in zijn zak. Tijdens het uitladen deden generaal Djalo Gomes' soldaten het zware sjouwwerk; de generaal zelf kreeg zijn aandeel in cocaïne uitbetaald en stuurde zijn eigen ladingen in samenwerking met de Nigerianen naar het noorden. De betalingen werden verricht via het West-Afrikaanse legertje van Libanese geldmakelaars. De generaal was naar mondiale maatstaven al een rijk man en naar West-Afrikaanse maatstaven een Croesus.

En nu dit. Vier ladingen waren niet alleen verloren gegaan, maar ook van de aardbodem verdwenen zonder één spoor achter te laten. Zijn samenwerking met de afgezant van de Don sprak vanzelf, en hij vond het een opluchting dat het zogenoemde Beest zich heel opgewekt en goedgehumeurd gedroeg. Hij had beter moeten weten.

Zoals altijd wanneer iemand op het vliegveld een Colombiaans paspoort liet zien, waren er ineens geen formaliteiten meer. De driekoppige bemanning kreeg opdracht in de G4 te blijven, de VIP-suite te gebruiken en nooit het toestel te verlaten zonder dat minstens één van hen achterbleef. Toen reed Romero zijn gasten in zijn grote SUV door de in puin geschoten stad naar zijn enorme huis aan het strand, zestien kilometer buiten het centrum.

Valdez had twee assistenten meegenomen. De ene was klein maar buitengewoon breed en vlezig, de andere lang, mager en pokdalig. Ze hadden allebei een koffer bij zich die niet geïnspecteerd werd. Elke ambachtsman heeft gereedschap nodig.

De Handhaver bleek een makkelijke gast. Hij wilde een eigen auto hebben en vroeg een tip voor een goed lunchrestaurant buiten de stad. Romero stelde het Mar Azul voor aan de oevers van de Mansoa voorbij Quinhamel, en wel vanwege de verse kreeft. Hij bood aan zijn gasten er zelf heen te rijden, maar Valdez wuifde dat voorstel weg. Hij pakte een kaart en vertrok met de Dikkerd achter het stuur. Ze bleven bijna de hele dag weg.

Romero dacht na. Ze leken weinig geïnteresseerd in zijn waterdichte procedures om ladingen in ontvangst te nemen en door te geven voor transport naar Noord-Afrika en Europa.

Op de tweede dag verklaarde Valdez dat de lunch aan de rivier zo lekker was geweest dat ze het uitje met z'n vieren moesten herhalen. Hij ging in de SUV naast de Dikkerd zitten, die Romero's vaste chauffeur verving. Romero en de Lange Lat namen de achterbank.

De nieuwkomers bleken de route goed te kennen. Ze keken nauwelijks op de kaart en reden zelfverzekerd door Quinhamel, de onofficiele hoofdstad van de Papel-stam. De Papels waren hun invloed kwijt sinds president Vieira, een van hen, een jaar eerder door militairen met machetes in stukjes was gehakt. Sindsdien was generaal Gomes, een Balanta, de dictator geweest.

Na de stad leidde de aangegeven weg naar het restaurant linksaf en ging over in een zandpad van tien kilometer lang. Halverwege knikte Valdez, en toen nam de Dikkerd een nog smaller pad naar een verlaten cashewnotenboerderij. Op dat moment begon Romero te smeken.

'Wees stil, señor,' zei de Handhaver rustig. Toen de man luidruchtig zijn onschuld bleef volhouden, trok de Lange Lat een slank uitbeenmes en hield dat onder diens kin. Romero begon te huilen.

De boerderij was weinig meer dan een hut, maar er stond wel een stoel. Romero was te bang om te merken dat iemand de poten aan de vloer had geschroefd om schommelen tegen te gaan.

Romero's ondervragers waren heel nuchter en zakelijk. Valdez staarde met zijn cherubijnengezicht naar de overwoekerde en ongeoogste cashewnotenbomen en deed niets. Zijn assistenten sleepten Romero uit de SUV naar de boerderij, trokken de kleren van zijn bovenlijf en bonden hem vast aan de stoel. Het volgende duurde een uur.

Het Beest begon, want dat deed hij graag, tot de ondervraagde zijn bewustzijn verloor. Toen gaf hij het over. Zijn helpers brachten de man met reukzout bij kennis, en daarna stelde Valdez gewoon zijn vraag. Er was er maar één. Wat had Romero met de gestolen ladingen gedaan?

Een uur later was het bijna voorbij. De man op de stoel schreeuwde niet meer. Zijn verpletterde lippen kreunden alleen zachtjes 'neeee' toen de twee folteraars na een korte pauze opnieuw begonnen. De Dikke deed het slaan, de Lange Lat het snijden. Daar waren ze goed in.

Tegen het eind was Romero onherkenbaar. Hij had geen oren, ogen en neus meer. Al zijn knokkels waren verpletterd en zijn nagels verwijderd. De stoel stond in een plas bloed.

Valdez zag iets aan zijn voeten liggen, bukte en gooide het door de open deur naar het oogverblindende zonlicht buiten. Een paar tellen later kwam een broodmagere hond eropaf. Wit speeksel droop van zijn kaken. Het dier was hondsdol.

De Handhaver trok een automatisch pistool, spande het, richtte en schoot eenmaal. De kogel ging door beide heupen. De vosachtige hond uitte een schrille kreet en viel op de grond. Zijn voorpoten probeerden weg te lopen, maar zijn achterpoten deden niet mee. Valdez draaide zich om en stak het pistool in de holster.

'Maak hem af,' zei hij mild. 'Hij heeft het niet gedaan.' Romero's restanten stierven aan een steek van het uitbeenmes door zijn hart.

De drie mannen uit Bogotá probeerden niet te verbergen wat ze gedaan hadden. Dat lieten ze over aan Romero's plaatsvervanger, Carlos Sonora, die nu de leiding kreeg. Het opruimen was een heilzame ervaring en garandeerde toekomstige trouw.

De drie mannen trokken hun bespatte plastic regenjassen uit en rolden ze op. Allemaal baadden ze in het zweet. Bij hun vertrek zorgden ze ervoor uit de buurt van de schuimende bek van de stervende hond te blijven. Het dier lag daar lucht te happen op nog geen meter afstand van het hapje dat het uit zijn hol had gelokt. Dat was een menselijke neus.

Vergezeld door Sonora bracht Paco Valdez een beleefdheidsbezoek aan generaal Djalo Gomes, die hen in zijn kantoor in het legerhoofdkwartier ontving. Met de uitleg dat dit een gebruik van zijn volk was, had Valdez een persoonlijk geschenk van don Diego Esteban voor zijn geachte Afrikaanse collega bij zich: een weelderige bloemenvaas van mooi vervaardigd inheems aardewerk dat heel verfijnd met de hand beschilderd was.

'Voor bloemen,' zei Valdez. 'Als u ernaar kijkt, kunt u aan onze winstgevende en kameraadschappelijke vriendschap denken.'

Sonora vertaalde het in het Portugees. De Lange Lat haalde water uit de aangrenzende badkamer. De Dikkerd had een bos bloemen bij zich. Het geheel zag er prachtig uit. De generaal straalde. Niemand merkte op hoe weinig water in de vaas paste en dat de stelen van de bloemen opvallend kort waren. Valdez noteerde het nummer van de vaste telefoon, een van de weinige in de stad die echt werkten.

De volgende dag was het zondag. Het gezelschap uit Bogotá nam afscheid. Sonora zou hen naar het vliegveld rijden. Driekwart kilometer voorbij het legerhoofdkwartier beval Valdez te stoppen. Op zijn mobiele telefoon, die functioneerde dankzij de enige provider (MTN, alleen gebruikt door de elite, de blanken en de Chinezen), belde hij het vaste nummer van generaal Gomes' kantoor.

Het kostte de generaal een paar minuten om vanuit zijn aangrenzende privésuite naar zijn kantoor te komen. Toen hij opnam, stond hij op een meter afstand van de vaas. Valdez drukte op de detonator in zijn hand.

Bij de explosie stortte het grootste deel van het gebouw in, waardoor het kantoor in puin lag. Van de dictator werden een paar resten gevonden, die later naar het Balantagebied werden gebracht om ze tussen de geesten van zijn voorouders te begraven.

'Je hebt een nieuwe zakenpartner nodig,' zei Valdez tegen Sonora onderweg naar het vliegveld. 'Een eerlijke. De Don houdt niet van dieven. Zorg daarvoor.'

De Grumman had getankt en stond klaar voor vertrek. Het toestel vloog ten noorden van het Braziliaanse eiland Fernando de Noronha, waar Sam het opmerkte en meldde. De coup in West-Afrika haalde het nieuws van de BBC World Service, maar de reportage had geen beeldmateriaal en was dus kort.

Een paar dagen eerder was er een andere nieuwsuitzending geweest die niemand aan het denken zette. Ditmaal betrof het CNN vanuit New York. Normaal gesproken had de deportatie van een Colombiaanse studente die haar studies in Madrid voortzette nadat een aanklacht tegen haar in Brooklyn was ingetrokken misschien geen aandacht gekregen. Maar iemand trok ergens aan de touwtjes, en toen werd er een ploeg naartoe gestuurd.

Het was een blokje van twee minuten in het avondnieuws. Om negen uur was het er om redactionele redenen alweer afgehaald, maar zolang het duurde, toonde het een ICE-auto die bij de internationale vertrekhal aankwam, waarna twee marshals een heel knappe maar bedeesde jonge vrouw door de grote hal leidden totdat ze verdwenen door de veiligheidscontrole, waar ze niet werden aangehouden.

De verslaggever vertelde alleen dat mejuffrouw Arenal het slachtoffer was geweest van een misdadige bagagehandler, die haar koffer op weg naar New York had willen gebruiken om een kilo cocaïne te vervoeren. Die lading was diverse weken eerder bij een steekproef op Kennedy ontdekt. Dankzij de arrestatie en bekentenis van iemand in Spanje ging de Colombiaanse studente vrijuit en kon ze zich nu weer aan haar studie schone kunsten wijden.

Echt spannend was het niet, maar het werd in Colombia opgemerkt en gekopieerd. Roberto Cárdenas speelde het fragment daarna vaak af. Hij zag nu zijn dochter terug, die hij jarenlang niet gezien had, en ze deed hem denken aan haar moeder Conchita, die heel erg mooi was geweest.

Anders dan veel andere hoge bazen uit de cocaïnehandel had Cárdenas nooit een voorliefde voor opzichtige luxe gekregen. Hij kwam uit de goot en had zich in de oude kartels vechtend omhooggewerkt. Als een van de eersten viel hem de rijzende ster van de Don op, en hij besefte de voordelen van centralisatie en concentratie. Daarom had de Don, die overtuigd was van zijn trouw, hem al in een vroeg stadium in de nieuwe Hermandad opgenomen.

Cárdenas had het dierlijke instinct van een schuwe prooi. Hij kende het woud, voorvoelde het gevaar en vereffende altijd elke rekening. Deze jurist en veel te regelmatige bezoeker van Madrid had maar één zwak punt, en dat was opgevallen bij een computernerd in het verre Washington. Toen Conchita, die Letizia na hun scheiding alleen had opgevoed, aan kanker stierf, had Cárdenas zijn dochter weggehaald uit het addernest dat zijn wereld was en waarin hij gedoemd was te leven omdat hij geen andere kende.

Na de arrestatie van Eberhardt Milch in Hamburg had hij de benen moeten nemen. Hij wist het; zijn antennes lieten hem niet in de steek. Hij weigerde het gewoon. Hij had een gloeiende hekel aan het buitenland en kon zijn divisie van omgekochte buitenlandse ambtenaren alleen leiden via een ploeg jongeren die zich als vissen door een buitenlands koraal bewogen. Dat kon hij niet, en hij wist het.

Net als een dier in het oerwoud verplaatste hij zich constant van schuilplaats naar schuilplaats, zelfs in zijn eigen bos. Hij had vijftig holen, vooral in de streek rond Cartagena. Hij kocht prepaid telefoons als snoepjes en gooide ze al na één gesprek in een rivier. Hij was zo ongrijpbaar dat het Kartel soms een dag nodig had om hem te vinden. En dat was iets wat de hoogst efficiënte kolonel Dos Rios, hoofd Inlichtingen van de antidrugspolitie, niet kon.

Zijn geheime onderkomens waren meestal normale huisjes, obscuur, simpel ingericht, zelfs spartaans. Maar hij permitteerde zich één luxe: hij was verzot op zijn tv. Hij had het beste en nieuwste model plasmascherm en de schotelantenne met de beste resolutie, en die gingen altijd met hem mee.

Hij zat graag met een paar blikjes bier binnen handbereik te zappen, of keek een film op de dvd-speler die onder het scherm stond. Hij hield ook van tekenfilms, want om Wile E. Coyote moest hij lachen, en hij was van nature geen lachebek. Hij keek ook graag naar de politiedrama's op Hallmark, omdat hij dan leedvermaak kon hebben over de incompetente misdadigers die altijd gepakt werden, en de nutteloosheid van rechercheurs die Roberto Cárdenas nooit konden grijpen.

En hij was verzot op één opgenomen nieuwsuitzending, die hij steeds opnieuw afspeelde. Daarop stond een prachtige maar vermagerde jonge vrouw op een trottoir bij Kennedy Airport. Soms zette hij het beeld stil en dan staarde hij er een halfuur naar. Na wat hij gedaan had om dat stukje film mogelijk te maken, wist hij dat hij vroeg of laat een fout zou maken.

Die fout maakte hij uitgerekend in Rotterdam. Die oeroude stad zou nauwelijks nog te herkennen zijn voor een koopman die er een eeuw geleden woonde, en zelfs niet voor een Britse soldaat die begin 1945 tussen de bloemen en kussende vrouwen van deze stad had gelopen. Het verwoeste centrum was na 1945 nieuw opgebouwd, maar nog moderner was de gigantische Europoort met zijn staal, glas, beton, chroom, water en schepen.

Er worden enorme hoeveelheden olie gelost om Europa draaiend te houden, maar dat gebeurt grotendeels op eilanden vol buizen en pompen, een flink stuk buiten de stad. De tweede Rotterdamse specialiteit is echter zijn containerhaven, die niet zo groot is als de Hamburgse, maar wel even modern en gemechaniseerd.

De Nederlandse douane had in samenwerking met de politie en op grond van de oeroude frase 'handelend op basis van verkregen inlichtingen' een hoge douanefunctionaris ontmaskerd en gearresteerd. De man heette Peter van Hoogstraten.

De slimme en sluwe Van Hoogstraten was vast van plan om de beschuldiging aan te vechten. Hij wist wat hij gedaan had en waar hij het smeergeld op de bank had gezet, of liever gezegd: waar het Kartel het gezet had. Hij wilde met pensioen gaan en dan van elke cent kunnen genieten. Hij was dan ook volstrekt niet van plan om te bekennen of ook maar iets toe te geven. Vandaar het plan om tot de laatste kaart op tafel op zijn 'burger- en mensenrechten' te tamboeren. Het enige wat hem zorgen baarde was de vraag hoe het kwam dat de autoriteiten zoveel wisten. Iemand had hem ergens verraden, dat stond vast.

Nederland is trots op zijn ultraliberale klimaat maar kent een enorme onderwereld, en misschien juist vanwege die enorme tolerantie is een heel groot deel van die onderwereld in handen van Europese en niet-Europese buitenlanders.

Van Hoogstraten werkte vooral met een van die bendes, en die bestond uit Turken. Hij kende de regels van de cocaïnehandel. Het product was eigendom van het Kartel tot het uit de haven kwam en de Europese snelwegen betrad. Daarna was het van de Turkse maffia, die vijftig procent vooruit had betaald en de rest bij aflevering zou voldoen. Een lading die door de Nederlandse douane onderschept werd, was schadelijk voor beide partijen.

De Turken moesten dan opnieuw bestellen, maar weigerden een nieuw voorschot te betalen. De Turken hadden bovendien klanten die eveneens bestellingen deden en leverantie eisten. Van Hoogstratens handigheid bij het doorlaten van zeecontainers en andere ladingen was van onschatbare waarde en betaalde uitstekend. Hij was één schakel in een keten die tussen het Colombiaanse oerwoud en een Nederlandse dinertafel twintig verschillende tussenpersonen omvatte die allemaal een aandeel moesten hebben, maar zijn rol was cruciaal.

De vergissing ontstond door een privéprobleem van hoofdinspecteur Van der Merwe. Hij had zijn hele leven bij de Nederlandse douane gewerkt. Drie jaar na het begin van zijn carrière was hij voor de afdeling Misdaad gaan werken, en in de loop der jaren had hij een hele berg smokkelwaar onderschept. Maar de jaren hadden hun tol geëist. Zijn prostaat was te groot en hij dronk veel te veel koffie, waardoor zijn blaas nog verder verzwakte. Zijn jongere collega's grijnsden er besmuikt om, maar als patiënt zag hij er de lol niet van in. Halverwege het zesde verhoor van Peter van Hoogstraten móest hij gewoon even weg.

Dat had geen probleem mogen zijn. Hij beduidde zijn collega naast hem met een hoofdknik dat hij even een pauze nam. Zijn collega verklaarde: 'Verhoor opgeschort om...' en hij zette de digitale recorder uit. Van Hoogstraten wilde met alle geweld een sigaret roken, en daarvoor moest hij naar het rokersgedeelte.

Politiek correct was het niet, maar de burgerrechten stonden het toe. Van der Merwe snakte naar zijn pensionering in zijn landhuis buiten Groningen, met zijn geliefde moestuin en boomgaard, waar hij de rest van zijn leven verdomme kon doen wat hij wilde. De drie mannen stonden op.

Van der Merwe draaide zich om en de slip van zijn jasje verschoof het dossier dat voor hem op tafel lag. Het dossier draaide negentig graden en er stak nu een stuk papier uit. Daarop stond een cijferkolom. Eén tel later was het weer verdwenen, maar Van Hoogstraten had het gezien. Hij herkende de cijfers. Die kwamen van zijn bankrekening op de Turks- and Caicoseilanden.

Aan zijn gezicht was niets te merken, maar in zijn hoofd ging er een lampje branden. Die smeerlap had geheime details over zijn bankrekening gekregen. Afgezien van hemzelf kenden maar twee andere bronnen die getallen en de naam van de bank – de helft ervan had hij een fractie van een seconde gezien. De ene bron was de bank zelf; de andere was het Kartel, dat zijn rekening vulde. Hij betwijfelde of het de bank was geweest, tenzij de Amerikaanse DEA door de beschermende firewalls rond de rekeningen op de computers was gebroken.

Dat was altijd een mogelijkheid. Tegenwoordig was niets meer ondoordringbaar, zelfs niet de firewalls van NASA en het Pentagon, zoals bewezen was. Hoe dan ook, hij moest het Kartel waarschuwen dat er een ernstig lek was. Hij had geen idee hoe hij contact kon leggen met het Colombiaanse Kartel, dat hij alleen kende uit een lang artikel over cocaïne in *De Telegraaf*. Maar de Turken zouden het wel weten.

Twee dagen later had de douane tijdens een borgtochtzitting opnieuw pech. De rechter was een beruchte mensenrechtenfanaat die als privépersoon de legalisering van cocaïne bepleitte. Hij gebruikte het goedje ook zelf. Hij wees de borgtocht toe. Van Hoogstraten liep naar buiten en pleegde een telefoontje.

Hoofdinspecteur Paco Ortega sloeg in Madrid eindelijk toe en deed dat met Cal Dexters volledige instemming. Julio Luz, die gelden witwaste, had voor hem geen nut meer. Een controle van de reserveringen op het vliegveld van Bogotá bewees dat hij zoals altijd naar Madrid vloog.

Ortega wachtte tot hij uit de bank naar buiten kwam terwijl twee personeelsleden hem een paar harde, zware Samsonite-koffers gaven. Ineens wemelde het van de gewapende Guardia Civils onder leiding van UDYCO-mensen in burger.

Een UDYCO-man op een dak vijfhonderd meter verderop wees de weg, en in de steeg achter de bank werden twee mannen opgepakt die later ingehuurde kleerkasten van de Galicische bendes bleken te zijn. Ook de personeelsleden en koffers werden meegenomen. Ze bevatten de tweewekelijkse verrekening van betalingen tussen de gecombineerde Spaanse onderwereld en het Kartel.

De totale vangst bedroeg meer dan tien miljoen euro, gebundeld in pakjes van 500-eurobiljetten. In de eurozone komt die coupure bijna nooit voor omdat zulke biljetten voor het dagelijks gebruik te groot zijn. Redelijkerwijs zijn ze alleen nuttig bij enorme contante betalingen, en er is maar één terrein waarop zulke betalingen constant nodig zijn.

Julio Luz werd buiten de bank gearresteerd. Binnen de bank gebeurde hetzelfde met de gebroeders Guzmán en hun hoogste boekhouder. Met een gerechtelijk bevel in de hand nam de UDYCO alle boeken en dossiers in beslag. Het zou een team van de beste accountants een onderzoek van maanden kosten om medeplichtigheid aan intercontinentaal witwassen aan te tonen, maar de twee koffers bevatten een tastbaar bewijs. Er was simpelweg geen legale verklaring voor het feit dat zoveel geld aan bekende gangsters overhandigd werd. Toch zou het veel gemakkelijker zijn als iemand bekende.

Op weg naar de cel werden de Galiciërs langs een open deur geleid. Binnen zat een zeer verontruste Julio Luz, terwijl Paco Ortega hem koffie en koekjes aanbood. De hoofdinspecteur schonk de koffie stralend in.

Een van de geüniformeerde Guardia's grijnsde spottend naar zijn gevangenen.

'Dit is de vent die jullie levenslang in de gevangenis van Toledo gaat geven!' zei hij opgetogen.

De Colombiaanse jurist in de kamer wierp een blik op de deur en maakte heel even oogcontact met de fronsende gangster, maar hij kreeg geen tijd om te protesteren. De mannen buiten werden door de gang gesleept. Toen ze twee dagen later vanuit het centrum van Madrid naar een huis van bewaring in een buitenwijk waren overgeplaatst, wist een van hen te ontsnappen.

Het leek erop dat de veiligheidsvoorschriften gruwelijk waren genegeerd. Ortega verontschuldigde zich in alle toonaarden bij zijn superieuren. De handboeien van de man waren slecht gesloten geweest en in het busje wist hij één hand vrij te krijgen. Het busje reed niet de binnenplaats van het huis van bewaring op maar stopte bij de stoeprand. Terwijl de twee gevangenen over het trottoir werden geleid, rukte een van hen zich los en rende weg. De achtervolgers waren helaas te traag, en zo wist hij te ontsnappen.

Paco Ortega liep een paar dagen later de cel van Julio Luz binnen en verklaarde dat het hem niet was gelukt de hechtenis van de jurist verlengd te krijgen. Hij werd op vrije voeten gesteld en zou bovendien door de politie op de ochtendvlucht van Iberia naar Bogotá worden gezet.

Julio Luz lag de hele nacht wakker en dacht na. Hij had geen vrouw en kinderen, en daarvoor was hij nu dankbaar. Zijn ouders waren dood. Niets bond hem nog aan Bogotá, en hij was doodsbang voor don Diego.

In het huis van bewaring had het gegonsd van de geruchten over de ontsnapping van de Galicische boef en het onvermogen van de autoriteiten om hem te vinden. 's Mans streekgenoten in Madrid, van wie sommigen tot de onderwereld behoorden, zouden hem onderdak geven en naar Galicië smokkelen.

Julio Luz dacht na over de leugens van de Guardia Civil in de gang. Die ochtend weigerde hij te vertrekken. Zijn advocaat was verbijsterd, maar de Colombiaan hield voet bij stuk.

'U hebt geen keus, señor,' zei hoofdinspecteur Ortega. 'We blijken geen zaak tegen u te hebben. Uw advocaat is ons helaas te slim af geweest. U zult terug moeten naar Bogotá.'

'En als ik beken?'

Er viel een stilte in de cel. De advocaat stak zijn handen in de lucht en verdween onmiddellijk. Hij had zijn best gedaan. Het was hem gelukt. Maar zelfs hij kon niet een gek verdedigen. Paco Ortega bracht Luz naar een verhoorkamer.

'Goed,' zei hij. 'Laten we praten. We hebben een heleboel te bespreken. Als u hier echt bescherming wilt hebben tenminste.'

Julio Luz praatte een hele tijd door. Hij wist heel veel, niet alleen over de Banco Guzmán maar ook over andere. Net als Eberhardt Milch in Hamburg was hij gewoon niet geschikt voor dit soort dingen.

João Mendoza's derde prooi was een oude Franse Noratlas. Het toestel was ook in het maanlicht heel herkenbaar vanwege zijn dubbele staart en vrachtluiken achterin. Het was niet eens op weg naar Guinee-Bissau.

In de wateren buiten Dakar, de hoofdstad van Senegal, wemelt het van de grote vissen, en daar komen sportvissers op af. Vijftig mijl voor de kust van Dakar lag een grote Hatteras te wachten. Zo'n sportvissersboot is een perfecte dekmantel, want de aanblik van een snel, wit schip met lange, golvende loefbomen en een stel hengels op het achterschip wekt weinig wantrouwen.

De *Blue Marlin* lag op de nachtelijke zeegang te deinen alsof het wachtte tot de vis bij zonsopgang zou bijten. Dankzij het moderne hulpmiddel van de gps was zijn positie zoals afgesproken, met een nauwkeurigheid van honderd bij honderd meter. En de bemanning zat klaar met een krachtige Maglite om de afgesproken code te seinen wanneer ze de motoren hoorde naderen. Maar er naderden geen motoren.

Die waren vijfhonderd mijl naar het zuidwesten opgehouden met draaien en lagen met de andere restanten van de Noratlas op de zeebodem. Bij zonsopgang keerde de Hatteras-bemanning, die geen enkele belangstelling voor de visserij had, naar Dakar terug om met een versleutelde e-mail te melden dat er geen ontmoeting had plaatsgevonden en dat er geen ton cocaïne in het ruim onder de motor lag.

September maakte plaats voor oktober, en don Diego Esteban riep een spoedvergadering bijeen. Niet zozeer voor analyses als wel voor een lijkschouwing.

Twee directieleden waren afwezig. Het nieuws over Julio Luz' arrestatie in Madrid was ontvangen, maar dat hij uit de school klapte, was niet bekend.

Roberto Cárdenas bleek onbereikbaar, en de Don was van plan zijn geduld te verliezen vanwege diens gewoonte om in het oerwoud te verdwijnen en niet per mobiele telefoon in contact te blijven. Maar deze vergadering ging vooral over cijfers, en Alfredo Suárez zat feitelijk op de beklaagdenbank.

Het slechte nieuws werd steeds slechter. Er was zoveel besteld dat elk jaar minimaal driehonderd ton pure cocaïne in zowel de VS als Europa afgeleverd moest worden. Op dat moment van het jaar had tweehonderd ton veilig aangekomen moeten zijn. Dat getal lag onder de honderd.

Op drie fronten vonden rampen plaats. In Amerikaanse en Europese havens werden steeds meer zeecontainers tegengehouden en doorzocht, en die zogenaamde steekproef bleek veel te vaak iets op te leveren. Het was de Don al heel lang zonneklaar dat hij onder vuur lag, en de zwarte wolk van de verdenking hing boven Suárez, het hoofd Transport. Alleen hij wist precies welke zeecontainers een extra lading cocaïne bevatten.

Hij verdedigde zich door te zeggen dat in de meer dan honderd havens op twee continenten waar zeecontainers met cocaïne aankwamen, er maar vier door de douane waren onderschept. Hij kon niet weten dat er nog zeven in de pijplijn zaten omdat de Cobra stuk voor stuk ook de namen van andere corrupte ambtenaren vrijgaf.

Het tweede front betrof de vrachtschepen op zee. Er was een angstaanjagende stijging van het aantal grote vrachtschepen dat midden op zee werd aangehouden en doorzocht. In sommige gevallen was de cocaïne in de haven van vertrek aan boord verborgen en daar gebleven tot het schip in de haven van bestemming afmeerde.

Maar Suárez had zich steeds vaker bediend van de methode om een vrachtschip 'schoon' te laten uitvaren om op zee verscheidene tonnen cocaïne van een vissersboot of snelganger over te nemen. Die lading werd dan op dezelfde manier op honderden mijlen van de haven van bestemming op zee overgeladen. Het schip kwam dan 'schoon' aan, net als de *Virgen de Valme* in Seattle.

Het nadeel was dat de hele bemanning onvermijdelijk tweemaal een overdracht zag. Soms voeren vrachtschepen echt zonder cocaïne, en dan moesten de indringers onverrichter zake en met veel verontschuldigingen weer vertrekken. Maar het aantal vondsten in schuilplaatsen die nooit ontdekt hadden mogen worden, was veel te groot.

In de westelijke zone nam de marine van drie landen aan de campagne deel – de Canadese, Amerikaanse en Mexicaanse – samen met douanediensten en kustwachtpatrouilles die ver de zee op gingen. In het oosten werden vier Europese marine-onderdelen steeds actiever.

Volgens de officiële propaganda waren de onderscheppingen te danken aan de introductie van een nieuwe technologie, een verdere ontwikkeling van een apparaat om onder beton begraven lijken op te sporen. Dat apparaat was al wereldwijd bij recherches in gebruik. Het nieuwe toestel kon, aldus de officiële verklaring, als een röntgenapparaat door zachte weefsels heen kijken en onthulde dan pakketten en balen in de holtes die Juan Cortez gemaakt had. Het was aannemelijk... maar onzin.

Maar een schip aan de ketting levert niets op, en zelfs het kleine deel van de koopvaardij dat bereid was om ondanks de risico's smokkelwaar mee te nemen, keerde zich nu ondanks de verdiensten tegen het Kartel.

Maar het derde front verontrustte de Don nog het meest. Ook mislukkingen hadden een reden; ook een ramp was te verklaren. Wat aan don Diego vrat was de waslijst van volledige verdwijningen.

Hij wist niet dat twee Global Hawks met BAMS ofwel *broad area maritime surveillance* boven de Caribische Zee en de Atlantische Oceaan vlogen. Hij wist niets van de identificatie van dekplattegronden, die Michelle en Sam in een paar tellen naar de basis Creech konden sturen, en evenmin van de lange lijst die Juan Cortez had opgesteld en nu in een Washingtons pakhuis lag. Hij wist ook niet dat de Hawks in een cirkel van een mijl doorsnee op zee al het radio-, e-mail- en mobiele telefoonverkeer konden uitschakelen, en dat er twee als graanschepen gecamoufleerde oorlogsschepen op de Caribische Zee en de Atlantische Oceaan voeren.

En wat hij vooral niet wist, was dat de regels veranderd waren en dat schepen en vliegtuigen zonder publiciteit en rechtszaken werden vernietigd, afgezonken en opgebracht terwijl de bemanningen gevangen werden gezet. Hij wist alleen dat het ene schip na het andere, het ene vliegtuig na het andere, eenvoudig verdween, maar niet dat hij en zijn Kartel nu juridisch gezien behandeld werden als een buitenlandse terreurgroep.

En dat had effect. Het werd niet alleen moeilijker om grote koopvaardijschepen te vinden die het risico aandurfden, maar ook de stuurlieden van snelgangers, die goed opgeleide zeelieden en geen lanterfanters uit de haven waren, werden schaars. Zelfstandige piloten kregen de gewoonte om te ontdekken dat hun toestel defect was en niet kon vliegen.

Don Diego was een man die logisch kon denken en die heel paranoïde was. Dankzij beide eigenschappen was hij rijk en nog steeds in leven. Hij was er inmiddels rotsvast van overtuigd dat er een verrader was, en die man zat midden in zijn Kartel, zijn Broederschap, zijn Hermandad. 's Nachts piekerde hij over wat hij met die ellendeling zou doen als hij hem zou ontmaskeren.

Links van hem kuchte iemand discreet. Het was José María Largo, het hoofd Verkoop.

'Don Diego, het spijt me dat ik het zeggen moet, maar het kan niet anders. Onze klanten op de twee continenten beginnen onrustig te worden, vooral de Mexicanen en de Italiaanse 'Ndrangheta, die een groot deel van Europa beheerst. U was degene die contracten heeft gesloten met La Familia in Mexico en met de mensen in Calabrië, die het leeuwendeel van ons product in Europa verkopen. Nu klagen ze over te weinig goederen, onuitgevoerde bestellingen en stijgende prijzen vanwege een gebrekkige aflevering.'

Het kostte don Diego moeite om de man niet te slaan. In plaats daarvan knikte hij somber.

'José María, beste vriend, ik vind dat je op reis moet gaan. Praat met onze tien grootste cliënten. Vertel ze dat er een tijdelijk en beperkt probleem is dat we aan het oplossen zijn.'

Toen wendde hij zich soepel tot Suárez.

'En we moeten het inderdaad oplossen, vind je niet, Alfredo?'

Het dreigement hing in de lucht en was gericht tegen iedereen. De productie moest worden opgevoerd om het gat te dichten. Nooit eerder gebruikte vissersboten en kleine vrachtschepen moesten worden aangeschaft of geworven voor de oversteek van de oceaan. Nieuwe piloten moesten met onweerstaanbare bedragen worden gelokt voor de riskante vluchten naar Afrika en Mexico.

Hij nam zich stilzwijgend voor om de jacht op te voeren totdat de verrader gevonden was. Dan zou die man worden aangepakt, en zijn dood zou geen pretje zijn.

Begin oktober zag Michelle een vlekje uit het Colombiaanse oerwoud komen en in noordelijke richting over zee vliegen. Na vergroting bleek het een tweemotorige Cessna 441. Het trok de aandacht omdat het van een kleine landingsstrip midden in de wildernis kwam, waar normaal gesproken geen passagiersvluchten naar internationale bestemmingen vlogen. Het was ook geen directievliegtuig vol managers, en de koers van 325° betekende Mexico.

Michelle keerde en ging het rare vlekje achterna langs de kust van Nicaragua en Honduras, waar het – zonder extra brandstoftanks – had moeten landen om bij te tanken. Dat gebeurde niet. Het vervolgde zijn weg langs Belize en over Yucatán. Op dat moment gunde luchtmachtbasis Creech de onderschepping aan de Mexicaanse luchtmacht, die verrukt was. De oliedomme piloot vloog bij daglicht zonder te weten dat hij werd geobserveerd en dat zijn surveillant besefte dat hij geen brandstof meer kon hebben.

De Cessna werd onderschept door twee Mexicaanse straalvliegtuigen die per radio contact probeerden te leggen. Het toestel reageerde niet. Ze gebaarden dat de piloot zijn koers moest verleggen om in Mérida te landen. Verderop hing een grote wolkenbank. De Cessna dook er ineens in en probeerde te ontsnappen. De piloot was blijkbaar een van don Diego's nieuwelingen met weinig ervaring. De militaire piloten hadden wel radar maar niet veel gevoel voor humor.

De Cessna stortte brandend neer en viel vlak buiten Campeche in zee. De piloot had een lading willen brengen naar een landingsstrip op een veehouderij buiten Nuevo Laredo op de grens met Texas. Vissersboten uit de buurt haalden balen met een totaalgewicht van 500 kilo uit het ondiepe water. Een deel werd aan de politie overgedragen, maar niet veel.

In oktober moesten beide gecamoufleerde oorlogsschepen bunkeren. De *Chesapeake* trof zijn hulpschip ten zuiden van Jamaica voor een bevoorrading op zee. Het schip nam een volledige lading brandstof en voedsel aan boord, plus een aflossingspeloton SEAL's: team 3 uit Coronado in Californië. Ook alle gevangenen gingen van boord.

De gevangenen, die met een kap over hun hoofd buiten de raamloze gevangenis waren gezet, hoorden aan de stemmen dat ze in Amerikaanse handen waren, maar wisten niet waar ze zich bevonden en op welk schip. Ze zouden uiteindelijk geblinddoekt aan wal worden gebracht en in een bus met geblindeerde ramen naar de luchtmachtbasis Eglin worden vervoerd, waar ze aan boord van een C5-vrachtvliegtuig aan hun lange vlucht naar de Chagos-eilanden begonnen. Daar zagen ze eindelijk het daglicht terug en zaten ze de oorlog verder uit.

Ook de *Balmoral* tankte op zee bij, maar de SBS-commando's bleven aan boord, omdat ook al twee hele eenheden in Afghanistan opereerden. De gevangenen werden naar Gibraltar gebracht waar dezelfde Amerikaanse C5 een tussenstop maakte om hen op te pikken. Ook de

Britse vangst van achttien ton cocaïne werd in Gibraltar aan de Amerikanen overgedragen.

Die twee vangsten – drieëntwintig ton van de *Chesapeake* en achttien ton van de *Balmoral* – werden overgebracht naar een ander schip: een klein vrachtschip onder bevel van de Cobra. De cocaïne die in de diverse Amerikaanse en Europese havens in beslag was genomen, was steeds door de politie van dat land vernietigd. Ladingen die op zee waren onderschept, werden aan de verantwoordelijke marine of kustwacht overgedragen en aan de wal vernietigd. Maar de vangsten in handen van de Cobra werden bewaakt opgeslagen op een gehuurd eilandje van de Bahama's.

De hopen balen lagen in rijen onder camouflagenetten tussen de palmen. Een kleine eenheid Amerikaanse mariniers bewoonde een rij kampeerauto's vlak bij het strand en de steiger in de schaduw. Ze hadden er maar één bezoeker: een klein vrachtschip dat verse voorraden bracht. Na de eerste vangsten was het dit vrachtschip dat naar de gecamoufleerde schepen voer om de balen met drugs over te nemen.

Half oktober kwam het bericht van Van Hoogstraten bij de Don terecht. Hij geloofde niet dat de banken hun diepste geheimen aan de autoriteiten verklapt hadden. Misschien wel één, maar nooit twee. Er was dus nog maar één man die de details kende van de bankrekeningen waarop het smeergeld was betaald om de ladingen drugs in de Amerikaanse en Europese havens in te klaren. De Don wist nu wie de verrader was.

Roberto Cárdenas zat naar de clip van zijn dochter op het trottoir van Kennedy te kijken toen de deur openvloog. Zijn kleine Uzi lag zoals altijd binnen handbereik en hij kon ermee omgaan.

Voordat ze hem te pakken kregen, schoot hij zes man dood en joeg hij een kogel door de hand van het Beest. Maar een overmacht wint uiteindelijk altijd, en Paco Valdez, die wist wie de ander was, had twaalf man meegenomen.

Tijdens zijn leven was Roberto Cárdenas een ruw, hard, slecht mens. Daarna was hij een lijk zoals elk ander. Alleen wel in vijf stukken. Daar had de kettingzaag voor gezorgd.

Hij had nooit meer dan één dochter gehad. En hij hield zielsveel van haar.

13

In de loop van oktober ging de aanval van de Cobra op don Diego's cocaïne-imperium meedogenloos door, en uiteindelijk werden breuklijnen zichtbaar. De reputatie van het Kartel bij zijn talloze, uiterst gewelddadige klanten verslechterde snel maar was nog niet dodelijk.

Don Diego besefte al een hele tijd dat Roberto Cárdenas, de man die de rattenlijst had beheerd, ondanks zijn verraad niet zijn enige vijand kon zijn. Cárdenas kon niets geweten hebben over de bergplaatsen die Juan Cortez zo bekwaam had aangebracht. Hij kon ook niets over scheepsnamen, vertrektijden en vertrekhavens geweten hebben. Evenmin over de nachtvluchten naar West-Afrika en de daarvoor gebruikte vliegtuigen. Maar er was één man die wel op de hoogte was.

De paranoïde Don begon zich te concentreren op de man die dat allemaal wist: Alfredo Suárez. Suárez wist heel goed wat er met Cárdenas gebeurd was en vreesde voor zijn leven.

Maar het dringendste probleem was de productie. Nu vijftig procent van de verscheepte tonnage was onderschept, vernietigd, verloren of verdwenen, gaf de Don Emilio Sánchez bevel om de productie in het oerwoud op te voeren tot een peil dat nooit eerder nodig was geweest. En de gestegen kosten haalden een flinke hap uit zelfs de verbijsterende rijkdom van het Kartel.

Toen hoorde de Cobra over Cárdenas' lot. De boeren vonden zijn verminkte lijk. Het hoofd ontbrak en werd niet teruggevonden, maar voor kolonel Dos Rios stond een kettingzaag gelijk aan 'Kartel', en in het mortuarium van Cartagena vroeg hij om een DNA-monster. Aan de hand van dat monster identificeerde hij de oude gangster.

Dos Rios meldde dit aan het DEA-hoofd in Bogotá, en deze man gaf het door aan Army Navy Drive in Arlington. De Cobra kreeg het onder ogen omdat alle inlichtingen die het DEA-hoofdkwartier binnenkreeg, naar hem werden doorgestuurd.

In een poging om het leven van zijn bron te beschermen, waren tot dat moment maar twaalf corrupte ambtenaren opgepakt, stuk voor stuk zogenaamd bij toeval. Nu Cárdenas dood was, hoefden ze hem ook niet meer te beschermen.

Cal Dexter maakte samen met Bob Berrigan, de hoogste drugsjager van de DEA, een rondreis door Europa en deed zijn onthullingen tegenover verrukte douanekorpsen in twaalf landen. De DEA-directeur deed hetzelfde in Noord-Amerika: Mexico, de VS en Canada. Ze drongen er bij de douaneleiding steeds op aan om de Hamburgse list toe te passen. In plaats van een onmiddellijke arrestatie konden ze de nieuwe inlichtingen beter gebruiken door niet alleen de corrupte ambtenaar te grijpen, maar ook een binnenkomende lading die hij wilde beschermen.

Sommigen deden het op die manier, anderen konden niet wachten. Maar voordat de laatste op de rattenlijst achter de tralies verdween, werd meer dan veertig ton binnenkomende cocaïne onderschept en in beslag genomen.

Voor de betaling van de smeergelden had Cárdenas banken in zes belastingparadijzen gebruikt, en die banken werden zo zwaar onder druk gezet dat ze hun appeltjes voor de dorst begonnen te onthullen. Uiteindelijk werd een half miljard Amerikaanse dollar in de wacht gesleept, en een groot deel ervan werd voor antidrugscampagnes gebruikt.

Zelfs daarmee was het nog niet voorbij. De grote meerderheid van de ambtenaren in verlengde hechtenis waren geen taaie rakkers. Geconfronteerd met een zekere ondergang en de waarschijnlijkheid van levenslang probeerden de meesten hun vooruitzichten te verbeteren door mee te werken. Maffiosi uit alle landen stuurden huurmoordenaars op hen af, maar die dreiging werkte vaak averechts, want het tegenovergestelde dreigement, van onmiddellijke vrijlating, werd er nog angstaanjagender door. Als een supergeheime gevangenis met een bescherming van vierentwintig uur per dag de enige manier was om in leven te blijven, was medewerking de enige optie.

De gearresteerde mannen – het waren allemaal mannen – herinnerden zich de dekmantelbedrijven, de bezitters en organisatoren van de diepladers waarop na de inklaring de zeecontainers werden gezet. De bendes probeerden hun voorraden haastig te verhuizen, maar de douane en de politie rolden het ene pakhuis na het andere op. Opnieuw werden er tonnen cocaïne geconfisqueerd.

De meeste onderscheppingen deerden het Kartel niet rechtstreeks omdat het eigendom al op de importeur was overgegaan, maar de bendes verloren fortuinen en moesten nieuwe bestellingen plaatsen om hun eigen boze subagenten en doorverkopers te vriend te houden. Ze mochten weten dat het kostbare lek zich in Colombia bevond, en daar waren ze niet blij mee.

De Cobra was er al van uitgegaan dat de geheimhouding vroeg of laat zou worden doorbroken, en hij kreeg gelijk. Het gebeurde eind oktober. Een Colombiaanse soldaat op de basis van Malambo pochte tijdens zijn verlof in een café dat hij op de basis een van de wachtposten bij het Amerikaanse gedeelte was geweest. Hij vertelde aan een bewonderend vriendinnetje – en ook aan een nog nieuwsgieriger luistervink verderop aan de bar – dat de yankees vanuit hun zwaarbewaakte zone een vreemd vliegtuig lieten opstijgen. Hoge muren verhinderden dat iemand zag hoe het werd bijgetankt en onderhouden, maar bij het opstijgen was het te zien. Aankomst en vertrek vonden altijd 's nachts plaats, maar de soldaat had het in het maanlicht gezien.

Het leek wel een modelvliegtuig uit een speelgoedwinkel, zei hij: het had propellers, en de aandrijving zat bovenop. Nog vreemder was de afwezigheid van een piloot, maar volgens de geruchten in de kantine had het geval indrukwekkende camera's aan boord die kilometers ver konden kijken en zich niets van duisternis, wolken of mist aantrokken.

Toen het Kartel dat hoorde, werd duidelijk wat het onsamenhangende verhaal van de korporaal te betekenen had: de Amerikanen hadden UAV's op Malambo en bespioneerden daarmee alle schepen die van de Caribische kust van Colombia vertrokken.

Een week later vond een aanval plaats op de basis van Malambo. De Handhaver maakte geen deel uit van don Diego's legertje, omdat hij nog last had van de kogelwond in zijn hand. De Don gebruikte zijn privéleger van voormalige FARC-strijders, nog steeds aangevoerd door oerwoudveteraan Rodrigo Pérez.

Het gebeurde 's nachts. De aanvallers stormden door de poort en renden rechtstreeks naar het Amerikaanse gedeelte in het midden van de basis. Vijf Colombiaanse soldaten sneuvelden bij de poort, maar de schoten alarmeerden net op tijd de Amerikaanse mariniersenheid die hun deel van de basis bewaakte.

In één grote zelfmoordaanval klommen de aanvallers over de hoge muur, waar ze werden neergemaaid bij hun pogingen om de gepantserde hangar te bereiken waar de UAV werd opgeslagen. De twee FARC-strijders die daar vlak voor hun dood binnen wisten te komen, werden teleurgesteld. Michelle vloog op tweehonderd mijl afstand boven zee en keerde op haar gemak terwijl het toestel de communicatie stoorde van twee snelgangers die door SEAL's van de *Chesapeake* onderschept waren.

Het beton was hier en daar beschadigd, maar de hangar en de werkplaatsen waren verder onaangetast gebleven. Geen enkele Amerikaanse marinier sneuvelde, alleen zes Colombiaanse soldaten. De volgende ochtend bleken er meer dan zeventig dode FARC-leden te liggen. Op zee verdwenen opnieuw twee snelgangers spoorloos, hun bemanningen zaten in het voorste cachot onder de waterlijn en er was vier ton cocaïne in beslag genomen.

Vierentwintig uur later wist de Cobra dat het Kartel het bestaan van Michelle kende. Maar don Diego wist niet dat er nog een tweede UAV was, die vanaf een obscuur Braziliaans eiland opereerde.

Geleid door Michelle schoot majoor Mendoza nog vier cocaïnevliegtuigen uit de lucht, hoewel het Kartel de Rancho Boavista vervangen had door een andere bijtankhaciënda, nog dieper in het binnenland. Vier personeelsleden van de Boavista waren langdurig door het Beest en zijn staf gemarteld toen het vermoeden rees dat zij de bron van de gelekte vluchtplannen waren.

Aan het eind van de maand voerde een Braziliaanse financier die vakantie had op Fernanho de Noronha een telefoongesprek met zijn broer in Rio waarin hij vertelde over een vreemd speelgoedvliegtuig dat de Amerikanen aan de verste kant van het vliegveld lieten opstijgen. Twee dagen later verscheen een opgewonden artikel in het ochtendblad *O Globo*, en toen was ook het tweede verhaal bekend.

Maar het eiland voor de kust lag zelfs buiten het bereik van de FARC-strijders; de basis Malambo werd versterkt en de twee UAV's bleven vliegen. In het aangrenzende Venezuela uitte de ultralinkse president Hugo Chávez – die ondanks zijn luidruchtige moraal had toegestaan dat het noorden van zijn land een belangrijk vertrekpunt voor cocaïne werd – zijn woede, maar hij kon verder weinig doen.

De piloten die erop voorbereid waren de Atlantische Oceaan over te steken, geloofden dat er op Guinee-Bissau een vloek rustte, en ze wilden alleen naar andere bestemmingen vliegen. De vier in november neergeschoten toestellen waren op weg geweest naar Guinee-Conakry, Liberia en Sierra Leone, waar ze hun lading uit de lucht hadden moeten afwerpen – vanaf geringe hoogte en boven vissersboten. Maar het had allemaal geen zin omdat geen enkele vlucht aankwam.

Toen niets bleek te werken – de verschuiving van de bevoorrading vanuit Boavista naar een nieuw landgoed, noch de overstap op andere bestemmingen – droogde het aanbod van piloten gewoon op, hoeveel geld er ook tegenover stond. De Atlantische route kwam bij alle bemanningen van Colombia en Venezuela bekend te staan als *los vuelos de la muerte*, de vluchten des doods.

Recherchewerk in Europa en de hulp van Eberhardt Milch hadden duidelijk gemaakt wat het kleine, gesjabloneerde logo van de twee cirkels met het Maltezer kruis op bepaalde zeecontainers betekende. Het was herleid tot de Surinaamse hoofd- en havenstad Paramaribo en vervolgens naar een bananenplantage in het binnenland, waar ze steeds vandaan kwamen. Met Amerikaanse hulp en fondsen werd de plantage uitgekamd en gesloten.

Een wanhopige Alfredo Suárez, die koortsachtig probeerde don Diego te behagen, besefte dat er op de Stille Oceaan geen enkel vrachtschip onderschept was, en aangezien Colombia aan beide oceanen grenst, verplaatste hij een groot deel van zijn ladingen van de Caribische Zee naar de westkust.

Michelle ontdekte de verandering toen een trampboot in haar databank – een van de schepen op de snel slinkende lijst van Cortez – langs de westkust van Panama voer. Het was te laat om het schip te onderscheppen, maar het werd herleid tot de Colombiaanse havenstad Tumaco aan de Stille Oceaan.

In november was don Diego Esteban bereid een afgezant te ontvangen van een van de grootste en dus betrouwbaarste Europese klanten van het Kartel. Hij ontving zelden of nooit iemand buiten zijn coterie van mede-Colombianen, maar zijn hoofd Verkoop, José María Largo, die verantwoordelijk was voor de mondiale relaties met de clientèle, had erom gesmeekt.

Er waren enorme voorzorgsmaatregelen getroffen om te zorgen dat de twee Europeanen, hoe belangrijk ze ook waren, geen idee hadden op welke haciënda ze ontvangen werden. De taal was geen probleem, want ze kwamen allebei uit Spanje en Galicië.

Deze winderige, noordwestelijke streek van Spanje was al heel lang de smokkelkampioen van het oude Europa. Het heeft een oeroude traditie van zeevaarders die elke zee aankunnen, hoe wild ook. Zeewater zit in het bloed van de wilde kust tussen Ferrol en Vigo, waar duizend kreken en inhammen zijn en honderd vissersdorpen liggen.

Een andere traditie is een uitdagende houding tegenover douane- en accijnsambtenaren. Smokkelaars hebben vaak een romantische uitstraling, maar er is niets grappigs aan de meedogenloosheid waarmee smokkelaars de autoriteiten bestrijden en verraders bestraffen. Met de opkomst van de drugscultuur in Europa werd Galicië een van de belangrijkste centra daarvan.

Al jarenlang beheersen twee bendes de Galicische cocaïnehandel: de Charlines en de Caneos. Tussen deze voormalige bondgenoten ontstonden in de jaren negentig veel ruzies en bloedvetes, maar ze hadden hun meningsverschillen sinds kort opgelost en opnieuw een bondgenootschap gesloten. Een afgevaardigde van elke vleugel was naar Colombia gekomen om bij don Diego te protesteren. Hij was bereid hen te ontvangen vanwege de oude en sterke banden tussen Latijns-Amerika en Galicië, een erfenis van de vele Galicische zeelieden die zich al lang geleden in de Nieuwe Wereld gevestigd hadden, en vanwege de omvang van de gebruikelijke Galicische cocaïnebestellingen.

De bezoekers waren niet blij. Twee van hun eigen mensen waren door hoofdinspecteur Paco Ortega gesnapt met tien miljoen euro aan witgewassen biljetten van 500 euro. Volgens de Galiciërs was deze ramp te wijten aan loslippigheid van de jurist Julio Luz, die nu twintig jaar in een Spaanse cel voor de boeg had en naar verluidde loslippig doorsloeg in de hoop op strafvermindering.

Don Diego luisterde in ijzig stilzwijgen. Hij vond niets zo erg als vernederd te worden en moest zich hier, inwendig razend, de les laten lezen door deze twee klojo's uit La Coruña. Nog erger was dat ze gelijk hadden. Het was de schuld van Luz. Als die idioot een gezin had gehad, hadden zijn vrouw en kinderen namens de afwezige verrader kunnen lijden. Maar de Galiciërs hadden nog meer op hun programma.

Hun belangrijkste klanten waren de Britse bendes die cocaïne in Groot-Brittannië importeerden. Veertig procent van de Britse cocaïne kwam via Galicië binnen – vanuit Afrika en altijd over zee. De cocaïne die over land naar de kust tussen Marokko en Libië ging en daarna overstak naar Zuid-Europa was voor andere bendes bestemd. De Galiciërs leefden van het verkeer over zee, en dat was opgedroogd.

De onuitgesproken vraag was: wat gaat u daaraan doen? De Don vroeg zijn gasten vriendelijk om in het zonnetje een glas wijn te drinken en ging voor overleg naar binnen.

Hoeveel zijn de Galiciërs ons waard? vroeg hij aan José María Largo. Te veel, gaf Largo toe. Van de geschatte driehonderd ton die elk jaar naar Europa ging, namen de Spanjaarden (dat wil zeggen: de Galiciërs) twintig procent ofwel zestig ton voor hun rekening. Dat was meer dan de Napolitaanse Camorra en de Siciliaanse Cosa Nostra en werd alleen overtroffen door 'Ndranghetaz.

'We hebben ze nodig, don Diego. Suárez moet iets speciaals doen om ze tevreden te houden.'

Voordat de kleine kartels opgingen in de reusachtige Broederschap, hadden de Galiciërs hun koopwaar vooral betrokken van het Valle del Norte-kartel onder leiding van Montoya, die inmiddels in een Amerikaanse gevangenis zat. Valle del Norte was het laatste onafhankelijke kartel dat zich bij de combinatie aansloot, maar produceerde nog steeds zijn eigen cocaïne. Als de machtige Galiciërs terugvielen op hun oorspronkelijke leveranciers, konden anderen dat voorbeeld volgen, en dan viel zijn imperium uiteen. Don Diego ging terug naar het terras.

'Señores,' zei hij tegen hen. 'U hebt mijn woord, de belofte van don Diego. We zullen uw bevoorrading hervatten.'

Dat was makkelijker gezegd dan gedaan. Toen Suárez het oude beleid afschafte, van duizenden koeriers die allemaal een kilo inslikten of twee of drie kilo in hun koffer hadden in de hoop dat ze ongestoord door de douane van het vliegveld kwamen, had dat heel verstandig geleken. De nieuwe, onzichtbare röntgenapparaten die dwars door kleding en lichaamsvet heen konden kijken, hadden het transport in magen onmogelijk gemaakt. De strenge beveiliging van de bagagehandling, toe te schrijven aan de islamitische fundamentalisten (die hij elke dag hartgrondig vervloekte), hield in dat veel te veel ladingen in koffers onderschept werden. 'Weinig maar veel' had een verstandige beleidslijn geleken. Maar sinds juli was er een stortvloed van onderscheppingen en verdwijningen geweest, en elk verlies had tussen de één en de twaalf ton bedragen.

Hij was zijn witwasser kwijt. De beheerder van de rattenlijst had hem verraden, en ruim honderd ambtenaren die heimelijk voor hem werkten zaten achter de tralies. Meer dan vijftig grote vrachtschepen met een lading cocaïne waren onderschept; acht paar snelgangers en vijftien kleine trampboten waren spoorloos verdwenen en de luchtbrug naar West-Afrika bestond niet meer.

Hij wist dat hij een buitengewoon geduchte vijand had. De onthulling van de twee constant patrouillerende UAV's die schepen en misschien vliegtuigen opspoorden, konden een deel van zijn verlies verklaren.

Maar waar waren de Amerikaanse en Britse oorlogsschepen die de onderscheppingen verrichtten? Waar waren zijn in beslag genomen schepen? Waar waren de bemanningen? Waarom waren die niet, zoals de gewoonte was, aan de pers getoond? Waarom stonden de douaneambtenaren niet tevreden te kijken naar de in beslag genomen balen cocaïne, zoals ze altijd deden?

Zijn onbekende vijand kon de bemanningen niet heimelijk gevangen houden. Dat was een overtreding van hun mensenrechten. Zijn vijand kon ook geen schepen tot zinken brengen. Dat druiste in tegen de regels van het scheepvaartverkeer. En ze konden ook geen vliegtuigen neerhalen. Zelfs zijn ergste vijanden – de Amerikaanse DEA en de Britse SOCA – moesten zich aan hun eigen wetten houden. En ten slotte: waarom had geen van de smokkelaars een voorgeprogrammeerd noodsein uitgezonden?

De Don vermoedde dat al die raadsels aan één brein te wijten waren, en hij had gelijk. Terwijl hij zijn gasten naar de SUV bracht waarmee ze naar de landingsstrip zouden rijden, zat de Cobra in zijn elegante huis in Alexandria aan de Potomac te genieten van een Mozartconcert op zijn geluidsapparatuur.

Eind november glipte een onschuldig uitziend graanschip, het ms *Chesapeake*, door het Panamakanaal naar de Stille Oceaan. Als iemand ernaar gevraagd had, of nog onwaarschijnlijker: als een gezagsdrager de papieren gecontroleerd had, zou bewezen zijn dat het schip met Canadees graan naar Chili voer.

Zodra het de Stille Oceaan bereikte, ging het inderdaad naar het zuiden, maar alleen om gehoor te geven aan het bevel om vijftig mijl buiten de Colombiaanse kust te blijven liggen en op een passagier te wachten.

Die passagier kwam uit de VS in een directievliegtuig van de CIA en landde op Malambo, de Colombiaanse basis aan de Caribische kust. Douaneformaliteiten waren daar niet, en zelfs als dat wel zo was geweest, had de Amerikaan een diplomatiek paspoort dat een controle van zijn bagage verhinderde.

Zijn bagage bestond uit één zware zak, en hij weigerde beleefd zich daarvan te laten scheiden, zelfs toen potige Amerikaanse mariniers aanboden het ding voor hem te dragen. Hij was overigens maar kort op de basis, want een Blackhawk had bevel om voor hem klaar te staan.

Cal Dexter kende de piloot, die hem grijnzend begroette.

'Gaan we erin of eruit, meneer?' vroeg hij. Hij was de piloot die Dexter na zijn riskante gesprek met Cárdenas op het balkon van het Santa Clara-hotel had opgepikt. Hij controleerde zijn vluchtplan terwijl hij opsteeg en in zuidwestelijke richting over de Golf van Darién begon te vliegen.

Op een hoogte van 5.000 voet zagen de piloot en de passagier naast hem het golvende oerwoud en daar voorbij de glinsterende Stille Oceaan. Dexter had voor het eerst een oerwoud gezien toen hij als tiener naar de IJzeren Driehoek in Vietnam was gevlogen. Daar was hij elke illusie over regenwouden kwijtgeraakt, en hij had nooit nieuwe gekregen. Vanuit de lucht lijken ze altijd welig, sponzig, gerieflijk en zelfs gastvrij, maar in werkelijkheid zijn ze dodelijk.

De Golf van Darién verdween achter hen, en toen staken ze even ten zuiden van de grens van Panama de landengte over.

Boven de zee maakte de piloot contact. Hij controleerde zijn koers en wijzigde die een beetje. Een paar minuten later verscheen het vlekje van de wachtende *Chesapeake* boven de horizon. Op een paar vissersboten dicht bij de kust na was de zee leeg, en de trawlerbemanningen onder hen konden de overdracht niet zien.

Terwijl de Blackhawk daalde, konden de inzittenden de diverse personen zien die op de luiken stonden om hun gast te ontvangen. De ladingmeester achter Dexter trok de deur open, en toen stroomde er warme, door de rotors samengeperste lucht de cabine in. Vanwege de kraan op de *Chesapeake* en de grote spanwijdte van de rotors was afgesproken dat Dexter in een tuig zou afdalen.

Eerst werd zijn zak aan een dunne stalen kabel neergelaten. Het ding hing zwaaiend in de neerwaartse luchtstroom totdat sterke handen het vastpakten en losmaakten. De kabel ging weer naar boven. De ladingmeester knikte naar Dexter, die opstond en naar de deur liep. De twee dubbele klampen werden aan zijn tuig bevestigd, en toen stapte hij de leegte in.

De piloot hield de Blackhawk stil op vijftig voet boven het dek. De zee was spiegelglad. Reikende handen pakten Dexter vast en leidden hem de laatste twee meter omlaag. Toen zijn laarzen het dek raakten, gingen de klampen los en verdween de kabel weer naar boven. Hij draaide zich om en stak zijn duim op naar de omlaagkijkende mannen boven hem. Toen keerde de Blackhawk voor zijn terugvlucht naar de basis.

Vier mannen verwelkomden hem: de kapitein van het schip (een Amerikaanse kapitein-luitenant ter zee die deed alsof hij het commando voerde over een vrachtschip), een van de twee verbindelaars die het ononderbroken contact met project-Cobra onderhielden, luitenant ter zee Bull Chadwick (commandant van het SEAL-team 3) en een potige jonge SEAL die de zak droeg. Dit was de eerste keer dat Dexter het ding uit handen gaf.

Toen ze het dek af waren, ging de *Chesapeake* onder stoom en voer het schip verder de zee op.

Het wachten duurde vierentwintig uur. De twee verbindelaars wisselden elkaar in de radiohut af totdat de basis Creech de volgende middag iets zag op het scherm waaraan Global Hawk Michelle gegevens voerde.

Toen het Cobra-team in Washington had opgemerkt dat het Kartel twee weken eerder zijn routes had verplaatst van de Caribische Zee naar de Stille Oceaan, was ook Michelles patrouilleschema aangepast. Het onbemande vliegtuig hing nu op 60.000 voet, nam slokjes brandstof en staarde naar de kust vanaf Tumaco in het diepe zuiden van Colombia tot aan Costa Rica in een strook van 200 mijl water. En het had iets gezien.

Creech gaf het beeld door aan Anacostia, waar Jeremy Bishop, die blijkbaar nooit sliep en leefde van levensgevaarlijk fastfood achter zijn rij computers, het door zijn databank haalde. Het schip dat vanaf een hoogte van 60.000 voet een vlekje was geweest, werd vergroot en vulde toen het hele scherm.

Het was een van de laatste schepen waaraan Juan Cortez met zijn magische brander gewerkt had. Maanden eerder was het voor het laatst in een Venezolaanse haven gezien en gefotografeerd, en zijn aanwezigheid op de Stille Oceaan bevestigde de wijziging van tactiek.

Het schip was te klein om in het Lloyd's Register voor te komen: een 6.000 ton metende roestbak die gewend was aan het werk langs de Caribische kust en alleen uitstapjes maakte naar de vele eilanden die slechts door zulke kustvaarders bevoorraad worden. Het was net uit Buenaventura gekomen en heette *María Linda*. Michelle kreeg opdracht het naar het noorden te volgen, en de wachtende *Chesapeake* nam zijn positie in.

De SEAL's hadden inmiddels verscheidene onderscheppingen uitgevoerd en beheersten die taak volledig. De *Chesapeake* voer vijfentwintig mijl verder de zee op dan het vrachtschip, en even na zonsopgang op de derde dag werd de Little Bird aan dek gehesen.

Zodra de kraan zijn werk gedaan had, gingen de rotors draaien en steeg het toestel op. Chadwicks grote RHIB en zijn twee lichtere CRRC's lagen al klaar in het water, en zodra de Little Bird opsteeg, stoven ze naar het vrachtschip voorbij de horizon. Achter in de RHIB zat Cal Dexter met de tweekoppige snuffelploeg en de africhter met zijn spaniël, en omklemde zijn zak. De zee was rustig, en de kleine maar dodelijke vloot stoof met veertig knopen over het water.

De helikopter was er natuurlijk het eerst en draaide voor de brug van de *María Linda* langs om de kapitein de tekst AMERIKAANSE MARINE te tonen. Daarna bleef het toestel voor de brug hangen. Een scherpschutter richtte zijn geweer op het gezicht van de kapitein en een luidspreker beval hem om bij te draaien. Hij gehoorzaamde.

De kapitein wist wat hij doen moest. Hij mompelde een kort bevel tegen zijn stuurman, die uit het zicht op het trapje naar de hutten stond, en de stuurman probeerde een noodsein naar de luisterende verbindingsman van het Kartel te sturen. Niets werkte. Hij probeerde zijn mobiele telefoon, probeerde te sms'en, te e-mailen en in zijn wanhoop zelfs een ouderwets radiobericht uit te zenden. Boven zijn hoofd draaide Michelle onzichtbaar en onhoorbaar storend rondjes. Toen zag de kapitein de boten op zich af komen.

Het enteren verliep probleemloos. De gemaskerde en in het zwart geklede SEAL's klommen met een HK MP5 op elke heup over de reling, en de bemanning stak de handen op. De kapitein protesteerde natuurlijk, en commandant Chadwick reageerde natuurlijk heel formeel en beleefd.

De bemanning had nog net de tijd om de zoekploeg en de spaniël aan boord te zien komen. Toen kregen ze een zwarte kap over hun hoofd en werden ze naar het achterschip geleid. De kapitein wist precies wat hij bij zich had en hoopte vurig dat de overvallers het niet zouden vinden. Anders wachtte hem, naar hij wist, een jarenlang verblijf in een yankeegevangenis. Hij lag op internationale wateren, maar de regels waren in het voordeel van de Amerikanen en de dichtstbijzijnde kust was die van Panama, een land dat beslist met Washington samenwerkte en hem aan het gevreesde Amerika zou uitleveren. Alle dienaren van het Kartel – van de hoogste tot de laagste – waren doodsbang voor uitlevering, want dan kregen ze een lange gevangenisstraf zonder de kans op een snelle vrijlating in ruil voor smeergeld.

De kapitein kon niet zien dat een oudere, ietwat stijve man met een grote zak aan boord werd geholpen. De kap op zijn hoofd belemmerde niet alleen hun zicht, maar dempte door de dikke voering ook de geluiden van buiten.

Dankzij de bekentenis van Juan Cortez die hij had bijgewoond, wist Dexter precies wat hij zocht en waar het lag. Terwijl de soldaten net deden alsof ze de *María Linda* van voor tot achter en van boven tot onder doorzochten, liep Dexter geruisloos naar de hut van de kapitein.

Diens kooi was met vier sterke koperen schroeven aan de wand bevestigd, en de koppen daarvan waren ingesmeerd met vuil om te suggereren dat ze in jaren niet verwijderd waren geweest. Dexter veegde de smeerboel weg en draaide de schroeven los. De hele kooi kon worden weggetrokken, en dan was de romp te zien. De bemanning, die nog maar een uur van haar afspraak tot levering verwijderd was, zou dat eigenhandig gedaan hebben.

Het staal van de romp was op het eerste gezicht intact. Dexter tastte naar de schakelaar om het open te maken, vond hem en draaide. Er klonk een klikje en toen liet het paneel los. Maar er stroomde geen zeewater naar binnen. De romp was op dat punt dubbelwandig. Toen hij de stalen plaat voorzichtig had weggehaald, zag hij de pakken liggen.

Hij wist dat de ruimte niet alleen naar links en rechts maar ook naar boven en beneden ver doorliep. De pakken hadden de vorm van bakstenen en waren niet meer dan twintig centimeter breed, want zo breed was de ruimte. Ze waren op elkaar gestapeld en vormden een muur. Elk pak bevatte twintig briketten in lagen industrieel polyetheen. De pakken waren in jute gewikkeld en kriskras dichtgebonden met touw om ze gemakkelijk te kunnen hanteren. Naar zijn schatting lag daar twee ton Colombiaanse puro, ofwel een straatwaarde van ongeveer honderdvijftigmiljoen dollar na zesmaal versnijden en aangepast aan het Amerikaanse prijsniveau.

Hij maakte een van de pakken voorzichtig los. Zoals hij al vermoed had stond op elke in polyetheen verpakte briket een afbeelding en een nummer – de partijcode.

Toen hij klaar was, legde hij de briketten terug, wikkelde ze in jute en knoopte de touwen precies zoals ze geweest waren. Hij zette het stalen paneel terug en klikte het dicht zoals Juan Cortez het bedoeld had.

Ten slotte moest hij de kooi op zijn plaats terugzetten en vastschroeven en besmeerde hij de koppen weer met een mengsel van vet en vuil. Toen dat eindelijk gebeurd was, maakte hij wat rommel in de hut alsof hij die tevergeefs doorzocht had en klom hij weer aan dek.

Toen de Colombiaanse bemanning geblinddoekt was, hadden de SEAL's hun eigen maskers afgezet. Commandant Chadwick keek Dexter aan en trok vragend een wenkbrauw op. Dexter knikte, klom over de reling in de RHIB en zette zijn masker weer op. De SEAL's deden hetzelfde en haalden toen de kappen en boeien bij de bemanning weg.

Chadwick sprak geen Spaans, maar SEAL Fontana wel. Via hem overstelpte de SEAL-commandant de kapitein van de *María Linda* met een stroom excuses.

'We zijn kennelijk verkeerd ingelicht, *capitán*. Aanvaard de verontschuldigingen van de Amerikaanse marine, alstublieft. U mag doorvaren. Goede reis.'

Toen de Colombiaanse smokkelaar het *buen viaje* hoorde, kon hij zijn oren niet geloven. Hij veinsde niet eens woede om wat hem was aangedaan, uit angst dat de yankees opnieuw zouden gaan zoeken en dan bij de tweede poging alsnog iets ontdekten. Hij straalde nog steeds gastvrij toen de zestien gemaskerde mannen en de hond weer in hun opblaasboten stapten en brullend wegvoeren.

Hij wachtte tot ze ruimschoots achter de horizon verdwenen waren, en liet de *María Linda* weer naar het noorden varen. Toen gaf hij het roer over aan zijn stuurman en ging benedendeks. De schroeven leken intact, maar hij draaide ze voor alle zekerheid los en trok zijn kooi opzij.

Ook de stalen romp leek onaangeroerd, maar om het zekere voor het onzekere te nemen, verwijderde hij het paneel en controleerde hij de pakken. Ook daar was niets aan te zien. In stilte dankte hij de onbekende vakman die deze verbazend slimme bergplaats gemaakt had. De man had waarschijnlijk zijn leven en zeker zijn vrijheid gered. Drie nachten later ging de *María Linda* aan wal.

Mexico kent drie grote en een paar kleinere cocaïnekartels. De reuzen zijn La Familia, het Golfkartel, dat voornamelijk aan de Golf van Mexico in het oosten werkt, en het Sinaloa-kartel, dat actief is aan de kust van de Stille Oceaan. Voor de kust van Mazatlán, in het hart van het Sinaloa-gebied, had de *María Linda* zijn afspraak met een stinkend, oud garnalenschip.

De kapitein en zijn bemanning kregen hun (naar hun maatstaven) reusachtige honorarium plus een succesbonus, die de Don had uitgeloofd om nieuwe vrijwilligers te lokken. De kapitein zag geen reden om het incident voor de kust van Panama te melden. Waarom zou hij drukte maken over zo'n mazzeltje? De bemanning was het met hem eens.

Een week later gebeurde iets dergelijks op de Atlantische Oceaan. Het CIA-vliegtuig landde in alle rust op het eiland Sal, het noordoostelijkste van de Kaapverdische Eilanden. De enige passagier had een diplomatieke status en mocht bij de paspoortencontrole en de douane gewoon doorlopen. Zijn zak werd niet gecontroleerd.

Hij liep de hal uit en ging niet met de lijnbus naar het zuiden, waar Santa Maria (het enige vakantieoord van het eiland) lag, maar nam een taxi en vroeg waar hij een auto kon huren. De chauffeur wist dat niet, en daarom reden ze naar Espargos, drie kilometer verderop, en vroegen het daar opnieuw. Uiteindelijk kwamen ze in het haventje van Palmeira terecht. Daar verhuurde een garagehouder hem een kleine Renault. Dexter beloonde de man royaal voor zijn moeite en reed weg.

Sal betekent 'zout', en dat is niet voor niets. Het is een vlak eiland zonder bijzondere kenmerken behalve de kilometers lange rijen zoutpannen die ooit de bron van een heel tijdelijke voorspoed waren. Tegenwoordig heeft het twee wegen en een pad. De ene weg loopt van oost naar west vanaf Pedra Lume via het vliegveld naar Palmeira. De andere loopt naar Santa Maria in het zuiden. Dexter nam het pad.

Dat loopt door een somber, leeg landschap naar de vuurtoren van Fiura in het noorden. Dexter liet de auto staan, klemde een briefje op de voorruit met de mededeling aan een nieuwsgierige vinder dat hij van plan was terug te komen, en liep naar het strand bij de vuurtoren. Het schemerde al, en de vuurtoren begon automatisch te draaien. Toen voerde hij een mobiel telefoongesprek.

Het was bijna donker toen de Little Bird hem boven een inktzwarte zee kwam halen. Hij knipperde met zijn lantaarn de herkenningscode, en toen landde de helikopter zachtjes op het zand naast hem. De deur ervan was een open ovaal. Hij klom naar binnen, zette de zak tussen zijn benen en maakte zijn veiligheidsriem vast. De man naast hem bood hem net zo'n helm-met-koptelefoon aan als hij zelf had.

Hij zette hem op zijn hoofd en hoorde een zeer Britse stem.

'Goede reis gehad, meneer Dexter?'

Dexter vroeg zich af waarom elke militair hem zo beleefd behandelde. Zelf had hij het nooit verder geschopt dan sergeant. Het kwam vast door zijn grijze haar.

'Geen problemen,' antwoordde hij.

'Prima, prima. Nog twintig minuten tot de basis. De jongens daar zijn vast een lekkere kop thee aan het zetten.'

Prima, prima, dacht hij. Ik kan wel een lekkere kop thee gebruiken.

Ditmaal landde hij op het dek zonder een ladder te hoeven gebruiken. De Little Bird was veel kleiner dan de Blackhawk. De kraan hees het toestel voorzichtig op en liet het in het ruim zakken, waarna het luik dichtging. De piloot ging door een stalen deur naar de kantine van de speciale eenheden in het voorschip. Dexter werd de andere kant op gebracht – naar het achterdek – voor een ontmoeting met de kapitein en met SBS-commandant majoor Pickering. Bij het avondeten ontmoette hij ook de twee Amerikaanse verbindelaars, die het contact onderhielden tussen het ms *Balmoral*, Washington, Nevada en de UAV Sam, die ergens hoog boven hen door het donker vloog.

Ze moesten drie dagen ten zuiden van de Kaapverdische Eilanden wachten. Toen kreeg Sam het doelwit in het oog. Het was een vissersboot zoals de *Belleza del Mar* en heette *Bonita*. Het schip verried niets, maar was op weg naar een ontmoeting voor de kust van de mangrovemoerassen in Guinee-Conakry, alweer een mislukte staat onder leiding van een brute dictator. En het schip stonk net zo erg als de *Belleza* om de eventuele geur van de cocaïne te maskeren.

Maar het was al zeven keer van Zuid-Amerika naar West-Afrika gevaren. Tim Manhires MAOC-team in Lissabon had het al tweemaal gelokaliseerd, maar dan was er nooit een oorlogsschip van een NAVO-land in de buurt geweest. Ditmaal was dat wel zo, hoewel het niet zo leek, en zelfs de MAOC wist niets over het graanschip *Balmoral*.

Juan Cortez had ook op de *Bonita* gewerkt – het was een van zijn eerste schepen geweest – en hij had achter de machinekamer in het achterschip (waar het vanwege de hitte niet alleen naar vis maar ook naar olie stonk) een bergplaats gemaakt.

Het ging bijna net zoals op de Stille Oceaan. Toen de commando's afscheid namen van de *Bonita*, ontving de verbijsterde en buitengewoon dankbare kapitein een lange lijst met excuses van Hare Majesteit zelf voor alle moeite en vertraging. Toen de twee 'arctische' RIB's en de Little Bird achter de horizon verdwenen waren, schroefde de kapitein de planken achter de motor los, haalde de valse romp weg en controleerde de inhoud van de bergplaats. Alles was absoluut intact. Geen sprake van trucs. De gringo's met hun gesnuffel en hun drugshonden hadden de geheime lading niet gevonden.

De *Bonita* had zijn rendez-vous en gaf zijn lading door aan andere vissersjalken, die ermee langs de Afrikaanse kust, langs de Zuilen van Hercules en langs Portugal voeren om alles af te leveren bij de Galiciërs. Zoals de Don beloofd had. Drie ton. Maar wel een tikje anders.

De Little Bird bracht Cal Dexter terug naar het sombere strand van de vuurtoren, en hij zag daar tot zijn genoegen dat niemand de gebutste Renault had aangeraakt. Hij reed ermee naar het vliegveld en liet daar een bonus achter met het bericht voor de garagehouder in Palmeira, die de auto moest komen halen. Het CIA-vliegtuig, dat door de verbindelaars op de *Balmoral* gewaarschuwd was, pikte hem een uur later op.

Bij het avondeten aan boord van de *Balmoral* bleek de kapitein nieuwsgierig.

'Weet u zeker dat er aan boord van die vissersboot helemaal niets te vinden was?' vroeg hij aan majoor Pickering.

'Dat zei die Amerikaan. Hij is een uur lang met het luik dicht in de machinekamer geweest. Toen hij terugkwam, zat hij onder de olie en stonk hij een uur in de wind. Zei dat hij alle mogelijke bergplaatsen had doorzocht, maar nee. Kennelijk verkeerd ingelicht. Zeer teleurstellend.'

'Maar waarom is hij dan weg?'
'Geen idee.'

'Gelooft u hem?'

'Geen sprake van,' zei de majoor.

'Maar wat is er dan aan de hand? Ik dacht dat we de bemanning moesten wegvoeren, die schuit afzinken en de cocaïne in beslag nemen. Waar was hij op uit?'

'Geen idee. Laten we maar doen wat Tennyson ons voorhield. Denken is niet onze taak.'

Tien kilometer boven hen in het donker keerde de UAV Sam weer en ging terug naar het Braziliaanse eiland om bij te tanken. Een tweemotorig directievliegtuig, geleend van een steeds geïrriteerdere CIA, vloog naar het noordwesten. De enige passagier kreeg champagne aangeboden maar had liever bier uit de fles. Hij wist wél waarom de Cobra zijn vangsten buiten de verbrandingsovens wilde houden. Het was hem om de verpakkingen te doen.

14

De Britse Serious and Organised Crime Agency en de Londense politie kregen de taak om de inval uit te voeren. Ze waren al enige tijd met de voorbereidingen bezig. Het doelwit was een bende drugssmokkelaars die de Essex Mob heette.

Het Scotland Yard-team voor speciale projecten wist al een tijdje dat de Essex Mob, geleid door de beruchte, in Londen geboren Benny Daniels, een grote importeur en distributeur van cannabis, heroïne en cocaïne was en extreem gewelddadig optrad tegen iedereen die hun de voet dwars zette. De enige reden voor de bendenaam was het feit dat Daniels met misdadig verkregen geld een groot en heel luxueus herenhuis in Essex had laten bouwen – ten oosten van Londen, ten noorden van het estuarium van de Theems en vlak buiten het onschuldige marktstadje Epping.

Als jong boefje in het Londense East End had Daniels een gewelddadige reputatie en een lang strafblad opgebouwd. Maar juist vanwege zijn succes was een succesvolle vervolging onmogelijk geworden. Hij werd zo rijk dat hij zelf niet meer met het product in aanraking hoefde te komen, en getuigen waren schaars. Angsthazen trokken snel hun getuigenis in; dapperen verdwenen voorgoed of werden heel dood in de moerassen langs de rivier gevonden.

Benny Daniels stond als misdadiger hoog op de lijst en was in Londen een van de tien meest gezochte criminelen. De doorbraak waarop de Yard wachtte, was te danken aan de rattenlijst die wijlen Roberto Cárdenas geleverd had.

Groot-Brittannië had het geluk dat er op die lijst maar één Britse ambtenaar voorkwam, namelijk een hoge douanebeambte in de haven van Lowestoft aan de oostkust. Dat betekende dat de leiding van de douane en de accijnzen er al in een heel vroeg stadium bij betrokken werden.

In stilte en heel heimelijk werd een gecombineerde werkgroep samengesteld en uitgerust met de modernste apparatuur om telefoons af te tappen, verdachten te volgen en gesprekken af te luisteren.

De veiligheidsdienst MI5, een van de SOCA-partners, stond een team surveillanten af die simpelweg de Kijkers heetten en tot de besten van het land werden gerekend.

Nu grootschalige import van drugs opeens gold als een daad van terrorisme, was ook Scotland Yards vuurwapeneenheid CO19 beschikbaar. De werkgroep stond onder leiding van politiecommandant Peter Reynolds, maar de mensen die het nauwst met de corrupte douanier samenwerkten, waren zijn eigen collega's bij de douane. De paar mensen die van zijn activiteit wisten, minachtten hem even oprecht als heimelijk, en zij waren in de beste positie om zijn doen en laten te observeren. Hij heette Crowther.

Een van de leidinggevende functionarissen in Lowestoft was zo vriendelijk om een ernstige tumor te krijgen en met ziekteverlof te gaan. Hij kon nu door een expert in elektronische surveillance vervangen worden. Commandant Reynolds wilde meer dan één onbetrouwbare ambtenaar snappen en een truck in beslag nemen: hij wilde via Crowther een hele narcoticaoperatie oprollen. Daarvoor was hij bereid geduldig te zijn, ook al moest hij daarvoor diverse ladingen doorlaten.

Omdat Lowestoft aan de kust van Suffolk even ten noorden van Essex ligt, vermoedde hij dat Daniels ergens een vinger in de pap had, en dat klopte. De faciliteiten van Lowestoft betroffen onder andere de afhandeling van roll-on-roll-offgiganten die over de Noordzee kwamen, en Crowther was er kennelijk op uit juist een stel daarvan ongemoeid door het douanetraject te loodsen. In december maakte Crowther een fout.

Op een veerboot vanuit Vlissingen arriveerde een truck met een lading Nederlandse kaas voor een bekende supermarktketen. Een jonge douanier stond op het punt aan een onderzoek van de lading te beginnen, toen Crowther kwam aangerend. De man ging op zijn strepen staan en liet de lading snel door.

De jongeman was niet ingewijd in het geheim, maar de vervanger keek toe en wist een klein gps-apparaatje onder de achterste bumper van de Nederlandse truck te plakken toen deze door de poort van de haven vertrok. Daarna pleegde hij een dringend telefoontje. Drie onopvallende auto's begonnen de truck te volgen en wisselden steeds van plaats om niet opgemerkt te worden. De chauffeur maakte zich kennelijk geen zorgen.

De truck werd tot halverwege Suffolk gevolgd en parkeerde toen op een terrein langs de weg. Hij werd opgewacht door een groepje mannen die uit een zwarte Mercedes stapten. Een passerende surveillanceauto stopte niet maar nam wel het nummer op. Een paar tellen later was de Mercedes geïdentificeerd. De auto was eigendom van een lege bv, maar was een paar weken eerder gezien toen hij het terrein van Benny Daniels landhuis op reed.

De Nederlandse chauffeur werd heel vriendelijk meegenomen naar een wegrestaurant achter het parkeerterrein. Twee bendeleden bleven bij hem in de twee uur dat zijn truck weg was. Toen het gevaarte werd teruggebracht, kreeg hij een dik pak geld en mocht hij doorrijden naar het laadperron van de supermarkt in de Midlands. De hele procedure was een precieze herhaling van wat mensensmokkelaars deden, en de werkgroep begon al te vrezen dat ze zou achterblijven met een groep versufte en sombere Irakezen.

Terwijl de Nederlander in het wegrestaurant koffie zat te drinken, hadden de twee andere mannen de truck weggereden om de echte schatten uit te laden: geen Irakezen op zoek naar een nieuw leven, maar een ton zuivere Colombiaanse cocaïne.

De truck werd vanaf het terrein in Suffolk gevolgd en reed in zuidelijke richting Essex in. De chauffeur en zijn kameraad waren het hele traject waakzaam, en de mannen in de surveillanceauto's moesten al hun bekwaamheden aanboren en regelmatig van plaats verwisselen om niet te worden gezien. Toen ze de grens van het graafschap Essex passeerden, verschafte de politie van Essex twee andere onopvallende auto's om de achtervolging te vergemakkelijken.

Eindelijk was hun bestemming bereikt: een oude en schijnbaar verlaten hangar in de zoutmoerassen naast de monding van de Blackwater. Het landschap was zo vlak en triest dat de Kijkers de truck niet durfden te volgen, maar een helikopter van de verkeerspolitie zag dat de hangardeuren werden dichtgetrokken. De truck bleef veertig minuten in de hangar staan, kwam er toen weer uit en reed terug naar de wachtende Nederlander in het café.

De truck was bij zijn vertrek een groot deel van zijn waarde kwijt. Maar diep in de rietbosjes zat een ploeg van vier surveillance-experts met sterke verrekijkers. Ineens werd er vanuit de hangar opgebeld; dat werd opgevangen door de SOCA en het hoofdkwartier van de Government Communications in Cheltenham. Iemand in Benny Daniels' landhuis, dertig kilometer verderop, nam op. De beller zei dat de 'goederen' de volgende ochtend opgehaald zouden worden, en commandant Reynolds kon niets anders doen dan de inval nog diezelfde avond uit te voeren.

Zoals Washington al eerder verzocht had, werd besloten om de overval ook een belangrijk pr-element te geven, en een tv-ploeg van het programma *Crimewatch* kreeg toestemming om erbij te zijn.

Ook don Diego had een dringend pr-probleem, maar zijn publiek was niet groter dan zijn twintig grootste klanten: tien in de VS en tien in Europa. Hij stuurde José María Largo op rondreis door Noord-Amerika om de tien grootste kopers van zijn product te verzekeren dat de problemen die al hun operaties sinds de zomer geplaagd hadden, overwonnen zouden worden zodat de leveranties hervat werden. Maar de klanten waren echt kwaad.

Omdat ze de tien grootste waren, hadden ze het voorrecht dat ze maar vijftig procent hoefden aan te betalen. Maar dat ging dan nog steeds om tientallen miljoenen dollar per bende. De rest hoefde pas voldaan te worden als de lading was aangekomen.

Elke onderschepping, elk verlies, elke verdwijning van een lading onderweg tussen Colombia en het punt van overdracht was verlies voor het Kartel. Maar dat was het punt niet. Vanwege de ramp met de rattenlijst hadden de Amerikaanse douane en de deelstaat- of gemeentepolitie tientallen succesvolle invallen in depots in het binnenland uitgevoerd, en dat kwam hard aan.

En er was nog meer. Elke bende die op grote schaal importeerde, had een enorm netwerk van kleinere klanten, en ook aan hun behoeften moest worden voldaan. In die handel bestaat geen trouw. Als de vaste leverancier niet levert en een andere wel, dan gaat de kleinere deal gewoon naar die andere.

Bovendien kwam maar vijftig procent van de verwachte lading veilig aan, en daarmee ontstonden nationale tekorten. De prijzen stegen vanwege de wet van vraag en aanbod. Importeurs versneden de puro niet zes of zeven keer maar wel tien keer om langer cocaïne voorradig te hebben en hun klanten te houden. Sommige consumenten snoven een mix van maar zeven procent. De vulstoffen waren in toenemende mate smeerlapperij en de scheikundigen gebruikten waanzinnige hoeveelheden namaakdrugs zoals ketamine om de gebruiker het gevoel van een geweldige kick te geven, terwijl hij niet weet dat dit een enorme dosis paardenanesthesie is met toevallig dezelfde geur en kleur.

Het tekort had ook nog een ander gevaarlijk gevolg. De paranoia die in de onderwereld nooit helemaal afwezig is, kwam naar boven. Tussen de bendes ontstond wantrouwen. Kregen de anderen geen voorkeursbehandeling? De waarschijnlijkheid dat het geheime depot van de ene bende door een rivaliserende groep overvallen kon worden, schiep de mogelijkheid van een buitengewoon gewelddadige oorlog in de onderwereld.

De VS worden permanent geteisterd door een leger lichte vliegtuigjes, speedboten, privéjachten, vliegtuigpassagiers en bolletjesslikkers, die allemaal cocaïne smokkelen, maar de echte hoofdpijn ontstaat door de 5.000 kilometer lange, kronkelende grens met Mexico. Die loopt van de Stille Oceaan ten zuiden van San Diego naar de Golf van Mexico en is ook de grens van Californië, Arizona, New Mexico en Texas.

Het noorden van Mexico, ten zuiden van die grens, is al jarenlang het toneel van een oorlog tussen rivaliserende bendes, die vechten om de macht of zelfs maar een plaats in het gewoel. Duizenden gemartelde lichamen zijn op straat of in de woestijn gedropt, want de leiders van de kartels en de bendebazen gebruiken halfkrankzinnige 'handhavers' om rivalen uit te schakelen; en daarbij zijn talloze onschuldige voorbijgangers gedood.

Largo moest praten met de bazen van de kartels die bekendstonden als Sinaloa, Golfo en La Familia, en die allemaal in woede waren ontstoken door het uitblijven van leveranties. Hij wilde beginnen met Sinaloa, die een groot deel van de westkust bestreek. Hij had alleen pech. De *María Linda* was erdoor gekomen, maar de opvolger van dat vrachtschip verdween spoorloos.

Europa was het werkterrein van Largo's plaatsvervanger, de slimme Jorge Calzado, die aan de universiteit had gestudeerd en naast zijn moedertaal ook vloeiend Engels sprak en enige kennis van het Italiaans bezat.

Op de avond waarop de SOCA de oude hangar in de moerassen van Essex overviel, kwam hij in Madrid aan.

De inval verliep goed, maar zou nog beter zijn verlopen als ze de hele Essex-bende en bijvoorbeeld ook Benny Daniels gearresteerd hadden. Maar de bendeleider was te slim om te dicht in de buurt te komen van de drugs die hij in Zuid-Engeland importeerde. Daar had hij zijn onderknuppels voor.

Volgens het onderschepte telefoongesprek zou de inhoud van de hangar 'in de ochtend' opgehaald en weggebracht worden. De overvallers namen tegen middernacht geluidloos hun posities in – zonder lichten, in het zwart gekleed – en wachtten. Er heerste een totaal spreekverbod, en lantaarns en zelfs thermosflessen waren verboden vanwege het gevaar van rinkelend metaal op metaal. Vlak voor vier uur 's nachts verschenen er koplampen over het pad naar het donkere gebouw.

De Kijkers hoorden hoe deuren rommelend geopend werden, en ze zagen binnen een vaag schijnsel. Toen er geen tweede auto bleek te komen, kwamen ze in actie. De gewapende politiemannen van CO19 gingen voorop om het pakhuis te beveiligen. Ze werden gevolgd door mannen met luidsprekers die bevelen brulden, gretige honden, scherpschutters die klaarstonden voor het geval van gewapend verzet en zoeklichten die het gebouw in een felwitte gloed zetten.

De verrassing was totaal, gezien het feit dat vijftig mannen en vrouwen met hun hele uitrusting in het riet hadden gezeten. De buit was bevredigend vanwege de cocaïne, maar het aantal criminelen viel tegen.

Het waren er drie. Twee van hen waren met de truck meegegaan. Zo te zien waren het boodschappenjongens en hoorden ze bij een bende in de Midlands waarvoor een deel van de lading bestemd was. De rest zou door Benny Daniels gedistribueerd zijn.

De nachtwaker was het enige lid van de Essex Mob dat in het net bleef hangen. Hij bleek Justin Coker te heten, was tegen de dertig, voelde zich met zijn donkere, knappe uiterlijk een hele piet bij de vrouwtjes en had een lang strafblad. Maar hooggeplaatst was hij niet.

De lading die de truck kwam ophalen, lag opgestapeld op de betonnen vloer waar vroeger het lichte vliegtuigje van een allang verdwenen vliegclub werd onderhouden. Het totaal woog ongeveer een ton en bevond zich nog in zijn juteverpakking, die met kruislingse touwen was dichtgebonden.

De camera's mochten naar binnen – de ene van de tv, de andere van een persfotograaf die voor een belangrijk bureau werkte. Ze filmden en kiekten de vierkante stapel pakketten en zagen hoe een hoge douanier, gemaskerd om anoniem te blijven, een paar touwen doorsneed om de jute weg te halen en de in polyetheen verpakte blokken met cocaïne te laten zien. Op een van de blokken zat zelfs een papieren etiket met een nummer erop. Alles werd vastgelegd, zelfs de drie arrestanten met een deken over hun hoofd. Alleen hun geboeide handen waren te zien. Maar dat was meer dan genoeg om *prime time* op de tv te komen en allerlei voorpagina's te halen. Een roze winterzonnetje kroop langzaam boven de moerassen van Essex omhoog. Voor de politie- en douanemannen werd het een lange dag.

Ergens ten oosten van de vijfendertigste lengtegraad werd een volgend vliegtuig neergehaald. De jonge, wanhopige piloot had het advies van ouderen om niet te gaan vliegen in de wind geslagen. Als 'teken van leven' had hij korte, betekenisloze piepjes op zijn radio moeten laten horen. Toen hij de Braziliaanse kust achter zich had gelaten, deed hij dat elke vijftien minuten. Ineens hield het op. Hij was op weg naar een landingsstrip in het binnenland van het politieloze Liberia, maar kwam daar nooit aan.

Het Kartel had nu een indicatie waar het toestel ongeveer verdwenen was en stuurde een verkenningsvliegtuig in het volle daglicht langs dezelfde route. Het vloog laag over het water en zocht restanten, maar vond niets.

Als een vliegtuig in zijn geheel of in een paar stukken het water raakt, blijven allerlei delen drijven totdat ze helemaal doorweekt zijn en gaan zinken. Zulke delen zijn bijvoorbeeld zittingen, kleren, paperbacks, gordijnen en al het andere wat lichter is dan water. Maar als het toestel op een hoogte van 10.000 voet één vuurzee van exploderende brandstof wordt, raakt al het brandbare verteerd. Alleen het metaal valt dan in zee, en metaal zinkt. Het verkenningsvliegtuig gaf het op en ging terug. Dat was de laatste poging om over de Atlantische Oceaan te vliegen.

José María Largo vloog in een gecharterd privévliegtuig vanuit Mexico naar de VS. Van Monterrey naar Corpus Christi in Texas is het maar een korte vlucht. Zijn Spaanse paspoort was heel echt en in zijn bezit gekomen dankzij de goede diensten van de nu gesloten Banco Guzmán. Het paspoort had hem goed van pas moeten komen, maar bleek een teleurstelling.

Het paspoort was ooit van een echte Spanjaard geweest die redelijk op Largo leek. Als de immigratieambtenaar op het vliegveld alleen de twee gezichten vergeleken had, had hij zich misschien laten bedotten. Maar de vroegere eigenaar van het paspoort was ooit in de VS geweest en had toen onnadenkend in de lens van de irisscan gekeken. Largo deed hetzelfde. De iris van het menselijk oog is net een DNA-monster. Dat liegt evenmin.

De immigratieambtenaar vertrok geen spier. Hij staarde naar wat het scherm te melden had en verzocht de bezoekende zakenman om even mee te gaan naar een zijkamer. De procedures kostten een halfuur. Toen kreeg Largo een stroom verontschuldigingen over zich heen en mocht hij gaan. Zijn angst maakte plaats voor opluchting. Hij was erdoor en niet gesnapt. Maar dat was een vergissing.

De moderne communicatietechniek is zo snel dat al zijn details waren doorgestuurd naar de ICE, de FBI, de CIA, en gelet op waar hij vandaan kwam: de DEA. Hij was heimelijk gefotografeerd en nu ook zichtbaar op een scherm aan de Army Navy Drive in Arlington, Virginia.

De altijd behulpzame kolonel Dos Rios in Bogotá had portretfoto's gestuurd van alle hoge leden van het Kartel die hij met zekerheid kon identificeren, en José María Largo was een van hen. Hoewel de man in het archief van Arlington jonger en slanker was dan de bezoeker die nu in Zuid-Texas liep te grijnzen, identificeerde de gelaatsherkenningstechnologie hem in een halve seconde.

Zuid-Texas is veruit het grootste werkterrein van de Amerikaanse drugsbestrijders en het krioelt er van de DEA-mensen. Zodra Largo de hal uit kwam, zijn huurauto had opgehaald en het parkeerterrein af reed, kreeg hij een onopvallende auto met twee DEA-mannen achter zich aan. Hij merkte hen niet op, maar werd naar alle gesprekken met klanten gevolgd.

Hij had opdracht om de drie grootste, blanke motorclubs en cocaine-importeurs van de VS te sussen. Dat waren de Hell's Angels, de Outlaws en de Bandidos. Hij wist dat ze alle drie krankzinnig gewelddadig konden zijn en elkaar grondig minachtten, maar niemand was dom genoeg om een afgezant van het Colombiaanse Kartel iets aan te doen, als ze ooit nog een gram cocaïne van de Don wilden zien.

Hij moest ook contact opnemen met de twee grootste zwarte bendes: de Crips en de Bloods. De vijf andere op zijn lijst waren mede-latino's: de Latin Kings, de Cubanen, zijn mede-Colombianen, de Puerto Ricanen en de Salvadoranen. Die laatsten waren veruit het gevaarlijkst en stonden simpelweg als MS-13 bekend. Ze hadden hun hoofdkwartier voornamelijk in Californië.

Hij was twee weken aan het praten, redeneren, geruststellen en overvloedig zweten toen hij eindelijk de kans kreeg San Diego te verwisselen voor de veiligheid van zijn geboorteland Colombia. Ook daar waren uiterst gewelddadige mensen, maar hij troostte zich met de gedachte dat die gelukkig aan zijn kant stonden. De boodschap die hij van zijn Amerikaanse klanten gekregen had, was duidelijk: de winsten daalden dramatisch en dat was de schuld van het Kartel.

Zijn eigen oordeel, dat hij ook doorgaf aan de Don, was dat de wolven tot bedaren gebracht moesten worden met succesvol aangekomen ladingen, anders brak er een bendeoorlog uit waarbij vergeleken Noord-Mexico een kleuterklasje leek. Hij was blij dat hij niet in de schoenen van Alfredo Suárez stond.

De Don trok een iets andere conclusie. Hij kon Suárez missen, maar dat was niet de oplossing. Het punt was dat iemand enorme hoeveelheden van zijn product stal, en dat was een onvergeeflijke zonde. Hij moest de dieven vinden en verpletteren, anders werd hij zelf verpletterd.

De aanklacht tegen Justin Coker bij de rechtbank van Chelmsford was snel geformuleerd en luidde: bezit van een klasse A-drug met de bedoeling die te distribueren, in overtreding van de wet op... enzovoort.

De juridisch adviseur van de magistraat las de aanklacht voor en vroeg om verlengde hechtenis om reden van het feit dat de politie, zoals uwe edelachtbare zal begrijpen, nog steeds aan haar onderzoek bezig is, enzovoort. Iedereen wist dat dit allemaal een formaliteit was, maar de pro-Deoadvocaat stond op en vroeg om vrijlating op borgtocht.

De vrouwelijke rechter was een vrederechter uit liefhebberij en bladerde al luisterend de borgtochtwet van 1976 door. Voordat ze zich bereid had verklaard rechter te worden, was ze jarenlang hoofd van een grote meisjesschool geweest en had ze zo ongeveer alle excuses gehoord die de mensheid kent.

Coker, die net als zijn werkgever uit Oost-Londen kwam, was als tiener in de kleine misdaad terechtgekomen, 'veelbelovend' geworden en had toen de aandacht van Benny Daniels getrokken. De bendeleider had hem als jong maatje onder zijn hoede genomen. Coker had geen talent als kleerkast – voor dat soort functies had Daniels diverse vierkante lieden in zijn omgeving – maar was gewiekst en een goede boodschappenjongen. Om die reden had hij een nacht lang de verantwoordelijkheid voor een ton cocaïne gekregen.

De advocaat beëindigde zijn hopeloze verzoek om borgtocht en de rechter glimlachte eventjes bemoedigend.

'Zeven dagen verlenging van hechtenis,' zei ze. Coker werd van zijn beklaagdenbank gehaald en via een trap naar de cellen beneden gebracht. Vandaar werd hij meegenomen naar een wit en raamloos busje dat vergezeld werd door vier motorrijders van de Special Escort Group, voor het geval de Essex Mob iets slims had bedacht om hem te bevrijden. Daniels en zijn makkers waren er kennelijk van overtuigd dat Justin Coker zijn mond zou houden, want ze waren nergens te zien. Ze waren er allemaal vandoor gegaan.

In het verleden hadden Britse bendeleden de gewoonte hun toevlucht te zoeken in Zuid-Spanje en aan de Costa del Sol villa's te kopen. Na een snel uitleveringsverdrag tussen Spanje en Groot-Brittannië was de Costa echter niet veilig meer. Benny Daniels had een chalet laten bouwen op Noord-Cyprus, een door bijna niemand erkend landje zonder verdrag met Groot-Brittannië. Men vermoedde dat hij na de inval in de hangar daarheen gevlucht was om de storm te laten overwaaien.

Scotland Yard wilde Coker echter in Londen in de gaten houden.

Daar had Essex geen bezwaar tegen en zo werd hij vanuit Chelmsford naar de Belmarsh-gevangenis in Londen gebracht.

Het verhaal over een ton cocaïne in een hangar tussen de moerassen was prima voor de nationale pers en nog smakelijker voor de lokale media. De *Essex Chronicle* bracht een grote foto van de vangst op pagina één. Naast de berg cocaïnebriketten stond Justin Coker. Op grond van de wet was zijn gezicht onherkenbaar gemaakt om zijn anonimiteit te garanderen. Maar het jute van de verwijderde verpakking was nog te zien, evenals de witte pakjes eronder en het pakpapier met het nummer.

Jorge Calzado's rondreis door Europa verliep niet prettiger dan die van José María Largo door Noord-Amerika. Aan alle kanten werd hij overstelpt met boze verwijten en de eis tot hervatting van de regelmatige leveranties. De voorraden raakten uitgeput, de prijzen stegen, de klanten stapten op andere verdovende middelen over, en wat de Europese bendes nog hadden, werd zo ongeveer tienmaal versneden; en nog slapper kon niet.

Calzado hoefde geen bezoek te brengen aan de Galiciërs, want die waren al gerustgesteld door de Don zelf, maar de andere grote klanten en importeurs waren essentieel.

Meer dan honderd bendes houden tussen Ierland en de Russische grens de distributie van en handel in cocaïne op gang, maar de meeste betrekken het spul van de tien reuzen die rechtstreeks in Colombia kopen, en verkopen het door nadat het veilig in Europa is aangekomen.

Calzado legde contact met de Russen, Serviërs en Litouwers; met de Nigeriaanse en Jamaicaanse 'Yardies'; met de Turken, die weliswaar oorspronkelijk uit het zuidoosten komen maar in Duitsland de touwtjes in handen hebben; met de Albanezen voor wie hij doodsbang was; en met de drie oudste bendes van Europa: de Siciliaanse maffia, de Napolitaanse Camorra en de Calabrische 'Ndrangheta, de grootste en meest gevreesde van allemaal.

Op de kaart lijkt Italië een rijlaars. De teen daarvan is Calabrië ten zuiden van Napels en aan de Straat van Messina tegenover Sicilië. De streek bestond ooit uit Griekse en Fenicische kolonies in een ongastvrij en zondoorstoofd land, en de regionale taal, die voor andere Italianen nauwelijks verstaanbaar is, is een voortzetting van het Grieks. De naam betekent gewoon 'eerbiedwaardig genootschap'. Anders dan de overbekende Siciliaanse maffia en de sinds kort beroemde Camorra van Napels zijn de Calabriërs trots op hun hoge mate van onzichtbaarheid.

De 'Ndrangheta heeft de meeste leden en internationaal het grootste werkterrein. Zoals de Italiaanse overheid ontdekt heeft, is die ook het moeilijkst doordringbaar en de enige waarin de eed van het volstrekte zwijgen, de *omertà*, nog volop geldt.

Anders dan de Siciliaanse maffia heeft de 'Ndrangheta geen *capo di tutti i capi*. De organisatie is niet hiërarchisch en het lidmaatschap is bijna helemaal op bloed- en familiebanden gebaseerd. Infiltratie door een onbekende is volstrekt onmogelijk. Verraad van binnenuit komt bijna niet voor en succesvolle vervolgingen zijn zeldzaam. De 'Ndrangheta is de eeuwige nachtmerrie van de Romeinse maffiabestrijders.

Zijn traditionele basis – het binnenland achter de provinciehoofdstad Reggio di Calabria en de snelweg langs de kust – vormen de ongastvrije dorpen en stadjes tot aan het Aspromonte-gebergte. In de grotten daar werden tot voor kort gijzelaars gevangengehouden in afwachting van hun losgeld of hun dood, en daar ligt ook de onofficiële hoofdstad Plati. Alle vreemdelingen daar en alle niet direct herkende auto's worden er al op kilometers afstand waargenomen en zijn er niet welkom. Het is dan ook geen toeristentrekker.

Maar het was niet daar dat Calzado zijn gesprekken voerde met de capi, want het Eerbiedwaardige Genootschap had ook de hele onderwereld overgenomen van Milaan, Italiës grootste stad en financiële motor. De echte 'Ndrangheta is naar het noorden verhuisd en heeft Milaan omgetoverd tot het grootste cocaïnecentrum van het land en misschien wel van het hele werelddeel.

Geen 'Ndrangheta-*capo* zou erover piekeren om zelfs de belangrijkste afgezant ter wereld in zijn huis te ontvangen, want daarvoor heb je restaurants en cafés. Drie zuidelijke voorsteden van Milaan worden door de Calabriërs beheerst, en in Buccunasco stond café Lions, waar het gesprek met de man uit Colombia plaatsvond.

Degenen die Calzado's excuses en verzekeringen aanhoorden, waren de plaatselijke capo en twee andere functionarissen, onder wie de *contabile*, ofwel de boekhouder wiens winstcijfers een somber beeld gaven.

Omdat het Eerbiedwaardige Genootschap bijzondere kwaliteiten had, zoals de mate van geheimhouding en meedogenloosheid bij de handhaving van de orde, had don Diego Esteban hun de eer gegund zijn belangrijkste Europese collega te zijn. Door die relatie was de 'Ndrangheta de grootste distributeur en importeur van het hele continent geworden.

De organisatie beheerste niet alleen de haven van Gioia, maar betrok ook een groot deel van haar voorraden enerzijds van de landkaravanen tussen West-Afrika en de Noord-Afrikaanse kust tegenover het Europese zuiden, en anderzijds van de zeevarende Galiciërs uit Spanje. Beide bevoorradingsroutes, aldus hun boodschap aan Calzado, waren ernstig verstoord en de Calabriërs verwachtten dat de Colombianen daar iets aan gingen doen.

Jorge Calzado had de enige Europese capi gesproken die op voet van gelijkheid met het hoofd van de Colombiaanse Hermandad praatten. Toen hij naar zijn hotel terugging, verheugde hij zich net zo op zijn thuiskomst in zijn geboortestad Bogotá als zijn chef Largo.

Kolonel Dos Rios nam niet vaak journalisten en ook geen hoofdredacteuren mee uit eten. Het hoorde zelfs omgekeerd te zijn. De redacteuren zijn de mensen met de hoogste onkostendeclaraties, maar de rekening valt meestal in de schoot van degene die een gunst vraagt. Ditmaal was dat het hoofd Inlichtingen van de politie. En zelfs hij deed het voor een vriend.

De kolonel werkte veel samen met de hoofden van de Amerikaanse DEA en de Britse SOCA in zijn stad. Die samenwerking was onder president Santos versterkt en had voordelen voor iedereen. De Cobra had de rattenlijst in eigen hand gehouden omdat er geen Colombiaan op voorkwam, maar andere juweeltjes die de camera's van de nog steeds rondcirkelende Michelle ontdekten, bleken erg nuttig. Ditmaal was de gunst voor de Britse SOCA bestemd.

'Het is een goed verhaal', hield de politieman vol, alsof de redacteur van *El Espectador* geen goed verhaal kon herkennen. De redacteur nam een slokje wijn en bekeek het bericht dat hem werd aangeboden. Als journalist had hij zijn twijfels, als redacteur voorzag hij de mogelijkheid om ooit een gunst terug te vragen als hij meewerkte.

Het bericht betrof een inval van de Engelse politie in een oude hangar waar een net aangekomen lading cocaïne was ontdekt. Het was inderdaad een grote lading van één ton, maar zulke ontdekkingen kwamen voortdurend voor en waren te 'gewoon' geworden om echt nieuws te zijn. Ze leken allemaal op elkaar. De stapel pakketten, de stralende douaniers, de sombere gevangenen die geboeid moesten opdraven... Waarom was het bericht uit Essex, waarvan hij nog nooit gehoord had, ineens zulk wereldnieuws? Kolonel Dos Rios wist het, maar durfde het niet te zeggen.

'Er is een bepaalde senator in deze stad die vaak een heel discreet bordeel bezoekt,' mompelde de politieman.

De redacteur had op een wederdienst gehoopt, maar dit was belachelijk.

'Een senator die van meisjes houdt!' protesteerde hij. 'Vertel me liever dat de zon in het oosten opkomt.'

'Wie heeft het over meisjes?' vroeg Dos Rios.

De redacteur snoof waarderend. Dit klonk al een stuk beter.

'Oké, uw gringo-verhaal komt morgen op de tweede pagina.'

'Op de voorpagina,' zei de politieman.

'Bedankt voor het eten. Het gebeurt niet vaak dat iemand anders betaalt.'

De redacteur wist heel goed dat zijn vriend iets van plan was, maar hij kon niet raden wat. De foto en het bijschrift kwamen van een groot bureau, maar dat was in Londen gevestigd. De foto toonde een jonge boef, genaamd Coker, naast een hoop cocaïnepakketten. Een ervan was opengescheurd, en het pakpapier was zichtbaar. Nou en? Toch zette hij het de volgende dag op de voorpagina.

Emilio Sánchez kreeg *El Espectador* niet te zien en had het sowieso te druk met de supervisie van de productie in het oerwoud, de raffinage in zijn vele laboratoria en de verpakking voorafgaand aan het transport. Maar twee dagen na de publicatie passeerde hij een kiosk tijdens zijn terugrit uit Venezuela. Het Kartel had grote laboratoria net over de Venezolaanse grens gesticht, waar de giftige relatie tussen Colombia en het rijk van Hugo Chávez ze beschermde tegen de attenties van de kolonel en invallen van zijn politie.

Hij had zijn chauffeur bevolen bij een hotelletje in de grensplaats Cúcuta te stoppen. Hij wilde daar even naar het toilet gaan en een kop koffie drinken. In de lounge hing een rek met een twee dagen oud nummer van *El Espectador*. De foto trok zijn aandacht. Hij kocht het enige exemplaar uit het rek en zat de hele terugweg naar zijn onopvallende huis in zijn geboorteplaats Medellín te piekeren.

Weinig mensen kunnen alles onthouden, maar Emilio Sánchez leefde voor zijn werk. Hij was trots op zijn methodische benaderingen en zwoer bij een goede geheime administratie. Alleen hij wist waar die bewaard werd, en om veiligheidsredenen nam hij een dag extra om erheen te gaan voor controle. Hij nam een vergrootglas mee, en toen hij zowel de krantenfoto als zijn eigen archief bestudeerd had, was hij lijkbleek geworden.

Vanwege don Diego's hartstocht voor geheimhouding kon een gesprek niet direct plaatsvinden. Het kostte hem drie dagen om zijn surveillanten af te schudden, maar toen konden de twee mannen praten.

Toen Sánchez klaar was, bleef don Diego zwijgen. Hij pakte het vergrootglas en bestudeerde de krantenfoto en de dossiers die Sánchez had meegebracht.

'Is er geen twijfel mogelijk?' vroeg hij dodelijk kalm.

'Nee, don Diego. Het nummer kan alleen betrekking hebben op een lading die maanden geleden naar de Galiciërs is gestuurd, en wel met de Venezolaanse vissersboot *Belleza del Mar*. Het product is nooit aangekomen en verdween spoorloos op de Atlantische Oceaan. Maar het is wél aangekomen. Dit is die lading. Er is geen misverstand mogelijk.'

Don Diego Esteban zweeg een hele tijd, en als Emilio Sánchez iets wilde zeggen, werd hij met een gebaar tot zwijgen gebracht. Het hoofd van het Colombiaanse Kartel wist nu eindelijk dat iemand tijdens de transporten zijn cocaïne stal en tegen hem loog over de verdwijning daarvan. Maar voordat hij beslissend kon toeslaan, moest hij nog veel meer weten.

Hij moest weten hoe lang dit al gaande was; wie van zijn klanten zijn schepen onderschepte en net deed of ze nooit waren aangekomen. Hij twijfelde er niet aan dat zijn schepen naar de kelder waren gegaan, dat zijn bemanningen vermoord waren en dat zijn cocaïne gestolen was. Hij moest weten tot hoe ver de samenzwering reikte.

'Ik wil dat je het volgende doet,' zei hij tegen Sánchez. 'Maak twee lijsten voor me. Zet op de ene alle nummers van de pakketten op de schepen die verdwenen zijn en nooit zijn teruggezien. Trampboten, snelgangers, vissersboten, jachten... Alles wat nooit is aangekomen. Zet op de andere lijst alle schepen die er heelhuids doorheen zijn gekomen met alle pakketten en partijnummers die ze bij zich hadden.'

Daarna leek het bijna alsof de goden glimlachend op hem neer keken. Hij had twee keer geluk. Aan de Mexicaans-Amerikaanse grens onderschepte de Amerikaanse douane bij de stad Nogales in Arizona een truck die in het donker van een maanloze nacht over de grens was geglipt. Het was een grote lading, die in afwachting van destructie in de buurt werd opgeslagen. Er was publiciteit. En de bewaking was slordig.

Het kostte de Don een enorm bedrag, maar een corrupte ambtenaar kreeg de serienummers van de lading te pakken. Sommige pakketten hadden op de *María Linda* gelegen, die heelhuids gearriveerd was en zijn lading had overgedragen aan het kartel van Sinaloa. Andere pakketten waren vervoerd door twee snelgangers die maanden eerder in de Caribische Zee verdwenen waren. Ook die waren bestemd geweest voor Sinaloa. En waren nu bij Nogales onderschept.

Don Diego had nog meer geluk, ditmaal vanuit Italië. Het ging om een enorme lading Italiaanse herenkostuums van een heel modieus Milanees merk. Ze staken de Alpen over naar Frankrijk en waren voor Londen bestemd.

De truck had de pech een lekke band te krijgen op een Alpenpas, wat een enorme file veroorzaakte. De carabinieri wilden het gevaarte met alle geweld uit de weg hijsen, maar daarvoor moest de oplegger lichter worden gemaakt door een deel van de vracht uit te laden. Een kist brak en verloor een in jute verpakte lading die beslist niet bedoeld was voor de ruggen van eigentijdse jonge beursbengels in Lombard Street.

De smokkelwaar werd direct in beslag genomen, en aangezien de lading uit Milaan kwam, hadden de carabinieri geen Einstein nodig om allereerst aan de 'Ndrangheta te denken. Het plaatselijke pakhuis werd 's nachts doorzocht. Meegenomen werd er niets, maar de partijnummers werden genoteerd en per e-mail naar Bogotá gestuurd. Een deel van de lading was door de *Bonita* vervoerd en veilig aangekomen op de Galicische kust. Andere pakketten hadden in het ruim gelegen van de *Arco Soledad*, die op weg naar Guinee-Bissau met zijn hele bemanning gezonken was, inclusief Álvaro Fuentes. Beide ladingen waren bestemd geweest voor de Galiciërs en de 'Ndrangeta.

Don Diego Esteban had de dieven ontdekt en bereidde hun straf voor.

De Amerikaanse douane in Nogales en de carabinieri van de Alpenpas hadden weinig aandacht besteed aan een zacht pratende Amerikaan die van de DEA zei te komen en met een lofwaardig gebrek aan tijdverlies op beide plaatsen verschenen was. Hij sprak vloeiend Spaans en hakkelend Italiaans, was slank, pezig, fit en grijsharig, gedroeg zich als een ex-militair en maakte aantekening van alle partijnummers op de in beslag genomen pakketten. Niemand vroeg wat hij daarmee deed. Volgens zijn DEA-kaart heette hij Cal Dexter, maar toen een andere DEA-man in Nogales nieuwsgierig werd en navraag deed bij het hoofdkwartier in Arlington, had niemand van een Dexter gehoord. Dat was niet bijzonder verdacht. Undercoveragenten hebben altijd een andere naam dan er op hun papieren staat.

De DEA-man liet de zaak rusten en de carabinieri in de Alpen aanvaardden maar al te graag een teken van vriendschap in de vorm van een doos moeilijk te krijgen Cubaanse Cohiba-sigaren, in ruil waarvoor ze hun collega en bondgenoot binnenlieten in het pakhuis met hun in beslag genomen triomf.

In Washington luisterde Paul Devereaux aandachtig naar zijn verslag.

'Is het beide keren gelukt?'

'Zo te zien wel. De drie zogenaamde Mexicanen in Nogales zullen vermoedelijk een tijdje in de Amerikaanse gevangenis moeten blijven, maar we krijgen ze wel vrij. De Italiaans-Amerikaanse vrachtwagenchauffeur in de Alpen wordt vrijgesproken omdat niemand hem in verband met de lading kan brengen. Volgens mij kan ik zorgen dat iedereen binnen een paar weken met extra geld weer bij moeder de vrouw zit.'

'Heb je weleens iets over Julius Caesar gelezen?'

'Niet veel. Een deel van mijn kennis is opgedaan in een kampeerauto, een ander deel op een aantal bouwterreinen. Waarom?'

'Hij vocht een keer tegen barbaarse stammen in Germania. Hij omringde zijn kamp met grote kuilen die hij afdekte met licht struikgewas. De bodem en zijkanten van die kuilen zaten vol met omhoog wijzende, puntige palen. Bij hun aanval kregen veel Germanen zo'n vlijmscherpe paal recht tussen hun wangen.'

'Pijnlijk maar doeltreffend,' beaamde Dexter, die de Vietcong in Vietnam hetzelfde had zien doen.

'Inderdaad. Weet je hoe hij die palen noemde?'

'Geen idee.'

'Hij noemde ze *stimuli*. Die ouwe Julius had kennelijk een nogal duister gevoel voor humor.'

'En?'

'Laten we hopen dat onze stimuli don Diego Esteban bereiken, waar hij ook mag zijn.'

Don Diego bevond zich op zijn haciënda in het landbouwgebied ten oosten van de Cordillera, en hoewel die streek heel afgelegen was, had het valse bericht hem inderdaad bereikt.

Een celdeur in de Belmarsh-gevangenis ging open en Justin Coker keek op van zijn pulplectuur. Omdat hij in eenzame opsluiting werd gehouden, kon niemand hem en zijn bezoeker afluisteren.

'Je mag naar huis,' zei commandant Peter Reynolds. 'Aanklacht ingetrokken. Vraag me niet waarom. Maar je moet terugkomen. Als dit bekend wordt, ben je er geweest. En eh... goed gedaan, Danny, echt goed gedaan. Dat zeg ik ook namens de allerhoogste leiding.'

Op die manier kwam brigadier Danny Lomax na zes jaar infiltratie in een Londense drugsbende uit de schaduw tevoorschijn en werd hij tot inspecteur bevorderd.

Deel IV
Bijten

15

Don Diego Esteban geloofde in drie dingen: zijn God, zijn recht op extreme rijkdom en zijn ongenadige wraak op iedereen die de eerste twee bedreigde.

Toen in Nogales pakken cocaïne in beslag werden genomen die van zijn snelgangers op de Caribische Zee afkomstig moesten zijn, wist hij zeker dat een van zijn beste klanten hem op grote schaal aan het bedriegen was. Het motief was makkelijk te raden: hebzucht.

De identiteit kon worden afgeleid uit de plaats en de aard van de onderscheppingen. Nogales is een klein stadje aan de grens en het middelpunt van een streek die aan de Mexicaanse kant het exclusieve gebied van het Sinaloa-kartel is. De Amerikaanse kant is het gebied van een straatbende die zich de Wonderboys noemt.

Zoals de Cobra ook bedoeld had, was don Diego ervan overtuigd geraakt dat het Sinaloa-kartel zijn cocaïne op zee geroofd had en dus ten koste van hem dubbele winst maakte. Zijn eerste reactie was de opdracht aan Alfredo Suárez om alle bestellingen van Sinaloa af te blazen en geen gram meer naar dat kartel te sturen. In Mexico veroorzaakte dat een crisis, alsof dat ongelukkige land niet al genoeg ellende had.

De Sinaloa-leiders wisten dat ze niets van de Don gestolen hadden. Andere mensen waren misschien verbijsterd geweest, maar cocaïnebendes hebben behalve voldoening nog maar één andere emotie, en dat is woede.

Via DEA-contacten in Noord-Mexico verspreidde de Cobra even later bij de Mexicaanse politie het gerucht dat het Golfo-kartel en hun bondgenoot La Familia de grensoverschrijding bij Nogales aan de Amerikaanse autoriteiten verraden hadden, maar in werkelijkheid had de Cobra alles verzonnen. De helft van de mensen bij de politie werkte echter voor de bendes en zij gaven de leugen door.

Sinaloa beschouwde dat als een oorlogsverklaring en reageerde dienovereenkomstig. De Golfo-leden en hun vrienden in La Familia begrepen niet waarom. Zij hadden niemand verraden, maar konden niets anders doen dan terugvechten. En als beulen trokken ze de Zetas aan, een bende die zich laat inhuren om de gruwelijkste moorden te plegen.

In januari 2012 werden de boeven van Sinaloa met tientallen tegelijk afgeslacht. De Mexicaanse autoriteiten, leger en politie, keken slechts toe en probeerden de honderden lijken op te sporen.

'Wat ben je nou eigenlijk precies aan het doen?' vroeg Cal Dexter aan de Cobra.

'Ik demonstreer iets,' zei Paul Devereaux. 'Namelijk de macht van de bewuste desinformatie. We hebben die in de veertig jaar van de Koude Oorlog op de harde manier leren begrijpen.'

Alle inlichtingendiensten beseften in die jaren dat het dodelijkste wapen tegen een vijandelijke dienst een echte mol in hun organisatie is, maar het gelóóf in zo iemand is een goede tweede. James Angleton, Cobra's voorganger, was jarenlang geobsedeerd door het geloof dat de Russen een mol in de CIA hadden, en de dienst ging daar bijna aan ten onder.

Aan de overkant van de oceaan probeerden de Britten jarenlang tevergeefs om (na Burgess, Philby, MacLean en Blunt) de 'vijfde man' te ontdekken. Carrières liepen op de klippen als de verdenking op de verkeerde persoon viel.

Devereaux, die zich in die jaren had opgewerkt van net afgestudeerde intellectueel tot CIA-topman, had toegekeken en geleerd. En wat hij in het laatste jaar geleerd had, was dat er opmerkelijke overeenkomsten bestaan tussen de kartels en bendes aan de ene en de spionagediensten aan de andere kant. Dat inzicht was de enige reden waarom hij dacht dat vernietiging van de cocaïne-industrie mogelijk was hoewel alle anderen die poging snel hadden opgegeven.

'Het zijn allebei gesloten broederschappen,' zei hij tegen Dexter. 'Ze hebben complexe en geheime initiatieriten. Ze worden gevoed door een wantrouwen dat grenst aan paranoia. Ze zijn trouw aan wie trouw is, maar meedogenloos tegen verraders. Alle buitenstaanders zijn verdacht vanwege het simpele feit dat ze buitenstaanders zijn. Zelfs tegen hun eigen vrouw en kinderen mogen ze niets zeggen, laat staan tegen vrienden. Daarom gaan ze alleen maar met elkaar om, zodat geruchten als een lopend vuurtje rondgaan. Goede informatie is essentieel, een toevallige onwaarheid betreurenswaardig, maar bekwame desinformatie dodelijk.'

Al op de eerste dag van zijn studie begreep de Cobra dat de situatie in de VS op één belangrijk punt afweek van de Europese. Europa had talloze plekken waar de drug binnenkwam, maar negentig procent van de Amerikaanse aanvoer arriveerde via Mexico hoewel dat land geen gram van dat spul zelf maakte.

Toen de drie Mexicaanse reuzen en de talloze kleinere bendes elkaar te lijf gingen – ze vochten om de geslonken hoeveelheden en vereffenden rekeningen die steeds opnieuw ontstonden door nieuwe aanslagen op elkaar – groeide het cocaïnetekort ten noorden van de grens uit tot een natuurramp. Tot die winter hadden de Amerikaanse autoriteiten rotsvast geloofd dat de waanzin ten zuiden van de grens tot Mexico beperkt bleef, maar in die maand januari stak het geweld de grens over.

Om de Mexicaanse bendes op het verkeerde spoor te zetten, hoefde de Cobra een leugen alleen maar bij de Mexicaanse politie in omloop te brengen. De politie deed dan de rest. Ten noorden van de grens was dat minder makkelijk. Maar in de VS bestaan twee andere manieren om verzinsels te verspreiden. De ene is het netwerk van duizenden radiozenders. Sommige daarvan zijn zo duister dat ze in werkelijkheid de onderwereld dienen, andere worden bemand door jonge en hoogst ambitieuze paniekzaaiers die niet kunnen wachten tot ze rijk en beroemd zijn. Die mensen hebben weinig achting voor accuratesse, maar een onlesbare dorst naar 'exclusieve' sensaties.

De andere manier is internet en het bizarre verschijnsel van de blogs. Dankzij de geniale technologie van Jeremy Bishop schiep de Cobra een blog waarvan de herkomst niet te achterhalen was. De blogger schilderde zich af als veteraan van de complexe sortering bendes die de VS teistert. Hij beweerde contacten binnen de meeste ervan te hebben en zelfs over bronnen binnen allerlei officiële instanties te beschikken.

Met behulp van de informatie die de DEA, CIA, FBI en tien andere diensten op basis van de presidentiële machtiging naar hem doorseinden, kon de blogger echte geheimen onthullen – tot verbijstering van de grote bendes op het continent. Sommige pareltjes gingen over henzelf, andere over hun rivalen en vijanden. Tussen het echte materiaal verstopte hij de leugens die tot een tweede burgeroorlog leidden, ditmaal tussen de gevangenisbendes, de straatbendes en de motorbendes die samen de cocaïnehandel tussen de Rio Grande en Canada beheersten.

Aan het eind van de maand raadpleegden de paniekzaaiers de blog elke dag. Ze gaven de nieuwtjes de status van Gods eigen waarheid en zonden ze in elke deelstaat uit.

In een zeldzame aanval van humor noemde Paul Devereaux de blogger Cobra. En hij begon met de grootste en gewelddadigste van alle straatbendes, de Salvadoriaanse MS-13.

Deze reuzenbende was begonnen als bijproduct van El Salvadors kwaadaardige burgeroorlog. Jonge terroristen zonder enig medelijden of berouw raakten werkloos, kwamen nergens meer aan de bak en noemden hun bende La Mara, naar een straat in de hoofdstad El Salvador. Toen hun criminaliteit te groot werd voor zo'n klein land, verspreidden ze zich ook over het naburige Honduras, waar ze 30.000 leden wierven.

Honduras vaardigde draconische wetten uit en zette duizenden mensen achter de tralies. De leiding vertrok toen naar Mexico, en toen ook dat land te klein bleek, naar Los Angeles, waar ze 13th Street aan hun naam toevoegden.

De Cobra had hen grondig bestudeerd – hun enorme tatoeages, hun lichtblauwe en witte kleding vanwege de Salvadoriaanse vlag, het enthousiasme waarmee ze hun slachtoffers met machetes in stukken hakten, maar ook hun reputatie. Die was zodanig dat ze zelfs in de lappendeken van de Amerikaanse bendes geen vrienden of bondgenoten hadden. Iedereen vreesde en haatte hen. Daarom nam de Cobra allereerst de MS-13 op de korrel.

Hij kwam terug op de onderschepping bij Nogales en liet de Salvadorianen weten dat de lading voor hen bestemd was geweest maar door de autoriteiten in beslag was genomen. Daarna kwam hij met twee inlichtingen die correct waren en één die gelogen was.

De eerste was dat de bemanning van de truck had mogen vluchten, en de tweede dat de geconfisqueerde cocaïne was verdwenen tussen Nogales en de hoofdstad Flagstaff, waar het spul verbrand had moeten worden. De leugen was dat de lading door de Latin Kings was 'bevrijd' en dus van de MS-13 was gestolen.

Aangezien de MS-13 plaatselijke afdelingen (de zogenaamde cliques) in honderd steden en twintig deelstaten had, was het uitgesloten dat ze het bericht niet te horen kregen, ook al werd het alleen in Arizona uitgezonden. Binnen een week had de MS-13 de oorlog verklaard aan de andere grote latino-bende in de VS.

Begin februari beëindigden de motorbendes hun langdurige wapenstilstand: de Hell's Angels keerden zich tegen de Bandidos en hun bondgenoten de Outlaws.

Een week later was Atlanta, het nieuwe cocaïnecentrum in de VS, in de greep van de chaos en het bloedvergieten. Atlanta wordt door de Mexicanen beheerst. De Cubanen en Puerto Ricanen werken met hen samen, maar in een ondergeschikte rol.

Een netwerk van grote, nationale snelwegen leidt van de Mexicaanse grens naar Atlanta in het noordoosten. Een ander netwerk loopt zuidwaarts naar Florida, waar de toegang tot de zee vrijwel was afgesneden door de DEA-operatie bij Key West, en noordwaarts naar Baltimore, Wash-ington, New York en Detroit.

Gevoed door desinformatie stortten de Cubanen zich op de Mexicanen, want die zouden hen de toch al steeds schaarsere ladingen vanuit het grensgebied onthouden hebben.

De Hell's Angels, die geweldige verliezen leden tegen de Bandidos en de Outlaws, vroegen hulp van hun vrienden in de geheel blanke Aryan Brotherhood en veroorzaakten een bloedbad in gevangenissen over het hele land waar de Aryans het voor het zeggen hadden. Daarmee raakten ook de geheel zwarte Crips en Bloods erbij betrokken.

Cal Dexter had al eerder bloedvergieten gezien en werd niet gauw misselijk. Maar toen het aantal lijken steeg, vroeg hij opnieuw wat de Cobra aan het doen was. Paul Devereaux, die normaal nooit iemand vertrouwde, had wel respect voor zijn tweede man en nodigde hem te eten uit in Alexandria.

'Calvin, ons land telt ongeveer vierhonderd grote en kleine steden. In minstens driehonderd bestaat een groot drugsprobleem. Een deel daarvan betreft marihuana, hasj, heroïne, metamfetamine en cocaïne. Ik ben gevraagd om de cocaïnehandel te vernietigen omdat die slechte gewoonte volledig uit de hand dreigt te lopen. Het grootste deel van het probleem schuilt in het feit dat de cocaïne alleen al in ons land een winst van veertig miljard dollar per jaar oplevert. Wereldwijd is dat ongeveer het dubbele.'

'Ik heb de cijfers gezien,' mompelde Dexter.

'Uitstekend, maar je vroeg om uitleg.'

Paul Devereaux at zoals hij ook de meeste andere dingen deed: uiterst beheerst. Zijn favoriete keuken was de Italiaanse. Het diner bestond uit papierdunne *piccata al limone*, een salade met wat olie en een schaal olijven, alles weggewerkt met een fles frascati. Dexter overwoog om op de terugweg te stoppen om iets uit Kansas te eten, gebraden vlees met friet bijvoorbeeld.

'Op zulke verbijsterende fortuinen komen alle soorten haaien af. We hebben ongeveer duizend bendes die de drug leveren. Het totaal aantal bendeleden bedraagt ongeveer 750.000, en de helft van hen is actief in de verdovende middelen. Daarmee kom ik op je vraag, namelijk wat ik doe en hoe ik dat doe.'

Hij vulde de glazen bij met lichtgele wijn, nam een slokje en koos zijn woorden met zorg.

'Er is maar één kracht in dit land die de dubbele tirannie van de bendes en de drugs kan verslaan. Niet jij, niet ik, niet de DEA of de FBI of een van die vele andere peperdure diensten. Zelf de president in eigen persoon niet. En zeker niet de plaatselijke politie die vooral lijkt op dat Nederlandse jongetje dat met zijn vinger in de dijk de vloed probeert te keren.'

'En wat is die ene kracht?'

'Zijzelf. Elkaar. Wat denk je dat we het afgelopen jaar gedaan hebben, Calvin? Eerst hebben we met veel geld een cocaïnetekort geschapen. Dat deden we bewust, maar het was niet vol te houden. Die gevechtspiloot op de Kaapverdische Eilanden. De gecamoufleerde schepen op zee. Die kunnen niet eeuwig aan de gang blijven, niet eens nog veel langer. Zodra zij ermee ophouden, wordt de handelsstroom hervat. Niets kan zo'n winstniveau langer dan een hartslag stuiten. We hebben alleen de bevoorrading kunnen halveren, en daardoor ontstaat bij de klanten een razende honger. En als wilde dieren honger hebben, keren ze zich tegen elkaar. Op de tweede plaats hebben we een voorraad lokaas aangelegd die we nu gebruiken om ervoor te zorgen dat de wilde dieren hun geweld niet tegen brave burgers richten maar tegen elkaar.'

'Maar al dat bloedvergieten schaadt het land. We lijken Noord-Mexico wel. Hoe lang moeten de bendeoorlogen doorgaan?'

'Calvin, het geweld is nooit afwezig geweest. Het was alleen verborgen. We maakten onszelf wijs dat het alleen maar iets voor de tv of de bioscoop was. Hoe dan ook, alles gaat nu openlijk. Een tijdje. Als zij toestaan dat ik de bendes provoceer om elkaar af te maken, dan is hun macht misschien wel een hele generatie lang gebroken.'

'Maar op de korte termijn?'

'Er staan ons helaas afschuwelijke gebeurtenissen te wachten. Datzelfde hebben wij Irak en Afghanistan aangedaan. Zijn onze heersers en onze landgenoten sterk genoeg om ze ook hier te accepteren?'

Cal Dexter dacht terug aan wat zijn landgenoten veertig jaar eerder in Vietnam hadden aangericht.

'Dat betwijfel ik,' zei hij. 'Geen betere plek voor geweld dan het buitenland.'

Overal in de VS werden leden van de Latin Kings afgeslacht door plaatselijke cliques van de MS-13, die dachten dat zij zelf werden aangevallen en een poging deden de voorraden en klanten van de Kings in te pikken. Toen de Kings zich van de eerste schrik hadden hersteld, sloegen ze terug op de enige manier die ze kenden.

Door de slachting tussen de Bandidos en de Outlaws enerzijds en de Hell's Angels met de racistische Aryans anderzijds raakte Amerika van kust tot kust bezaaid met lijken.

Verbijsterde voorbijgangers zagen het woord ADIOS – de afkorting van 'Angels dood in Outlaw-staten' – op muren en bruggen gekalkt. Alle vier de bendes hebben enorme afdelingen in de hardste gevangenissen van de VS, en ook daar begon de slachting als vlam vattend brandhout. In Europa kwam de wraak van de Don op gang.

De Colombianen stuurden veertig met zorg uitgekozen moordenaars over de Atlantische Oceaan. Ogenschijnlijk brachten ze een goodwillbezoek aan de Galiciërs, en ze vroegen om gebruik te mogen maken van allerlei automatische wapens uit de voorraden van de Caneos. Dat verzoek werd ingewilligd.

De Colombianen kwamen in de loop van drie dagen in verschillende vliegtuigen aan, en een kleine voorhoede had voor een hele vloot kampeerauto's en caravans gezorgd. Daarmee reden de wrekers naar het noordwestelijke Galicië, dat in februari door regen en storm geteisterd wordt.

Valentijnsdag was niet ver meer, en het gesprek tussen de afgezanten van de Don en hun nietsvermoedende gastheren vond plaats in de mooie, historische stad Ferrol. De nieuwkomers inspecteerden het klaargelegde arsenaal en waren tevreden. Ze staken de patroonhouders erin, draaiden zich om en openden het vuur.

Toen de echo's van de laatste knallen in het pakhuis wegstierven, waren de meeste leden van de Galicische bende dood. Een kleine man met een babyface, die de leider van de Colombianen was en in zijn eigen land bekendstond als het Beest, torende boven een nog levende Galiciër uit en keek op hem neer.

'Ik bedoel het niet persoonlijk,' merkte hij rustig op. 'Maar op die manier ga je niet met de Don om.' Toen schoot hij de hersens uit het hoofd van de man.

Ze hadden geen reden om te blijven, stapten dus in hun auto's en reden bij Hendaye de Franse grens over. Frankrijk en Spanje hebben het verdrag van Schengen ondertekend, en dat voorziet in open grenzen zonder controles.

Elkaar achter het stuur afwisselend reden de Colombianen oostwaarts door de eerste heuvels van de Pyreneeën, over de vlakte van de Languedoc en door de Franse Rivièra Italië in. De auto's met hun Spaanse nummerborden werden niet aangehouden. Het werd een zware rit van zesendertig uur, maar toen waren ze in Milaan.

Na het zien van de overduidelijke partijnummers op de cocaïne die met de *Belleza del Mar* over de oceaan was gestuurd, had don Diego snel achterhaald dat de hele lading via Nederland de moerassen van Essex had bereikt maar afkomstig was van de 'Ndrangheta, die de Essex Mob bevoorraadde. Ook de Calabriërs, die van hem de franchise voor Europa hadden gekregen, hadden zich dus tegen hem gekeerd. Wraak kon niet uitblijven.

De groep die zich op de schuldigen moest wreken, had onderweg urenlang de kaart van Milaan bestudeerd en de opmerkingen tot zich door laten dringen van de paar mensen die in Milaan de verbinding met Bogotá onderhielden.

Ze kenden de precieze ligging van de drie zuidelijke voorsteden Buccinasco, Corsico en Assago, die de Calabriërs gekoloniseerd hadden. Deze voorsteden zijn voor de Italianen uit het diepe zuiden wat het New Yorkse Brighton Beach voor de Russen is: ver weg en toch een beetje thuis.

Al die immigranten hadden Calabrië ook meegenomen. Op uithangborden en in bars, restaurants en cafés zie je bijna overal namen en etenswaren uit het zuiden. De Antimaffiacommissie van de regering schat dat tachtig procent van de Colombiaanse cocaïne die Europa binnenkomt in Calabrië arriveert, maar het distributiecentrum is Milaan en dat wordt door deze voorsteden geleid. De moordenaars kwamen 's nachts.

Ze hadden geen illusies over de woestheid van de Calabriërs. Niemand had hen ooit aangevallen. Als ze vochten, deden ze dat onder elkaar. Tijdens de zogeheten tweede 'Ndrangheta-oorlog tussen 1985 en 1999 bleven zevenhonderd lijken achter in de straten van Calabrië en Milaan.

De Italiaanse geschiedenis is een waslijst van oorlogen en bloedvergieten, en wie door de cuisine en de cultuur heen kijkt, weet dat de oude straatkeien vaak rood zijn geweest van het bloed. De Italianen vinden de Napolitaanse Camorra en de Siciliaanse Maffia geen doetjes, maar niemand maakt ruzie met de 'Ndrangheta. Tot de nacht dat de Colombianen kwamen.

Ze hadden zeventien huisadressen. Hun opdracht was om de kop van de slang te verpletteren en weg te zijn voordat de honderden voetsoldaten opgetrommeld konden worden.

De volgende ochtend was het Naviglio-kanaal rood. Vijftien van de zeventien capi waren thuis vermoord. Zes Colombianen namen de

Ortomercato voor hun rekening. Daar was de favoriete nachtclub van de jonge generatie, de King, gevestigd. Ze liepen kalmpjes langs de Ferrari's en Lamborghini's bij de ingang en schoten de vier portiers bij de deur dood. Ze gingen naar binnen en openden het vuur met een reeks lange, teisterende salvo's die alle mensen aan de bar en vier tafels met eters het leven kostte.

De Colombianen hadden één slachtoffer te betreuren. De barkeeper offerde zichzelf op door een pistool uit de tapkast te halen en te schieten voordat hij zelf omkwam. Hij schoot op een kleine man die kennelijk de leiding van de schutters had, en joeg een kogel door diens rozenknopmondje. Daarna verslikte hij zich in drie kogels uit een MAC10-machinepistool.

Nog voordat de zon opkwam, was een speciaal team van de carabinieri in de Via Lamarmora in staat van alarm en werden de burgers van Italiës handels- en modehoofdstad wakker van het gejank van ambulances en het geloei van politiesirenes.

De wet van het oerwoud en de onderwereld luidt: de koning is dood, leve de koning. Het Eerbiedwaardig Genootschap was niet dood, en in de oorlog tegen het Kartel zou het mettertijd verschrikkelijk wraak nemen op schuldige en onschuldige Colombianen. Maar het kartel van Bogotá had één onverslaanbare troef: de beschikbare hoeveelheid cocaïne was misschien tot een klein beetje gedaald, maar dat kleine beetje was nog steeds in handen van don Diego Esteban. De Amerikaanse, Mexicaanse en Europese bendes zochten nieuwe bronnen in Peru en Bolivia, maar ten westen van Venezuela was de Don de enige die de lakens uitdeelde. Wie hij aanwees als degene die het product na de hervatting geleverd kreeg, kreeg het geleverd. Elke bende in Europa en de VS wilde die geluksvogel zijn. En tegenover de nieuwe monarch kon je je waarde maar op één manier bewijzen: door de andere pretendenten uit te roeien.

De zes andere reuzen waren de Russen, Serviërs, Turken, Albanezen, Napolitanen en Sicilianen. De Letten, Litouwers, Jamaicanen en Nigerianen stonden te trappelen om gewelddadig te worden, maar ze waren kleiner. Zij moesten wachten op een bondgenootschap met de nieuwe monarch. De inheemse bendes in Duitsland, Nederland, Frankrijk en Groot-Brittannië waren klanten, geen reuzen.

Ook na de slachting in Milaan hadden de andere Europese cocaïnehandelaars kunnen besluiten om zich te beheersen, maar internet is volstrekt internationaal en wordt wereldwijd bekeken. De ongeïdentificeerde en onnaspeurbare bron van schijnbaar onfeilbare inlichtingen over de cocaïnewereld die de Cobra gesticht had, kwam met een zogenaamd lek uit Colombia op de proppen.

Het was een 'tip' vanuit de afdeling Inlichtingen van de politie. De insider beweerde dat don Diego Esteban in een privégesprek had toegegeven dat zijn toekomstige gunsten zouden gaan naar wie uiteindelijk als winnaar van alle vereffende rekeningen in de Europese onderwereld uit de bus zou komen. Dat was pure desinformatie. Hij had dat helemaal niet gezegd. Maar daarmee begon een bendeoorlog op het hele continent.

De Slaven, in de vorm van de drie grootste Russische bendes plus de Serviërs, sloten een bondgenootschap. Maar ze werden gehaat door de Letten en Litouwers, die gingen samenwerken om beschikbaar te zijn voor hulp tegen hun Russische vijanden.

De Albanezen zijn in elk geval in naam islamiet en vormden een pact met de Obsjina (de Tsjetsjenen) en de Turken. De Jamaicaanse Yardbirds en de Nigerianen zijn zwart en konden samenwerken. In Italië vormden de Sicilianen en de Napolitanen, die normaal gesproken vijanden zijn, een heel tijdelijk verbond tegen de buitenstaanders. Het bloedbad begon.

Het kreeg Europa in zijn greep zoals het ook de VS overspoelde. Geen land van de Europese Unie ontsprong de dans, maar de grootste en dus rijkste markten kregen de hardste klappen.

Het kostte de media moeite om hun lezers, luisteraars en kijkers uit te leggen wat er gaande was. Tussen Dublin en Warschau vonden bendemoorden plaats. Toeristen lieten zich in cafés en restaurants schreeuwend op de grond vallen als semiautomatische karabijnen rekeningen vereffenden tussen de eettafels en de kantoorfeestjes.

Het kindermeisje van de Britse minister van Binnenlandse Zaken nam haar twee peuters mee uit wandelen op de Primrose Hill en vond tussen de struiken een lijk. Het hoofd ontbrak. In Hamburg, Frankfurt en Darmstadt lagen een week lang elke nacht lijken op straat. Op één ochtend werden veertien lijken uit Franse rivieren gehaald. Twee van hen waren zwart, en bij een onderzoek van de gebitten bleken ze niet uit Frankrijk maar uit het oosten te komen.

Niet alle deelnemers aan vuurgevechten kwamen om. De ambulances en EHBO-diensten puilden uit. Al het gepraat over Afghanistan, Somalische piraten, broeikasgassen en graaiende bankiers verdween van de voorpagina's ten gunste van machteloos tierende krantenkoppen.

Politiechefs werden op het matje geroepen en toegeschreeuwd, waarna ze vertrokken om hun eigen ondergeschikten uit te kafferen.

Politici uit de zevenentwintig Europese parlementen, het Congres in Washington en die van de vijftig Amerikaanse deelstaten probeerden heel gewichtig te lijken, maar dat mislukte omdat hun volstrekte machteloosheid voor de kiezers steeds duidelijker werd.

De politieke gevolgen waren in de VS het eerst te zien, maar Europa volgde snel. De telefoons van alle burgemeesters, afgevaardigden en senatoren in de VS werden overspoeld met bange of woedende opbellers. De media lieten twintig keer per dag plechtig kijkende experts opdraven, maar die waren het nooit met elkaar eens.

Onverstoorbare politiechefs werden blootgesteld aan persconferenties waartegen ze niet opgewassen waren. De korpsen konden het niet meer aan, en ook de capaciteit van de ambulances, de mortuaria en de lijkschouwers schoot tekort. In drie steden werden vleesverwerkende bedrijven gevorderd om er lijken op te slaan die van de straat, uit doorzeefde auto's en uit dichtvriezende rivieren waren gehaald.

Niemand bleek te hebben beseft dat de onderwereld in staat zou zijn de bevolking van twee verwende en risicomijdende continenten zo zwaar te schokken, zo bang te maken en zo tegen zich in het harnas te jagen toen die onderwereld krankzinnig werd van woede en hebzucht.

Het totaal aantal lijken bedroeg meer dan vijfhonderd, en dat gold voor beide continenten. Over de gangsters treurden alleen hun gezin en familieleden, maar ook onschuldige burgers werden het slachtoffer. En er waren kinderen bij, zodat schandaalbladen hun woordenboeken raadpleegden om nieuwe uitingsmogelijkheden voor hun woede te vinden.

Een rustig pratende academicus en criminoloog legde op tv de oorzaak uit van de burgeroorlog die dertig landen teisterde. Er is sprake van een volstrekte cocaïneschaarste, zei hij vriendelijk, en de wolven van de samenleving vechten om de miserabele restanten. De alternatieven – skunk, metamfetamine en heroïne – kunnen het gat niet vullen, aldus de oude man. Voor grote delen van de samenleving is cocaïne geen genotsmiddel meer maar een noodzaak. Het spul heeft te grote fortuinen geschapen en er nog veel meer beloofd. Een industrie van vijftigmiljard dollar per jaar op beide westerse continenten is stervende, en we zien nu de supergewelddadige doodsstrijd van een monster dat te lang straffeloos zijn gang heeft kunnen gaan. Een verbijsterde nieuwslezer bedankte de professor, waarna de man vertrok.

Vanuit de bevolking veranderde toen de boodschap aan haar regeerders. Het standpunt werd minder verward en luidde: doe er iets aan of donder op.

In een samenleving kunnen op allerlei niveaus crises ontstaan maar niets is zo rampzalig als de mogelijkheid dat politici hun vette banen kwijtraken. Begin maart rinkelde de telefoon in het elegante, vooroorlogse herenhuis in Alexandria.

'Niet ophangen!' riep de stafchef van het Witte Huis.

'Dat zou niet bij me opkomen, meneer Silver,' zei Paul Devereaux. Beide mannen hadden de gewoonte gehouden elkaar met 'meneer' aan te spreken, wat in het moderne Washington bijna niet voorkomt. Geen van beiden hadden ze het talent voor bonhomie, dus waarom zouden ze doen alsof?

'Wilt u alstublieft vanavond om zes uur in het Witte Huis zijn?' Tegen een ondergeschikte zou Jonathan Silver niet 'alstublieft' maar 'gvd' hebben gezegd. 'Ik vraag dat namens u weet wel wie.'

'Met genoegen, meneer Silver,' zei de Cobra. Hij hing op. Het ging geen genoeglijk gesprek worden. Dat wist hij. Maar hij nam ook aan dat het altijd al onvermijdelijk was geweest.

16

Jonathan Silver stond bekend als de man met het venijnigste temperament van de westvleugel, en toen Paul Devereaux binnenkwam, maakte hij meteen duidelijk dat hij niet van plan was zich te beheersen.

Hij had de *Los Angeles Times* in zijn hand en zwaaide ermee naar de oudere man.

'Bent u hiervoor verantwoordelijk?'

Devereaux bekeek de krant met de afstandelijkheid van een entomoloog die een enigszins interessante larve bestudeert. De voorpagina werd grotendeels in beslag genomen door een foto en de enorme kop HEL OP RODEO. De foto toonde een restaurant waar stromen kogels uit twee machinepistolen een bloedbad hadden aangericht.

Van de zeven doden, aldus de tekst, waren er inmiddels vier geïdentificeerd als leidende onderwereldfiguren. De vijfde was een passant en de twee laatsten waren obers.

'Niet persoonlijk,' zei Devereaux.

'Er zijn anders een hele hoop mensen in deze stad die daar anders over denken.'

'Wat wilt u daarmee zeggen, meneer Silver?'

'Wat ik daarmee zeggen wil, meneer Devereaux, is dat uw verdomde project-Cobra ons heeft opgezadeld met een soort burgeroorlog in de onderwereld, en dit land is het soort slachthuis aan het worden dat we het afgelopen decennium in Noord-Mexico hebben gezien. Dat moet ophouden.'

'Zullen we het even over de feiten hebben?'

'Graag zelfs.'

'Achttien maanden geleden heeft de opperbevelhebber van ons beiden me heel specifiek gevraagd of het mogelijk was om de fabricage van en de handel in cocaïne te stuiten. Die liepen allebei uit de hand en waren een nationale plaag geworden. Na een intensief onderzoek heb ik geantwoord dat het mogelijk zou zijn als aan bepaalde voorwaarden voldaan was en tegen bepaalde kosten, hopelijk voor de korte termijn.'

'Maar u hebt nooit gezegd dat de straten van driehonderd steden rood zouden zien van het bloed. U hebt twee miljard dollar gevraagd, en die hebt u gekregen.'

'Dat was alleen de financiële kant.'

'Over de kosten van het openbaar schandaal hebt u het niet gehad.'

'U hebt er ook niet naar gevraagd. Kijk, dit land besteedt veertien miljard dollar per jaar via een dozijn officiële instellingen, maar komt geen stap verder. Waarom niet? Omdat de cocaïne-industrie alleen al in de VS en nog afgezien van Europa viermaal zoveel waard is. Dacht u echt dat de makers van de cocaïne op aardappels overstappen als we dat vriendelijk vragen? Dacht u echt dat de Amerikaanse bendes, die tot de kwaadaardigste van de wereld behoren, zonder gevecht alleen lolly's gaan verkopen?'

'Dat is nog geen reden om het land in een oorlogszone te veranderen.'

'Dat is het wel. Negentig procent van de dodelijke slachtoffers is zo kierewiet dat ze bijna klinisch krankzinnig zijn. Bij de schietpartijen komen ook burgers tragisch om, maar minder dan in het verkeer tijdens het weekend van Onafhankelijkheidsdag.'

'Maar kijk eens hoeveel ellende u hebt aangericht. We hebben onze psychopaten en halvegaren altijd in het riool en in de goot gehouden. Nu liggen ze allemaal op straat. Maar daar woont Jan met de pet, en Jan met de pet gaat stemmen. Dit jaar zijn er verkiezingen. Over acht maanden gaat de man verderop in deze gang de mensen vragen om hem het land opnieuw vier jaar toe te vertrouwen. En ik ben verdomme niet van plan toe te laten, meneer Devereaux, dat ze dat verzoek afslaan omdat ze hun huis niet uit durven.'

Silver was zoals gewoonlijk gaan schreeuwen. Aan de andere kant van de deur spitste iemand zijn jeugdige oren. In het kantoor zelf bewaarde maar één man zijn ijzige en minachtende kalmte.

'Dat gebeurt helemaal niet,' zei hij. 'Over een maand zijn we getuige van de vrijwel volledige vernietiging van het Amerikaanse gangsterland, dat in elk geval een generatie lang zwaar aangeslagen zal blijven. Als dat duidelijk wordt, zullen de mensen erkennen welke last er van hun schouders is genomen, denk ik.'

Paul Devereaux was geen politicus. Jonathan Silver wel. Hij wist dat de werkelijkheid er in de politiek niet toe doet. Belangrijk is wat voor de goedgelovigen de werkelijkheid lijkt. En wat de werkelijkheid lijkt, wordt aangereikt door de media en gekocht door de goedgelovigen. Hij schudde zijn hoofd en zette zijn vinger op de krant.

'Dit kan zo niet doorgaan. De uiteindelijke vruchten kunnen me niet schelen. Dit moet ophouden, wat het ook kost.'

Hij pakte een vel papier dat omgekeerd op zijn bureau had gelegen en stak het de gepensioneerde spion toe.

'Weet u wat dit is?'

'U zult het me ongetwijfeld met genoegen vertellen.'

'Het is een beschikking van de president. Gaat u die negeren?'

'Anders dan u heb ik onder verschillende opperbevelhebbers gediend en ben ik hen nooit ongehoorzaam geweest, meneer Silver.'

Bij die sneer kreeg de stafchef rode vlekken in zijn gezicht.

'Nou, dat is dan maar goed ook. Want deze beschikking beveelt u ermee op te houden. Project-Cobra is afgelopen. Beëindigd. Afgeblazen. Met ingang van nu. U gaat naar uw hoofdkwartier terug en ontmantelt het. Is dat helder?'

'Als glas.'

Paul Devereaux, de Cobra, vouwde het vel op, stak het in de zak van zijn jasje, draaide zich om en liep weg. Hij beval zijn chauffeur om naar het smoezelige pakhuis in Anacostia te rijden, waar hij de presidentiële beschikking aan de verbijsterde Cal Dexter liet zien.

'Maar we zijn zo dicht in de buurt!'

'Niet dichtbij genoeg. En je had gelijk. Ons prachtige land kan in het buitenland een miljoen mensen doden, maar als slechts één procent van onze gangsters hetzelfde overkomt, is het in alle staten. Ik moet de details zoals altijd aan jou overlaten. Roep de twee gecamoufleerde schepen terug. Doneer de *Balmoral* aan de Britse marine en geef de *Chesapeake* aan onze eigen SEAL's. Ze kunnen het misschien voor hun oefeningen gebruiken. Stuur de twee Global Hawks met dank terug naar de luchtmacht. Ik twijfel er niet aan dat hun verbazingwekkende technologie de weg naar de toekomst wijst. Alleen niet de onze. Wij doen niet meer mee. Kan ik je dit alles toevertrouwen? En laat je ook al die tweedehandskleren op de lagere verdiepingen naar de daklozen brengen?'

'En jij? Kan ik je thuis bereiken?'

De Cobra dacht even na.

'Ik denk nog een week. Daarna ga ik misschien op reis. Gewoon een paar losse eindjes. Niets van belang.'

Het was een ijdel trekje van don Diego Esteban dat hij weliswaar een kapel had op zijn landgoed in het veeteeltgebied van de Cordillera, maar toch graag ter communie ging in de kerk van het dichtstbijzijnde stadje. Dat stelde hem in staat met hoffelijke ernst te reageren op de eerbiedige begroetingen van de landarbeiders en hun echtgenotes met een omslagdoek, en stralend te glimlachen naar hun van ontzag vervulde kinderen. Hij kon dan ook een bijdrage in de collecteschaal doen waarvan de parochiepriester maandenlang kon leven.

Hij was bereid tot een gesprek met de Amerikaan die met hem wilde praten, en koos de kerk als locatie daarvoor. Hij ging er zwaar bewaakt naartoe. De Amerikaan had voorgesteld om elkaar te ontmoeten in een huis van de God die ze allebei aanbaden volgens de katholieke ritus die de hunne was. Dit was het vreemdste verzoek geweest dat hij ooit gekregen had, maar juist de simpele naïveteit ervan fascineerde hem.

De Colombiaanse hidalgo was er het eerst. Het gebouw was uitgekamd door zijn veiligheidsteam en de priester was om een boodschap gestuurd. Don Diego Esteban stak twee vingers in het wijwatervat, sloeg een kruis en liep naar het altaar. Hij koos de voorste kerkbank, knielde en begon met gebogen hoofd te bidden.

Toen hij weer rechtop ging zitten, hoorde hij de oude, door de zon gebleekte deur achter hem kraken. Hij voelde een vlaag hete lucht van buiten en hoorde de bons waarmee de deur dichtsloeg. Hij wist dat er mannen met getrokken wapens in de schaduwen stonden. Dat was heiligschennis, maar hij kon biechten en kreeg dan vergiffenis. Een dode kan niet biechten.

De bezoeker naderde van achteren en nam op twee meter afstand in dezelfde bank plaats. Ook hij sloeg een kruis. De Don keek hem zijdelings aan. Een slanke Amerikaan van ongeveer zijn leeftijd. Kalme blik, ascetische uitstraling, smetteloos roomwit kostuum.

'Señor?'

'Don Diego Esteban?'

'Dat ben ik.'

'Paul Devereaux uit Washington. Dank u dat u me ontvangen wilt.'

'Ik heb geruchten gehoord. Vage praat, meer niet. Maar wel hardnekkig. Geruchten over een man die de Cobra wordt genoemd.'

'Een domme bijnaam. Maar die heb ik inderdaad.'

'Uw Spaans is uitstekend. Sta me een vraag toe.'

'Natuurlijk.'

'Waarom zou ik u niet laten doden? Ik heb honderd man buiten staan.'

'En ik heb alleen mijn helikopterpiloot. Maar volgens mij heb ik iets wat van u is geweest en dat ik kan teruggeven. Als we een overeenkomst bereiken. Wat niet kan als ik dood ben.'

'Ik weet wat u me hebt aangedaan, señor Cobra. Ik heb door u grote

schade geleden. Toch heb ik niets gedaan ten nadele van u. Waarom hebt u gedaan wat u deed?'
'Omdat mijn land het vroeg.'
'En nu?'
'Mijn leven lang heb ik twee heren gediend. Mijn God en mijn land. Mijn God heeft me nooit verraden.'
'Uw land wel?'
'Ja.'
'Waarom?'
'Omdat het niet meer het land is waaraan ik als jongeman trouw heb gezworen. Het is corrupt en omkoopbaar geworden, zwak en toch arrogant, toegewijd aan vetzakken en idioten. Het is mijn land niet meer. De band is verbroken, de trouw is weg.'
'Ik heb nooit aan enig land mijn trouw gezworen, zelfs niet aan dit land. Landen worden geregeerd door mensen, en vaak zijn dat degenen die de macht het minst verdienen. Ook ik heb twee heren. Mijn God en mijn rijkdom.'
'En voor die tweede hebt u veel mensen gedood, don Diego.'
Devereaux betwijfelde niet dat de man die vlak naast hem zat achter zijn hoffelijke vernis een uiterst gevaarlijke psychopaat was.
'En u, señor Cobra? Hebt u veel mensen voor uw land gedood?'
'Natuurlijk. Ondanks alles lijken we misschien toch op elkaar.'
Psychopaten wilden gevleid worden. Devereaux wist dat de cocaïnebaas zich door de vergelijking gevleid zou voelen. Hebzucht vergelijken met vaderlandsliefde was niet beledigend.
'Dat zou kunnen, señor. Hoeveel van mijn eigendom hebt u in handen?'
'Honderdvijftig ton.'
'De ontbrekende hoeveelheid is driemaal groter dan dat.'
'Het meeste is terechtgekomen bij douanes, kustwachten en marines, en is nu verbrand. Een deel ligt op de zeebodem. Het laatste vierde deel is bij mij.'
'In veiligheid?'
'Het is zeer veilig. En de oorlog tegen u is voorbij.'
'Dat was het verraad dus.'
'U bent heel schrander, don Diego.'
De Don peinsde over de tonnage. Nu de productie in het oerwoud weer op volle gang was, kon hij opnieuw beginnen zodra het aantal onderscheppingen op zee drastisch werd teruggebracht en het vliegen weer mogelijk werd. Maar hij had direct een flinke hoeveelheid nodig

om het gat te dichten, de wolven tot bedaren te brengen en de oorlog te beëindigen. Honderdvijftig ton was precies genoeg.

'En uw prijs, señor?'

'Ik zal eindelijk met pensioen moeten gaan. Maar dan wel ver weg. Een villa bij de zee. In de zon. Met mijn boeken. En officieel dood. Dat is niet goedkoop. Een miljard dollar, alstublieft.'

'Ligt mijn bezit in een schip?'

'Ja.'

'En kunt u mij de nummers van een bankrekening geven?'

'Ja. En vertelt u mij de haven van bestemming?'

'Natuurlijk.'

'En uw antwoord, don Diego?'

'Ik denk dat we een afspraak hebben, señor. U kunt hier veilig vertrekken. Regel de details met mijn secretaris buiten. En nu wil ik hier nog even alleen bidden. *Vaya con Dios, señor.*'

Paul Devereaux stond op, sloeg een kruis en verliet de kerk. Een uur later was hij weer op de luchtmachtbasis Malambo, waar de Grumman hem terugbracht naar Washington. In een ommuurde ruimte op honderd meter afstand van waar het directievliegtuig de startbaan op draaide, kreeg de bemanning van de Global Hawk met de codenaam Michelle te horen dat ze een week later van haar taak ontheven werd en in een paar zware C5-vrachtvliegtuigen naar Nevada terugging.

Cal Dexter wist niet waar zijn chef naartoe was geweest en vroeg het hem ook niet. Hij ging door met de hem opgedragen taak: de systematische en grondige ontmanteling van de Cobra-structuur.

De twee gecamoufleerde schepen gingen op weg. De *Balmoral* met zijn Britse bemanning vertrok naar Lyme Bay in Dorset, de *Chesapeake* naar Newport News. De Britten uitten hun dankbaarheid voor het geschenk van de *Balmoral*, want het schip kon nuttig zijn tegen de Somalische piraten.

De twee UAV-bases haalden hun Global Hawks terug naar de VS, maar hielden de enorme hoeveelheid gegevens die de surveillance had opgeleverd, en die techniek zou in de toekomst beslist een rol gaan spelen als vervanger voor de veel duurdere en arbeidsintensieve spionagetoestellen.

Alle 107 gevangenen werden in een C130 van de Amerikaanse luchtmacht van het eiland Eagle in de Chagos-archipel teruggehaald. Iedereen mocht een kort bericht naar zijn opgetogen gezin sturen, dat gedacht had dat ze op zee waren omgekomen.

De bijna lege bankrekeningen werden tot één enkele rekening gecombineerd om de laatste betalingen te doen. Het communicatienetwerk in het pakhuis werd verkleind en zo ingericht dat het met de computers van Jeremy Bishop bediend kon worden. Toen verscheen Paul Devereaux weer. Hij uitte zijn tevredenheid en nam Cal Dexter apart.

'Heb je weleens van Spindrift Cay gehoord?' vroeg hij. 'Dat is een klein eilandje bij de Bahama's, nauwelijks groter dan een koraalatol. Een van de zogenaamde "buiten"eilanden. Onbewoond, afgezien van een klein detachement Amerikaanse mariniers die daar zogenaamd kamperen vanwege een survivaloefening. Midden op de Cay staat een bosje palmen, en daaronder liggen talloze rijen pakketten. Je kunt wel raden wat daar in zit. Ze moeten vernietigd worden – alle honderdvijftig ton. Ik vertrouw jou dat werk toe. Heb je enig idee hoeveel die pakketten waard zijn?'

'Ik kan het wel raden, denk ik. Verscheidene miljarden dollars.'

'Inderdaad. Ik heb iemand nodig die ik absoluut kan vertrouwen. De jerrycans benzine staan al wekenlang klaar. Je kunt het beste een watervliegtuig vanuit Nassau nemen. Ga er alsjeblieft heen en doe wat je doen moet.'

Cal Dexter had al veel dingen gezien, maar nog nooit een heuvel van een miljard dollar, laat staan dat hij die vernietigd had. Eén enkel pakket in een grote koffer betekende al rijkdom voor het leven. Hij nam een lijnvlucht van Washington naar Nassau en ging naar het Paradise Island-hotel. Een vraag aan de receptie en een snel telefoontje leverden hem voor de volgende ochtend vroeg een watervliegtuig op.

Het was een vlucht van meer dan honderdvijftig kilometer en die duurde een uur. Het maartse weer was warm, en de zee lag zoals gewoonlijk onwaarschijnlijk blauw tussen de eilanden. Alleen boven zandbanken was het water doorschijnend. Zijn bestemming was zo afgelegen dat de piloot het gps-systeem tweemaal moest controleren om zeker te weten dat hij het goede atol had gevonden.

Een uur na zonsopgang beschreef hij een draai en wees.

'Daar is ie, meneer!' riep hij. Het eiland leek wel een ansichtkaart in plaats van een militaire basis. Het was minder dan een vierkante kilometer groot en vertoonde een rif rond een lichtblauwe lagune die door één opening in het koraal toegankelijk was. Het bosje donkere palmen verried niets van de dodelijke schat onder hun bladerdak. Uit het glimmend witte zand stak een gammele steiger waar vermoedelijk het bevoorradingsschip aanmeerde. Het watervliegtuig draaide, remde af en gleed naar de zee.

'Zet me maar bij de steiger af,' zei Dexter.
'Wilt u niet eens natte voeten krijgen?' vroeg de piloot grijnzend.
'Straks misschien.'
Dexter klom naar buiten, stapte op de drijver en kwam vervolgens op de steiger terecht. Hij dook onder de vleugel door en stond toen tegenover een kaarsrechte sergeant-majoor. Deze bewaker van het eiland had een marinier achter zich staan, en ze droegen allebei een vuurwapen.

'U komt hier iets doen, meneer?'
De beleefdheid was onberispelijk, de betekenis zonneklaar. Wie geen goede reden had voor een verblijf kwam geen decimeter verder de steiger op. Dexter reageerde door een opgevouwen brief uit de zak van zijn jasje te halen.
'Lees dit alstublieft heel zorgvuldig, majoor, en let ook op de handtekening.'
De ervaren marinier verstijfde toen hij het las, en alleen zijn jarenlange zelfdiscipline verhinderde dat hij zijn verbazing uitte. Hij had het portret van zijn opperbevelhebber vaak gezien, maar hij had nooit gedacht dat hij de geschreven handtekening van de president van de Verenigde Staten nog eens te zien zou krijgen. Dexter pakte de brief weer terug.
'We hebben dus dezelfde opperbevelhebber, majoor. Mijn naam is Dexter en ik kom van het Pentagon. Maar dat doet er niet toe. Voor dit schrijven moeten ik, u en zelfs de minister van Defensie wijken. Het eist uw medewerking. Kan ik daarop rekenen, majoor?'
De marinier stond in de houding en staarde over Dexters hoofd heen naar de horizon.
'Jawel, meneer,' blafte hij.
De piloot was voor de hele dag ingehuurd. Hij vond een beschaduwd plekje onder de vleugel op de steiger en ging zitten wachten. Dexter en de marinier liepen over de steiger naar het strand. Daar waren twaalf taaie, gebronsde jongemannen die al wekenlang visten, zwommen, naar de radio luisterden, paperbacks lazen en zich elke dag met loodzware oefeningen in vorm hielden.
Dexter zag de jerrycans met benzine in de schaduw staan en liep naar de bomen. Het bosje was nog geen hectare groot en door het midden was een pad gehakt. Aan beide kanten lagen de pakketten in de schaduw van de palmen. Ze waren gestapeld tot lage blokken, en daarvan waren er zo'n honderd, die allemaal ongeveer anderhalve ton

wogen – de opbrengst van negen maanden van twee vermomde oorlogsschepen op zee.

'Weet u wat dit zijn?' vroeg Dexter.

'Nee, meneer,' zei de sergeant-majoor. Niks vragen, niks zeggen – maar dan in een andere context.

'Documenten. Oude archieven. Maar supergevoelig. Daarom wil de president niet dat ze ooit in handen van vijanden van ons land vallen. Het Oval Office heeft besloten ze te vernietigen. Vandaar de benzine. Vraag uw manschappen alstublieft om de jerrycans hierheen te slepen en elke stapel te overgieten.'

De term 'vijanden van ons land' was voor de sergeant-majoor genoeg. 'Jawel, meneer!' riep hij, en hij beende terug naar het strand.

Dexter slenterde over het pad tussen de palmen. Hij had sinds juli al heel wat pakketten gezien, maar dit sloeg alles. Achter hem kwamen de mariniers aangelopen. Allemaal hadden ze een jerrycan bij zich en daarmee begonnen ze alle stapels kletsnat te maken. Dexter had nooit cocaïne zien branden, maar hij had gehoord dat het spul heel brandbaar was als je een starter gebruikte om het vuur op gang te brengen.

Hij had al jarenlang een Swiss Army-mesje aan zijn sleutelketting, en omdat hij met een officieel regeringspaspoort reisde, was het op Dulles International niet in beslag genomen. Uit nieuwsgierigheid maakte hij het korte lemmet open en stak het in het dichtstbijzijnde pakket. Waarom ook niet, dacht hij. Hij had het nog nooit geproefd en was dat ook in de toekomst niet van plan.

Het lemmet doorboorde het buckram en het taaie polyetheen en werd in de cocaïne gestoken. Het kwam met een beetje wit poeder op de punt terug. Hij stond met zijn rug naar de mariniers op het pad. Zij konden niet zien wat de 'documenten' bevatten.

Hij zoog het stof van zijn mes en hield het in zijn mond tot het poeder in speeksel oploste en zijn smaakpapillen bereikte. Tot zijn verrassing kende hij die smaak wel degelijk.

Hij liep naar een ander pakket en deed hetzelfde. Maar ditmaal maakte hij een grotere snee en nam hij een groter monster. En daarna nog eens en nog eens. Toen hij na Vietnam uit het leger kwam en in Fordham rechten ging studeren, had hij zijn studie met allerlei baantjes bekostigd. Onder andere in een banketbakkerij. Hij wist heel goed hoe bakpoeder smaakt.

Hij maakte nog tien insneden in allerlei pakketten voordat ze in benzine gedrenkt waren en de machtige stank daarvan alles verdrong. Nadenkend liep hij terug naar het strand. Hij vond een groot, leeg blik, ging erop zitten en staarde naar de zee. Dertig minuten later stond de lange sergeant-majoor naast hem.

'Klaar, meneer.'

'Aansteken,' zei Dexter.

Hij hoorde het geblafte bevel 'achteruit' en de doffe dreun toen de verdampende brandstof vlam vatte. Uit het palmbosje kwam rook. Een harde wind joeg de eerste vlammen op tot een vuurzee.

Hij draaide zich om en zag de palmen en hun geheime schat door vlammen verteerd worden. De piloot van het watervliegtuig op de steiger was overeind gekomen en stond met open mond te kijken. Ook de twaalf mariniers bekeken hun werk.

'Zeg eens, sergeant-majoor...'

'Jawel, meneer.'

'Hoe zijn die pakken documenten hier gekomen?'

'Per schip, meneer.'

'Alles in één keer?'

'Nee, meneer. Minstens een keer of twaalf. In de loop van de weken dat we hier geweest zijn.'

'Was het steeds hetzelfde schip?'

'Jawel, meneer. Steeds hetzelfde.'

Natuurlijk. Er moest nog een ander schip zijn. De hulpschepen die de SEAL's en de Britse SBS op zee bevoorraad hadden, hadden afval en gevangenen meegenomen. Ze hadden voedsel en brandstof bij zich. Maar de in beslag genomen ladingen gingen niet naar Gibraltar of Virginia. De Cobra had de etiketten, partijnummers en ID-codes nodig gehad om het Kartel te misleiden. Die trofeeën had hij dus gehouden. Waarschijnlijk hier.

'Wat voor een schip?'

'Een kleintje, meneer. Trampboot.'

'Nationaliteit?'

'Weet ik niet, meneer. Het had een vlag op het achterschip met zoiets als twee komma's. De ene rood, de andere blauw. En er was een oosterse bemanning.'

'Naam?'

De sergeant-majoor fronste zijn wenkbrauwen en probeerde het zich te herinneren. Toen draaide hij zich om.

'Angelo!'

Hij moest schreeuwen om het geluid van de vlammen te overstemmen. Een van de mariniers draaide zich om en kwam aangerend.

'Hoe heette de trampboot die de pakken hierheen kwam brengen?'

'*Sea Spirit*, majoor. Zag ik op het achterschip staan. Nieuwe witte verf.'
'En onder die naam?'
'Eronder, majoor?'
'Onder de naam op het achterschip staat meestal de thuishaven.'
'O ja. Iets met Poe.'
'Poesan?'
'Ja, dat was het, majoor. Poesan. Nog iets, majoor?'
Dexter schudde zijn hoofd. Marinier Angelo draafde weg. Dexter stond op en liep naar de punt van de steiger, waar hij even alleen kon zijn en misschien bereik had voor zijn mobiele telefoon. Hij was blij dat hij het toestel de hele nacht had opgeladen. Hij was opgelucht en dankbaar toen hij hoorde dat de altijd trouwe Jeremy Bishop achter zijn rij computers zat – bijna de laatste apparatuur die het project-Cobra nog had.
'Kan dat gemotoriseerde sardineblik van jou iets in het Koreaans vertalen?' vroeg Dexter. Het antwoord was luid en duidelijk.
'In elke taal ter wereld als ik het juiste programma aanzet. Waar ben je?'
'Doet er niet toe. Dit mobieltje is mijn enige communicatiemiddel. Wat is Koreaans voor *Sea Spirit* of *Spirit of the Sea*? En ik wil niet dat m'n batterij leegraakt.'
'Ik bel je terug.'
Twee minuten later ging zijn telefoon.
'Pen en papier?'
'Doet er niet toe. Zeg maar.'
'Oké. De woorden zijn *Hae Sjin*. H-a-e...'
'Ik weet hoe het gespeld wordt. Kijk of je een trampboot kunt vinden. Klein. Naam hetzij *Hae Sjin*, hetzij *Sea Spirit*. Zuid-Koreaans. Thuishaven Poesan.'
'Bel je over twee minuten.' De verbinding werd verbroken. Maar Jeremy hield zijn belofte en belde twee minuten later terug.
'Hebbes. Vijfduizend ton, gemengde lading. Naam: *Sea Spirit*. Naam dit jaar geregistreerd. Hoezo?'
'Waar ligt het schip op dit moment?'
'Wacht even.'
Hoog boven Anacostia typte Jeremy Bishop verwoed. Toen zei hij: 'Het heeft kennelijk geen bevrachter en doet geen enkele opgave. Het kan overal zijn. Wacht even. De kapitein heeft wel een e-mailadres.'
'Trommel hem op en vraag waar het is. Plaats op de kaart. Koers en snelheid.'

Nieuwe vertraging. De batterij begon leeg te raken.

'Ik heb hem gemaild. Je vragen voorgelegd. Hij weigert te antwoorden. Vraagt wie je bent.'

'Zeg maar: de Cobra.' Stilte.

'Hij is heel beleefd, maar wil beslist een zogenaamd "gezagswoord" horen.'

'Hij bedoelt een "wachtwoord". Zeg "HAE-SJIN" tegen hem.'

Bishop kwam diep onder de indruk weer aan de lijn.

'Hoe wist je dat? Ik heb gevonden wat je wilt. Schrijf je het op?'

'Ik heb hier verdomme geen kaarten. Vertel maar gewoon waar hij uithangt.'

'Trek niet de haren uit je kop. Honderd mijl ten oosten van Barbados, koers 270 graden, snelheid tien knopen. Zal ik de kapitein van de *Sea Spirit* bedanken?'

'Doe maar. Vraag dan of we een marineschip tussen Barbados en Colombia hebben.'

'Ik bel je terug.'

Ten oosten van Barbados, recht naar het westen. Door de Bovenwindse Eilanden, voorbij de Nederlandse Antillen en recht naar de Colombiaanse wateren. Zo ver zuidelijk dat het Koreaanse vrachtschip beslist niet terugging naar de Bahama's. Het had zijn laatste lading op de afgesproken plaats overgenomen van de *Balmoral*. Driehonderd mijl, dertig uur. Morgenmiddag. Jeremy Bishop was er weer.

'Nee. In de Caribische Zee ligt niets.'

'Zit die Braziliaanse majoor nog steeds op de Kaapverdische Eilanden?'

'Toevallig wel. Zijn leerlingen studeren over twee dagen af, en er is afgesproken dat hij tot zolang blijft. Hij vertrekt dan en neemt zijn vliegtuig mee. Maar de twee Amerikaanse verbindelaars zijn teruggetrokken. Die zijn naar huis gegaan.'

'Kun je contact met hem leggen? Op welke manier ook?'

'Ik kan hem e-mailen of sms'en.'

'Doe maar allebei. Ik wil het nummer van zijn mobiele telefoon en ik wil dat die aanstaat als ik over precies twee uur opbel. Ik moet nu weg. Ik bel je vanaf mijn hotelkamer over honderd minuten. Zorg dan dat je zijn nummer hebt. Ciao.'

Hij liep terug naar het watervliegtuig. De vlammen op het eiland gingen flakkerend uit. Van de meeste palmen was niet veel over. Ecologisch gezien was het een ramp. Hij zwaaide naar de mariniers en klom op zijn stoel.

'De haven van Nassau graag. Zo snel als we kunnen.'
Hij zat negentig minuten later in zijn hotelkamer en belde Bishop tien minuten daarna.
'Ik heb het,' zei de vrolijke stem uit Washington, en dicteerde het nummer. Zonder op het afgesproken tijdstip te wachten draaide Dexter het nummer. Een stem antwoordde meteen.
'Majoor João Mendoza?'
'Ja.'
'We hebben elkaar in Scampton ontmoet en ik ben degene die de afgelopen maanden uw vluchten geleid heeft. Op de eerste plaats wil ik u van ganser harte danken en gelukwensen. Maar mag ik u een vraag stellen?'
'Ja.'
'Weet u nog wat die hufters met uw jongere broer hebben gedaan?'
Er viel een lange stilte. Als de man beledigd was, kon hij gewoon ophangen. De zware stem kwam terug.
'Dat weet ik nog heel goed. Hoezo?'
'Weet u hoeveel gram er nodig was om die jongen te doden?'
'Niet veel. Misschien tien. Alweer: hoezo?'
'Er is ergens een doelwit dat ik niet kan bereiken. Maar u wel. Het heeft honderdvijftig ton puro bij zich. Genoeg om uw broer honderd miljoen keer te doden. Het is een schip. Wilt u dat voor mij tot zinken brengen?'
'Koers en afstand vanaf Fogo?'
'Er is geen UAV meer en er zijn geen Amerikanen meer op uw basis. Geen helpende stem vanuit Nevada. U zult zelf moeten navigeren.'
'Toen ik nog voor Brazilië vloog, hadden we eenpersoonsgevechtsvliegtuigen. We deden niet anders. Wat is de locatie van het doelwit?'
Midden op de dag in Nassau. Midden op de dag in Barbados. Westwaarts met de zon mee. Opstijgen en dan 2.100 mijl vliegen. Vier uur. Tegen de geluidssnelheid aan. Om vier uur 's middags is het nog licht. De *Hae Sjin* met zijn tien knopen heeft dan nog zes uur te gaan.
'Veertig zeemijl ten oosten van Barbados.'
'Ik zal niet terug kunnen vliegen.'
'Land ergens in de buurt. Bridgetown op Barbados. St Lucia. Trinidad. Ik regel de formaliteiten wel.'
'Geef me de exacte ligging op. Minuten, seconden, hoeveel ten noorden van de evenaar, hoeveel ten westen van Greenwich.'
Dexter gaf hem de naam van het schip, het uiterlijk, de vlag die het voert, en de locatie, rekening houdend met zes uur varen recht naar het westen.

'Kunt u het?' vroeg Dexter nog eens. 'Zonder navigator, zonder radiohulp, zonder richtingzoeker. Maximaal bereik. Lukt dat?'

De Braziliaan klonk voor het eerst beledigd.

'Señor, ik heb mijn vliegtuig, ik heb mijn gps, ik heb mijn ogen, ik heb de zon. Ik ben piloot. Dit is mijn vak.'

Toen werd de verbinding verbroken.

17

Toen majoor João Mendoza zijn telefoon had uitgezet, duurde het nog een halfuur voordat hij de macht van de twee laatste RATO-raketten uit de voorraad voelde. De oude Buccaneer stoof voor zijn laatste missie de hemel in.

Mendoza was niet van plan op zijn voorbereidingen te beknibbelen zodat zijn doelwit een paar mijl dichterbij zou zijn. Hij zag de Britse grondbemanning de Bucc stampvol gooien met ruim 10.000 liter brandstof, en had daarmee een vliegbereik van circa 2.200 zeemijl.

De kanonnen waren helemaal geladen met pantserdoorborende granaten. Lichtspoor was overdag niet nodig en er hoefde ook geen vuur te ontstaan. Het doelwit was van staal.

De majoor werkte aan zijn kaarten, berekende op de ouderwetse manier – met een kaart en een Dalton-computer – zijn hoogte, zijn snelheid, zijn koers en zijn tijd tot het doelwit. Die kaart, die hij als een harmonica opvouwde, wilde hij op zijn rechterdij binden.

Het toeval wilde dat Fogo bijna precies op de vijftiende breedtegraad ligt, en Barbados ook. Zijn koers was dus recht naar het westen: 270°. De precieze locatie van het doelwit was twee uur eerder aan de Amerikaan doorgegeven. Over vier uur moest zijn gps-schermpje precies dezelfde positie vertonen. Die gegevens moest hij nog aanpassen, rekening houdend met een vaartijd van zes uur voor het schip, een verre afdaling en op jacht gaan met zijn laatste liters brandstof. En dan naar Bridgetown op weinig meer dan kerosinedamp. Makkie.

Hij stopte de paar waardevolle bezittingen, zijn paspoort en een paar dollars in een kleine boodschappentas en zette die tussen zijn voeten. Toen nam hij afscheid van de grondbemanning door elke blozende Engelsman om beurten te omhelzen.

Toen de 'hulp'raketten in actie kwamen, voelde hij de gebruikelijke trap van een paard, maar hij hield het toestel onder controle totdat de blauwe, schuimende wolken bijna onder hem waren. Hij leunde achteruit en vloog.

Een paar minuten later was hij op de vijftiende breedtegraad. Met zijn neus naar het westen klom hij naar zijn operationele hoogte van

35.000 voet en zette toen de knop op maximaal bereik bij minimaal verbruik. Eenmaal op de juiste hoogte zette hij zijn snelheid op 0.8 mach en zag hij de gps de verdwijnende mijlen wegtikken.

Tussen Fogo en Barbados wordt de zee door niets onderbroken. De Braziliaanse piloot keek neer op pluizige, witte altocumuluswolken en daartussendoor op het diepe blauw van de oceaan.

Na drie uur berekende hij een kleine achterstand op zijn schema. Hij besefte dat zijn tegenwind sterker was dan verwacht. Toen zijn gps aangaf dat hij tweehonderd mijl achter zijn doelwit vloog, nam hij wat vermogen terug en liet zich naar de oceaan zakken. Tien mijl achter de *Hae Sjin* wilde hij op een hoogte van 500 voet zijn.

Op 1.000 voet hoogte zette hij het toestel recht en schakelde hij het vermogen op maximaal bereik. Het ging niet meer om snelheid: hij had tijd nodig om te zoeken, want de zee was leeg en hij had meer brandstof verbruikt dan hij gehoopt had. Toen zag hij een kleine trampboot aan zijn bakboord op zestig zeemijl van Barbados. Hij liet zijn vleugel en zijn neus zakken en maakte een draai rond het achterschip voor een blik op de naam en de vlag.

Op 100 voet hoogte en bij een snelheid van 300 knopen zag hij allereerst de vlag, die hij niet herkende. Hij wist het niet, maar het was de vlag van Bonaire in de Nederlandse Antillen. Gezichten staarden naar de zwarte verschijning die langs het achterschip raasde. Hij zag een lading hout aan dek en toen de naam. *Prins Willem*. Een Nederlands schip met dikke planken voor Curaçao. Hij trok zich weer terug tot 1.000 voet en controleerde zijn brandstof. Niet goed.

Zijn positie zoals opgegeven door zijn Garmin-gps kwam bijna voor honderd procent overeen met wat zes uur eerder de locatie van de *Hae Sjin* was geweest. Hij zag geen andere trampboot dan de Nederlander, die zijn koers verlegde. Het schip was misschien afgeweken. Hij kon het niet aan de Amerikaan vragen, die in Nassau op zijn nagels zat te bijten, en hij gokte erop dat de cocaïnevaarder nog steeds ergens voor hem lag, nog steeds in de richting van 270°. Hij had gelijk.

Anders dan het straalvliegtuig op 35.000 voet hoogte met tegenwind volgde de *Hae Sjin* een pad over zee met een snelheid van 12 knopen, niet 10. Hij vond het schip op 30 mijl van het Caribische vakantieoord. Bij een draai langs het achterschip zag hij de rode en de blauwe traan van de Zuid-Koreaanse vlag en de nieuwe naam, *Sea Spirit*. Ook nu weer renden kleine figuurtjes naar de luiken om naar boven te staren.

Majoor Mendoza had geen behoefte om de bemanning te doden. Hij wilde liever de boeg en het achterschip openscheuren en nam de

Buccaneer mee voor een ruime cirkel om het doelwit van opzij te benaderen. Hij schakelde zijn kanonnen van *safe* op *vuur*, keerde en liet de neus in de richting van een denkbeeldig bombardement zakken. Bommen had hij niet, maar met kanonnen zou het ook wel lukken.

Aan het eind van de jaren vijftig wilde de Britse marine een nieuwe, laagvliegende straalbommenwerper voor op zee, als antwoord op de dreiging van de Russische Swerdlov-kruisers. De opdracht werd aanbesteed en de toekenning gebeurde op grond van het ingediende ontwerp. De Blackburn Aircraft Company bood de Buccaneer aan en kreeg een kleine bestelling. Het eerste toestel vloog in 1962, bijna als een geïmproviseerd gevechtsvliegtuig. Het model vocht in 1991 nog steeds, tegen Saddam Hoessein, maar nu over land voor de Britse luchtmacht.

Ten tijde van zijn ontstaan was het Blackburn-bedrijf op sterven na dood en maakte het metalen broodtrommels, maar achteraf gezien bleek de Bucc een geniaal vliegtuig. Het is nooit mooi geweest, maar het was taai en veelzijdig. En ook betrouwbaar dankzij de twee Rolls-Royce Spey-motoren die nooit faalden.

Majoor Mendoza had het negen maanden lang gebruikt om toestellen uit de lucht te schieten. Hij had zeventien cocaïnevliegtuigen neergehaald en twintig ton wit poeder naar de zeebodem gejaagd. Maar toen Mendoza aan zijn lage aanval vlak boven zee begon, keerde de oude Bucc naar zijn oorspronkelijke werk terug, namelijk de strijd tegen schepen.

Op achthonderd meter afstand ramde hij zijn duim op de *fire*-knop en zag hij een verwoestende stroom 30mm-granaten naar de boeg van de *Hae Sjin* stromen. Voordat hij zijn duim eraf haalde, terugvloog en over de trampboot raasde, had hij gezien dat de boeg was weggescheurd.

Het schip bleef stil liggen, omdat een muur van oceaanwater in de voorste ruimen stortte. Kleine gestalten renden naar de reddingboot en trokken het zeildoek eraf. De Buccaneer steeg op en draaide opnieuw terwijl de piloot door zijn kap naar het slachtoffer beneden keek.

De tweede klap was voor het achterschip bestemd. Majoor Mendoza hoopte maar dat de stoker uit de machinekamer was gekomen, want die had hij recht in het vizier. De tweede stroom granaten scheurde het achterschip open en nam het roer, de schroeven, twee stangen en de motor mee. Er bleef niets anders van over dan schroot.

De gestalten aan dek hadden de reddingsboot in zee weten te krijgen en lieten zich er in vallen. De piloot, die op een hoogte van 1.000 voet rondcirkelde, zag dat de *Hae Sjin* voor en achter aan het zinken was. Toen hij zeker wist dat het schip zonk en dat de *Prins Willem* de bemanning zou oppikken, zette hij koers naar Barbados. Toen hield de eerste Spey-motor ermee op, die tijdens de tweede aanval op damp had gedraaid.

Eén blik op de brandstofmeter maakte duidelijk dat ook de tweede motor op damp liep. Hij gebruikte de laatste paar liter brandstof om te klimmen, en toen de tweede Spey de geest gaf, had hij zijn toestel op 3.000 voet. De stilte na het stilvallen van de motor was zoals altijd griezelig. Het eiland verderop lag buiten zijn bereik. Met een glijvlucht kwam hij nooit zover.

Onder zijn neus lag een kleine, witte veer in het water, het was het V-vormige kielzog van een kleine vissersboot. Hij dook erheen door hoogte om te zetten in snelheid, joeg op een hoogte van 1.000 voet over de starende gezichten, maakte rechtsomkeert door snelheid om te zetten in hoogte, trok aan de hendel van de schietstoel en vloog recht door de kap heen naar buiten.

Firma Martin-Baker verstond zijn vak. De stoel bracht hem uit de buurt van het stervende vliegtuig. Een op druk werkend mechanisme trok hem uit de stalen stoel, die onschadelijk in het water viel, en toen hing hij in het warme zonnetje onder zijn parachute. Een paar minuten later werd hij hoestend en spuwend op het achterdek van een Bertram Moppie gehesen.

Twee mijl verderop spoot een geiser van wit schuim uit de zee toen de Buccaneer met zijn neus vooruit in het water viel. De piloot lag tussen drie dode wahoos en een zeilvis, terwijl de twee Amerikanen van de gehuurde vissersboot zich over hem heen bogen.

'Alles kits, makker?' vroeg een van hen.

'Ja, bedankt. Prima. Ik moet even iemand op de Bahama's bellen.'

'Geen probleem,' zei de oudere sportvisser alsof er de hele tijd piloten van marinebommenwerpers uit de lucht kwamen vallen. 'Neem mijn telefoon maar.'

Majoor Mendoza werd in Bridgetown gearresteerd. Een functionaris van de Amerikaanse ambassade wist hem bij zonsondergang vrij te krijgen en bracht schone kleren mee. De autoriteiten van Barbados accepteerden het verhaal dat een oefenvlucht van een Amerikaans vliegdekschip ver op zee fatale motorschade had gekregen, en dat de piloot weliswaar Braziliaan was maar gedetacheerd bij de Amerikaanse marine. De diplomaat was zelf verbaasd over dit verhaal, want hij wist dat het onzin was, maar diplomaten worden opgeleid om geloofwaardig te liegen. Barbados vond het best dat de Braziliaan de volgende dag naar huis vloog.

Epiloog

Een kleine en bescheiden auto reed rustig het stadje Pennington in New Jersey binnen en de chauffeur staarde naar de gebouwen van zijn thuishaven, waar hij heel lang niet geweest was.

Ten zuiden van de kruising die het centrum vormde, passeerde hij het witte, betimmerde huis uit de Burgeroorlog met een bordje dat de tekst MR. CALVIN DEXTER, ADVOCAAT droeg. Het zag er verwaarloosd uit, maar hij wist dat hij het graag zou opknappen om te zien of hij nog een praktijk overhad.

Op de kruising van Main Street en West Delaware Avenue, het hart van Pennington, aarzelde hij tussen een kop sterke zwarte koffie in het Cup of Joe-café of iets voedzamers in Vito's Pizza. Toen zag hij de nieuwe supermarkt en besefte hij dat hij inkopen moest doen voor zijn huis aan Chesapeake Drive. Hij parkeerde de tweedehandsauto, die hij gekocht had bij een kleine handelaar in de buurt van het vliegveld van Newark, waar hij geland was, en liep de supermarkt in.

Hij vulde zijn hele karretje en stond uiteindelijk bij de kassa. Daarachter zat een jongen, waarschijnlijk een student die moest werken om zijn studie te betalen, zoals hij ook zelf ooit gedaan had.

'Anders nog iets, meneer?'

'Ja, nu je het zegt,' zei Dexter. 'Ik kan nog wel wat frisdrank gebruiken.'

'Daar verderop staat de koelvitrine. We hebben Coke in de aanbieding.'

Dexter dacht even na.

'Een andere keer misschien.'

Het was de parochiepriester van St Mary's aan South Royal Street die alarm sloeg. Hij wist zeker dat zijn parochiaan in Alexandria was, want hij had de huishoudster van de man, Maisie, met een volle kar boodschappen zien lopen. Toch had hij al twee missen overgeslagen en dat deed hij anders nooit. Daarom liep de priester de paar honderd meter naar het oude, elegante huis op de kruising van South Lee Street en Gibbon Street.

De poort naar de ommuurde tuin leek zoals altijd dicht, maar ging tot zijn verrassing al bij even duwen open. Dat was vreemd. Meneer Devereaux gebruikte altijd de intercom en bediende het slot met een zoemer.

De priester liep over het roze bestrate tuinpad en zag dat ook de voordeur openstond. Hij werd bleek en sloeg een kruis toen de arme Maisie, die nooit een vlieg kwaad deed, languit op de tegels van de gang bleek te liggen. Een kogel had een keurig gat in haar hart geslagen.

Hij stond op het punt om met zijn mobiele telefoon de hulplijn 911 te bellen toen hij zag dat ook de deur van de studeerkamer openstond. Met angst en beven liep hij erheen en keek naar binnen.

Paul Devereaux zat achter zijn bureau nog steeds in zijn grote leunstoel, die zijn hoofd en bovenlichaam steunde. Zijn hoofd hing naar achteren en zijn nietsziende ogen staarden licht verrast naar het plafond. De lijkschouwer stelde later vast dat hij twee kogels dicht bij elkaar in zijn borstkas had gekregen en één in zijn voorhoofd. Het patroon van beroepsmoordenaars.

Niemand in Alexandria, Virginia, begreep waarom. Maar toen Cal Dexter in zijn huis in New Jersey naar het nieuws keek, begreep hij het wel. Het was niets persoonlijks. Het ging er gewoon om dat je de Don niet op die manier behandelt.

Lijst van personages

Berrigan, Bob	plaatsvervangend directeur van de DEA
Manhire, Tim	ex-douanier, hoofd MAOC
Devereaux, Paul	de Cobra
Silver, Jonathan	stafchef van het Witte Huis
Dexter, Calvin	rechterhand van Paul Devereaux
Santos, Juan Manuel	president van Colombia
Calderón, Felipe	hoofd van de Colombiaanse anti-drugspolitie
Dos Rios, kolonel	hoofd Inlichtingen van de Colombiaanse anti-drugspolitie
Esteban, Don Diego	leider van een cocaïnekartel
Sánchez, Emilio	productiehoofd van het Kartel
Pérez, Rodrigo	lid van het Kartel, voormalige FARC-terrorist
Luz, Julio	jurist, lid van het Kartel
Largo, José María	verkoopleider van het Kartel
Cárdenas, Roberto	lid van het Kartel
Suárez, Alfredo	transportleider van het Kartel
Váldez, Paco	handhaver van het Kartel
Bishop, Jeremy	computerdeskundige
Ruiz, pater Carlos	jezuïet uit Bogotá
Kemp, Walter	UNODOC
Ortega, Francisco	inspecteur van de anti-drugspolitie in Madrid
McGregor, Duncan	ombouwer van schepen
Arenal, Letizia	studente in Madrid
Pons, Francisco	cocaïnepiloot
Romero, Ignacio	Kartelvertegenwoordiger in Guinee-Bissau
Djalo Gomes	legerleider van Guinee-Bissau
Isidro, pater	priester in Cartagena
Cortez, Juan	lasser
Mendoza, João	ex-majoor van de Braziliaanse luchtmacht
Pickering, Ben	majoor Special Boat Service
Dixon, Casey	commandant van SEAL-team Twee
Eusebio, pater	dorpspriester in Colombia

Milch, Eberhardt	douane-inspecteur in Hamburg
Ziegler, Joachim	afdeling Misdaad van het ZKA in Berlijn
Van der Merwe	douane-inspecteur en rechercheur in Rotterdam
Chadwick, Bull	commandant van SEAL-team Drie

Lijst van gebruikte afkortingen

BKA	Bundeskriminalamt
CIA	Central Intelligence Agency
DEA	Drug Enforcement Administration
FARC	Fuerzas Armadas Revolucionarias de Colombia
FBI	Federal Bureau of Investigation
HMRC	Her Majesty's Revenue & Customs
ICE	Immigration and Customs Enforcement
MAOC-N	Maritime Analysis Operations Centre of Narcotics
MI5	Britse geheime dienst
NSA	National Security Agency
PEO	Presidential Executive Order, beschikking van de Amerikaanse president
RATO	Rocket-Assisted Take-Off, vliegtuigstart met behulp van raketten
RFA	Royal Fleet Auxiliary, hulpschip van de Britse marine
RHIB	Rigid Hull Inflatable Boat, Amerikaanse opblaasboot met stijve romp
RIB	Rigid Inflatable Boat, Britse opblaasboot met stijve romp
SAS	Special Air Service, Britse speciale eenheid
SBS	Special Boat Service, Britse speciale eenheid
SEAL	Amerikaanse speciale marine-eenheid
SOCA	Serious and Organised Crime Agency
UAV	Unmanned Aerial Vehicle, onbemand vlieg- of voertuig
UDYCO	Unidad de Droga y Crimen Organizado
UNODC	United Nations Office on Drugs and Crime
ZKA	Zollkriminalamt

Blijft u graag op de hoogte van de nieuwste spannende boeken?

Kijk dan op

www.awbruna.nl

en geef u op voor de spanningsnieuwsbrief.

Op deze manier krijgt u steeds als eerste alle informatie over nieuwe boeken en kunt u gebruikmaken van aantrekkelijke kortingen en andere lezersacties.

'Denk je dat je slecht Arabisch kunt spreken met het accent van een Pathaan die weinig opleiding heeft gehad?'
Mike Martin knikte. 'Dat kan. Maar als die theedoeken er een Afghaan bij halen die deze vent echt gekend heeft?'
De twee andere mannen deden er het zwijgen toe. Als dat gebeurde, was het einde verhaal. Dat wist iedereen rond het kampvuur.

Frederick Forsyth
De Afghaan

In Guantanamo Bay zit al vijf jaar Izmat Khan, 'de Afghaan', gevangen. Khan is voormalig bevelhebber van de Taliban. Om meer te weten te komen over de voorbereidingen van een nieuwe, grote terreuraanslag, krijgt de Britse kolonel Mike Martin de opdracht Khans identiteit aan te nemen en in het diepste geheim terug te keren naar Afghanistan. Martin is een veteraan van de Special Forces die is geboren en opgegroeid in Irak. Maar zullen de inlichtingendiensten erin slagen een westerling te laten doorgaan voor een Afghaan?

'Op onnavolgbare manieren zet Forsyth de feiten van de oorlog tegen het terrorisme in dit boek op een rijtje.'
– De Telegraaf

ISBN 978 90 229 9236 4